D1425966

L'UN DES NÔTRES

DU MÊME AUTEUR
DANS LA MÊME COLLECTION

L'invisible

Pour l'éditeur, le principe est d'utiliser des papiers composés de fibres natu-
relles, renouvelables, recyclables et fabriquées à partir de bois issus de forêts qui
adoptent un système d'aménagement durable.
En outre, l'éditeur attend de ses fournisseurs de papier qu'ils s'inscrivent dans
une démarche de certification environnementale reconnue.

www.lemasque.com

Stella Rimington

L'UN DES NÔTRES

Traduit de l'anglais par Maryvonne Ssossé

ÉDITIONS DU MASQUE
17, rue Jacob 75006 Paris

Titre original

Secret Asset

publié par Hutchinson
une division de The Random House Group Limited

Ouvrage publié sous la direction de
Marie-Caroline Aubert

ISBN : 978-2-7024-3312-6

© 2006, Stella Rimington
© 2007, Éditions du Masque, département des éditions Jean-Claude Lattès,
pour la traduction française

Tous droits réservés

À ma petite-fille Leila

1

Dans une boutique chic de Regent's Park Road spécialisée dans l'équipement et les accessoires pour salles de bains, une jeune femme mince aux cheveux châtains semblait absorbée dans l'examen des carrelages.

– Puis-je vous aider ?

Il n'était pas loin de 19 heures et le jeune vendeur était pressé de fermer.

Liz Carlyle tuait le temps. En tennis et jean de marque, elle avait la même allure que les jeunes épouses friquées qui flânaient parmi les magasins de décoration et les boutiques de ce quartier de Londres. Mais Liz n'était ni friquée ni mariée et elle était bien loin de flâner. Au contraire, concentrée sur l'appareil étroitement serré dans son poing gauche, elle attendait qu'il émette une vibration. Elle pourrait alors rejoindre en toute sécurité le lieu de son rendez-vous – un café un peu plus bas dans la rue. L'image de Wally Woods se reflétait dans un miroir fixé au mur face à elle. Le chef de l'équipe A4, chargée d'assurer la contre-surveillance, prenait tout son temps pour acheter un numéro de l'*Evening Standard* au kiosque du coin.

Il lui avait déjà envoyé la double impulsion signalant que Marzipan, son contact, l'attendait à l'endroit prévu. L'équipe de surveillance, répartie des deux côtés de la rue, s'assurait que Marzipan n'avait pas été suivi. Ensuite, Wally lui indiquerait que la voie était libre.

Un jeune Indo-Pakistanais, en jean noir et sweat à capuche, arrivait de la station de métro Chalk Farm. Il s'arrêta devant la vitrine d'une agence immobilière, monopolisant sans le savoir l'attention de Wally et de son équipe. Puis il repartit et traversa Regent's Park Road, avant de disparaître dans une rue adjacente. Le petit appareil vibra une fois au creux de la main de Liz.

– Merci beaucoup, dit-elle au vendeur. Je reviendrai demain soir avec mon mari et nous choisirons à ce moment-là.

Elle quitta le jeune homme soulagé, tourna à droite en sortant de la boutique et se dirigea d'un pas vif vers le café, où elle entra sans hésitation – le tout sous le regard attentif de l'équipe A4.

À l'intérieur, Liz s'arrêta au bar et commanda un capuccino. Une tension lui crispait l'estomac, son cœur battait plus vite, sensations familières des missions en première ligne. Cette excitation lui avait manqué pendant les quatre derniers mois, passés en convalescence après une opération antiterroriste dans le Norfolk, à la fin de l'année précédente.

Dès que le médecin du MI5 avait signé son congé, elle était partie sans tarder rejoindre sa mère dans le Wiltshire. Au bout de quelques semaines, son état s'était suffisamment amélioré pour lui permettre d'aider celle-ci à la jardinerie qu'elle dirigeait. Les journées de congé se partageaient entre les visites de demeures du patrimoine et la confection de dîners raffinés pour deux ; pendant le week-end, elles voyaient de temps à autre des amis du voisinage. Le séjour avait été agréable, reposant et atrocement paisible. En cette soirée du mois de mai, Liz était heureuse de retrouver le terrain.

« Prenez le temps de vous installer », lui avait dit Charles Wetherby lorsqu'elle avait repris son poste moins d'une semaine auparavant. En réintégrant son bureau à la direction du Groupe antiterroriste interservices, elle avait commencé par épuiser la montagne de paperasse qui s'était accumulée pendant son absence. Mais cet après-midi, un message de Marzipan – le nom de code de Sohail Din – leur était parvenu, il sollicitait un rendez-vous urgent. À strictement parler, Marzipan ne relevait plus de la compétence de Liz. Pendant son absence, son collègue Dave Armstrong avait pris la relève, bénéficiant ainsi d'une source d'informations fiables au fort potentiel. Mais Dave était retenu à Leeds par une affaire importante, et quand il s'était agi de le remplacer, le choix avait paru évident. Après tout, Liz était à l'origine du recrutement de Marzipan, et son premier officier traitant.

Sa tasse à la main, elle se dirigea vers le fond de la salle où Marzipan attendait en lisant, installé à une petite table dans un coin sombre. Elle le salua d'une voix tranquille.

– Bonsoir, Sohail.

– Jane !

C'était le nom sous lequel il la connaissait. Il ferma son livre et la regarda s'installer sans cacher sa surprise.

– Je ne m'attendais pas à vous voir, mais ça me fait plaisir.

Elle avait oublié combien il avait l'air jeune – mais après tout, il l'était. Au moment de leur rencontre, près d'un an plus tôt, Sohail Din avait déjà été accepté à l'université de Durham pour y faire son droit. Et aujourd'hui, il n'avait pas encore vingt ans. En attendant d'y entrer, il avait trouvé un emploi dans une petite librairie islamique de Haringey. La paye n'était pas très élevée, mais il espérait avoir ainsi l'occasion de discuter religion avec d'autres jeunes gens sérieux comme lui. Or, il avait rapidement découvert que la librairie était le lieu de propagation d'une tendance radicale de la doctrine islamiste, bien éloignée de l'islam enseigné chez lui et dans sa mosquée locale. Les nombreuses conversations où il était couramment fait mention de fatwas et de

jihad l'avaient choqué, sans compter le soutien explicite de
certains de ses collègues à la stratégie des attentats sui-
cides. Ils allaient jusqu'à se vanter d'être prêts à prendre les
armes contre l'Occident. Pour finir, il avait compris que,
parmi ceux qui fréquentaient la librairie, certains partici-
paient activement à des complots terroristes. À ce moment,
il avait décidé de s'impliquer à son tour. Dans un commissariat voisin, il avait raconté son histoire à un officier de la
Special Branch [1]. Suivant une procédure éprouvée, il avait
été signalé au MI5. Son premier contact avait été Liz Carlyle. Après l'avoir persuadé de repousser d'un an le début
de son cursus universitaire, elle l'avait recruté et soumis à
l'entraînement d'un agent à long terme. Au cours des mois
suivants, Marzipan avait fourni des informations inesti-
mables sur les allées et venues de personnes auxquelles
le MI5 et la police s'intéressaient.

   – Je suis ravie de vous revoir, Sohail. Vous avez l'air en
forme.

   Marzipan reposa son livre et la fixa en silence d'un air
doux et solennel. Derrière ses lunettes, ses yeux paraissaient encore plus grands. Liz perçut l'intensité de son
désarroi.

   – Vous avez sans doute hâte de commencer
l'université ?

   Le changement de sujet l'aiderait peut-être à se
détendre. Il serait toujours temps d'opérer une transition
souple vers les affaires.

   – Oh oui ! répondit-il en s'animant.

   – Parfait. Vous vous en sortirez très bien, là-bas. Et
sachez que nous vous sommes très reconnaissants de
retarder vos études... Bien. Votre message réclamait un
rendez-vous urgent. Que s'est-il passé ?

---

1. Service de contre-espionnage et de lutte contre la subversion interne, présent au niveau local.

Son extrême jeunesse la frappa une fois encore – il était à peine sorti de l'enfance.

– Un homme est passé à la librairie, il y a quinze jours. Un des gars m'a raconté que c'était un imam important, venu du Pakistan pour quelque temps. J'ai eu l'impression de reconnaître son visage pour l'avoir vu sur une des cassettes vidéo en vente à la boutique. Quand je l'ai dit à Simon, il m'a demandé de le prévenir immédiatement si l'homme revenait.

Dave Armstrong travaillait sous le nom de Simon Willis.

– Vous l'avez donc revu ?

– Oui, cet après-midi. Mais il n'a fait que passer. Il est resté à l'étage avec trois hommes. Deux jeunes et un autre sans doute un peu plus âgé, des Britanniques d'origine indo-pakistanaise [1].

– Vous en êtes certain ?

– Je vous assure. Je les ai entendus parler. En fait, je suis monté pour réparer le magnétoscope. C'est Aswan qui l'a installé, il travaille avec moi, mais il est de repos aujourd'hui. Il n'avait pas relié l'antenne comme il fallait.

– Que regardaient-ils ?

– Une des cassettes apportées par l'imam. Il y en avait une pile près du magnétoscope et une dans le lecteur.

La porte de l'établissement s'ouvrit et Sohail regarda par-dessus l'épaule de Liz. Deux jeunes femmes chargées de sacs venaient prendre un café après leurs courses. Rassuré, il reprit :

– J'ai rétabli les branchements, et j'ai mis l'appareil en marche pour m'assurer que tout fonctionnait. C'est à ce moment-là que j'ai vu une partie de la vidéo.

Il s'interrompit. Liz attendit qu'il continue en réfrénant son impatience.

---

1. Le mot « asian » désigne en Grande-Bretagne les habitants du sous-continent indien, et non les Asiatiques au sens large. Nous avons choisi de les appeler « indo-pakistanais », ce qui est légèrement réducteur.

- Sur la cassette, c'était le même homme, l'imam. Il s'exprimait en urdu. C'est une langue que je ne comprends pas très bien, mais que je connais un peu parce qu'on la parle de temps en temps chez moi. L'imam disait qu'il était parfois nécessaire de mourir pour ses croyances. Il parlait aussi de guerre sainte.

- En avez-vous vu davantage ?

- Pas à ce moment-là. Je ne me suis pas attardé. Je ne voulais pas qu'ils pensent que je manifestais trop d'intérêt.

- À votre avis, pour quelle raison regardaient-ils cette cassette ? De toute façon, l'imam était sur place, non ?

Sohail prit le temps de formuler sa réponse.

- J'y ai beaucoup réfléchi et j'ai fini par me dire qu'il était venu les former. Peut-être les préparer.

- Les préparer ?

- Je pense qu'il les entraîne pour une mission, expliqua-t-il posément. Peut-être une mission suicide. Ils discutent sans arrêt de ce genre de choses là-bas.

Cette conclusion dramatique étonna Liz. Le Marzipan qu'elle connaissait s'était toujours montré serein et pondéré. Mais aujourd'hui, elle percevait chez lui de la crainte et de l'agitation. Elle lui demanda avec calme :

- Comment en êtes-vous arrivé à cette conclusion ?

Sohail fouilla dans son sac à dos, en tira une pochette en papier qu'il fit glisser à travers la table.

- Voilà pourquoi.

- Qu'y a-t-il à l'intérieur ?

- La cassette vidéo. L'imam l'a laissée là-bas avec les autres. Je suis monté avant la fermeture et je l'ai regardée.

D'un geste preste, Liz glissa le paquet dans son sac. Malgré sa satisfaction, elle s'inquiétait des risques que courait le jeune homme.

- Bien joué, Sohail. Mais vous êtes certain qu'ils ne vont pas remarquer son absence ?

- Il y a beaucoup de cassettes à l'étage. Et je suis sûr que personne ne m'a vu monter.

– Nous devrons la remettre en place au plus vite, dit-elle avec fermeté. Mais d'abord, quel âge avaient ces trois hommes ?

– Les plus jeunes avaient environ mon âge. L'autre approchait de la trentaine.

– Selon vous, ils étaient britanniques. Quelque chose de particulier vous a frappé dans leur accent ?

– Difficile à dire… Le plus vieux venait peut-être du Nord.

– Seriez-vous capable de les reconnaître si vous deviez les revoir ?

– Je n'en suis pas certain. Je n'ai pas voulu les observer de trop près.

Sohail jeta un coup d'œil nerveux vers la porte. Liz continua d'un ton apaisant :

– Bien sûr. Avez-vous une idée de l'endroit où on pourrait trouver ces trois hommes ?

– Non, mais je sais qu'ils doivent revenir.

Le pouls de Liz s'accéléra.

– Pourquoi ? Quand ?

– La semaine prochaine à la même heure. Aswan a demandé s'il devait descendre le magnétoscope, mais le patron lui a dit de ne pas prendre cette peine, puisqu'on en aurait encore besoin jeudi. Voilà pourquoi je pense qu'ils sont en stage. Ils doivent regarder une série de vidéos. C'est comme s'ils suivaient une sorte de formation.

– Comment savez-vous que ce sont les mêmes hommes ?

Une fois de plus, Sohail prit le temps de la réflexion, puis :

– À cause de la manière dont il s'est exprimé : « Laisse tomber, ils en auront besoin la semaine prochaine. » Il ne pouvait se référer qu'aux mêmes.

Liz évalua l'information. Même s'il n'était pas très long, ils disposaient d'un délai pour monter une opération avant la prochaine réunion du groupe. Elle se concentra sur les décisions immédiates.

— J'aimerais que vous me retrouviez plus tard dans la soirée. J'aurai eu le temps de faire une copie de cette cassette et de réunir quelques photos. Des portraits. Je voudrais que vous les examiniez. Vous pouvez ?

Sohail hocha la tête.

— Je vais vous indiquer le lieu du rendez-vous.

Elle lui donna une adresse située dans une des rues anonymes qui s'étendent au nord d'Oxford Street, puis s'assura qu'il l'avait bien retenue.

— Bon. Prenez le métro jusqu'à Oxford Circus et dirigez-vous ensuite vers l'ouest. Vous voyez où se trouve le magasin John Lewis ? demanda-t-elle et Sohail acquiesça. Parfait. Voilà la marche à suivre pour aller jusqu'à la maison. Nous nous assurerons que vous n'avez pas été suivi. Si la situation ne nous paraît pas claire, quelqu'un vous arrêtera dans la rue et vous demandera l'heure. Deux fois. Si ça arrive, n'allez pas à la planque. Continuez à marcher droit devant vous, prenez un bus et rentrez. Par ailleurs, au cas où vous tomberiez sur une de vos connaissances, préparez une excuse pour justifier votre présence dans le quartier.

— Facile. Je dirai que je cherchais des CD chez HMV sur Oxford Street. Ils restent ouverts tard.

Liz consulta sa montre.

— Il est 19 h 30. Je vous attendrai là-bas vers 22 heures.

— Vous serez de nouveau mon contact, à partir de maintenant ?

— Nous verrons, répondit-elle en toute sincérité, car à la vérité, elle l'ignorait également. Mais cela n'a pas d'importance, vous savez. Nous travaillons tous ensemble.

Il hocha la tête, mais Liz décela dans son regard une lueur qu'elle prit d'abord pour de l'excitation, avant de comprendre qu'il s'agissait aussi de crainte. Elle lui adressa un sourire apaisant.

– Votre travail est remarquable. Continuez à vous montrer très prudent, Sohail.

Le regard du jeune homme s'assombrit. Voyant son sourire peu assuré, elle ajouta :

– Si jamais vous avez l'impression d'être en danger, prévenez-nous immédiatement. Utilisez la procédure d'alerte. Nous ne voulons pas que vous vous exposiez inutilement.

Bien sûr, il s'agissait de paroles creuses. Il prenait évidemment des risques ; c'était inévitable dans ce type d'opérations. Liz mit en doute, et ce n'était pas la première fois, le jeu psychologique subtil que devait pratiquer l'officier traitant : mettre l'agent en garde, prendre la mesure du danger qu'il courait, le rassurer quant à la protection dont il bénéficiait, l'encourager à obtenir l'information nécessaire. Cela ne se justifiait que parce qu'il s'agissait d'empêcher une catastrophe ; mais face à quelqu'un comme Marzipan, le raisonnement perdait de sa belle rigueur.

– Je ferai tout ce qui est en mon pouvoir.

Liz fut émue, mais cette déclaration sobre et résolue n'atténua pas son sentiment de culpabilité. Malgré sa jeunesse, il faisait preuve d'un courage remarquable. Si l'idée de se faire exploser séduisait vraiment les hommes de la librairie, elle ne voulait pas penser à ce qu'ils seraient heureux de faire subir à Sohail. Dans un mouvement presque involontaire, elle secoua la tête et détourna les yeux.

2

Liz héla un taxi au pied de Primrose Hill et demanda au chauffeur de la conduire à l'Atrium, un restaurant sur Millbank. De là, il n'y avait que quelques pas à faire pour rejoindre Thames House, le vaste bâtiment qui abritait le quartier général du MI5 sur la rive nord de la Tamise. L'heure de pointe était passée, le public des théâtres installé dans les salles. C'était le bon moment pour regagner le West End. En d'autres circonstances, les lumières scintillantes et l'atmosphère accueillante des pubs l'auraient certainement retenue. Mais moins de vingt minutes après avoir quitté Marzipan, elle était de retour à son bureau.

Il lui restait de nombreuses dispositions à prendre avant de retrouver le garçon. Copier la cassette vidéo, vérifier la sécurité de la planque, convoquer une nouvelle équipe de l'A4 pour remplacer les hommes de Wally Woods qui n'étaient plus de service.

Puis Liz prit le temps de réfléchir. S'agissait-il d'une menace immédiate ? Dans ce cas, elle devrait contacter Charles Wetherby – qui dînait en ce moment même avec son homologue du MI6, Geoffrey Fane. Si Marzipan avait raison, le danger était effectif, mais pas imminent. Elle jugea plus sage de prendre sa décision après l'avoir revu. Elle composa le numéro du service des Enquêtes antiterroristes.

Judith Spratt, qui assurait la permanence de nuit, lui répondit.

Judith était une vieille amie. Toutes deux avaient rejoint le service le même jour, plus de dix ans auparavant, et elles étaient en poste à l'antiterrorisme depuis six ans. Mais alors que les talents de Liz l'avaient orientée vers la gestion des agents, les capacités d'analyse affûtées de Judith et l'attention qu'elle portait aux détails l'avaient transformée en enquêtrice spécialisée. Faisant preuve d'une ténacité proche de l'obsession, elle et ses collègues examinaient toutes les informations qui provenaient des sections antiterroristes ou leur étaient transmises par les officiers traitants. Ils se trouvaient constamment en contact avec des collègues à l'étranger, comparant des pistes, effectuant des identifications, établissant des liens. En donnant un sens à des informations jusque-là sans valeur, la section des enquêtes était la pierre de touche de tout le travail antiterroriste de Thames House.

C'est donc vers Judith que Liz se tournait maintenant pour obtenir le portfolio des photos de Britanniques d'origine indo-pakistanaise soupçonnés d'implication dans des affaires de terrorisme. Elle lui résuma les déclarations de Marzipan, mais aucun détail ne reliait l'affaire à celles que traitaient Judith et son équipe. Le grand porte-documents de cuir serré contre elle, bien refermé et verrouillé, Liz prit l'ascenseur jusqu'au parking du sous-sol et choisit une des voitures banalisées qui s'y alignaient. Lorsque, se dirigeant vers le nord, elle traversa Oxford Circus pour remonter Regent Street, il lui restait encore trois quarts d'heure. Elle s'engagea dans une des rues calmes bordées de superbes maisons du XVIIIe siècle, qui accueillaient aujourd'hui les cabinets de consultation des médecins, dentistes, psychiatres et autres spécialistes au service des riches résidents ou visiteurs de Londres. Pour finir, elle passa sous une arche et pénétra dans une cour sombre où s'alignaient de petites maisons peu éclairées – les anciennes écuries des maisons de maître. Elle pressa un bip. Une porte bascula vers le haut, dévoilant un petit garage éclairé où elle rangea la voiture.

Au niveau supérieur se trouvait un salon douillet et accueillant, meublé de deux canapés fatigués, recouverts d'un tissu que tous les officiers traitants surnommaient « le chintz du ministère du Travail ». Une table de salle à manger carrée, flanquée de plusieurs chaises d'un bois inidentifiable, une table basse qui avait connu de meilleurs jours et une affiche encadrée complétaient l'installation. Les planques étaient une des impasses de la civilisation. Strictement utilitaires, elles étaient toujours prêtes à servir ; il y avait toujours de quoi préparer du thé ou du café dans la cuisine, mais jamais de nourriture. Un quart d'heure plus tard, Liz était encore occupée à étaler la collection de photos du portfolio sur la grande table, lorsqu'elle fut interrompue par le téléphone.

– Quatre-vingt-dix secondes. Rien à signaler.

La voix à l'autre bout de la ligne n'ajouta pas un mot.

Au premier coup de sonnette, elle ouvrit la porte et conduisit Marzipan à l'étage.

– Voulez-vous quelque chose à boire ? Du thé peut-être ? Ou du café ?

Sohail refusa d'un signe de tête. D'un air grave, il examina lentement la pièce, en silence.

– Avez-vous mangé ?

Liz espérait que c'était effectivement le cas.

– Je n'ai besoin de rien pour l'instant, merci.

– Très bien, alors mettons-nous au travail. Je veux que vous preniez votre temps en regardant ceci, mais ne réfléchissez pas trop. En règle générale, la réponse instinctive est la bonne.

Les images provenaient de sources diverses. Les meilleures étaient des copies de photos extraites de demandes de passeport ou de permis de conduire. La plupart des autres avaient été obtenues grâce à la vidéosurveillance ; prises de loin, à l'aide de caméras dissimulées, elles étaient de piètre qualité. Sohail s'appliqua, étudiant chaque cliché avec attention avant de secouer la tête d'un air de regret. Vers 23 heures, ils n'en étaient qu'à la moitié, mais Liz s'avisa que les parents du jeune homme pourraient s'inquiéter s'il rentrait plus tard que d'habitude.

– Je crois qu'il est l'heure de fermer boutique, lança-t-elle. Pourrez-vous revenir demain pour regarder le reste ?

Il hocha la tête.

– Alors, retrouvons-nous ici. Disons à 19 h 30. Suivez la même procédure que ce soir... Vous devriez rentrer en taxi. Je vais en appeler un.

En observant Sohail avec plus d'attention, Liz avait été frappée par son état d'épuisement. Elle quitta la pièce pour téléphoner.

– Vous partirez d'ici dix minutes, annonça-t-elle à son retour. Sortez de la cour, tournez à gauche, et un taxi arrivera. En approchant, il allumera son voyant. Le chauffeur vous laissera à quelques rues de chez vous.

Tout en lui parlant, elle fut saisie d'une soudaine inquiétude, traversée par un élan de tendresse presque maternelle.

C'était bien dommage qu'il n'ait encore identifié aucun des trois suspects. Mais elle n'en était pas abattue pour autant. Dans sa branche d'activité, elle l'avait appris depuis longtemps, le succès était une question de temps, de patience, qui survenait souvent avec brusquerie et de manière inattendue.

3

Quand sa mère, Molly, avait téléphoné pour lui communiquer le diagnostic du médecin, Maddie était rentrée à Belfast. Il n'y avait plus rien à faire, excepté gérer la douleur. Sean Keaney allait mourir à la maison.

C'est ainsi qu'elle retrouva la petite maison de brique où son père et sa mère avaient passé plus de quarante ans de leur vie, juste à côté de Falls Road. Un logis aussi terne et exigu que ses voisins de rangée. Seul le plus attentif des observateurs aurait remarqué l'épaisseur insolite de la porte d'entrée ou les renforts d'acier des volets peints.

Devant l'imminence du décès, la famille s'était rassemblée, telle une caravane de chariots formant un cercle défensif. De l'avis de Maddie, le cercle était bien restreint. Une des filles était morte d'un cancer du sein deux ans plus tôt, et le fils - prunelle des yeux de son père - avait été abattu quinze ans auparavant en essayant de forcer un barrage de l'armée britannique. Il ne restait plus qu'elle et Kate, sa sœur aînée.

Dans son enfance, l'aversion qu'elle éprouvait pour son père ne trouvait son équivalent que dans l'intensité de l'affection qui la liait à sa mère. Mais avec les années, ce sentiment avait été lentement corrodé par la frustration que lui inspirait le spectacle de la passivité maternelle devant les manières dominatrices de son époux. Maddie ne parvenait tout simplement pas à comprendre que sa mère ait accepté de subordonner ses remarquables qualités – sens de la musique, amour des livres et cet humour propre à ceux qui avaient grandi dans la région de Galway – aux exigences de son mari Sean, pour qui la Lutte devait passer avant tout le reste.

Maddie savait que le dévouement de son père au nationalisme irlandais lui valait une certaine forme d'admiration. Mais cet aspect de la situation n'avait contribué qu'à intensifier son ressentiment et sa colère devant le traitement inhumain qu'il réservait à sa famille. Cependant, elle n'aurait su dire lequel, de l'homme ou du mouvement, méritait le plus son mépris. Dès que cela avait été possible, elle était partie. À dix-huit ans, elle avait commencé des études de droit à l'université de Dublin, puis y avait trouvé du travail.

C'était aussi la violence que Maddie avait laissée derrière elle. Elle n'avait jamais pris la peine de dénombrer les personnes de sa connaissance qui avaient été blessées ou tuées. Puis il y avait tous les autres, ces gens ordinaires qui s'étaient retrouvés au mauvais endroit, au mauvais moment. Elle en était venue à croire que le décompte ne s'achèverait jamais. Son père faisait preuve d'un sens du secret presque obsessionnel pour tout ce qui relevait de « sa vie professionnelle ». Toutefois, lorsque la famille Keaney écoutait des infos de chaque nouvelle opération de l'IRA – euphémisme pour des attentats à l'explosif, des fusillades et des assassinats –, c'était dans un silence entendu, rien moins qu'innocent. Aucun silence ne pouvait étouffer l'impact des disparitions qui avaient hérissé de pointes l'enfance de Maddie comme une cible grotesque criblée de fléchettes. Celle de son frère, en particulier, né et élevé comme un partisan de l'IRA, mort avant de savoir que la vie pouvait lui offrir d'autres choix.

À présent, elle passait des heures dans le petit salon du rez-de-chaussée, absorbant d'innombrables tasses de thé, assise en compagnie de sa mère et de sa sœur, pendant qu'au-dessus de leurs têtes, le père gisait dans son lit, anesthésié par de fortes doses de calmants. Une rumeur avait couru dans le vaste réseau des compagnons d'armes, associés et amis de Sean Keaney : il aurait été heureux de recevoir une dernière fois ceux qui avaient servi avec lui depuis le début des Troubles à la fin des années soixante. Il ne fut jamais question de demander un prêtre. Même s'il était né catholique, la seule foi à laquelle Keaney avait prêté une complète allégeance était la cause de l'Armée républicaine irlandaise.

Tous les visiteurs étaient connus de la famille. Kieran O'Doyle, Jimmy Garrison, Seamus Ryan, jusqu'à Martin McGuinness, qui fit une apparition tardive un beau soir, profitant du couvert de l'obscurité afin de passer inaperçu. En regroupant ces noms sur une liste, on aurait pu faire l'appel du mouvement républicain au complet. Aux yeux d'un homme, ils étaient les vieux vétérans de longue date de la lutte armée.

Nombre d'entre eux avaient effectué des peines de prison pour avoir participé à des attentats à l'explosif ou des assassinats et n'étaient libres que par la grâce des clauses d'amnistie du Good Friday Agreement[1]. Durant sa longue carrière paramilitaire, Keaney s'était débrouillé pour éviter toute condamnation pénale, mais comme la plupart de ses visiteurs, il avait séjourné plus d'un an dans les cellules du Maze, au cours des années soixante.

Pour soulager sa mère, épuisée par les escaliers, Maddie se chargeait de conduire les hommes à l'étage. Ils se tenaient debout près du lit, essayant de faire la conversation à celui qu'ils appelaient autrefois Commandeur. Mais elle voyait combien ils étaient choqués en découvrant l'état de Keaney. La phase terminale de la maladie avait réduit cet homme autrefois bâti comme une armoire à glace à une sil-

---

1. Accord historique du 10 avril 1998, mettant fin à trente ans de conflits en Irlande du Nord.

houette rabougrie. Sensibles à son épuisement, la plupart de ses vieux compagnons abrégeaient leur visite et lui faisaient des adieux maladroits mais qui partaient du cœur. Au rez-de-chaussée, ils s'arrêtaient pour bavarder brièvement avec Molly et Kate – la sœur de Maddie ; parfois, s'ils faisaient partie des intimes de Keaney, ils prenaient le temps d'avaler un petit whiskey.

Maddie voyait combien ces visites, malgré leur brièveté, drainaient l'énergie déclinante de son père et elle vit arriver la fin de la liste avec soulagement. C'est pourquoi, après une nuit où la souffrance avait été telle qu'on pouvait craindre qu'il ne voie pas l'aube suivante, la requête qu'il lui murmura fut d'autant plus étonnante.

– Il veut voir James Maguire ! annonça Maddie.

Dans la cuisine exiguë du rez-de-chaussée, la mère et la sœur de Maddie s'interrompirent dans la préparation du petit déjeuner.

– Tu plaisantes ?

L'incrédulité de Kate ne manquait pas de fondement. Même sous le parapluie du nationalisme irlandais, les relations entre James Maguire et Sean Keaney se limitaient au mieux à une coexistence difficile. Seule leur dévotion à la cause battait en brèche leur antipathie mutuelle.

– Je me suis d'abord dit qu'il parlait sous l'influence de la morphine, mais c'est la deuxième fois qu'il demande. Je n'ai pas su quoi répondre. On ne peut pas refuser d'accomplir la dernière volonté de notre père, n'est-ce pas ?

Sa sœur la considéra avec dureté, puis décida :

– Je vais monter lui parler. Il ne doit plus savoir ce qu'il dit.

Mais lorsqu'elle redescendit, son expression était encore plus sévère.

– Il insiste. J'ai voulu savoir pourquoi il tenait à voir Maguire. Il m'a répondu : « Ça ne te regarde pas. Contente-toi de me l'amener. »

Plus tard ce jour-là, une heure environ avant que les Keaney prennent le thé, on frappa à la porte. Un homme grand et maigre entra, et bien qu'il ait sensiblement le même âge que celui qui agonisait en haut, rien en lui n'inspirait la fragilité. Son attitude était dénuée de la discrétion dont avaient fait preuve les anciens compagnons de Keaney et il ne serra la main d'aucun des membres de la famille. Kate l'accompagna à la chambre. Plus tard, elle raconta à Maddie que son père était endormi à leur arrivée – cette étrange rencontre avec un ennemi de longue date n'aurait peut-être pas lieu, après tout. Mais au moment où elle se tournait vers le visiteur, celui-ci ouvrit la bouche et dit d'un ton posé :

– Salut, Keaney.

– Entre, Maguire, ordonna la voix faible.

Kate vit que son père avait ouvert les yeux. Il leva une main décharnée pour la renvoyer, ce qu'il n'avait pas fait lors des autres visites.

En bas, Maddie attendit dans le salon avec sa mère et sa sœur. Leur curiosité basculait peu à peu vers l'incrédulité à mesure que la pendule égrenait les minutes, rythmant le murmure des voix graves à l'étage pendant cinq, puis dix minutes, un quart d'heure. Finalement, une heure et demie s'écoula avant qu'elles n'entendent la porte de la chambre s'ouvrir, des pas descendre les marches. Sans s'arrêter, même pour le plus bref des saluts, Maguire quitta la maison.

Par la suite, Maddie trouva son père dans un tel état d'épuisement qu'elle ne put se résoudre à l'interroger sur son visiteur, préférant le laisser dormir. Moins patiente, sa sœur remonta juste après avoir fini de prendre le thé, déterminée à découvrir pourquoi Keaney avait convoqué Maguire. Elle redescendit, à la fois insatisfaite et bouleversée. À un moment donné, pendant qu'elles prenaient leur collation, leur père, Sean Keaney, était mort dans son sommeil.

4

Charles Wetherby, directeur de l'Antiterrorisme, était à son bureau depuis 7 h 30. La veille, quand il était rentré de son dîner avec Geoffrey Fane du MI6, Liz lui avait fait un compte rendu par téléphone de ses conversations avec Marzipan. Wetherby avait convoqué d'urgence à 9 heures le groupe antiterroriste interservices, qui réunissait des membres du MI5, du MI6, du GCHQ (le Centre d'interception des télécommunications internationales), de la Police métropolitaine [1] et du Home Office. Mis en place juste après l'horreur du 11-Septembre sur l'insistance du Premier ministre, le groupe avait pour mission de faciliter la coopération de toutes les agences gouvernementales et des services impliqués dans la lutte contre la menace terroriste, avec le souci d'éviter les rivalités internes susceptibles d'entraver l'effort commun. Compte tenu des informations disponibles, le comité avait conclu qu'il existait sans doute une menace sérieuse, méritant un suivi attentif. On convint que les services du MI5 devraient continuer l'enquête à partir des données fournies par Marzipan, qu'ils auraient libre accès aux ressources communes et devraient tenir tout le monde informé de leurs progrès.

---

1. Metropolitan Police : police de la ville de Londres.

Il était 11 heures et Wetherby présidait maintenant une réunion des différentes sections du MI5 concernées par l'affaire. La salle de conférences se situait au centre de Thames House. Elle dominait l'atrium, mais aucune de ses ouvertures ne donnait sur l'extérieur. Dans la pièce spacieuse, plusieurs rangées de chaises s'alignaient autour d'une longue table. Un écran et du matériel technique occupaient l'une des extrémités. Malgré l'espace, la salle était bondée. Liz se retrouva coincée entre Judith Spratt et le maussade Reggie Purvis qui dirigeait la section A4, dont les équipes avaient assuré la veille la sécurité de Liz et de Marzipan.

Étaient aussi présents une petite armée de personnages en manches de chemise, aux allures de baroudeurs, anciens militaires pour la plupart. Des membres de l'A2, la section responsable des « micros et cambriolages » - installer des systèmes d'écoute et des caméras -, toutes manœuvres exécutées de nos jours uniquement avec un mandat. Liz les savait experts dans l'art exigeant de leur travail dangereux, singulièrement éprouvant pour les nerfs. Le reste des sièges était occupé par des collègues de Judith Spratt du service des Enquêtes antiterroristes, Ted Poyser dit le Techno, chef consultant pour tout ce qui relevait de l'informatique, Patrick Dobson de la Direction générale, chargé de la liaison avec le Home Office, sans oublier Dave Armstrong, tout juste rentré de Leeds. Même à distance, Liz pouvait voir qu'il avait besoin d'un coup de rasoir, d'une chemise propre et d'une bonne nuit de sommeil.

Liz connaissait et appréciait la majorité de ses collègues, y compris Reggie Purvis qui, aussi taciturne et opiniâtre qu'il puisse être, n'en possédait pas moins une précieuse expérience dans sa partie. L'unique exception arriva en retard à la réunion et se laissa tomber sur un des sièges libres. L'année précédente, Michael Binding, le poseur de micros et le cambrioleur en chef, avait quitté l'Irlande du Nord après une affectation d'une longueur inhabituelle pour prendre la direction de la section A2. Binding traitait ses collègues féminines avec un irritant mélange de galanterie et de condescendance que Liz ne supportait qu'en exerçant un contrôle d'acier sur ses nerfs.

Mais pour cette matinée, au moins, Liz et la vidéo de Marzipan tenaient la vedette. La plupart des membres de l'assistance avaient déjà visionné de larges extraits du film, soit à la télévision, soit en parcourant des sites extrémistes sur Internet. Mais à mesure que la cassette se déroulait dans son intégralité, tous étaient frappés par l'évidente malveillance que trahissait cette concentration d'images brutales – la constance du message facilitait sa pénétration au-delà des barrières de langue et de culture. Certains avaient le devoir de haïr et de détruire d'autres, pour des raisons dépassant la volonté de chacune des parties.

Parmi cette accumulation de sang et de violence, de couteaux tranchant des gorges, de pleurs, de frayeur, de poussière et d'explosions qui défilait sur l'écran, rien n'était plus sinistre, ne témoignait d'une cruauté plus froide, que l'image d'un homme, barbe noire et tunique blanche. Assis sur un tapis, il s'exprimait, d'une voix modulée de haut en bas comme une sirène, dans un langage que peu dans la pièce comprenaient. Toutefois, son message didactique, déterminé et haineux, n'était que trop clair. De son apparition récurrente entre les différentes scènes de violence on pouvait déduire que son message visait à illustrer divers points de doctrine ou une méthode. Mais ses interventions étaient incontestablement centrées sur la mort. Enfin, l'image tremblota longuement et la cassette s'arrêta.

Un silence choqué tomba, interrompu par Wetherby :

– L'homme en blanc est l'imam que notre agent Marzipan a vu hier dans une librairie de Haringey. D'ici une heure, nous aurons une transcription complète, mais l'essentiel de son discours semble assez clair. Judith ?

Judith avait été briefée par un des transcripteurs chargés des conversations interceptées en urdu. Elle consulta brièvement ses notes.

– Ses déclarations sont un appel aux armes. Tous les vrais croyants doivent prendre leur sabre, ainsi de suite... Le grand Satan américain, ses alliés malveillants... Ceux qui combattent doivent embrasser la mort et ils seront bénis dans un autre monde. C'est la phrase de conclusion. Mais le plus intéressant est que le film va au-delà des diatribes habituelles. D'après la présentation, ce serait plutôt une sorte de cours, avec des points illustrés par les différentes scènes de violence. Presque une espèce de démonstration.

– Vous pensez à un genre de vidéo de formation ? demanda Dave Armstrong.

– Oui. Quelque chose de cet ordre. En tout cas, le discours dépasse le simple sermon.

– Cette analyse concorde avec le rapport de Marzipan, rappela Liz.

– Tout comme le fait qu'ils soient trois. C'est le nombre idéal pour une équipe. Sécurité maximale, et ils peuvent se surveiller mutuellement.

Judith était toujours à la pointe pour les précisions théoriques.

– D'où sortent les vidéo-clips ? demanda quelqu'un.

Wetherby se chargea de le renseigner :

– La scène de la gorge tranchée est certainement le meurtre de Daniel Pearl, le journaliste. Les autres auraient pu se dérouler n'importe où, notamment en Irak. Le texte nous aidera sans doute si nous avons besoin de l'information.

Il se tourna vers un homme assis au bout de la table et que Liz n'avait pas reconnu. Épaules larges dans un costume bien coupé, une cravate écarlate sous un visage aux traits taillés à la serpe mais à l'expression avenante. Pas loin d'être séduisant, se dit-elle.

– Qu'avons-nous sur cet imam, Tom ? Son identité, peut-être ?

Le nommé Tom répondit à la question de Wetherby d'une voix mesurée. Avec un soupçon d'ironie, Liz songea qu'il épousait parfaitement la prononciation standard, ce que sa mère appelait « l'anglais correct ».

– Il s'appelle Mahmoud Abu Sayed. Il dirige une madrasa à Lahore. Comme Judith l'a suggéré, il est en effet une sorte d'enseignant. Mais sa madrasa est connue comme un foyer du radicalisme. Abu Sayed est originaire de la frontière afghane. Sa famille a des liens très forts avec les talibans. Même parmi les radicaux, c'est un partisan de la ligne dure…

Il marqua une courte pause.

– Nous vérifierons avec l'Immigration, mais il est sans doute entré dans le pays sous un faux nom. Je suis prêt à parier que c'est sa première visite en Grande-Bretagne. Les étudiants anglais se sont toujours rendus à Lahore. S'il prend la peine de se déplacer ici, c'est qu'il se prépare un gros truc.

Le silence s'installa. Puis Michael Binding, engoncé dans sa lourde veste de tweed, le visage rougeaud, se pencha en avant et agita son stylo pour capter l'attention de Wetherby :

– Écoutez, Charles, j'ai l'impression que nous allons un peu vite en besogne. Les ressources du A2 sont plutôt réduites, en ce moment. Cet imam est peut-être un va-t-en-guerre, mais dans son monde, c'est sans doute un personnage honorablement connu. Est-ce vraiment si extraordinaire que de jeunes musulmans veuillent l'entendre ou qu'il puisse réunir quelques nouveaux disciples ? Ils tiennent peut-être à être tout simplement en sa présence. En Irlande du Nord…

Liz l'interrompit en s'efforçant de réfréner son impatience.

– Ce n'est pas l'impression de Marzipan. Et jusqu'à présent ses intuitions se sont révélées exactes à quatre-vingt-dix pour cent. Il est persuadé que ces gens se préparent à accomplir une mission et je partage son opinion.

Binding se renfonça dans son siège et, l'air agacé, se gratta le nez du bout de son stylo. Wetherby lui adressa un sourire sombre et répondit :

– Au vu de ces événements, le groupe a estimé plausible l'existence d'une menace spécifique. Je suis d'accord avec ces conclusions. Notre hypothèse de travail est la suivante. Nous devons penser que ces trois jeunes gens se préparent à commettre une atrocité quelconque sous la direction d'un tiers. Ce que nous avons vu fait partie de la mise en condition, le but est de raffermir leur décision, de s'assurer qu'ils iront jusqu'au bout. En l'absence de toute information contradictoire, nous travaillerons sur l'hypothèse qu'une attaque est en préparation sur le territoire… Une attaque de grande envergure.

Un instant de silence avait donné plus de poids à ses dernières paroles.

Un petit frisson sembla parcourir la pièce. Il était pratiquement impossible d'arrêter un kamikaze armé d'explosifs, à moins de le détecter avant le début de sa mission. Trois terroristes multipliaient la difficulté par trois. L'un deux allait fatalement réussir. Si l'objectif réel de l'opération était encore flou, Marzipan leur avait au moins donné une chance, se dit Liz. Cependant, Wetherby n'avait pas terminé :

– L'opération sera gérée par le service des Enquêtes et dirigée par Tom Dartmouth. Le nom de code sera FOX-HUNT. Dave, vous restez l'officier traitant de Marzipan. C'est vous qui le rencontrerez ce soir.

L'estomac de Liz lui sembla soudain lesté de plomb. Son visage s'empourpra sous l'effet de la déception. Dave Armstrong la regarda d'un air compatissant, mais elle ne parvint qu'à lui adresser le plus pâle des sourires. Si elle avait dû prendre un congé, il n'en était pas responsable. Il avait hérité de Marzipan en toute loyauté, avant que l'agent ne soit devenu une pépite. En toute logique, Dave devait continuer son travail. Au-delà de la déception, elle éprouvait des sentiments difficiles à identifier avec précision. Quelque chose la touchait chez Sohail – une forme de vulnérabilité, une fragilité, voire ses principes. Il était étranger, appartenait à une autre culture, à un milieu social différent, mais tous deux partageaient les mêmes principes. Avait-il pleinement conscience des risques qu'il courait ? Impossible à dire. Cependant, la manière dont il s'était abandonné à eux – oui, c'était bien le mot – comportait une certaine proportion de naïveté. Elle se mordit la lèvre, gardant le silence. D'ailleurs, Wetherby continuait à parler. Elle en venait presque à détester ses manières détachées et l'immuable assurance de ses intonations.

– Pour l'instant, notre objectif est de recueillir autant d'informations que possible. Nous n'avons aucun intérêt à intervenir dans l'immédiat. La cassette n'est pas une preuve. Nous ne pouvons accuser personne de quoi que ce soit. Donc notre premier geste sera d'établir une surveillance de la librairie. Je veux des écoutes et des caméras dissimulées dès que possible. Patrick, voulez-vous vous occuper du mandat ?

Patrick Dobson hocha la tête.

– Je passerai au bureau du ministre de l'Intérieur. Je sais qu'il se trouve à Londres en ce moment, ça devrait être rapide. On peut espérer l'avoir pour 18 heures. J'aurai besoin d'une demande écrite d'ici une heure.

Tom hocha la tête et regarda Judith.

– Voulez-vous bien vous en charger, s'il vous plaît ?

Wetherby se tourna vers Binding.

– Désolé, Michael. On y est. Si nous obtenons ce mandat, je veux que vos gars entrent là-bas demain soir. Ça vous paraît possible ?

Binding hocha la tête d'un air pensif.

– On peut sans doute y arriver. À condition que Marzipan nous fasse un plan de l'intérieur du bâtiment. Nous aurons aussi besoin d'une surveillance préalable de l'A4. Il nous faudra savoir qui sont les gens importants, l'heure de leur départ, l'endroit où ils vivent, qui détient les clés. Il vaudrait mieux ne pas risquer d'être dérangé. Je devrai aussi faire appel à la Special Branch. Tom, j'ai besoin de savoir ce qu'on peut leur communiquer.

– Entendu. Nous en discuterons à la fin de la réunion.

Reggie Purvis s'adressa à Liz :

– Nous avons prévu de briefer les équipes A4 à 16 heures. J'espère que Dave et vous pourrez assister à la réunion. Nous aurons besoin des informations de Marzipan sur le quartier et les gens.

Liz consulta Dave du regard, puis hocha la tête. Wetherby rassembla ses documents.

– Nous nous retrouverons demain dans mon bureau. Je voudrais que chaque représentant de section me fasse un rapport sur la situation. Judith, rédigez-moi une note d'opérations, s'il vous plaît. Vous la donnerez à Tom et vous la transmettrez ensuite à tout le monde.

Les participants commençaient à se disperser quand Wetherby interpella Liz :

– Pouvez-vous me rejoindre dans mon bureau, disons à midi ? Je dois d'abord passer un coup de fil rapide.

Dave Armstrong rattrapa Liz dans le couloir et ils se dirigèrent vers l'escalier ensemble.

– Merci de m'avoir remplacé hier soir avec Marzipan, dit-il.

– C'est quand tu veux. Comment ça s'est passé dans le Nord ?

– Beaucoup d'agitation inutile. Je suis venu tout droit au bureau. Je ne suis même pas encore passé chez moi. Mais au moins cette affaire-ci a l'air sérieuse.

Il frotta son menton hirsute. Ils franchirent la porte du quatrième étage et Liz demanda :

– Dis-moi, qui est ce Tom ? C'est la première fois que je le vois. C'est un nouveau ?

– Tom Dartmouth. Non, ce n'est pas un nouveau. Il était au Pakistan, le pauvre diable a été détaché au MI6 après le 11-Septembre. Il est arabophone. J'aurais dû vous présenter, mais j'ignorais que tu ne le connaissais pas. Il a sans doute réintégré le service pendant ton congé. À mon avis, tu l'apprécieras. C'est un type sympa. Et il connaît son affaire.

Dave observa Liz un instant, puis un sourire illumina ses traits. Il lui donna un petit coup de coude.

– Inutile de t'exciter. J'ai entendu dire qu'il y a une Mme Dartmouth.

– Ne sois pas ridicule. T'es vraiment qu'un obsédé.

5

En longeant le couloir pour aller voir Wetherby, Liz éprouvait un mélange d'appréhension et d'excitation. Depuis son retour, elle ne l'avait croisé que brièvement, au moment où il était venu l'accueillir le premier matin, avant de filer à Whitehall où il avait rendez-vous. Lorsqu'il avait réassigné Marzipan à Dave Armstrong, elle avait été fort déçue mais pas vraiment étonnée. En revanche, elle espérait qu'il lui avait réservé quelque chose d'aussi important. Pourtant, il semblait y avoir largement de quoi s'occuper – la veille, un des vieux routiers de l'Antiterrorisme avait affirmé que même à l'époque où les attentats de l'IRA à Londres battaient leur plein, l'atmosphère de Thames House n'avait jamais été aussi frénétique.

Quand elle entra dans la pièce, Wetherby se tenait devant son bureau. Il lui fit signe de s'asseoir et elle songea une fois de plus qu'elle le connaissait peu. Avec son costume impeccable et ses Oxford bien cirés, il pouvait se fondre dans n'importe quel groupe d'hommes distingués. Mais un observateur attentif aurait remarqué ses yeux. Dans ses traits quelconques et légèrement irréguliers, son regard calme et vigilant pouvait d'un instant à l'autre se parer d'humour, ou de froideur. Certains interprétaient mal son comportement mesuré, mais elle savait, d'expérience, que sous cette apparence pondérée se dissimulaient une intelligence pénétrante et une solide détermination. Dans ses bons jours, Liz avait conscience de compter à ses yeux, et pas seulement à cause de ses talents d'enquêtrice. Cette relation professionnelle restait cependant décontractée, voire imprégnée d'une subtile ironie, comme s'ils s'étaient mieux connus dans une sorte d'autre vie. Aujourd'hui, il semblait en veine de confidence :

– Enfant, j'ai eu une gouvernante irlandaise. Après un événement perturbant, elle avait l'habitude de me demander si je me sentais « bien à l'intérieur ». Drôle d'expression, mais tellement juste. Alors, et vous ?

Il souriait tout en continuant à l'observer avec attention. Elle répondit en le fixant dans les yeux :

– Honnêtement, vous n'avez pas à vous faire du souci pour moi.

– J'ai entendu dire que vous étiez chez votre mère. Comment va-t-elle ?

– Bien, merci. Elle s'inquiète des effets de la sécheresse sur les jeunes buissons, répondit Liz. Et Joanne ? Elle va mieux ? ajouta-t-elle après un instant de silence.

L'épouse de Wetherby souffrait d'une maladie du sang qui l'affaiblissait au point de la rendre quasiment invalide. Liz songea que leur attitude à tous deux avait quelque chose d'insolite. Il ne manquait jamais de prendre des nouvelles de sa mère et, de son côté, elle s'enquérait avec constance de la santé de Mme Wetherby, alors que ni l'un ni l'autre n'avaient jamais rencontré l'objet de leur prévenance.

– Elle n'est pas en grande forme.

Wetherby fronça les sourcils et, d'un petit mouvement de tête, sembla chasser une pensée importune, avant de continuer :

– Je voulais vous voir parce que j'ai une mission à vous confier.

– C'est en rapport avec l'opération ?

Une bouffée d'espoir.

– Pas à proprement parler. En fait, je veux que vous restiez dans la section et que vous continuiez à participer à l'affaire en cours, tout en travaillant sur la nouvelle. C'est une mission supplémentaire, si vous voulez, mais c'est important.

Que pouvait-il y avoir de plus important que l'imminence d'attentats-suicides en Grande-Bretagne ? Se pourrait-il qu'elle soit rétrogradée ? C'était l'unique explication.

– Avez-vous déjà entendu parler de Sean Keaney ?

Liz fouilla dans ses souvenirs.

– Bien sûr. Il appartenait à l'IRA, n'est-ce pas ? Mais je pensais qu'il était mort.

– Exact. Il est décédé le mois dernier. Mais juste avant, il a voulu revoir un de ses anciens compagnons d'armes, un certain James Maguire. Cette demande était un peu étrange parce que les deux hommes ne s'étaient jamais entendus. Keaney était tout autant partisan de la violence que n'importe quel autre membre de l'IRA, mais il était aussi prêt à discuter. Il a pris part aux négociations secrètes avec Willie Whitelaw dans les années soixante-dix. Mais Maguire a toujours clamé que le seul fait de parler aux Anglais relevait de la trahison. Il aurait même sous-entendu que Keaney travaillait peut-être pour nous.

Liz leva un sourcil inquisiteur.

– La réponse est non, la renseigna Wetherby. Keaney n'a jamais travaillé pour nous.

Il se tut et laissa échapper un rire bref.

– En revanche, Maguire, si. Il s'affichait avec tant de vigueur comme un partisan de la ligne dure que personne ne l'a jamais soupçonné. Hormis Keaney. C'est pourquoi il a demandé à le voir alors qu'il était sur le point de mourir. Il voulait s'assurer que ses confidences allaient bien nous parvenir. Et ç'a été le cas.

Wetherby se tut, perdu dans ses pensées, l'espace d'un instant, avant de revenir au présent.

– Au début des années quatre-vingt-dix, la faction dure de l'IRA a fait une crise de paranoïa. Ils étaient persuadés de compter des indics anglais dans leurs rangs. L'idée d'inverser la situation a germé dans l'esprit de Keaney. Il a décidé de tenter de nous infiltrer. Et juste avant de mourir, il a révélé à Maguire qu'il avait réussi à implanter une taupe au sein des services secrets britanniques.

– Mais qu'entendait-il par services secrets britanniques ? Lequel en particulier ?

– Il ne l'a pas spécifié. Impossible de dire s'il le savait ou pas, mais, en tout cas, il n'en a pas informé Maguire. Le seul détail qu'il ait révélé, c'est que son agent infiltré était allé à Oxford et que c'est là-bas qu'il, ou elle, avait été recruté par un sympathisant de l'IRA. Sans doute un *don*[1], mais rien n'est certain. L'essentiel reste que, d'après Keaney, la taupe a réussi à se faire engager par les services secrets. Mais plus ou moins au même moment, les pour-parlers ont commencé et l'accord du 10 avril a été ratifié. Donc, toujours à en croire Keaney, son agent n'a jamais été activé.

– Pourquoi s'est-il décidé à en parler maintenant ? L'histoire remonte à presque quinze ans.

– Quand on a découvert les micros de l'IRA à Stormont, ça a bien failli faire capoter le processus de paix. Toujours selon Keaney, il se serait tu à l'époque en pensant que dévoiler l'implantation d'une taupe de l'IRA dans les services secrets britanniques aurait porté un nouveau coup aux négociations, peut-être définitif, cette fois. D'autre part, si les fuites sur nos informateurs au sein de l'organisation étaient embarrassantes pour eux, ce n'était que la confirmation de ce que tout le monde soupçonnait depuis longtemps, eux compris. L'inverse, en revanche, aurait constitué une nouvelle autrement explosive.

– Vous y croyez ?

---

1. Professeur d'université, surtout à Oxford et Cambridge.

– Vous parlez des raisons qui auraient poussé Keaney à avouer maintenant ? Je n'en ai pas la moindre idée. Et j'ai bien peur que là où il se trouve, nous ne puissions plus l'interroger.

– Et s'il avait tout inventé ? Vous savez, le dernier coup porté par un vieil ennemi au gouvernement de Sa Majesté.

Liz avait hésité, consciente de la faiblesse de l'argument.

– Possible. Mais nous ne pouvons pas négliger le fait qu'il ait pu dire la vérité, même si les chances sont minces. Imaginons qu'un membre d'un des services secrets ait vraiment été prêt à nous espionner pour le compte de l'IRA, un agent qui se serait engagé avec cette intention...

– Mais qui n'a jamais été activé ?

– En effet. Mais il aurait pu l'être et cela constitue un fait très grave. Cette personne est capable de n'importe quoi. Nous devons en savoir plus sur cette histoire, Liz. Nous ne pouvons pas rester simplement passifs.

Le raisonnement était irréfutable. Après la confession de Keaney, il était impensable de ne pas suivre l'affaire – elle frissonna en songeant aux conséquences si leurs maîtres politiques ou les médias apprenaient qu'ils n'avaient pris aucune mesure particulière dans de telles circonstances. La perspective d'une autre affaire Burgess et Maclean – ou pire encore, Philby ou Blunt –, explosant en première page de tous les tabloïds, était intolérable. Et si le MI5 était perçu comme responsable du gâchis, la réputation du service serait réduite à néant.

– Nous devons donc ouvrir une enquête sur cette histoire. Et je veux vous en charger.

– Moi ? laissa échapper Liz, incapable de contenir sa surprise.

Son étonnement n'était pas feint. Bien sûr, elle avait déjà conclu qu'il la voulait sur l'affaire. Mais de là à diriger l'enquête ? Si elle n'entretenait aucune fausse modestie à propos de son travail, elle s'attendait néanmoins à travailler sous les ordres d'un officier plus gradé. Sauf si ce n'était pas aussi important que Wetherby le laissait entendre.

– Oui, vous.

– Mais Charles, je n'ai pas la moindre expérience en matière de contre-espionnage et je connais très peu l'Irlande du Nord.

– J'en ai discuté avec DG. Pour le moment, l'affaire reste entre nos mains. Je n'ai certainement pas besoin d'un expert de l'Irlande du Nord, mais d'un bon enquêteur, quelqu'un qui possède votre flair, n'est pas très connu là-bas, mais dont ce ne sera pas le premier contact avec le terrain. Vous y avez été affectée pendant quelques mois, n'est-ce pas ? Parfait, pas assez pour se faire engloutir, conclut-il, après le signe de tête affirmatif de Liz.

Elle se sentit soudain plutôt flattée.

– Puisque nous n'avons pas la certitude que le MI5 soit la cible, qu'en est-il des autres services ?

– Geoffrey Fane et moi en avons discuté, dit Wetherby en faisant allusion à son homologue du MI6. Nous sommes convenus qu'il était probable que le MI5 ait été visé. Fane en a référé à C et la perspective de subir une enquête interne en ce moment ne leur semble guère engageante. Après tout, nous avons remplacé le MI6 en Irlande dans les années quatre-vingt. Selon Keaney, la taupe est entrée dans les services au début des années quatre-vingt-dix. La cible est sans doute le MI5. Fane a admis que nous devions commencer par nous concentrer sur cette hypothèse. Il veut détacher quelqu'un sur l'enquête, histoire de le tenir informé. Mais ce sera un subalterne. C'est vous qui dirigez l'affaire.

Il adressa un regard neutre à Liz. Elle savait qu'au-delà du respect qu'il portait à Fane pour ses talents professionnels, il ne s'en méfiait pas moins. Il continua :

– Bien. Vous aurez besoin d'une couverture pour justifier les entretiens que vous pourriez avoir une fois que vous aurez établi une liste de… de candidats. Si vous vous renseignez sur certains individus, il vaut mieux que nous puissions fournir une bonne raison, faute de quoi la taupe sera rapidement alertée par la rumeur. DG et moi nous avons élaboré un scénario. La Commission parlementaire chargée de la Sécurité et du Renseignement s'est inquiétée de constater que les enquêtes de sécurité des membres des services de renseignements n'étaient pas assez souvent vérifiées. Ils pensent que la fréquence des contrôles devrait être plus élevée. DG a donc accepté, à titre d'expérience, d'examiner un échantillon choisi au hasard afin d'estimer l'utilité de la procédure. C'est ce que vous expliquerez si qui que ce soit vous demande pourquoi vous posez des questions sur vos collègues. Pour vos entretiens, vous pourrez utiliser la salle de conférences d'angle, je vous l'ai réservée. Pour le reste, continuez à travailler dans votre propre bureau. En ce qui concerne vos collègues, vous êtes encore à l'Antiterrorisme. Bien, je crois que c'est l'essentiel pour l'instant. Nous verrons les autres détails plus tard. Vous avez des questions ?

– Une seule. J'aimerais discuter avec l'officier traitant de Maguire.

Wetherby lui adressa un sourire triste.

– J'ai bien peur que cela ne soit impossible. C'était Ricky Perrins.

– Oh non !

Trois semaines auparavant, l'agent avait été tué dans un accident de la circulation – c'était une des premières nouvelles que Liz avait apprises à son retour. Un crève-cœur, surtout lorsqu'on songeait aux deux enfants en bas âge de Perrins et à sa jeune épouse qui attendait le troisième.

– Vous devriez consulter son rapport. Vous serez peut-être tentée de rencontrer Maguire, mais je doute que vous en obteniez quoi que ce soit. D'après ce que j'ai compris, une fois qu'il a lâché cette histoire à Ricky, il l'a prévenu qu'il ne voulait plus avoir affaire à nous.

6

La présence des trois hommes dans la rue avait fini par l'inquiéter. Doris Feldman avait l'habitude de voir toutes sortes d'allées et venues dans la boutique du trottoir d'en face. Mais ces jeunes gens étranges – elle ne se ferait décidément jamais à leurs tenues bizarres – étaient réglés comme du papier à musique, le calme revenait à 19 h 30. Doris vivait à Haringey, dans un petit appartement situé au-dessus de la quincaillerie dont elle était propriétaire et gérante. Comme elle aimait à le répéter, elle était née et avait grandi à Londres, tout en reconnaissant bien volontiers que son père était un étranger. Encore adolescent, il avait débarqué de Minsk avec un baluchon de colifichets sur l'épaule. D'abord, il avait tenu un stand de fleuriste sur les marchés, avant de s'élever jusqu'aux fruits et légumes. Après avoir gratté et économisé la somme nécessaire pour s'offrir un bail, il avait choisi de se lancer dans la quincaillerie. « On peut faire l'argent avec des clous » était une de ses phrases préférées, même pendant la période où les clous valaient littéralement un penny les dix.

Toujours célibataire, Doris avait hérité du magasin à la mort de ses parents, ce qui se résumait à un peu de marchandises et aux longues heures de travail indispensables pour les écouler. Le développement des magasins DIY, avec leurs rayons bricolage bien garnis, avait presque sonné le glas de sa petite échoppe. Mais dans ce quartier très peuplé et peu prospère de North London, tout le monde ne possédait pas de véhicule et ses horaires d'ouverture imbattables – associés à sa connaissance encyclopédique du stock rangé dans les tiroirs, dans les boîtes ou sur les étagères – attiraient une clientèle suffisante pour maintenir son commerce à flot. « Madame Feldman, votre boutique est le Selfridges de Capel Street », avait affirmé un beau jour l'un de ses clients. Doris avait apprécié la comparaison avec la grande chaîne de distribution.

Mais tout cela ne l'aidait pas à dormir. Pourquoi diable en entrant d'abord dans sa soixante-dixième, puis sa quatre-vingtième décennie, avait-elle de plus en plus de mal à passer une bonne nuit de repos ? À 2 heures du matin, elle avait tendance à émerger lentement du sommeil jusqu'à ce que son esprit soit aussi clair que du cristal. Elle se tournait comme une crêpe dans son lit, allumait, branchait la radio, éteignait la lumière, faisait la crêpe encore quelque temps, puis abandonnait et finissait par se lever. Elle enfilait alors sa robe de chambre et mettait la bouilloire à chauffer pendant qu'Esther, sa chatte (presque aussi vieille que Doris en années félines), dormait comme un bébé dans son panier près du poêle.

Raison pour laquelle, ce vendredi soir – vendredi ? Où avait-elle la tête ? On était déjà samedi, 3 heures du matin –, Doris Feldman était installée dans un fauteuil devant sa fenêtre, se réchauffant les mains autour de son mug en regardant la rue. Le voisinage avait changé d'une manière singulière ; il était peut-être plus calme qu'avant. Dans son enfance, l'endroit était peuplé de gens comme elle, des immigrants de Russie et de Pologne, ainsi que des Irlandais ; le mélange devenait parfois explosif, surtout en fin de semaine quand on passait trop de temps dans les pubs. Après la guerre, les gens de couleur étaient arrivés. Des personnes correctes pour la plupart, mais Dieu qu'ils pouvaient être bruyants avec leur musique, leurs danses et cette manière de vivre dans la rue.

Plus récemment, des nouveaux venus avaient débarqué de l'Inde et du Pakistan, les plus étranges de tous. Des gens calmes, aux bonnes manières. Pour eux, l'heure de la fermeture signifiait qu'il était simplement temps de ranger leurs maisons de la presse, non d'aller passer la soirée au pub. Par ailleurs, ils semblaient très pieux – elle s'était habituée depuis longtemps à voir les hommes se rendre à la mosquée à toute heure. Cela dit, ils n'étaient guère inspirés de fermer boutique au milieu de la journée. Mais ce n'était pas le cas de la librairie d'en face ; il semblait toujours y avoir quelqu'un sur place. Des gens y entraient et en sortaient toute la journée, même s'ils n'avaient pas l'air d'acheter beaucoup de livres.

Le soir, cependant, la boutique fermait et l'endroit semblait désert. Voilà pourquoi, en cette nuit du vendredi, alors qu'elle buvait son thé, elle sursauta en voyant trois hommes apparaître soudain dans la rue et s'arrêter devant la librairie. Ils étaient vêtus de sombre, jean et anorak, l'un portait une veste de cuir. Leurs visages étaient invisibles. L'un montra l'arrière du bâtiment, un autre fit un geste de la tête, puis pendant que deux d'entre eux se postaient de part et d'autre de la porte, surveillant les deux extrémités de la rue, le troisième s'appuyait contre le battant – que faisait-il ? Il tripotait la serrure ? Puis, soudain Doris vit la porte s'ouvrir, et les trois hommes se glissèrent à l'intérieur et refermèrent vite fait.

Abasourdie, elle se pétrifia l'espace d'un instant, se demandant brièvement s'il s'agissait de la réalité ou si son imagination lui jouait des tours. Absurde, mon corps vieillit peut-être, mais je ne suis pas cinglée. Elle n'avait jamais adressé la parole au patron de la librairie, ne connaissait même pas son nom, mais des gens venaient d'entrer par effraction dans son établissement. Ou peut-être pas… C'étaient peut-être des amis ? Non, ils n'en avaient pas l'air.

La conviction de Doris était faite : pour agir à cette heure, ils avaient forcément de mauvaises intentions. Ils complotaient quelque chose comme tous ces jeunes gens d'aujourd'hui. Frémissant à cette pensée, ce fut autant par inquiétude que par sens du devoir qu'elle se leva pour aller composer le 999.

À l'intérieur de la librairie, les trois hommes travaillaient rapidement. Deux d'entre eux grimpèrent à l'étage, s'assurèrent que les rideaux étaient hermétiquement fermés, puis fouillèrent les lieux à la lueur d'une lampe de poche. Dans un coin de la pièce, une trappe carrée dans le plafond donnait accès aux combles. Un des hommes monta sur une chaise, repoussa le panneau et se hissa dans le grenier avec l'aide de son compagnon, qui lui tendit ensuite une petite boîte à outils. Prenant soin de diriger le rayon de la torche vers le bas pour ne pas éclairer l'extérieur par accident, celui du grenier examina la charpente et sélectionna une poutre qui donnait directement au-dessus d'un coin de la grande pièce du dessous. En moins d'une minute, il était prêt à percer – un lent processus car l'alimentation de la perceuse était peu puissante pour éviter le bruit.

Soudain, son collègue apparut sous la trappe d'ouverture.

– Je viens d'avoir la Special Branch. La police locale a reçu l'appel d'une voisine qui habite de l'autre côté de la rue. Elle nous a vus entrer.

– Merde. Qu'est-ce qu'ils vont faire ?

– Ils veulent savoir si nous avons fini ici. On a encore le temps de partir avant l'arrivée de la voiture ?

– Non, il me faut dix minutes.

– D'accord, je leur transmets.

Il disparut, laissant l'homme du grenier reprendre sa tâche. Au retour de son collègue, celui-ci venait juste de perforer la poutre et s'apprêtait à introduire délicatement une sonde équipée d'une caméra microscopique dans l'orifice.

– La voiture de patrouille est en route, mais ils savent que nous sommes là. Ils vont parler à la voisine qui a passé l'appel. Apparemment, c'est une vieille dame.

– Bien. Ça ne devrait pas être un trop gros souci.

Et dix minutes plus tard, après avoir soigneusement épousseté la poussière et colmaté le petit trou avec du mastic, l'homme se glissa par la trappe, atterrit sur la chaise et replaça le panneau.

– J'ai fini ici. Il reste quelque chose à faire ?

– Non. J'ai posé une paire de micros, un dans la prise électrique du coin et l'autre derrière le magnétoscope.

– Tu les as vérifiés avec Thames ?

– Oui. Ils les reçoivent cinq sur cinq. Bon, allons-y.

Au rez-de-chaussée, ils rejoignirent leur autre collègue qui avait installé trois micros, l'un au-dessus du chambranle de la porte, un autre dans le petit bureau du patron, le dernier dans la réserve à l'arrière. À partir de cet instant, le moindre mot murmuré à chacun des niveaux de la librairie serait retransmis à Thames House.

De l'autre côté de la rue, Doris Feldman versait de l'eau chaude sur un sachet de thé pour cet aimable jeune policier qui avait sonné à sa porte. Il savait tout des étranges activités qui se déroulaient en face, et avait même suggéré que son aide pourrait leur être utile. Elle ne vit pas les trois silhouettes se glisser hors de la librairie et disparaître dans la nuit. Mais à cet instant Doris ne s'inquiétait plus.

7

Peggy Kinsolving avait rencontré Geoffrey Fane une première fois, à son entrée au MI6 près d'un an plus tôt, au moment où il avait pris la parole au début du stage préparatoire. Elle ne se rappelait guère le discours, mais avait gardé le souvenir d'une haute silhouette de héron et d'une poignée de main glaciale.

La seconde rencontre fut plus brève, mais bien plus mémorable. Fane détachait Peggy auprès du MI5 pour au moins un mois, peut-être plus. Cette mission capitale était si secrète qu'il lui faudrait signer un formulaire de confidentialité spécial. Elle en apprendrait plus en arrivant à Thames House. Le directeur tenait cependant à souligner un point précis, il y mit d'ailleurs une certaine sévérité : pas question qu'elle oublie à qui allait sa loyauté.

– N'allez pas vous aviser d'adopter les coutumes locales. C'est une attitude que nous considérerions sans la moindre bienveillance.

Cette déclaration avait quelque peu terni l'éclat excitant de cette nouvelle affectation, même si son supérieur direct – un homme adorable, pétri de bonnes intentions, qui n'aspirait qu'à la retraite – avait fait de son mieux pour la rasséréner.

– C'est une occasion magnifique, avait-il affirmé en commentant le déménagement provisoire de Peggy sur

l'autre rive du fleuve. Mais elle avait bien compris qu'il ignorait tout de l'affaire.

Toutefois, Peggy ne pouvait s'empêcher de nourrir
quelques soupçons. Puisque ce boulot était si important,
Fane aurait dû se charger de la briefer lui-même, n'est-ce
pas ? Et pourquoi déléguer au MI5 quelqu'un d'aussi jeune
dans le métier ? Pour finir, une partie de ses réflexions la
conduisit à s'interroger sur d'éventuelles raisons moins
visibles. Le MI6 avait peut-être décidé que ses aptitudes particulières ne leur étaient d'aucune utilité. Elle n'était peut-
être qu'un pion au cœur d'un échange de personnel entre
les deux services.

Mais non, la mission était authentique. Le lendemain à
Thames House, Charles Wetherby l'avait reçue pendant
plus d'une heure et demie. Il s'était montré amical et avait
répondu, honnêtement semblait-il, à toutes ses questions.
L'homme avait la rare capacité de pouvoir s'adresser à une
débutante telle que Peggy comme s'ils évoluaient sur un
plan d'égalité. À l'issue de leur réunion, elle était
convaincue que la tâche qu'on venait de lui confier revêtait
une importance cruciale aux yeux de Wetherby.

Il avait expliqué que Peggy allait assister Liz Carlyle.
À l'entendre, il s'agissait d'une enquêteuse à la fois talen-
tueuse et chevronnée, experte dans l'art d'évaluer les gens.
Liz assurerait la direction de leur tandem et elles rendraient
compte directement à Wetherby, qui se chargerait de réper-
cuter les développements de l'enquête auprès de Geoffrey
Fane. À mesure qu'elle en apprenait plus sur la situation,
Peggy commençait à comprendre les raisons de sa présence à Thames House. Elle se chargerait des recherches
documentaires et assisterait Liz dans ses investigations. La
combinaison paraissait évidente. Elle connaissait bien et
appréciait le monde de l'imprimé, des faits, des données,
des informations – choisissez votre terme. C'était sa vocation. Elle possédait la capacité d'exhumer une information
insignifiante et stérile pour tous et, telle une créature pré-

historique soufflant sur une étincelle, de la faire naître à la vie. Là où les autres ne voyaient que de la poussière, Peggy déchiffrait des drames.

Peggy Kinsolving avait été une petite fille sérieuse et timide. Son visage constellé de taches de rousseur était barré d'une paire de lunettes rondes. Un beau jour, une tante joviale l'avait appelée Bobbity le Rat de bibliothèque. L'expression était restée dans la famille et à partir de l'âge de sept ans, tout le monde l'appela Bobby. Son surnom l'avait suivie tout au long de son parcours scolaire, y compris dans un des derniers lycées d'excellence des Midlands, puis à Oxford. À la fin de trois années de travail acharné, ses bons résultats en lettres engendrèrent de vagues ambitions universitaires. Cependant, la famille n'avait pas l'argent nécessaire pour l'entretenir pendant qu'elle passait un doctorat. Elle quitta donc Oxford sans avoir une idée très précise de son avenir. À cette période de sa vie, Peggy n'avait que deux certitudes : si l'on fait de son mieux et qu'on s'accroche, les choses tournent bien ; et il ne faut pas s'engager dans quelque chose que l'on juge déplaisant. En accord avec ces principes, elle reprit fermement son prénom de baptême.

Faute d'une meilleure idée, Peggy avait accepté un poste dans une bibliothèque privée de Manchester. Il était entendu qu'elle aiderait les lecteurs la moitié du temps, le reste étant à sa disposition. La moyenne quotidienne de lecteurs recourant à ses services plafonnait à cinq, lui laissant toute liberté de poursuivre ses recherches personnelles. Elles portaient sur la vie et l'œuvre d'un réformateur social et romancier qui avait vécu dans le Lancashire au XIXe siècle. Pourquoi l'intérêt de ces travaux s'était-il aussi vite fané ? D'abord, parce que son sujet s'était révélé bien plus aride que prévu, il manquait de faits propres à satisfaire son vorace appétit des détails. Ensuite, la solitude pesante de ses journées contaminait aussi ses soirées, elle peinait à nouer des relations avec les autres. La bibliothécaire, un clone de Miss Haversham [1], lui adressait rarement la parole et détalait vers son appartement dès la fermeture. De cette existence solitaire naquit la conviction grandissante que, malgré l'éclat de l'univers que Peggy découvrait à travers livres et manuscrits, le monde qui s'offrait à son regard lorsqu'elle levait le nez de ses pages promettait des plaisirs autrement excitants. Il suffisait d'en trouver l'accès.

Lorsqu'elle décida de quitter Manchester, Londres apparut comme une destination évidente. D'ailleurs, ses aptitudes manifestes lui valurent un entretien, puis un poste d'assistante de recherches à la British Library. Mais l'atmosphère clinique et policée des salles de lecture modernes lui sembla encore moins acceptable que la tension générée par les journées de travail aux côtés de Miss Haversham. Elle ne savait plus quel parti prendre lorsqu'elle croisa à la bibliothèque une vieille connaissance du lycée ; dont elle apprit qu'un département spécialisé du gouvernement engageait des chercheurs dans divers domaines.

C'était donc ainsi qu'à l'âge de vingt-cinq ans, toujours avec ses lunettes rondes et ses taches de rousseur, Peggy se retrouvait avec Liz Carlyle dans la salle de conférences de Thames House, devant deux tasses de café à moitié pleines, une assiette de biscuits et les piles de dossiers qu'elle avait accumulées en seulement six jours.

Même si Peggy l'avait abordée avec précaution, elle avait tout de suite été séduite par Liz. À la British Library, elle travaillait aussi sous les ordres d'une supérieure hiérarchique, mais celle-ci avait toujours semblé lui tenir rigueur à la fois de son âge et de son sexe. Liz Carlyle, en revanche, était plus jeune, courtoise, et mieux que tout, directe. Dès le début de leur collaboration, Peggy avait eu le sentiment d'appartenir à une équipe et avait apprécié de se voir attri-

---

1. Miss Haversham, personnage de vieille fille revêche dans *Les Grandes Espérances* de Dickens.

buer une tâche précise. Liz se concentrerait sur les entretiens, pendant que Peggy se chargerait des recherches.

La jeune femme avait passé les premiers jours à la B Branch, le département du personnel, à consulter les dossiers en prenant des notes, organisant une chasse aux informations compliquée par sa méconnaissance du système de classement. Liz partait pour Rotterdam le lendemain et avait demandé à Peggy de faire le point sur ses progrès avant son départ. La jeune femme lui tendit le premier de ce qu'elle savait être une très longue suite de documents. C'est parti ! se dit-elle. Mais s'il n'y avait pas d'aiguille dans la meule de foin ?

Liz était surprise. Seuls cinq employés du MI5 avaient fait leurs études à Oxford pendant la première moitié des années quatre-vingt-dix et elle en connaissait trois. Le fait était peut-être un peu moins extraordinaire si l'on considérait qu'ils avaient tous plus ou moins le même âge. Elle relut la liste :

> Michael Binding
> Patrick Dobson
> Judith Spratt
> Tom Dartmouth
> Stephen Ogasawara

Liz était favorablement impressionnée. Le travail de Peggy était remarquable, si l'on considérait le peu de temps dont elle avait disposé pour s'adapter à ce qui devait lui apparaître comme un environnement fondamentalement étranger.

– Je connais Michael Binding. Et aussi Judith Spratt – une amie, manqua-t-elle d'ajouter. En revanche, je viens seulement de rencontrer Tom Dartmouth, il est récemment rentré du Pakistan. Il a été détaché au MI6 pendant quelque temps. La situation inverse de la vôtre. Quant à Patrick Dobson, il participait à une réunion à laquelle j'ai assisté hier. Quel est son boulot exactement ?

Peggy reprit la liste que lui rendait Liz, puis ouvrit le dossier de Dobson.

– Il assure une liaison spéciale avec le Home Office pour tout ce qui relève des problèmes opérationnels. Diplômé en théologie du Pembroke College.

Liz grogna et Peggy laissa échapper un rire rafraîchissant et plein d'entrain. Dieu merci, elle avait le sens de l'humour. La jeune femme continua sa lecture :

– Il est marié. Deux enfants. C'est un membre très actif de sa paroisse.

Liz réprima un autre grognement et essaya de ne pas lever les yeux au ciel.

– Bien. Et Stephen Ogasawara, qu'avez-vous sur lui ?

Peggy sortit un autre dossier.

– Il a étudié l'histoire à Wadham. Ensuite, ce n'est pas très courant, il s'est engagé dans l'armée. Pour six ans, dans les Royal Signals. Il a servi en Irlande du Nord.

Elle marqua une pause pour l'emphase, et poursuivit :

– Comme son nom le suggère, son père est japonais. Mais il est né à Bath.

– Quelle est son affectation actuelle ?

– Il ne fait plus partie des services.

– Ah ?

– Son départ remonte à trois ans.

– Et dans quoi s'est-il reconverti ? Une société de sécurité privée ?

En cumulant son expérience dans l'armée à celle acquise au MI5, Ogasawara se faisait probablement une petite fortune comme consultant en Irak, songea Liz. Même s'il ne vivrait peut-être pas assez longtemps pour en profiter.

– Pas tout à fait. Il est écrit ici qu'il dirige maintenant une troupe de danse à King's Lynn.

Liz tenta de masquer son amusement.

– Voilà qui est particulièrement exotique.

– Je le raye de la liste ?

– Oui.

Elle se ravisa après un bref instant de réflexion :

– En fait, gardons-le. Mais on peut le placer en dernière position.

Elle consulta sa montre, puis désigna les dossiers d'un geste du menton.

– Vous ne manquerez pas de travail en mon absence.

– J'ai l'intention de vérifier les dossiers de candidature originaux qu'ils ont remplis au moment de s'engager. Et de contrôler aussi les mises à jour.

– Oui, vous feriez bien aussi de vérifier tous les fondamentaux. Et de lire leurs références. Je crois que nous devrions rencontrer autant de leurs référents que possible. En ce qui concerne leur vie privée, cherchez tout ce qui peut sortir de l'ordinaire. Et, naturellement, examinez tous leurs liens avec l'Irlande.

Après un nouveau regard inquiet à sa montre, Liz se leva dans l'intention de partir, mais sa jeune collègue voulait ajouter quelque chose.

– Cela vous ennuierait de me dire qui vous allez voir à Rotterdam ?

Puisqu'elles étaient destinées à collaborer de près, Liz s'était déjà résolue à ne rien cacher à Peggy.

– Pas du tout. Je dois rencontrer un homme appelé James Maguire. C'est la source qui nous a signalé que l'IRA avait infiltré une taupe à l'intérieur des services. L'officier à qui il avait confié l'information est mort. Hormis nous et la taupe elle-même, Maguire est donc le seul au monde à connaître l'existence de cette opération.

– Vous croyez qu'il peut nous aider ?

Liz était bien en peine de répondre avec certitude.

– C'est possible. La question est de savoir s'il acceptera. Il ne voulait même pas me rencontrer.

– Dans ce cas, bonne chance.

– Merci. J'ai le pressentiment que j'en aurai besoin.

8

Dans le Vieux Port de Rotterdam, les vaguelettes d'un vert profond clapotaient le long des flancs des péniches et des petits remorqueurs amarrés à une des extrémités. L'air était doux et une bruine légère frôlait le visage de Liz en cette fin de journée de la mi-mai. Elle observait l'autre côté de la petite étendue d'eau, relique de l'époque où le principal port de la ville se situait là. Rasée par les bombardements de la Deuxième Guerre mondiale, Rotterdam était presque entièrement moderne ; plutôt que reconstruire la ville telle qu'elle était avant 1939, ses habitants avaient préféré repartir de zéro. Le résultat jouissait d'une grande réputation sur le plan architectural, mais l'impression d'ensemble était un peu sinistre. Ce secteur de la ville, authentiquement ancien, offrait un répit bienvenu face à l'omniprésente nouveauté.

De l'autre côté du port, le café occupait le rez-de-chaussée d'un vieil immeuble de brique sombre. À l'intérieur, l'éclat orange des appliques murales réchauffait l'atmosphère. Les tables de la véranda étaient éclairées par de petites bougies dans des bols. Bien qu'elle n'ait eu à sa disposition que des photos de l'identité judiciaire pour le reconnaître, Liz était certaine que l'homme qu'elle devait rencontrer n'était pas parmi les rares clients de l'établissement. Mais comme l'obscurité furtive envahissait les

environs, il lui apparut soudainement. Une haute silhouette, maigre, presque décharnée, qui avançait lentement vers le café sur le quai d'en face, un journal roulé serré
sous un bras. Il portait un pantalon en toile kaki et un long
imperméable aux épaulettes rembourrées qui flottait autour
de son grand corps.

Liz lui accorda cinq minutes pour s'installer, puis fit
prestement le tour du port. Elle le repéra, installé dans un
coin du café, puis attendit qu'il lève les yeux et hoche la
tête pour s'installer en face de lui et poser son manteau sur
une chaise vide.

– Bonjour, monsieur Maguire. Je m'appelle Jane
Falconer.

Le nommé Maguire ne lui rendit pas son salut, mais fit
sèchement remarquer :

– J'espère que vous vous êtes montrée prudente en
venant ici.

Liz avait fait attention. Elle avait pris un vol pour Amsterdam plutôt que pour le petit aéroport de Rotterdam, puis
elle avait suivi le programme du touriste moyen – taxi pour
le Rijksmuseum, visite à la maison d'Anne Frank et déjeuner
à la terrasse d'un bistro, au bord d'un canal proche de la
place du Dam. Ensuite, elle avait pris un train pour Rotterdam et, à l'issue d'une promenade solitaire – Liz avait été
particulièrement scrupuleuse sur ce point –, avait rejoint le
Vieux Port. Elle soupira in petto en songeant à tout ce
temps gaspillé.

Liz s'estimait handicapée par son expérience limitée de
la Province. Les interlocuteurs habituels de Maguire étaient
de vieux routiers de l'Irlande du Nord, comme Ricky
Perrins et Michael Binding. Tous des hommes et surtout des
vétérans de l'univers dans lequel se déroulait ce conflit qui,
pour être insulaire, n'en était pas moins infiniment
complexe. Liz ne pouvait même pas prétendre en saisir les
tenants et les aboutissants.

Après tout, je n'y suis pas tenue, se dit-elle, décidant de tirer avantage de sa relative ignorance. Son cadre d'opération sortait du schéma traditionnel de la question irlandaise, parce que tout avait changé. Elle allait devoir solliciter Maguire sur le terrain personnel. Mais serait-il sensible à une telle demande ou se considérerait-il délivré de ses obligations envers eux, maintenant qu'une sorte de paix régnait en Irlande du Nord ?

– J'ai été très prudente.

La réponse ne parut pas apaiser la méfiance de Maguire.

– Je croyais avoir clairement fait comprendre que j'avais communiqué tout ce que je savais à votre collègue Rob Petch.

Il ne connaissait que l'identité de terrain de Perrins.

– Je ne mets pas votre parole en doute, mais Rob est mort.

Tu le sais très bien, songea Liz. Elle lui avait appris la nouvelle en l'appelant pour tenter d'organiser leur rencontre.

– Et moi, je suis certain qu'il a rapporté mes déclarations en détail.

Maguire n'avait pas l'intention de céder un pouce de terrain. D'un signe de tête, Liz reconnut la justesse de son raisonnement mais resta ferme :

– Je voulais entendre l'histoire de votre bouche. Au cas où Rob aurait laissé passer quelque chose qui pourrait nous aider.

– Vous aider à quoi ? Je lui ai dit que la taupe de Keaney, quelle que soit son identité, n'a jamais été activée. Je ne comprends vraiment pas ce que vous attendez de moi.

Il commençait à élever la voix. Liz jeta un regard anxieux à la ronde. Où était le garçon ? Un des serveurs se dirigea vers leur table – un grand moustachu en tablier blanc.

– *Kaffe ?* demanda Liz, essayant son maigre vocabulaire néerlandais.

Le serveur la fixa avec un amusement mal déguisé et lui répondit dans un anglais impeccable qui n'aurait pas déparé au Savoy :

– Noir ou au lait, madame ?

– Au lait, s'il vous plaît.

Elle avait oublié à quel point le bilinguisme était chose courante aux Pays-Bas. Ils écoutaient l'émission *Today*, regardaient les informations de ITN et lisaient plus de romans de langue anglaise que la totalité des habitants de Londres. Les autochtones avaient une telle aptitude pour l'anglais qu'un des amis de Liz, un ancien condisciple, avait vécu pendant six mois à Amsterdam sans avoir jamais éprouvé le besoin d'apprendre le moindre mot de néerlandais.

Maguire manifestait encore des signes d'irritation. Liz profita de l'intervention du serveur pour changer de sujet.

– Vous appréciez Rotterdam ?

Il haussa les épaules pour manifester son indifférence, mais la réponse sortit tout de même comme à regret.

– C'est ici que j'aurais voulu être transféré si j'avais été découvert. Même si Rob ne cessait de répéter que je devrais me réfugier plus loin. En admettant qu'ils ne m'aient pas attrapé avant, bien sûr.

Il adressa un regard entendu à Liz ; tous deux savaient ce qu'il voulait dire. Dans les années qui avaient précédé la paix, tous les informateurs démasqués et capturés par l'IRA avaient été assassinés.

– Et pourquoi les Pays-Bas ?

Il fallait entretenir la conversation.

– Je dois avoir une tête de Hollandais, j'imagine. J'ai l'impression que je pourrais me fondre dans la population.

Après avoir examiné ses traits – pommettes colorées, cheveux fins blond roux, yeux bleus –, Liz convint qu'il n'avait pas tort. Il aurait pu aisément passer pour un maître de conférences à l'université locale. Il ne lui manquait qu'une pipe.

— C'est pour cette raison que vous avez tenu à me rencontrer ici ?

— En partie seulement.

Il contempla un instant le port d'un regard dur avant de continuer :

— S'ils savaient que nous communiquons, ou s'ils apprenaient que j'ai été en contact avec vos collègues pendant des années, je pense qu'ils hésiteraient à me tuer maintenant. Mais il m'a semblé plus sûr de vous rencontrer ailleurs qu'en Irlande.

Liz préférait éviter que la conversation aborde le sujet du danger. Elle cherchait à éveiller sa curiosité, pas ses craintes. Donne-lui de quoi réfléchir, se dit-elle, retiens son intérêt.

— D'après vous, qu'est-il arrivé à la personne que Keaney a recrutée ?

— Vous voulez savoir si je pense qu'elle est toujours en place ? dit-il d'un ton presque dédaigneux.

— Entre autres, j'imagine… En admettant que l'histoire de Keaney soit vraie, bien sûr.

Surtout ne pas le laisser diriger la conversation. Mais Liz manifestait une assurance qu'elle était loin d'éprouver.

— Qu'est-ce que ça peut bien faire ? demanda-t-il avec irritation. Il ne peut plus y avoir de dégâts, maintenant, n'est-ce pas ? Et même si cette taupe existait vraiment, on ne voit pas très bien quel avantage ont pu en tirer Keaney et ses petits copains.

Il se tut en remarquant que Liz secouait la tête et la fixa avec attention. Dans son regard, le dédain avait cédé le pas à la curiosité. De son côté, elle n'était plus disposée à le ménager :

— Vous ne comprenez pas. Keaney n'a sans doute jamais espéré que sa taupe puisse aider l'IRA directement. Après tout, il ne pouvait pas être certain de son affectation et son informateur aurait pu ne jamais travailler sur l'Irlande du Nord. D'accord ? L'opération était bien plus subtile. Keaney a sans doute trouvé une personne qui se trouvait encore à un poste subalterne, un jeune loup doté d'un bon potentiel de progression au sein de l'organisation. Sans doute un diplômé d'Oxford qui, avec le temps, aurait pu faire de gros dégâts. À mon sens, l'objectif n'était pas d'aider l'IRA directement, mais plutôt de baiser les Rosbifs d'une manière ou d'une autre.

La démonstration retint l'attention de Maguire, même s'il n'était manifestement pas prêt à le reconnaître.

— Par les temps qui courent, je ne peux pas croire que l'Irlande soit votre principale préoccupation. La guerre est finie. Alors, où est le problème ? Je croyais que vous aviez laissé tomber les Irlandais pour les imams, ces jours-ci.

— C'est justement ça, le problème. Le fait que personne n'y pense dans le monde d'après le 11-Septembre. Et puis, ça recommence. C'est souvent arrivé.

— Vous pensez que cette taupe peut être activée ? Même en ce moment ?

L'intérêt de Maguire transparaissait malgré lui. Jouant l'indifférence, Liz accueillit sa réaction d'un nouveau haussement d'épaules.

— Il n'y a aucune raison de penser qu'un tel individu accepte un cessez-le-feu, n'est-ce pas ?

Le serveur apporta la commande de Liz et, en attendant qu'il s'éloigne, Maguire se perdit dans un silence méditatif. Puis il la fixa d'un air peu amène.

— Je n'y crois pas. Et, de toute façon, c'est votre affaire. J'ai transmis le message de Keaney comme il me l'a demandé. Pour ma part, l'histoire s'arrête là. Ce que vous en faites ne me concerne plus.

— J'espérais que vous pourriez nous aider, dit Liz avec calme.

Puis elle remua son café, bien chaud en dépit de l'épaisse couche de crème qui couronnait le haut de la tasse.

– Et même si j'étais prêt à vous aider, que voulez-vous que je fasse ? demanda-t-il avec indignation.

– Aidez-nous à découvrir l'identité de la recrue de Keaney.

– Qu'est-ce qui vous fait penser que je puisse faire une chose pareille ?

– Rien, vous avez peut-être raison. Mais vous êtes mieux placé que nous pour l'apprendre. D'après vous, Keaney a dit que la taupe avait été recrutée à Oxford. Il doit y avoir un lien quelconque entre Keaney et l'université, mais il ne nous semble pas évident.

– Keaney ne pouvait pas me sentir.

– C'est vrai, mais vous le connaissiez. Nous ne pouvons pas approcher. Vous au moins, vous pouvez essayer.

– Et si vous demandiez à un autre de vos indics ? Je suis certain que vous n'avez que l'embarras du choix. Prenez quelqu'un en qui Keaney avait confiance.

Liz ne se laissa pas déstabiliser par son ton caustique.

– Nous ne pouvons pas faire une chose pareille sans évoquer la taupe. Le risque est trop grand. Vous devez le comprendre.

Maguire l'ignora dans un premier temps. Puis demanda soudain :

– Et moi ? Qu'est-ce que j'ai à gagner dans cette histoire ?

Liz ne se donna même pas la peine de répondre. Il n'avait jamais demandé d'argent et elle doutait que son véritable objectif soit de se faire payer cette fois. Ce n'était qu'une tactique pour esquiver sa requête. D'ailleurs, il continuait :

– De toute façon, au nom de quoi j'irais vous aider, pouvez-vous me le dire ? La situation a complètement évolué. Quelle que soit l'identité de cette personne, elle ne peut rien faire qui puisse vous nuire, ou aider l'IRA. Les temps ont changé. La guerre est finie. Pourquoi auriez-vous besoin de moi ? Hormis pour vous aider à clore le dossier ?

Liz prit une profonde inspiration. Son instinct lui soufflait que le seul moyen de gagner Maguire à sa cause était d'opter pour la franchise.

– La guerre n'est pas terminée, Maguire, vous le savez aussi bien que moi. Elle a simplement atteint un autre niveau. Je n'ai pas besoin de vous faire l'historique de l'IRA. Ou de vous donner une définition de la traîtrise.

Maguire tressaillit, mais elle poursuivit :

– Tout le monde a ses raisons et, le plus souvent, la traîtrise n'est qu'une autre face de la loyauté. Mais ce qui importe est la nature de la cause à laquelle nous sommes fidèles. C'est pourquoi nous devons trouver cette personne. Sa cause, quelle qu'elle soit maintenant, n'est pas la nôtre. Ni la vôtre, Maguire. Cette affaire n'est pas terminée. Et je ne parle pas seulement du dossier.

Il haussa encore les épaules, signalant un intérêt mitigé. Mais cette fois, Liz était certaine que Maguire cogitait. Il finit par répondre et pour la première fois, la note qui vibrait dans sa voix était plus pathétique qu'irritée :

– Bon sang, vous ne voyez pas que c'est moi qui suis fini ? Je veux juste qu'on me laisse tranquille.

Et avant que Liz puisse répondre, il se leva. Sans ajouter un mot, il jeta quelques euros sur la table et tourna les talons. Liz avala une gorgée de café ; il avait tiédi. Elle considéra l'argent que Maguire avait laissé sur la table avec une expression proche du désespoir. Et dire qu'elle avait cru arriver à quelque chose.

9

Dennis Rudge était au volant d'un taxi garé à une station vers le milieu de Capel Street. Il avait une tasse de café à la main et un exemplaire du *Sun* s'étalait sur le tableau de bord. De sa radio, branchée sur Magic FM, sortait une douce musique pop, interrompue de temps à autre par quelques phrases qui sonnaient aux oreilles des passants comme des informations sur la circulation. De son siège, il avait une vue nette de la librairie et de la boutique de Doris en face. Un peu plus loin, Maureen Hayes et Lebert Johnson, installés à la terrasse du Red Lion, se trouvaient également dans son champ de vision. Un verre d'un breuvage marron devant lui, Lebert remplissait les mots croisés du *Daily Mail*. Maureen avait commandé de l'eau minérale et tricotait, des écouteurs aux oreilles, branchés en apparence sur son iPod. Dans la direction opposée, Alpha 4 et Alpha 5, postés dans une Peugeot 307 crasseuse, se chamaillaient bruyamment dès que quelqu'un approchait. D'autres membres de l'A4 couvraient des positions stratégiques dans les rues environnantes et deux voitures supplémentaires patrouillaient autour de la zone.

Au-dessus de la quincaillerie, dans le salon, Wally Woods, bien calé dans le fauteuil de Doris Feldman, caressait Ester, la chatte vénérable, qui partageait ses genoux avec une puissante paire de jumelles.

Le coup de téléphone nocturne de Doris à la police, cinq jours plus tôt, s'était révélé une vraie bénédiction. Comme toujours quand l'A2 effectuait une de ses entrées furtives, la Special Branch avait été prévenue de l'opération. Les uniformes les avaient informés de l'appel de Doris au 999 et ils avaient rapidement passé les options en revue avec le contrôle de l'A2. La priorité était de rassurer la correspondante. Une des options était d'expliquer simplement que le « cambriolage » auquel elle avait assisté était entièrement innocent ; les fusibles avaient sauté et le patron avait envoyé des amis pour les remplacer – quelque chose de cet ordre. Le personnel de la Special Branch était expert dans l'art d'inventer des histoires plausibles. Mais si au cours de la journée, la vieille dame mentionnait les événements du week-end au patron de la librairie, les conséquences seraient désastreuses.

Ils avaient donc décidé de tenter leur chance. Ainsi, un officier de la Special Branch s'était retrouvé dans le salon de Doris Feldman, une tasse de thé à la main, à 3 h 30, samedi matin. En des termes aussi vagues que possible, il lui avait expliqué que lui et ses collègues essayaient d'éclaircir certaines choses étranges qui se passaient de l'autre côté de la rue. Une mention du 11-Septembre par-ci, une référence au fondamentalisme islamique par-là et Doris avait volontiers accepté de garder le silence. Mieux encore, elle leur avait permis de bon cœur d'utiliser son appartement, idéalement situé, pour établir une surveillance statique. Voilà comment, pendant que son collègue gérait les communications de la salle à manger, Wally Woods en était venu à occuper le fauteuil de la vieille dame. Installé comme une araignée au centre de sa toile, en liaison avec les agents de la rue, il avait une vue parfaite sur la librairie.

À Thames House, Reggie Purvis coordonnait l'ensemble. De la Salle des Opérations, il assurait le contrôle des équipes A4 et de toutes les communications, avec l'aide de deux collègues. Il ignorait Dave Armstrong, qui trépignait d'impatience sur un siège voisin. Derrière eux, Tom Dartmouth marchait de long en large, et de temps à autre Wetherby entrait pour s'informer du déroulement des événements.

Dans l'appartement de Doris, Wally Woods attendait patiemment. Juste avant 15 heures, un minicab stoppa devant la librairie. Le conducteur, un jeune homme originaire du Moyen-Orient, sortit et fit le tour du véhicule pour ouvrir la portière du passager. Au bout d'un moment, un homme nettement plus âgé émergea de la voiture. Il portait une tunique blanche et une calotte également blanche, brodée de fils d'or. Alors qu'il se dirigeait lentement vers la librairie, son chauffeur le préceda en courant et lui tint la porte ouverte.

Wally reposa ses jumelles.

– Fox One est arrivé et se trouve à l'intérieur.

L'homme de la salle à manger relaya immédiatement l'information. À Thames House, Reggie Purvis réagit à son tour :

– Alerte à toutes les équipes. Fox One est à l'intérieur. Je répète, Fox One est à l'intérieur.

Aucun changement visible ne s'était opéré dans le voisinage immédiat de la boutique, mais Dennis Rudge acheva son café et Maureen posa son tricot. Les membres de l'A4 se tinrent prêts à toute éventualité – la tension monta d'un cran, d'autant plus qu'il n'y avait rien à faire, hormis attendre.

À Thames House, Judith Spratt entra dans la Salle des Opérations. Cette femme de haute taille, aux traits fins, semblait conserver une élégance naturelle en toutes circonstances.

– Quelqu'un a appelé la librairie. La communication a été très brève, annonça-t-elle.

– Qui était-ce ? demanda Dartmouth.

– Difficile à dire. C'est le patron qui a répondu, son correspondant a demandé si Rashid était là. Il parlait anglais.

– Qui diable est ce Rashid ? voulut savoir Dave

Judith haussa les épaules, comme pour signifier : « À vous de me le dire », et annonça les autres informations :

– Le patron a répondu qu'il n'y avait personne de ce nom à la librairie et le correspondant a raccroché.

– Et savons-nous qui a passé ce coup de fil ? demanda Tom. Les écoutes ont donné quelque chose ?

– Les micros n'ont rien transmis. On n'a pas entendu Fox One. Les autres bavardaient tranquillement en prenant le café. Mais on a réussi à retracer l'appel. C'est un numéro d'Amsterdam. Je vais m'en occuper tout de suite. Donnez-moi une dizaine de minutes.

Elle décrocha le téléphone.

Dans son bureau de l'AIVD [1] d'Amsterdam, Pieter Abbink tendait la main pour prendre le téléphone, lorsque l'appareil sonna. Il saisit prestement le combiné.

– Abbink.

– Pieter, ici Judith Spratt. Je vous appelle de Londres.

Abbink éclata de rire.

– Je m'apprêtais à vous appeler, et au même moment, le téléphone a sonné.

– Et qu'aviez-vous donc à dire ?

– Nous surveillons une maison ici, à Amsterdam. Des personnages assez peu sympathiques. Ces derniers jours, nous avons intercepté beaucoup de bavardages venant de là-bas. Surtout par Internet et un peu par téléphone. Quelqu'un vient juste d'appeler Londres de cet endroit et j'étais sur le point de vous demander si vous aviez la possibilité de trouver la destination de l'appel.

---

1. Acronyme de Algemene Inlichtingen-en Veiligheidsdienst : Service général de renseignements et de sécurité.

– C'est une librairie islamique de North London, qui est aussi un lieu de rencontre pour des individus que nous cherchons à identifier. Ils étaient censés se montrer aujourd'hui, mais ils sont en retard.

– Vous connaissez leur identité ?

– Non, et c'est justement le problème. Ils ont été repérés par un de nos hommes, mais nous n'avons pas de noms. Bien sûr, le correspondant a demandé ce fameux Rashid.

– Ça ne nous avance guère. C'est comme demander Jan, ici aux Pays-Bas, fit remarquer Abbink en gloussant.

– Je sais. Mais on dirait bien qu'il y a un lien avec chez vous.

– Nous vérifierons notre banque de données, ne vous inquiétez pas. Mais je pourrais peut-être vous envoyer le fichier des photos ?

– Vous lisez dans mes pensées, Pieter. C'est ce que je voulais vous demander.

À 15 h 30, Wally Woods signalait pour la troisième fois à Thames House que les hommes ne s'étaient pas montrés. À 16 heures, Reggie Purvis s'activa pour maintenir la vigilance de ses équipes. Il fit embarquer Maureen et Lebert dans le taxi de Dennis Rudge, puis ordonna au couple querelleur de patrouiller autour du secteur, sans trop s'éloigner. Quand enfin l'imam quitta la librairie, son apparition fut accueillie avec soulagement par les unités de l'A4 qui s'organisèrent souplement pour la filature.

Mais son départ signifiait aussi qu'on ne verrait pas les trois jeunes gens. Pour la forme, Purvis prolongea la surveillance de la librairie. On attendit dans la morosité que le personnel s'en aille à 18 heures après avoir fermé la boutique. Wally Woods céda le fauteuil à son collègue de la salle à manger – qui serait à son tour relevé vers 20 heures – et rentra à Thames House. La seule piste qu'il leur restait était l'imam.

S'il te plaît, mon Dieu, fais qu'il nous guide jusqu'à eux, pria Dave qui se trouvait encore dans la Salle des Opérations.

Une heure plus tard, Charles Wetherby, qui avait rejoint Tom Dartmouth et Dave Armstrong dans la Salle des Opérations, apprenait avec consternation (mais sans réelle surprise) qu'Abu Sayed avait été conduit tout droit à l'aéroport de Heathrow, où il s'était enregistré sur un vol à destination de Francfort, première étape de son voyage de retour vers Lahore.

Avec une indifférence apparente, Abu Sayed avait accepté d'être surclassé et voyagea en « business ». On ne prêta aucune attention particulière à son bagage à main et il flotta quasiment à travers le contrôle des passeports.

En revanche, son unique bagage enregistré, une valise Samsonite antique mais solide, fut l'objet d'un examen approfondi. Habilement soustrait du tapis roulant dans le hangar des bagages en partance, l'objet et son contenu furent passés au peigne fin. Pas moins de deux vétérans des douanes se chargèrent de l'inspection avec l'aide d'un officier de la Special Branch, recherchant tout indice susceptible de les mettre sur la piste des trois jeunes gens qui avaient manqué le rendez-vous de l'après-midi à la librairie, de révéler leur identité, voire l'endroit où ils se trouvaient.

Peine perdue. La seule preuve du passage de l'imam en Angleterre était rangée en pile nette tout au fond de la valise. Peu importe ce que Mahmoud Abu Sayed avait pu faire durant son séjour, il avait trouvé le temps d'acheter six nouveaux boxer-shorts au Marks & Spencer de Marble Arch.

10

La *city of dreamings spires*[1], la ville aux tours rêveuses, semblait bien éveillée aux yeux de Liz. Le ciel était une nappe d'émail d'un bleu profond et la température frôlait un 21° très estival. Elle grimpait les marches de bois du Sheldonian, accompagnée d'une Peggy Kinsolving hors d'haleine. Il était difficile de croire que les cérémonies de remise de diplômes avaient lieu dans l'espace restreint de ce drôle de vieux bâtiment. Conçu par Christopher Wren alors qu'il n'avait que trente et un ans, selon Peggy.

Au sommet de l'escalier, elles se retrouvèrent sous une coupole de bois peint, devant une vue d'Oxford bien différente de l'univers dense, suintant presque la claustrophobie, que l'on percevait au sol. Ici les flèches des chapelles et les tours des universités fusaient des toits comme des projectiles formant une ligne d'horizon déchiquetée et empreinte d'histoire.

En contrebas, les groupes de touristes se bousculaient sur les pavés de Broad Street – la Broad comme disait Peggy. Des voitures étaient garées en files ordonnées, suivant la vaste courbe de la rue. Quelques conducteurs remontaient lentement la rangée, plus dans l'espoir que dans la perspec-

---

1. Expression du poète Matthew Arnold pour désigner Oxford.

tive de trouver une place, et finissaient par faire demi-tour devant les balises massives qui bloquaient l'extrémité.

Liz reconnut la librairie Blackwell, où elles avaient flâné quelques minutes. Un interlude bref, mais bien agréable. Le matin, elle était passée chercher Peggy en voiture à l'appartement que celle-ci partageait avec deux vieilles amies de fac, du côté le moins respectable de Kilburn. Roulant à contresens du gros de la circulation qui s'écoulait vers Londres, elles parvinrent à destination en peu de temps. Mais il leur fallut se repérer à travers un réseau affolant de sens uniques avant de pouvoir laisser la voiture dans un vaste parking à ciel ouvert, à l'ouest du centre-ville d'Oxford. Elles passèrent à pied devant la vieille prison qui connaissait une seconde vie, transformée en hôtel de luxe, puis dans une rue commerçante dont l'alignement banal de vitrines franchisées aurait pu se retrouver dans n'importe quel coin d'Angleterre. Mais elles s'engagèrent bientôt dans une ruelle sombre et étroite bordée de maisons qui n'auraient pas déparé dans un roman de Dickens ; le tableau était complet, ombres sinistres et poutres saillantes comprises. Un dernier tournant les conduisit à Pembroke College, leur première destination.

Toujours selon Peggy, qui avait bûché d'arrache-pied la veille, les fondations dataient du XVIIᵉ siècle, quelques portions remontaient à l'époque médiévale. Plus obscur que son homonyme de Cambridge, Pembroke College comptait néanmoins parmi ses anciens étudiants l'auteur Thomas Browne, Samuel Johnson, et plus récemment Michael Heseltine.

Un concierge les avait dirigées vers une antique cour carrée, ornée d'un petit carré de pelouse en son centre. Le long du mur le plus éloigné, des géraniums précoces fleurissaient dans des jardinières en bois. Elles traversèrent une autre cour et là, la statue d'une femme aux mains jointes, en prière ou en lamentation, se dressait contre un mur de la plus ancienne partie du bâtiment. Ce n'est pas un bon présage, se dit Liz, en songeant à l'entrevue qui allait suivre. Sa pratique de la religion n'avait rien de conventionnel et elle s'interrogeait avec un peu de nervosité sur la place que la théologie occuperait dans la conversation.

En réalité, le chapelain Hickson, un homme corpulent et jovial, évoquait plus, avec son énorme panse de buveur de bière et son épaisse barbe frisée, un frère Tuck d'une surprenante impiété que l'austère théologien que Liz s'attendait à rencontrer. Il les accueillit avec effusion avant de leur proposer un café ou un sherry – « puisque le soleil avait passé la pointe de la vergue en France ».

Les deux jeunes femmes optèrent pour le café et se perchèrent sur de vieilles chaises inconfortables, des mugs maculés de Nescafé en main, pendant que l'aumônier remuait ciel et terre en quête de biscuits. L'entretien ne commença que lorsqu'il les eut retrouvés, après plusieurs minutes de recherche. Il se laissa tomber joyeusement sur le divan après avoir placé une assiette de sablés au chocolat à portée de main. Entre-temps, Liz avait acquis la conviction que, pour le chapelain Hickson, les nourritures terrestres revêtaient plus d'importance que leurs homologues spirituels.

Elle commença par préciser que leur visite n'était qu'une formalité, une mise à jour de l'enquête de sécurité d'origine. En quittant Londres, elle s'était demandé avec un peu d'inquiétude si un ecclésiastique accepterait de s'exprimer librement sur la vie privée d'un ancien étudiant. En particulier si la conversation abordait des aspects moralement douteux de ladite vie, soit exactement le type d'informations qu'elle recherchait. Mais Hickson parla volontiers du jeune Patrick Dobson.

– Il prenait les choses très au sérieux et travaillait très dur. Rien de mal à ça, bien sûr.

Le rire grondant qui suivit cette précision suggérait cependant le contraire. Il continua :

- Mais cela le tenait un peu à l'écart des autres. Quelque chose chez ce garçon évoquait l'âge mûr.

Le commentaire arracha à Liz un léger sourire.

- Il n'a jamais fait les quatre cents coups, si je comprends bien ?

Le révérend attrapa un biscuit.

- En aucune manière. À tous égards, c'était un citoyen modèle. Il a rejoint les Jeunes Conservateurs, prenait tous ses dîners au Hall et évitait la tentation. Il n'y avait pas de femme dans sa vie. Non par manque d'enthousiasme de sa part, dois-je préciser. Disons qu'il était loin d'être irrésistible aux yeux du beau sexe. C'est le genre de choses bizarres qui arrive parfois, n'est-ce pas ?

Liz fut quelque peu abasourdie par ce portrait très intime.

- Comment se fait-il que vous le connaissiez si bien ?

- Il passait beaucoup de temps à la chapelle. Une fois par semaine et de temps à autre le mercredi en plus, dit le chapelain avec une petite grimace. Cela peut sembler étrange dans ma bouche, mais je le trouvais un peu trop religieux, si vous voyez ce que je veux dire. C'est assez rare parmi les jeunes gens de cet âge, surtout à Oxford.

- Il se confiait à vous ?

Pour la première fois, Hickson sembla interloqué.

- À moi ? Oh non ! Voyez-vous, il y avait une certaine différence de classe entre nous.

- Vraiment ?

Si les souvenirs de Liz étaient exacts, Dobson était loin d'avoir des origines aristocratiques. Hickson cherchait-il à leur faire comprendre que les siennes l'étaient ? À voir cette montagne d'homme avec son faible pour les biscuits, on avait peine à le croire.

- Voyez-vous, le jeune Patrick vient d'une famille de la classe ouvrière. Grâce au potentiel incontestable de sa cervelle de surdoué, il a intégré une école privée en obtenant une bourse. Là-bas, il a non seulement développé son esprit, mais aussi...

L'aumônier leva l'index et Liz put constater qu'il commençait à trouver l'entretien divertissant.

– ... Un sens précoce de l'ascension sociale, conclut-il.

– Je vois, dit Liz en tentant de masquer son amusement.

– À Oxford, il a continué dans la même voie. La plupart du temps, il aimait porter un pull, continua Hickson en insistant avec une emphase presque joyeuse sur le p initial. Il lui arrivait même d'arborer la cravate de son ancienne école. Le dimanche, on le voyait se balader avec un costume de tweed à carreaux. Une fois, il a raconté à quelqu'un que c'était le genre de vêtements que portaient les « gentlemen de la campagne ». Vous imaginez aisément l'effet sur ses camarades étudiants.

Hickson adressa un regard pétillant à Liz.

– Mais quelle est cette histoire de différence de classe entre vous ?

Aiguillonnée par la curiosité, Peggy avait rompu le silence qu'elle avait observé jusque-là. L'ecclésiastique lui adressa un large sourire.

– En fait, il n'y en a pas. Nous sortons tous les deux du milieu des gens ordinaires. Mais je ne l'ai pas quitté. D'ailleurs, je suis toujours étonné d'être ici. J'imagine que ça doit avoir un rapport avec le politiquement correct.

Cette fois, son rire fut si tonitruant que le divan en trembla.

En partant quelques minutes plus tard, après avoir décliné une nouvelle offre de sherry, Liz réfléchissait au portrait moqueur du chapelain. Y avait-il vraiment matière à s'inquiéter ? Manifestement, Dobson avait été un étudiant sérieux, un peu taré sur les bords, si soucieux de dissimuler ses humbles origines que, paradoxalement, il se distinguait de la masse au lieu de s'y mêler. L'idée qu'un individu se crée un personnage mettait Liz mal à l'aise – un costume de

tweed à carreaux, et puis quoi encore ? Puisque cette personne avait pu fonder sa vie sur un mensonge, qu'est-ce qui
l'empêchait d'y ajouter un autre ?

Toujours amusée par le résumé satirique du chapelain,
Liz éprouvait en même temps une sorte de compassion face
à un tel manque d'assurance. Elle évoqua un bref instant
l'infortune de sa propre adolescence. S'il suffisait d'avoir
été un inadapté social durant les premières années du passage à l'âge adulte pour attirer les soupçons, elle serait en
tête de liste des suspects de sa propre enquête.

À Somerville College, elles rencontrèrent l'ancienne
chargée de travaux dirigés de Judith Spratt. Un bas-bleu
nommé Isabella Prideaux, une femme encore élégante
même si elle approchait sans doute de l'âge de la retraite.
Dans son bureau du rez-de-chaussée, dont les portes-
fenêtres ouvraient sur l'immense cour carrée, Isabella fit un
compte rendu bref mais louangeur des années d'études de
Judith. Elle semblait savoir dans quel contexte son ancienne
élève exerçait ses talents.

– Elle me donne de ses nouvelles… Comme la plupart
de mes étudiants, d'ailleurs, précisa-t-elle avec fierté.

La conversation avait commencé à **midi** et demi. Au
bout d'une demi-heure, le terrain avait été entièrement couvert et Liz décida de prendre congé. L'esprit ailleurs, elle
songeait déjà à trouver un endroit où Peggy et elle pourraient avaler un sandwich. Il y eut donc un bref moment
d'embarras lorsqu'il apparut qu'on comptait sur elles pour
le déjeuner. Peggy lança un regard interrogateur à Liz, mais
ni l'une ni l'autre ne trouva une manière polie de décliner
l'invitation. Elles suivirent le mouvement vers une petite
salle à manger près du grand hall.

Dans cet endroit, la conversation sur Judith Spratt
n'était pas au menu, puisqu'elles étaient installées au milieu
des membres du corps enseignant du *college*. La plupart
d'entre eux étaient des hommes – ce qui intrigua Liz, car sa

conception de Somerville s'appuyait sur *Gaudy Night* de Dorothy Sayers. Après un long exposé de son voisin, professeur de physique, sur la beauté des quarks, Liz fut heureuse de s'esquiver en compagnie de leur hôtesse et de Peggy pour prendre le café dans un coin tranquille de la salle des professeurs.

— Je suis désolée pour le professeur Burrell. Il m'entreprend parfois de cette façon et c'est comme s'il me parlait urdu.

Liz comprit que Mlle Prideaux faisait allusion à son voisin de table. La conversation se prolongea pendant quelques instants. Alors qu'elles s'apprêtaient à partir, Mlle Prideaux lança à brûle-pourpoint :

— J'ai été atrocement désolée d'apprendre pour Ravi.

Liz dressa l'oreille.

— Oui ?

— Je sais à quel point cela peut paraître vieux jeu, mais j'ai toujours été convaincue que ces unions interraciales sont plus fragiles.

Liz n'émit aucun commentaire et Mlle Prideaux rosit, inquiète peut-être de paraître raciste ou indiscrète, voire les deux. Elle consulta sa montre avec affectation.

— Pauvre de moi, je suis là à bavarder alors que je suis attendue par une dernière année au bord de la crise de nerfs à cause de son épreuve d'anglo-saxon.

Peggy s'arracha à la contemplation de la vue du haut du Sheldonian et demanda :

— Que voulait dire Mlle Prideaux en avouant qu'elle était désolée pour Ravi ?

— Je n'en suis pas très sûre. Ravi est le mari de Judith. Ravi Singh. Au bureau, elle a gardé son nom de jeune fille.

— C'est ce que j'ai cru comprendre. Dans quoi travaille-t-il ?

- Dans les affaires. Il est d'origine indienne. Ils sont mariés depuis longtemps. Si je me souviens bien, ils se sont rencontrés à Oxford. C'est un homme charmant.

- Ah, vous le connaissez ?

- Un peu. J'ai dîné chez eux quelquefois.

Peggy hocha la tête d'un air compatissant.

- Ce n'est pas facile, n'est-ce pas ? En tout cas, dans le dossier de Judith, rien ne dit que son statut matrimonial a changé.

- Il faudra vérifier. Ce n'est peut-être rien de grave.

Liz soupira. Tel était l'inévitable revers des enquêtes sur les collègues. Mais elle nota dans un coin de son esprit d'en parler à la B Branch le lendemain.

Leur dernier rendez-vous était à Merton College, elles s'y rendirent par une étroite ruelle qui partait de High Street. De la bousculade de la rue principale à ce calme presque médiéval, la transition était saisissante. En arrivant sur les pavés inégaux de Merton Street, Liz aperçut un petit cimetière près d'une église au bout d'un chemin bordé de magnifiques cerisiers. La vue n'avait sans doute pas changé depuis cinq cents ans.

Il s'appelait Hilary Watts. Professeur Watts pour moi, songea Liz, constatant qu'il semblait attendre ce genre de déférence. C'était un arabophone de la vieille école, qui entretenait évidemment des liens étroits avec le Foreign Office. Il avait assuré des cours d'été à la MECAS, le Centre d'études arabes situé dans les collines qui dominaient Beyrouth, et servi de tuteur à certains parents éloignés du roi Hussein de Jordanie, lorsqu'ils étaient venus faire un tour à Oxford pour parfaire leur formation.

Pendant une longue période, l'enseignant avait aussi joué le rôle de dénicheur de talents pour le MI6 à l'époque qui précédait le recrutement ouvert. Tom Dartmouth avait suivi son enseignement pendant le troisième cycle et le MI5 avait demandé à Watts une référence au moment où celui-ci avait rempli son formulaire de candidature. La lettre s'était réduite à trois lignes au dos d'une carte postale représentant l'Accademia de Venise ; le texte sentait la prose d'école privée et le réseau de vieux garçons, vestiges d'une époque obsolète. *Un type solide. Bonne connaissance des langues. Intelligence plus que suffisante pour le service domestique.*

« Le service domestique » – l'ancien surnom du MI5 au Six. Sans surprise, Watts ne s'était pas levé lorsqu'elles avaient frappé à la porte, se contentant de les inviter à entrer d'un ton péremptoire.

Les deux femmes se retrouvèrent dans une pièce sombre au haut plafond. À l'autre bout, une vaste fenêtre à meneaux ouvrait sur l'extérieur, laissant passer peu de lumière. Les rideaux – velours de qualité qui avait besoin d'un bon nettoyage – étaient à demi refermés. Le professeur trônait dans un fauteuil à oreilles ancien dont le tissu avait viré avec les années à un vert sauge terne. L'homme faisait face à la fenêtre, et contemplait l'herbe luxuriante d'un terrain de sport dans Christ Church Meadow par l'interstice des rideaux.

– Asseyez-vous.

Il indiqua un long canapé perpendiculaire à son siège. Elles obtempérèrent et s'installèrent avec précaution. Liz examina leur hôte, qui continuait à observer la pelouse. Le visage marqué par l'âge paraissait toujours distingué avec son long nez aquilin constellé de petits vaisseaux, ses hautes pommettes concaves et de petits yeux aussi vifs que leur couleur bleue. Watts pencha la tête sur le côté et les engloba dans son champ de vision.

– En quoi puis-je vous aider, mesdames ?

Liz remarqua alors qu'il tenait une pipe, dont il entreprit de vider le fourneau avec affectation. Des débris de tabac s'éparpillèrent sur son pantalon de toile et il les brossa d'un geste irrité, pendant que Liz expliquait qu'elles étaient là pour l'interroger à propos de Tom Dartmouth.

– Oh, Tom. Un garçon doué. Il est venu me voir pour apprendre à baragouiner, mais il se débrouillait déjà bien.

Il hocha la tête comme pour ponctuer son propos et tira sur sa pipe d'un air détendu. Liz insista, tout en gentillesse :

– L'avez-vous connu avant son troisième cycle ?

Watts détacha le tuyau de ses lèvres avec une réticence palpable.

– Je n'enseigne pas aux étudiants du premier et du deuxième cycles. Mais Mason de Balliol m'a dit que, cette année-là, le jeune Dartmouth avait obtenu la meilleure mention très bien en PPE[1].

– Quelque chose vous a marqué en particulier chez Tom ? Une caractéristique que vous auriez trouvée exceptionnelle ?

– Tous mes étudiants sont exceptionnels, dit-il d'un ton détaché.

Peggy jeta à Liz un regard en coulisse. À son corps défendant, celle-ci admirait l'assurance du vieux dinosaure, si prononcée qu'il ne donnait même pas l'impression de se vanter.

– Je n'ai aucun doute à ce sujet, admit-elle d'un ton conciliant. Mais je me demandais si vous aviez gardé un souvenir spécial de Tom.

Cette fois, Watts lâcha plus volontiers sa pipe.

– Aucun, hormis celui d'une grande déception.

Liz ne put dissimuler sa surprise.

– De quelle manière est-ce arrivé ?

– Je pensais qu'il avait l'étoffe d'un remarquable arabisant. Il aurait pu obtenir son doctorat en un clin d'œil. Maintenant, c'est nécessaire pour obtenir un poste universitaire.

C'était donc ça ? Watts reprochait à Tom d'avoir déserté le domaine universitaire ?

– Et c'est cette décision qui vous a déçu ?

––––––––––
1. Philosophie, Politique, Économie.

– Quoi ? Parce qu'il ne voulait pas enseigner ? Non, non, ça n'a rien à voir. Dieu sait que le monde n'est pas à court d'universitaires.

Il semblait prêt à prendre la mouche, comme s'il se remémorait quelque affront passé. Liz décida de ne pas le presser. Même si elle était fortement tentée de bousculer cette relique grotesque d'une autre ère. Allez ! vide ton sac. Explique-nous donc comment Tom Dartmouth – meilleure mention très bien, garçon doué, qui faisait partie de la bande, etc. –, t'a laissé tomber, toi, son mentor ?

Mais elle n'eut pas longtemps à attendre. Watts finit par se décider, affichant un air de regret si outré qu'il suintait l'hypocrisie :

– Je me suis arrangé pour qu'il rencontre mes amis à Londres…. Vos homologues.

Son regard opaque, dépourvu de la moindre parcelle d'intérêt, ne quittait pas Liz. Le Six. C'était sans doute l'endroit le plus évident pour accueillir un arabisant de haut vol. Elle découvrait que ce vétéran de la vieille école l'exaspérait au moins autant qu'elle semblait lui taper sur les nerfs. Par bonheur, on avait ouvert les volets, se dit-elle. En comparaison, les mœurs actuelles du monde du renseignement paraissaient transparentes.

– Que s'est-il passé ?

Watts prit tout son temps pour répondre, une manière de bien faire comprendre à Liz qui dirigeait la conversation.

– Il n'était pas intéressé. J'ai d'abord pensé qu'il comptait rejoindre le Foreign Office et suivre une carrière diplomatique. Mais non, pas du tout. « Alors, quoi ? » lui ai-je demandé. « L'argent ? » J'aurais pu comprendre. Son potentiel lui aurait permis de réaliser une véritable fortune en aidant une banque quelconque à s'installer au Moyen-Orient. Mais ce n'était pas non plus son projet.

Le professeur s'interrompit un instant, comme si le souvenir était trop révoltant. Quand il reprit la parole, le tuyau de sa pipe était à moitié enfoncé dans sa bouche et il avait la voix mordante, au sens propre du terme :

– En fait, il souhaitait s'engager chez vous autres. Il m'a raconté qu'il préférait travailler sur le front intérieur, qu'il voulait s'attaquer directement aux menaces contre la sécurité. Je lui ai demandé s'il avait vraiment étudié aussi dur et aussi bien réussi pour devenir une espèce de flic.

La petite voix de Peggy se fit entendre, elle intervenait dans un entretien pour la deuxième fois de la journée.

– Et qu'a-t-il répondu ?

Le professeur se tourna vers elle, sanctionnant son impudence d'un regard méprisant. Ce vieux croûton prétentieux aurait une crise cardiaque s'il apprenait que Peggy fait partie du Six, songea Liz. Watts finit par répondre, avec ce qui ressemblait à de la colère :

– Il a ri. Il a dit que je ne comprenais pas.

Et à en juger par l'expression du professeur, c'était, à ses yeux, le péché ultime.

11

Elles regagnèrent Londres en début de soirée ; Liz
déposa Peggy et rentra droit chez elle. Elle considéra sans
enthousiasme les maigres ressources de son frigo, et décida
qu'elle n'avait pas faim. Le voyant de son répondeur lui
adressait des signaux lumineux et elle traversa la pièce à
regret pour écouter les messages en espérant que ce n'était
pas le bureau. Moulue, elle n'aspirait qu'à prendre un long
bain, accompagné d'une grande vodka tonic, avant de
retrouver son lit.

La voix enregistrée par la bande était faible et hésitante. Liz réfléchissait encore aux entretiens de la journée, il
lui fallut donc quelques secondes pour reconnaître sa mère.
Elle parlait du soudain regain d'activité à la jardinerie après
le long creux de l'hiver.

Puis le ton se fit artificiellement léger, comme si elle
voulait en finir rapidement avec un sujet moins plaisant.

– Barlow a appelé...

Liz tendit l'oreille. C'était le nom du généraliste de sa
mère. Celle-ci continua :

– Les analyses sont revenues et il veut me voir. C'est
casse-pieds... Bon, appelle-moi quand tu pourras, ma
chérie. Je m'apprête à sortir, mais je serai à la maison
demain soir, ajouta-t-elle après un bref silence.

Mauvaise nouvelle. Sa mère était une patiente réticente, qui n'allait voir son médecin que lorsque tout le reste avait échoué - le déni, les grogs au whisky, le simple stoïcisme. Barlow avait certainement insisté pour qu'elle passe le voir ; voilà qui était préoccupant.

Liz se servit une vodka bien tassée. Elle ouvrait les robinets de la baignoire quand le téléphone sonna. C'était Dave Armstrong.

- Salut, Liz. Comment ça va ? Je t'ai cherchée toute la journée.

- Je faisais quelque chose pour Charles, dit-elle et, sachant qu'elle n'avait pas envie de s'expliquer plus avant, elle changea de sujet. On a eu de la chance avec les photos ?

- Pas encore, mais on en attend d'autres.

- Comment va notre ami ?

- Bien, jusqu'à présent.

Les chances que leur conversation soit interceptée par des gens malveillants étaient proches de zéro mais comme tous les membres de leur profession, leur méfiance du téléphone était profondément ancrée.

- Je voulais te prévenir que j'avais un contact à voir à Islington et aussi t'offrir le meilleur repas indien du monde. L'invitation tient toujours.

- Oh, c'est très gentil, mais je peux à peine garder les yeux ouverts. Je serais une invitée exécrable. Une autre fois, si tu veux.

- Aucun problème, répondit Dave avec sa bonne humeur habituelle. On se voit à l'usine.

Liz alla vérifier son bain. Elle était effectivement fatiguée mais, en temps ordinaire, elle l'aurait certainement rejoint car sa compagnie était toujours agréable. Ce soir, cependant, elle était trop préoccupée par la santé de sa mère pour envisager de s'amuser.

En entrant dans l'eau, elle constata que la pièce avait besoin d'une réfection urgente. Après avoir acheté l'appartement, elle avait choisi pour la salle de bains - avec une certaine inconséquence – un papier peint d'un jaune citron éclatant, dont la couleur était maintenant passée. Pis encore, la combinaison de la dose quotidienne de vapeur et de l'espace exigu avait eu pour résultat de décoller la tapisserie par endroits. Un lé posé juste au-dessus du robinet commençait à pendouiller.

Elle pensa de nouveau à Dave. Par de nombreux aspects, il faisait partie de ses proches, mais leur relation ne dépassait pas les limites de l'amitié – et ne les franchirait pas. C'était d'ailleurs bizarre. À première vue, Dave réunissait les qualités du candidat idéal pour une histoire à deux. S'il n'était pas un intellectuel à proprement parler, il était brillant, drôle – et, oui, plutôt pas mal physiquement. Il n'était pas lunatique, ne se plaignait jamais et semblait avoir souscrit un abonnement à vie au Pouvoir de la Pensée Positive. Si, parfois, Liz trouvait qu'il considérait un peu trop le monde comme sa propriété personnelle, il ne manquait jamais de lui faire une place dans son royaume.

Elle se redressa et laissa couler l'eau chaude jusqu'à ce qu'un petit nuage de vapeur s'élève de la surface de l'eau, puis elle se détendit. Si elle ne pouvait se confier à Dave, à qui ? À personne, comprit-elle, car il n'y avait aucun homme spécial dans sa vie en ce moment. Elle en prenait note sans désarroi ni regret.

Bien sûr, ce serait agréable d'avoir quelqu'un qui soit assez intime pour pouvoir partager les choses – surtout les mauvaises, les passes difficiles comme l'attente des résultats d'analyses de sa mère. Mais ça ne se faisait pas avec n'importe quel ami. D'après son expérience, les confidences créaient toujours une tension, une sorte d'intimité artificielle qui allait au-delà de l'amitié. Certaines femmes semblaient s'en accommoder – elles en faisaient même une habitude –, mais cela ne correspondait pas à la personnalité de Liz. C'était cela qu'un « partenaire » (quel mot horrible, mais elle n'en trouvait pas d'autre) était précisément là pour partager.

Plop ! De l'eau jaillit du côté de ses orteils. Elle vit que le lé de papier peint avait abandonné la bataille et décidé de lui tenir compagnie dans le bain.

12

J'ai horreur de ces départs au petit matin, songea Liz. Il n'était que 9 h 15 et elle avait déjà traversé la moitié de la mer d'Irlande. Jusque-là, le voyage avait été le cauchemar prévisible – un métro bondé, puis l'attente exaspérante à Heathrow du vol en provenance de Belfast, en retard évidemment. On ne savait jamais comment s'habiller quand on partait aussi tôt. Elle avait choisi sa nouvelle veste en lin – option risquée si l'on considérait la saison et le vol à bord d'un avion bondé. Sur son cintre, le lin présentait toujours un excellent aspect, mais après avoir été porté une demi-heure, il avait une fâcheuse tendance à imiter la serpillière fatiguée. Par bonheur, elle avait pu suspendre le vêtement délicat à un crochet fixé devant son siège et pouvait raisonnablement espérer qu'il soit dans un état convenable à l'atterrissage.

Par le hublot, elle vit la corniche de nuages qui saillait des côtes du pays de Galles se diluer dans un ciel bleu ; son moral remonta de plusieurs degrés. Ce déplacement allait peut-être se révéler plus productif et agréable que prévu.

Quand elle avisa la foule qui s'attroupait autour du tapis roulant, Liz se réjouit de n'avoir pris qu'un bagage à main, ce qui lui permit d'arriver la première au comptoir Avis. Elle repartit avec une Renault 5, louée avec le permis de conduire de son alias, Falconer.

Elle contourna la ville pour éviter la fin des encombrements de l'heure de pointe. La conduite était agréable, même si la puissance de la Renault laissait un peu à désirer comparée à son Audi. Elle poussa la vitesse, il valait mieux éviter d'être en retard à son rendez-vous avec le docteur Liam O'Phelan, maître de conférences en études irlandaises à la Queen's University de Belfast.

Elle éprouvait une impression étrange à revoir Belfast au bout de dix ans. Dieu merci, je n'ai plus à vérifier si la voiture est suivie ou à me demander si quelqu'un a posé une bombe dessous. Lors de son précédent voyage, la sécurité était encore précaire et ces questions étaient des préoccupations récurrentes.

Elle évoqua sa première affectation, plusieurs mois au bureau d'Irlande du Nord. Tout en étant basée à Thames House, elle avait effectué en tout trois brèves missions à Belfast. Sa première visite avait été marquée par la nervosité, elle s'attendait à rencontrer cette violence véhiculée par les images de blindés et d'émeutes à la télévision qui avaient accompagné son enfance. Mais le pire était passé. Au milieu des années quatre-vingt-dix, l'Irlande du Nord vivait déjà les prémices de la paix. De temps à autre, un meurtre était perpétré au sein des factions, mais la trêve fragile résistait.

Malgré cela, les occasions de conflit restaient nombreuses. Même si elles s'exprimaient dans un registre non violent, des tensions survivaient entre le bureau d'Irlande du Nord, les différentes factions du MI5 chargées de recueillir des informations, le service de Renseignements de l'Armée, sans compter le Royal Ulster Constabulary[1] et sa Special Branch. Son apprentissage de la politique interne des services de renseignements en Irlande du Nord s'était fait en accéléré. Elle avait dû mûrir en quatrième vitesse. Elle se souvenait encore de la manière dont elle avait découvert les manœuvres d'un officier de la Special Branch du

---

1. Royal Ulster Constabulary ou RUC : Police royale de l'Ulster.

RUC pour lui piquer l'informateur, pourtant insignifiant, dont elle était l'agent traitant. Je lui ai réglé son compte en moins de deux, se dit-elle avec satisfaction.

Après avoir remonté Stranmillis Road vers le nord et admiré le luxuriant Jardin botanique au passage, elle laissa sa voiture dans une petite rue calme, bordée d'arbres, qui donnait dans University Road. Le quartier de l'université formait une oasis de calme, respectée par les deux partis rivaux. Elle traversa en diagonale la pelouse d'une grande cour carrée, entourée de bâtiments néogothiques de l'époque victorienne, regardant d'un œil envieux les étudiants étalés sur l'herbe avec leurs livres, sous le soleil – une scène estivale insolite en ce mois de mai. Le spectacle la toucha. Si familier et insouciant.

Au prix de quelques errements, elle finit par trouver l'Institut d'études irlandaises, une maison victorienne alignée auprès de ses compagnes grises. Le bureau de Liam O'Phelan se trouvait au premier étage.

Il s'était montré presque pointilleux en indiquant l'heure à laquelle il la recevrait (11 h 45), mais lorsqu'elle frappa à la porte, il n'y eut pas de réponse. Puis une voix se fit entendre dans le couloir :

– Me voilà.

D'après le dossier établi par Peggy, O'Phelan avait quarante-deux ans, mais ses cheveux clairsemés et les rides soucieuses qui lui marquaient le visage le vieillissaient. Il portait une veste de tweed vert pâle et un pantalon de flanelle. Elle avait déjà vu de nombreuses versions de cette veste sur les épaules d'hommes d'âge mûr qui fréquentaient la jardinerie de sa mère mais avec sa coupe étudiée, celle-ci ne semblait jamais avoir approché un abri de jardin à moins d'un kilomètre.

– Docteur O'Phelan ?

– C'est exact. Et vous devez être Mlle Falcon. Le faucon est mon oiseau de proie favori.

Il avait la main douce et sèche, un regard bleu-vert pénétrant.

– En réalité, c'est Falconer.

– Oh, le fauconnier ? Encore mieux.

La décoration somptueuse, presque voluptueuse, la déconcerta. De l'extérieur, l'aspect lugubre du bâtiment suggérait un cadre bien différent. Une fausse cheminée de marbre blanc occupait l'un des murs et des tapis orientaux, dans les tons bleus et rouges, mettaient le parquet en valeur. Les murs disparaissaient sous une profusion de tableaux, de reproductions, de dessins. Liz reconnut des portraits de Yeats et de Joyce.

D'un geste, O'Phelan l'invita à prendre un des deux vieux fauteuils rembourrés qui occupaient le centre de la pièce.

– Asseyez-vous, je vous en prie. Je vais préparer du café, proposa-t-il d'un ton cérémonieux.

Pendant qu'il s'affairait, Liz sortit ses documents et consulta les notes griffonnées la veille. Elle ne s'imposait jamais un ordre strict pour les interrogatoires. Mais même si elle préférait laisser l'entretien suivre son cours naturel, elle veillait à obtenir toutes les réponses prévues.

O'Phelan revint avec deux tasses de porcelaine et leurs soucoupes sur un plateau, qu'il posa entre eux sur la petite table. Après s'être assis, il croisa les jambes d'un geste languide et absorba une gorgée du café chaud pendant que Liz l'examinait à la dérobée. Cheveux blond-roux raides, dents légèrement de travers, nez mince et droit. L'image d'un Peter O'Toole plus jeune s'interposa brièvement.

– Vous êtes venue me voir à propos d'un de mes anciens étudiants, si j'ai bien compris.

Son accent cultivé ne portait aucune trace du rude grasseyement de l'Ulster.

– C'est exact. Il s'agit de Michael Binding.

– Et vous appartenez au ministère de la Défense ?

Il la fixait avec attention.

– Oui. Vous lui avez fourni une lettre de référence lorsqu'il a posé sa candidature pour entrer au ministère. Vous vous souvenez de lui ?

– Très bien, dit O'Phelan, avant de s'interrompre et de lever un index sentencieux. J'ai été son directeur de thèse, mais pas pendant très longtemps. Il a changé quand j'ai quitté Oxford pour venir ici.

– Est-ce une procédure normale ?

– Quoi ? Que je vienne ici ?

Il éclata de rire, amusé par ce malentendu volontaire.

– En fait, cela dépend des circonstances, reprit-il. Dans ce cas particulier, je pense qu'il avait sans doute envie de changer. Quant à moi, j'étais tout prêt à le soutenir en ce sens.

– Vous n'étiez pas d'accord ?

– Nous n'avions pas de désaccord sur des points précis. Je désapprouvais l'ensemble de son approche de la question.

– Par rapport à sa thèse ?

Le professeur hocha la tête, piquant la curiosité de Liz. Elle insista :

– Quel était le sujet ?

– Charles Stewart Parnell.

– Un aspect du personnage en particulier ?

À son tour, O'Phelan sembla intrigué par l'intérêt de Liz.

– Ses discours politiques. Leur lien avec la politique de l'époque et inversement. Rien d'exceptionnel. Ce n'était qu'un doctorat de troisième cycle.

– Vous disiez donc que vous n'aimiez pas les analyses de Binding.

– En effet. À mon avis, il se trompait sur toute la ligne. Bien sûr, j'appartiens à l'école d'historiens que Conor Cruise O'Brien a appelés les « Intellectuels fenians » Pour moi, Parnell est avant tout un nationaliste irlandais.

Il semblait savourer ses propres paroles, comme s'il ponctuait mentalement les phrases tout en les prononçant.

– Binding ne le considérait que dans le contexte de la démocratie parlementaire britannique. Il semblait croire que si Parnell avait eu la chance de naître anglais, il aurait accompli de grandes choses... De l'autre côté de la mer d'Irlande.

– Alors que vous estimez que Parnell était un grand homme tel quel ?

Liz attendit la réponse. Pour la première fois, O'Phelan passa de la réserve ironique à l'enthousiasme :

– Absolument ! Mais le problème fondamental entre Binding et moi n'avait rien à voir avec nos divergences d'opinion. Imaginez un peu, si je n'enseignais qu'à des gens qui partageaient mes vues, j'aurais beaucoup de temps libre, n'est-ce pas ? Non, c'était plutôt... Comment exprimer la chose poliment ? Disons, le simple fait qu'il n'était pas très bon.

Il broda sur le thème pendant plusieurs minutes, expliquant d'un ton mesuré que Binding avait été un piètre chercheur, que sa pensée et son expression écrite manquaient de clarté. En bref, il n'avait jamais fait preuve des capacités intellectuelles que l'on attend d'un étudiant de troisième cycle à l'université d'Oxford.

Un chef-d'œuvre de dénigrement, enrobé d'une telle couche de regret apparent qu'il fallut un certain temps à Liz pour prendre conscience de la vénéneuse entreprise de démolition à laquelle s'employait O'Phelan. Cependant, même lui trouva difficile de garder son masque charitable jusqu'au bout et lâcha une conclusion cinglante :

– J'ai été étonné d'apprendre que cette thèse avait été finalement acceptée.

– Je vois... Je voulais vous interroger aussi à propos de sa vie privée.

– Allez-y, mais je ne suis pas certain de pouvoir vous aider. Je ne le connaissais guère. J'étais à St Anthony et lui appartenait à un autre collège, Oriel, me semble-t-il. Un des moins importants, à tous les sens du terme.

– Avait-il des amis ?

– Aucune idée.

– Ou des petites amies ?

Il observa un bref silence, puis répondit avec un léger sourire :

– Ça oui.

– Vraiment ?

– Elles venaient l'attendre parfois après une séance de travail avec moi. C'est arrivé à plusieurs reprises et il y a eu au moins deux filles différentes. Je me rappelle avoir pensé qu'elles manifestaient un incroyable dévouement.

Sourire poli de Liz.

– Appartenait-il à des clubs ou à une équipe de sport ?

O'Phelan ouvrit les mains pour exprimer une légère stupéfaction.

– Je suis bien incapable de vous le dire.

– Et la politique ? Ça l'intéressait ?

Il prit le temps de la réflexion.

– En fait, oui. En tout cas, plus que la plupart de mes élèves. Il adorait discuter, il aimait me citer le *Daily Telegraph* comme s'il s'agissait d'une source impartiale.

– Alors, c'était un conservateur.

– Oui. Cependant, c'est aussi mon cas sur de nombreux points. Mais nous nous opposions sur l'Irlande. Il se fourrait des conneries d'anglo-protestant dans le crâne et venait les répéter devant moi, sans doute juste pour m'agacer. Et ça marchait la plupart du temps.

Quelques questions plus tard, Liz consulta ostensiblement sa liste, mais O'Phelan lui avait dit tout ce qu'elle voulait savoir sur Binding.

Obéissant à une soudaine impulsion, elle fouilla dans son porte-documents et en sortit une autre feuille.

– Si cela ne vous ennuie pas, j'aimerais vous lire une liste de noms. Ces personnes étaient à Oxford à peu près au même moment que Binding. Je me demandais si vous en connaissiez certaines.

Et elle commença à décliner d'un ton mesuré le nom des autres suspects, tout en guettant du coin de l'œil les réactions de O'Phelan. Mais le professeur se tenait immobile, le visage impassible, les mains croisées sur le ventre.

Puis, alors qu'elle avait presque terminé, il bondit inopinément.

– Accordez-moi une minute, s'il vous plaît. Je crois qu'il y a quelqu'un à la porte.

Il alla ouvrir, passa la tête à l'extérieur et lança :

– Je ne serai pas long, Ryan.

Il reprit place dans son fauteuil.

– Je vous prie de m'excuser, mademoiselle.

– Steven Ogasawara.

Ce dernier nom clôturait la liste. O'Phelan secoua la tête avec un sourire d'excuse.

– J'ai bien peur qu'ils ne m'évoquent rien, dit-il, puis il brandit encore l'index, cette fois comme pour se corriger. Cela ne signifie pas que je ne les ai pas connus. Mais n'importe quel enseignant vous le dira, les étudiants se succèdent, il est tout simplement impossible de garder tous les noms en mémoire.

– C'est très compréhensible. Bien, je vous remercie de m'avoir consacré un peu de votre temps.

– Je vous en prie. Faites-moi savoir si vous avez encore besoin de mon aide.

O'Phelan se leva à la suite de Liz pour la raccompagner. Il ouvrit et jeta un coup d'œil dans le couloir.

– Tiens, on dirait que le jeune Ryan a disparu.

salement laissé tomber Jane, Simon et leur service secret anonyme qu'il soupçonnait d'être le MI5.

Serait-il possible, et une pointe d'adrénaline parcourut ses veines à cette idée, que leur équipe de surveillance ait été repérée ? Ils devaient bien être quelque part, ce jour-là. Il avait tenté de découvrir s'il était suivi. Sur le trajet qu'il empruntait pour se rendre à son travail et en revenir ou à midi en allant déjeuner d'un sandwich dans le parc, il observait les environs. Mais malgré ses efforts, il ne repérait rien de suspect.

Alors, qu'est-ce qui avait éveillé la méfiance de l'imam ? Ou celle du patron de la librairie, qui pourtant n'avait pas changé d'attitude envers Sohail – courtoisie scrupuleuse, assortie d'une légère réserve ? En fait, c'était un collègue de Sohail qui avait récemment eu droit à une remarque de la part de leur employeur. Quand Aswan avait demandé s'il pouvait ranger le lecteur vidéo de l'étage, l'autre s'était emporté et lui avait recommandé en termes vifs d'être plus attentif et de poser moins de questions.

Se pouvait-il, néanmoins – et là, sa nervosité augmentait d'un cran –, que quelqu'un soupçonne Sohail de ne pas être ce qu'il paraissait ? Un jeune homme tranquille, dévot, sérieux, travaillant dur pour aider sa famille. Il faisait appel à sa raison : ce portrait n'avait rien d'une simple façade et ne décrivait que la réalité ; aucune raison que quiconque y voie autre chose.

Il patienta un bon quart d'heure avant l'arrivée du bus, et ensuite dut rester debout jusqu'à son arrêt. En général, il parvenait à trouver un siège et lisait. Il était au milieu de *Responsabilité civile en droit anglais*, car s'il avait de bonnes raisons de différer son entrée à l'université d'un an, il n'avait pas pour autant l'intention de gaspiller ce temps. Il appréciait la méticulosité aride de cette prose précise. Mais au contraire de la littérature islamique qui l'environnait chaque jour, la loi anglaise semblait pouvoir échapper à la perversion, même entre les mains de fanatiques.

13

C'était son tour de fermer la librairie. Comme on était un jeudi, il était 19 h 30 lorsqu'il inspecta une dernière fois les trois pièces du rez-de-chaussée, histoire de vérifier qu'un visiteur trop passionné par sa lecture ne risquait pas de s'y laisser enfermer. Puis il éteignit les lumières, tira la porte d'un geste ferme et fit tourner la clé dans la double serrure Chubb.

Une semaine s'était écoulée depuis la seconde visite de l'imam à la librairie. À l'arrivée de l'homme, de peur de laisser apparaître sa tension, Sohail avait préféré se réfugier dans la réserve, prétextant un inventaire. À sa grande surprise, Abu Sayed ne s'était pas rendu à l'étage, mais avait passé près d'une heure dans le bureau, près de la pièce principale. Personne ne l'avait rejoint et, en ressortant, l'imam s'était dirigé droit vers la porte et s'était installé dans une voiture qui attendait.

Les trois jeunes gens ne s'étaient pas montrés. Quelque chose était allé de travers. Depuis, Sohail se creusait la tête sans trêve, essayait de voir où il avait pu se tromper. Pourtant, il était absolument certain qu'une rencontre entre l'imam et les trois jeunes avait été organisée. De ne pas savoir pourquoi ce rendez-vous avait été manqué le rongeait comme une faim dévorante. Et il avait le sentiment d'avoir

Il se demanda à quoi ressemblerait son retour à une vie ordinaire. Ne plus avoir à contrôler ses paroles ou l'expression de son visage. Reprendre ses études dans un milieu où l'on confrontait ses opinions par la discussion, non par la violence. Cette approbation de la violence que partageaient ses collègues et les clients de la librairie le dérangeait par-dessus tout. Leur manière d'accepter la perte de vies, d'y applaudir, comme s'il ne s'agissait pas d'existences réelles, comme si les êtres humains n'étaient que des symboles.

Bien sûr, la violence existait aussi en Angleterre. Dans le quartier où il vivait avec ses parents, le BNP[1] avait failli emporter un siège de conseiller. Lui-même avait été pourchassé à deux reprises par de jeunes Blancs, l'insulte raciste à la bouche, et une fois il s'était fait bousculer, à cent mètres de chez lui, par deux ivrognes qui en voulaient à son argent. Mais au moins, ces gens enfreignaient ouvertement la loi : ils pouvaient difficilement prétendre que, d'une certaine façon, elle était de leur côté.

Comme d'habitude, il descendit du bus avant son arrêt de manière à prendre un peu d'exercice en marchant jusqu'à chez lui. En ce soir de fermeture tardive, sa petite sœur aurait déjà fait sa toilette et serait prête à se coucher, sa mère lui aurait gardé son dîner au chaud.

Le crépuscule s'épaississait. Il remonta la grand-rue de son quartier d'un pas vif, et tourna dans une ruelle adjacente qui donnait dans un long passage qui s'étirait entre un entrepôt et l'arrière d'une rangée de boutiques. Une lumière chiche accentuait l'atmosphère glauque de l'endroit – sa petite sœur n'y serait passée pour rien au monde, même en plein jour – mais il gagnait cinq bonnes minutes en prenant ce raccourci et il s'y engagea sans hésiter. Au bout de quelques secondes, il crut entendre quelqu'un derrière lui mais, en se retournant, il ne vit rien

---

1. British National Party, parti politique d'extrême droite.

d'anormal dans la longue ombre de l'entrepôt projetée par un réverbère lointain. Ne sois pas si nerveux, se dit-il. Sohail oublia rapidement ses craintes. Pour la énième fois, il ne pouvait s'empêcher de penser qu'il avait laissé choir Jane et Simon, voire le pays. Si l'affirmation était un rien pompeuse, elle n'en était pas moins vraie.

Tout en remâchant sa déception, il leva la tête et distingua une silhouette qui approchait. Instantanément sur ses gardes, il ne se détendit qu'en remarquant que l'individu avait le teint aussi foncé que le sien. À mesure que la personne avançait, Sohail éprouvait une sensation de familiarité qui se précisait. L'autre arborait un large sourire – ses dents luisaient dans la pénombre – et le héla :

– Sohail !

Par réflexe, celui-ci répondit d'un sourire, finalement persuadé qu'il avait affaire à un ami. Effectivement, le visage du petit homme ne lui était pas inconnu.

J'y suis ! c'est le petit mec qui a manqué le second rendez-vous de la librairie avec ses deux copains. Mais qu'est-ce qu'il fabrique par ici ?

14

Enfin un truc sympa, songea Liz qui réglait les formalités à la réception du Culloden. Avec ses hectares de jardins, son club de remise en forme et son restaurant gastronomique, le lieu se plaçait un cran au-dessus du standing des établissements qu'elle fréquentait d'ordinaire. Mais elle avait obtenu un bon tarif sur Internet et, contrairement à son habitude, avait décidé de se faire plaisir.

Dire que je ne profiterai d'aucun de ces services... Dans sa chambre, après avoir demandé qu'on lui monte un sandwich, elle envoya promener ses chaussures et brancha son ordinateur portable. Pendant que la machine démarrait, elle interrogea son répondeur de Thames House. Pas de message.

Un bref instant, elle songea à Marzipan. Avait-il progressé dans l'identification des photos envoyées de Hollande ? Puis elle se força à cesser ses spéculations – ça ne te regarde plus, se dit-elle avec fermeté, occupe-toi plutôt de retranscrire ton entretien avec O'Phelan.

Quelque chose la dérangeait chez cet homme. Mais quoi ? Il lui avait servi un numéro, une représentation bien rodée, pas autre chose. Mais pourquoi ? Son attitude était peut-être le fruit du ressentiment qui l'animait contre tout et tous ceux qui se rapportaient aux forces de sécurité ? Cependant, derrière la façade persifleuse et les manières un rien efféminées, les antennes de Liz décelaient autre chose. O'Phelan calculait ses effets avec précision. Tout au long de leur discussion, il avait sélectionné ses informations.

Oui, ç'avait été une belle performance d'acteur. Mais c'était aussi un homme aux fortes convictions. Elle avait encore à l'oreille l'intensité qui faisait vibrer sa voix lorsqu'il s'était enflammé en parlant de Parnell. Il devait exercer une forte influence sur les étudiants impressionnables. Mais manifestement, son collègue Michael Binding y avait échappé.

Liz s'était arrangée pour dîner avec Jimmy Fergus, une vieille connaissance. Spécialiste des groupes paramilitaires loyalistes, il appartenait à la Special Branch du RUC. Elle l'avait appelé de Londres pour le prévenir qu'elle s'apprêtait à débarquer sur ses terres. C'est lui qui avait suggéré le dîner.

En patientant dans le hall, Liz parcourait en diagonale l'édition du soir d'un quotidien local. Un Républicain de premier plan y révélait ses activités d'agent des forces de sécurité. Qu'y avait-il derrière cette profession de foi ? Dix ans plus tôt, personne n'aurait osé une telle déclaration, sachant que son auteur avait les plus grandes chances d'être retrouvé mort à la frontière, un sac sur la tête.

Fergus apparut de l'autre côté du hall. C'était un homme corpulent dont le visage grêlé de cicatrices d'acné s'éclairait souvent d'un sourire assuré que Liz avait toujours trouvé contagieux. Dans sa vie privée, Fergus ne dédaignait pas de faire la fête, un expert du coup de l'étier perpétuel, des « chaser » comme on appelait à Belfast ces tournées qui se succédaient aux bars des pubs. Il avait été si souvent marié qu'en l'interrogeant sur son statut matrimonial, on s'entendait répondre « entre deux divorces ». Il ne s'était jamais rien passé entre Liz et lui, et cela resterait vrai dans l'avenir, même si Fergus tentait toujours quelques manœuvres d'approche, plus rituelles que passionnées.

Il venait d'une famille de fermiers protestants d'Antrim. Des bigots convaincus, sans exception, avait-il déclaré une fois. Tous deux se connaissaient depuis près d'une dizaine d'années. Elle avait vite découvert que ses fanfaronnades étaient en grande partie une protection – un élément de la carapace épaisse qui protégeait son intelligence affûtée. C'était aussi un homme discret. Autrement dit, ce soir, dans les limites qui s'imposaient, elle pourrait lui parler avec franchise et avoir recours à ses lumières, voire demander son aide si cela s'avérait utile.

Avec un sourire malicieux, il montra le décor élaboré, un mélange de colonnes de marbre, boiseries et lustres.

– Dites, vous fréquentez le beau linge. J'envisageais de vous inviter à dîner à votre hôtel, mais en apprenant où vous étiez descendue, l'idée m'est brusquement venue de vous emmener dans un endroit un peu plus couleur locale.

Dans sa vieille Rover bleue, Fergus les conduisit dans un pub rénové au goût du jour, avec de grandes salles aérées, de beaux parquets et une cheminée de brique. À voir l'accueil chaleureux réservé à son compagnon, il devait être un habitué des lieux. En entrant, on était frappé par une onde sonore compacte, presque tangible – musique à plein volume sur brouhaha de voix rauques. Pas moyen de discuter ici, songea Liz.

– Gardez la foi, lui glissa Fergus en souriant.

On les guida à travers le bar vers une table tranquille, dans une alcôve au fond de la salle. Leur dernière rencontre remontant à quatre ans, ils échangèrent quelques nouvelles autour d'un verre. Cette fois-là, c'était Fergus qui séjournait à Londres. À l'époque, Liz était encore au crime organisé, mais son transfert à l'Antiterrorisme était imminent.

– Juste au moment où les choses se calment par ici, ça se met à chauffer de votre côté, fit-il remarquer. Ça ne manque pas d'ironie, n'est-ce pas ?

Son demi-sourire semblait vouloir excuser la crudité du fait.

– Alors, puisque vous avez cessé de cavaler après les UVF[1], sur quoi travaillez-vous ces jours-ci ? demanda Liz

Le sourire de Fergus s'élargit.

– Qui a dit que je ne cavalais plus après eux ? Les meurtres de catholiques sont passés de mode, la nouvelle tendance est à l'extorsion, la prostitution, le jeu clandestin. La routine, quoi.

Une fois le repas servi, Fergus lui demanda ce qui l'amenait en Irlande du Nord. Elle avança la version officielle et lui parla de procédures de vérification.

– Figurez-vous qu'ils m'ont envoyée interroger quelqu'un qui avait été le prof d'un de mes collègues, il y a quinze ans.

Elle espérait avoir réussi à suggérer l'existence d'une interférence bureaucratique dont elle se serait bien passée. Fergus lui adressa un grand sourire :

– Eh bien, je suis content de constater que nous n'avons pas l'exclusivité des patrons casse-pieds, par ici. Qui avez-vous rencontré ?

– Un maître de conf à Queen's qui nous avait donné des références pour un de ses élèves. Il a d'abord enseigné l'histoire à Oxford pendant un moment. Mais depuis dix ans, il a un poste de littérature irlandaise. Il a de fortes convictions. Pour lui, si seulement l'Irlande avait suivi Parnell jusqu'au bout, le pays serait réunifié aujourd'hui. Ce genre de trucs.

Fergus laissa échapper un petit rire désabusé tout en attaquant son aloyau.

– Il doit probablement penser que Gerry Adams a retourné sa veste. On dirait un de ces types que mon père surnommait les « Fenians de salon ». Comment s'appelle-t-il ?

Liz se pencha en avant.

– Liam O'Phelan.

---

1. Ulster Volunteer Force : groupe paramilitaire loyaliste.

– Ça me dit quelque chose... Il est originaire de Dublin ?

– Je ne sais pas grand-chose de lui. Mais je suis persuadée qu'il n'a pas été très franc avec moi.

– À propos de son ancien étudiant ?

– Non. Cette partie sonnait juste, à l'inverse d'autres choses, éluda-t-elle sans vouloir entrer dans les détails.

Fergus embrocha une frite qu'il fixa avec attention tout en proposant :

– Je pourrais jeter un coup d'œil et voir si nous avons un dossier sur lui. C'est bien possible. Au cours de la flambée de violence, Queen's nous a causé quelques soucis, à un certain moment.

– Ça ne vous ennuie pas ? J'apprécierais beaucoup.

– Pas de problème. N'hésitez pas à m'utiliser tant que vous le pouvez encore. Je ne serai pas toujours là.

Fergus, prendre sa retraite ? L'idée semblait inconcevable, surtout qu'il l'énonçait avec sa jovialité habituelle. C'est ainsi que Liz l'exprima, puis elle s'adossa à la banquette et l'observa avec un scepticisme mêlé d'affection.

– Je suis plus âgé que vous ne le croyez, ma belle. Cet automne, j'atteindrai les vingt-cinq ans de service.

– Vous avez des projets pour plus tard ?

Liz avait du mal à l'imaginer rentrant s'occuper des moissons. Fergus haussa les épaules d'un air triste et elle regretta d'avoir évoqué le sujet. À son corps défendant, il était de nouveau célibataire et elle savait combien il regrettait de ne jamais avoir eu d'enfant.

– Je viens de lire dans le journal qu'un autre ancien agent s'était déclaré, dit-elle.

C'était un changement de sujet comme un autre. Fergus se rembrunit.

– Si vous voulez mon avis, c'est loin d'être terminé. La période est difficile pour tous ceux qui ont travaillé pendant les Troubles comme taupes, sources, agents, appelez-les comme vous voulez, pour nous, pour vous et surtout pour l'Armée. Maintenant que la politique rapproche les ennemis d'hier, ces gens se retrouvent devant des choix délicats. Dans une certaine mesure, entre la progression des enquêtes et la libre circulation des informations, ils craignent tout simplement d'être démasqués, tôt ou tard. Ce ne sera sans doute pas le cas pour la majorité d'entre eux, mais ils n'ont aucune certitude. Pour certains, j'imagine que ça relève de la crise de conscience. Ils éprouvent le besoin de comprendre la portée de leurs actes passés. Après tout, ils ne se considèrent pas comme des traîtres. Au contraire, ils estiment avoir contribué à leur manière au processus de paix et aspirent à une forme de reconnaissance. En s'exposant, ils choisissent une voie périlleuse, mais certains s'y engageront même si leur protection n'est pas assurée par le processus de paix.

– Ils n'avaient pas tous des motivations aussi élevées, certains travaillaient avec nous pour des raisons moins honorables, comme l'argent, par exemple. J'imagine qu'on n'entendra pas parler de ceux-là.

– C'est juste. Ils préféreront sans doute souffrir à l'écart, en silence.

– De toute façon, la guerre des renseignements n'est pas vraiment terminée, n'est-ce pas ? D'ailleurs, la situation actuelle doit faciliter les infiltrations, non ? Combien y a-t-il de catholiques dans la Special Branch ?

Fergus eut un sourire cynique.

– Plus qu'avant. Mais ça ne veut pas dire que leur nombre est élevé. La nouvelle politique de recrutement préconise une représentation à parts égales dans l'ensemble des services de la police d'Irlande du Nord. Vous pouvez imaginer la popularité de cette mesure chez certains de mes collègues. Mais ne vous y trompez pas, les infiltrations étaient déjà un problème avant qu'il y ait le moindre catholique dans nos rangs. À l'époque, c'étaient les Loyalistes qu'il fallait surveiller.

« Écoutez, comme tous les gars de la Special Branch, je suis policier avant d'être protestant. Mais de temps à autre, les priorités d'un individu peuvent s'inverser. Bien entendu, il y a eu quelques fuites au bénéfice des paramilitaires loyalistes. Chaque fois que ç'a été le cas, les dégâts ont été importants. Mais le plus grave était l'effet de ces agissements sur la réputation de nos forces, si vous comprenez ce que je veux dire. Vous avez de la chance de ne pas connaître ce problème.

– Qu'en savez-vous ? dit Liz. Ça nous est au moins arrivé une fois. Souvenez-vous de Philby et d'Anthony Blunt.

Mais, ayant exprimé son point de vue, Fergus s'était déjà retourné pour faire signe au serveur.

Après le dîner, il la raccompagna au Culloden. Sur une banquette en velours rouge du bar, il narra ses mésaventures avec l'épouse numéro trois en sirotant un grand cognac. Au bout d'un moment, Liz demanda la note en expliquant qu'elle avait un vol tôt le lendemain.

Pendant qu'ils regagnaient le hall, Fergus ne manqua pas de sacrifier à son rituel :

– J'imagine que vous n'avez pas besoin d'un coup de main pour les bagages ?

Liz éclata de rire.

– Vous ne renoncez jamais, n'est-ce pas ?

Ils se serrèrent la main et elle l'embrassa sur la joue.

– Vous n'oublierez pas O'Phelan, d'accord ? ajouta-t-elle.

En se dirigeant vers l'ascenseur, Liz bâilla largement, mais en arrivant dans sa chambre, elle était bien réveillée, l'esprit vif.

Deux heures plus tard, elle était toujours assise à son bureau, insensible à l'heure tardive. Un verre d'eau minérale du minibar attendait devant elle, intact, oublié. Perdue dans ses réflexions, elle consultait ses notes.

À vrai dire, ce qu'elle avait consigné ressemblait plus à des spéculations qu'à des faits avérés, mais n'en formait pas moins un ensemble troublant, à la lumière de la mention désinvolte de possibles infiltrations au sein de la Special Branch d'Irlande du Nord : « Vous avez de la chance de ne pas connaître ce problème », avait dit Fergus.

C'était compter sans la taupe. Une fois de plus, elle s'interrogea sur ce que l'IRA pouvait attendre de son agent infiltré. À supposer qu'il soit en poste à l'Antiterrorisme, voire au bureau d'Irlande du Nord, qu'était-il censé y faire ?

Et que pouvait-il faire, travaillant seul au sein du MI5 ? Eh bien, tout d'abord, à l'instar de Philby et de Blake, durant la Guerre froide, il pouvait dévoiler à l'IRA l'identité des informateurs du gouvernement qui évoluaient dans leur organisation. Ensuite, les prévenir si l'une de leurs opérations avait été éventée, les alerter en cas d'arrestations imminentes ; mieux encore, les rassurer quand une de leurs opérations n'avait pas été découverte.

Elle imaginait des conséquences encore plus désastreuses. Placé au bon endroit, un agent infiltré aurait la licence de fournir des informations ciblées permettant à l'IRA d'organiser une attaque absolument dévastatrice. Par ailleurs, même si la taupe ne travaillait pas sur le dossier du terrorisme d'Irlande du Nord et ne pouvait aider directement ses maîtres, elle pouvait toujours falsifier des informations, mobilisant ainsi des ressources, plus utiles ailleurs, et nuire à la crédibilité du Service. Il suffisait de penser aux conséquences néfastes du dossier irakien pour l'ensemble des services de renseignements britanniques.

Mais ce raisonnement n'était-il pas purement académique ? À l'époque de Sean Keaney, l'IRA n'avait pas mené d'action terroriste à laquelle la taupe ait pu prêter main-forte. Et le MI5 n'avait perdu aucun de ses informateurs. Sa réputation n'avait pas souffert. Et si la taupe avait tout bonnement laissé tomber sans jamais avoir été activée ? Et pourquoi pas, quitté le Service ?

Liz tenta d'envisager la situation du point de vue de l'infiltré. Il était là, tout frétillant, impatient de commencer, quand le message de ses maîtres était arrivé : nous n'avons plus besoin de vous. Ou pis encore, il n'y a pas eu de message du tout.

Qu'avait-il pu éprouver ? Quelle avait été l'intensité de sa frustration ? Notre ami a-t-il joyeusement accepté ses nouvelles consignes, et passé les dix années suivantes à servir le MI5 de son mieux, en toute loyauté ? Est-il devenu l'un des nôtres, semblable aux autres ?

Cela semblait peu probable.

Liz avala une gorgée d'eau tiède. Il était temps d'aller au lit. En se brossant les dents, elle songea que rien n'indiquait que l'agent infiltré ait fait quoi que ce soit pour le bénéfice de l'IRA durant les dix dernières années… Mais s'il avait fait autre chose ?

Elle se mit au lit. Et s'ils avaient placé leur agent au MI6 ? Peu probable. Le projet original visait sans conteste le MI5, d'où il était possible de perturber le travail du Service contre l'IRA. L'origine irlandaise du recrutement clandestin demeurait indiscutable : tout partait de l'initiative de Sean Keaney. Mais compte tenu de la tournure des événements, l'idée avait perdu sa valeur, comme une monnaie retirée de la circulation.

Allongée sur le dos, elle évoqua une fois de plus O'Phelan, non sans un certain malaise. Au cours de l'entretien, quelque chose l'avait gênée, dérangée, mais quoi ? Ce n'était pas uniquement l'impression qu'il lui avait dissimulé la vérité. Il y avait autre chose.

Bien sûr ! C'était l'évidence même. Comment ce détail avait-il pu lui échapper jusque-là ? Au moment où O'Phelan s'était levé pour parler à un certain Ryan, le soi-disant étudiant censé l'attendre dans l'entrée, aucune autre voix ne s'était élevée. En fait, il n'y avait personne.

Le professeur s'était levé pour créer une diversion afin de dissimuler sa réaction à quelque chose qu'elle venait de dire. De quoi discutaient-ils à ce moment-là ? De rien. Elle énumérait les noms inscrits sur sa liste. Patrick Dobson,

Judith Spratt, Tom Dartmouth… Il en avait été troublé au point d'essayer de détourner son attention.

O'Phelan connaissait un de ces noms.

Elle ferma les yeux, mais son esprit continua à remâcher les images de la journée. La fatigue vint brouiller sa concentration. On verrait demain.

À cet instant précis, ça lui revint. Elle avait oublié d'appeler sa mère.

15

Le lendemain à 9 h 18, pendant que Liz terminait son café dans la salle à manger du Culloden et s'apprêtait à régler sa note avant de partir pour l'aéroport, l'agent posté chez Doris Feldman appela Dave Armstrong. Dans son bureau de Thames House, celui-ci rédigeait le rapport sur son expédition avortée dans le Nord.

– Marzipan n'est pas arrivé, annonça l'homme.

– Il est peut-être en retard.

Dave s'agaçait d'avoir été interrompu au milieu d'une phrase – pour lui, la rédaction des rapports était une véritable corvée.

– On s'est dit que vous aimeriez le savoir. Ce n'est pas dans ses habitudes.

Dave se fit soudain plus attentif. Ils avaient raison. Sohail était toujours ponctuel.

– Bon. Appelez-moi d'ici dix minutes pour faire un point.

À 10 heures, l'équipe de la librairie avait téléphoné trois fois. Toujours aucune nouvelle de Marzipan. Très inquiet, Dave décida d'appeler Sohail sur son mobile – ce qu'il évitait en temps normal, n'étant jamais certain de le trouver seul. Pourvu que ce ne soit qu'une fausse alerte, se dit-il, essayant de lutter contre un sentiment croissant d'appréhension.

On décrocha à l'autre bout de la ligne :
- Allô…
Une voix d'homme - Anglais avec l'accent de
l'Estuaire, remarqua machinalement Dave.
- Je voudrais parler à Sohail.
- Ici, la Police métropolitaine. Veuillez décliner votre
identité, je vous prie.

Après l'atterrissage à Heathrow, Liz acheta un exemplaire de l'*Evening Standard* avant de prendre le métro. Le
trajet jusqu'au centre de Londres durait trois quarts d'heure,
mais elle eut une place assise, un privilège inconnu lors de
ses trajets matinaux vers le bureau.

Elle ne cessait de penser à O'Phelan. Ses mensonges,
s'il avait vraiment menti, n'en faisaient pas forcément un
recruteur de l'IRA. D'ailleurs, Liz trouvait difficile de croire
qu'il ait choisi Michael Binding. Le mépris dans lequel
O'Phelan tenait son ancien élève était le seul élément de
l'entretien qui lui ait paru tout à fait authentique.

Mais si derrière son jargon intellectuel, O'Phelan professait des positions radicales, voire extrémistes ? Il possédait une personnalité exubérante. Prenez un étudiant de
dix-neuf ans, nourrissant une rancœur secrète et un pen-
chant pour la révolution. La combinaison avec O'Phelan
pouvait s'avérer explosive.

Elle ouvrit son journal et parcourut les pages d'actua-
lité. Son absence lui paraissait avoir duré plus de vingt-
quatre heures, mais les informations semblaient d'une
lassante familiarité : protestations des petits commerçants
contre les charges écrasantes, retard dans la construction
du nouveau stade de Wembley, un parlementaire arrêté au
volant en état d'ivresse dans un quartier malfamé de South
London. Puis en page cinq, un article retint son attention :

CRIME RACIAL À TOTTENHAM

Un homme, victime d'une brutale agression, a été découvert ce matin dans une ruelle de Tottenham. Le corps, celui d'un jeune Indo-Pakistanais d'après nos informations, a été découvert tôt ce matin par un passant dans une ruelle non loin de Cresswell Crescent, une zone où les tensions raciales sont élevées. Le British National Party (BNP) s'est montré particulièrement actif au sein de la communauté locale. D'après la police, la victime, âgée d'une vingtaine d'années, était vêtue d'un anorak bleu, d'un jean et portait des chaussures de randonnée. Son identité ne sera pas révélée avant que ses proches ne soient avertis.

« Cet assassinat porte toutes les caractéristiques d'un meurtre racial. Au cours des deux dernières années, les agressions contre les jeunes natifs du sous-continent indien sont devenues monnaie courante et cette tragédie semble être le point culminant d'une vague croissante de violence raciste », a déclaré Omar Singh, un conseiller local du Labour Party. Le BNP se refuse à tout commentaire sur l'événement.

– Ça va, mon petit ?

Liz leva les yeux. De l'autre côté de l'allée, un homme âgé la considérait d'un air soucieux. Elle se rendit compte qu'elle devait sans doute fixer la page d'un air égaré depuis plusieurs minutes.

À sa dernière rencontre avec Sohail Din, il portait un anorak bleu, un jean et une paire de chaussures de randonnée.

16

En attendant Tom Dartmouth qu'il venait de convoquer, Wetherby, assis à son bureau, regardait par la fenêtre. Les rayons du soleil étincelaient à la surface de la Tamise, mais à en juger par son expression, cette vue ne lui procurait aucun plaisir. Le cliquetis du stylo dont il tapotait sans relâche une pile de documents trahissait seul sa frustration et sa colère. Wetherby était homme à diriger son équipe plutôt en consultant ses membres qu'en leur imposant ses diktats, mais lorsque les problèmes se présentaient, il assumait pleinement ses responsabilités. Dans de telles circonstances, ses ordres ne souffraient aucune discussion.

Et ils étaient confrontés à un énorme problème. La mort d'un agent représentait le pire cauchemar de n'importe quel service secret. Les agents se recrutaient par la persuasion, la flatterie, voire la promesse d'un paiement. Certains s'engageaient par pure loyauté envers le pays et Marzipan en faisait partie. En retour, leur protection à tous était garantie. Tel était le marché. Que le Service n'ait pas tenu sa part du contrat, en particulier envers un jeune homme tel que Marzipan, représentait un échec professionnel de la pire espèce.

– Savons-nous quand c'est arrivé ?

La première question de Wetherby fusa dès l'entrée de Dartmouth.

– Cette nuit, apparemment, sans plus de précision.

Tom s'assit, aussi mesuré dans ses gestes que dans sa réponse.

– Je vois.

Wetherby, au contraire, se leva et marcha jusqu'à la fenêtre. Une averse lourde et soudaine avait masqué le soleil printanier. Le fleuve et le ciel se mêlaient, dérobant aux regards la barge ancrée au milieu du courant.

Il se retourna vers Dartmouth, notant son air las et ses vêtements froissés. Son élégance nette avait disparu.

– Bon, comment ça s'est passé ?

– À première vue, ça ressemble à une agression raciste, répondit Dartmouth d'un ton neutre.

– Combat 18[1] ?

– Plausible. Pour l'instant, personne n'a d'informations, ni nous ni la police… Ça pourrait être un cinglé du BNP, ils sont assez bien implantés dans le coin. Ils ont failli remporter un siège aux dernières élections locales.

– Mais ?

L'hésitation de son subordonné n'avait pas échappé à Wetherby.

– Eh bien, trancher la gorge de sa victime est une méthode d'assassinat assez rare dans ce pays.

La réponse avait été un peu sèche, comme si Dartmouth s'estimait bousculé.

– Donc ?

Dartmouth marqua un temps de silence.

– Il y a de fortes chances que ce meurtre soit lié à notre affaire.

– Écoutez, Tom, je veux qu'on mette tous les moyens nécessaires sur cette affaire. Nous devons découvrir ce qui s'est passé. Et tenez-moi étroitement informé du déroulement de l'enquête.

---

1. Groupuscule néo-nazi violent.

Wetherby réfléchit quelques instants en silence, puis demanda :

– Quelqu'un a vu Liz Carlyle ?

– J'ai cru comprendre qu'elle serait là juste après le déjeuner.

Wetherby observa Dartmouth. Son intelligence était manifeste, et pas seulement à cause de son diplôme obtenu avec mention très bien. Il avait demandé à quitter le Pakistan, mais qui pouvait le lui reprocher après les quatre dures années qui avaient suivi le 11-Septembre ? Gregory Fane du MI6 avait dit qu'il avait obtenu des résultats exceptionnels. Mais l'homme était difficile à déchiffrer. Wetherby attendait encore de le voir manifester un sentiment quelconque.

– Quelqu'un doit lui apprendre que Marzipan est mort, dit-il. Je devrais m'en charger, mais je suis attendu par le ministre de l'Intérieur dans une demi-heure. Je dois lui expliquer ce que cache la mort de Marzipan. Où est Dave Armstrong ?

Dartmouth laissa échapper un petit soupir avant de répondre :

– Il accompagne la police chez les parents de Marzipan.

Tom observa un court silence, puis reprit la parole d'une voix calme :

– Je parlerai à Liz, Charles. Après tout, je suis responsable de cette opération.

Wetherby hocha la tête, manifestement absorbé par ses réflexions. Son regard se perdit de nouveau de l'autre côté de la fenêtre. Puis le moment de méditation s'acheva et il se tourna vers Dartmouth.

– Je crois en effet que vous devrez vous y coller, Tom.

Les yeux de Dartmouth s'étrécirent légèrement pendant que Wetherby égrenait ses ordres d'une voix précise et rapide.

– Maintenant, il s'agit d'une affaire de meurtre qui est du ressort de la police. Demandez-leur de convoquer les gens de la librairie. Nous devons les interroger, mais soyez prudents. Avec un peu de chance, l'un d'eux parlera, mais ils ne doivent pas savoir grand-chose. Si Abu Sayed dirige tout ça du Pakistan, il est possible qu'ils lui aient permis d'utiliser la librairie par pure courtoisie. Vous avez dit que le Six surveillait Abu Sayed, là-bas. Informons-les des derniers développements de l'affaire. Tout contact de sa part avec la Grande-Bretagne, aussi anodin soit-il, doit nous être rapporté. Contactez les Hollandais et voyez s'ils ont tiré quelque chose de leur opération.

Il se tut un instant et réfléchit, sourcils froncés, avant de continuer :

– Je veux vous voir en réunion avec Dave et Judith Spratt, avant la fin de la partie… Liz Carlyle devrait aussi y participer.

Dartmouth sembla déconcerté.

– J'avais cru comprendre qu'elle était sur un autre dossier.

Wetherby pivota vers lui et jeta sèchement :

– C'est exact ! Mais elle était l'officier traitant de Marzipan avant Dave. Elle pourrait nous suggérer quelques idées utiles.

Il soupira, retrouva son expression lisse, puis ajusta ses manchettes de manière à ce que chacune dépasse des manches de la veste d'un centimètre exactement, et vérifia son nœud de cravate.

– Je vais faire un tour.

Après la mort de Marzipan, il savait combien l'humeur serait sombre parmi les officiers traitants. Son soutien était essentiel.

– L'autre problème, c'est que nous avons perdu notre lien avec le groupe de la librairie, ajouta-t-il en se dirigeant vers la porte.

– Je sais.

Dartmouth se leva à son tour, aussi calme qu'à son habitude. Pour une fois, Wetherby trouva le flegme imperturbable de son subordonné rien moins que réconfortant.

17

Peu après avoir rencontré O'Phelan à Belfast, Liz avait appelé Peggy Kinsolving. Le lendemain, à 8 h 30, celle-ci se trouvait dans un car qui reliait Victoria à Oxford.

Aujourd'hui, elle s'apprêtait avec bonheur à effectuer des recherches sur des documents. C'était son point fort, même si elle appréciait particulièrement les occasions où Liz lui permettait d'assister à des entretiens. Elle apprenait beaucoup au contact de son aînée.

Peggy était fort impressionnée par la manière dont Liz adaptait son approche au sujet. Les uns se retrouvaient pressés comme des citrons, certains cédaient à la douceur, d'autres encore recevaient des encouragements au bon moment. Quant à ceux qui optaient pour la tactique de l'huître, ils se rendaient compte trente ou quarante minutes plus tard que leur coquille avait été habilement forcée.

Mais aujourd'hui, Peggy se consacrait à une procédure bien différente. Après le coup de fil de Liz, elle avait commencé à travailler sur O'Phelan, exhumant les faits bruts. Pendant que le car traversait High Wycombe et se lançait à l'assaut de l'escarpement des Chilterns, elle effectuait un bilan mental de ses découvertes.

O'Phelan était né à Liverpool, d'une mère irlandaise et d'un père anglais qui avait quitté la famille quand le petit Liam avait dix ans. L'enfant et sa mère avaient regagné

l'Irlande pour s'établir à Sandycove, une banlieue de
Dublin. Il avait obtenu une bourse pour rentrer au University
College de Dublin. Il s'y était bien débrouillé – une brillante
mention très bien en histoire et le prix De Valera
(mystérieuse récompense sur laquelle Peggy comptait bien
compléter ses recherches).

« Parnell et l'Establishment anglais », la thèse de doctorat
de O'Phelan, avait été publiée par les Presses universitaires
d'Oxford. Récompensé par un poste de chargé de
recherches junior, il en avait démissionné au bout de deux
ans pour devenir titulaire à l'Institut d'études irlandaises de
la Queen's University de Belfast. Il était célibataire.

Elle n'avait là qu'un squelette et elle comptait sur sa
visite à Oxford pour mettre un peu de chair sur ces os. Le
car descendit souplement Headington Hill, puis ralentit au
milieu de la circulation, plus dense aux abords de The Plain,
avant de traverser le Magdalen Bridge et de s'arrêter en face
de Queen's Lane, où Peggy descendit. La journée était un
peu brumeuse, mais la mince couche de nuages n'avait pas
empêché la tiédeur de s'installer. Après avoir traversé High
Street, Peggy ôta son imperméable. Elle était tentée par un
café, mais elle voulait aussi rentrer à Londres le soir même
car un gros travail l'attendait.

Sa carte de lecteur étant encore valable, elle se rendit
directement à la New Bodleian, une monstruosité carrée de
pierre jaune bâtie dans les années trente au coin d'une rue,
non loin de la librairie Blackwell.

À 13 heures, son œil exercé avait écumé, sans succès,
cinq années de parution de l'*Oxford Gazette*, d'*Oxford
Today* et d'*Oxford Magazine* à la recherche de mentions de
O'Phelan.

Voilà pour les publications officielles. Néanmoins, en
matière d'informations, elle savait que les pépites se
nichaient souvent dans les coins et recoins de l'éphémère.
Elle demanda donc à consulter les archives de *Cherwell*, le
journal des étudiants, un bimensuel aussi peu officiel qu'on

pouvait le souhaiter. Ce ne fut pas très long. À 13 h 40, sur l'antépénultième page du numéro daté du 4 avril 1991, elle découvrit une liste intitulée « Conférences ». Ces manifestations hors programme allaient des plus prestigieuses (« Portrait de Marie Stuart, reine d'Écosse » par lady Antonia Fraser au Sheldonian) aux moins flamboyantes (« La Musique punk et moi : une aventure personnelle » au New College JCR).

Une demi-page plus bas, un sous-titre annonçait une série de causeries à la Old Fire Station, intitulée « Paroles de combat ». Quatre livres l'entrée, vin et bière après les débats, ouvert à tous. Trois conférences étaient annoncées : « La Lutte des mineurs » par un parlementaire du New Labour ; « Sexualité et sexisme » par une ancienne rédactrice en chef de *Spare Rib* ; « Annoncé prochainement » par Liam O'Phelan, professeur à St Anthony et auteur.

Génial, le titre, songea Peggy, dépitée. Cet « Annoncé prochainement » doucha le soupçon d'allégresse né en découvrant le nom de O'Phelan. Cela n'avait probablement aucune importance. Compte tenu de son parcours, il avait sans doute parlé de Parnell. Mais la contrariété de Peggy persistait, elle n'aimait pas les failles – en particulier dans ses propres recherches.

Elle s'adressa donc à l'assistante, une jeune femme serviable, portant lunettes et tee-shirt noir, qui semblait avoir le même âge qu'elle.

– Bon, oublions *Cherwell*. Mais avez-vous vérifié la *Gazette* ?

– Il n'y a rien.

– *Oxford Magazine* ?

– Pas plus de chance.

La jeune femme haussa les épaules.

– J'ai bien peur d'être à court de suggestions. Voyez-vous, s'il s'agissait d'une conférence hors programme, je ne vois pas où vous pourriez trouver votre renseignement. Ils avaient sans doute fabriqué une affiche, mais nous ne les conservons pas.

Peggy la remercia et s'apprêta à partir. Mais la jeune femme l'arrêta ; elle venait d'avoir une autre idée.

– Évidemment, il y a toujours *Daily Doings*. Mais on ne peut dire que ce soit vraiment une publication. D'un autre côté, je doute que quiconque conserve les numéros. En tout cas, pas sur une aussi longue période.

Peggy s'en souvenait : un immense journal grand format, d'une seule page, où l'on trouvait de tout, des chambres à céder aux bicyclettes mises en vente. Récitals et concerts de rock, lectures de poésie, tous avaient une place dans ces quatre-vingt-dix centimètres carrés de caractères imprimés.

– Ils sont toujours sur Warnborough Road ?

– Je crois qu'ils occupent encore cette maison bizarre.

Il était bientôt 14 heures. Devant la bibliothèque, Peggy balançait entre une pause déjeuner aux King's Arms et s'engager dans une longue marche, peut-être vaine, vers le nord d'Oxford.

Le devoir, ou plus précisément Liz, l'emporta. Elle l'entendait encore au téléphone. « Nous devons en apprendre plus sur O'Phelan. N'importe quoi peut se révéler utile. » L'expression « n'importe quoi » tinta à ses oreilles. Vingt minutes plus tard, en sueur sous le soleil printanier, elle remontait Woodstock Road d'un pas leste, et quelques instants après, poussait la porte du sous-sol d'une imposante demeure victorienne de brique orange et jaune.

Elle pénétra dans une grande pièce au plafond bas. Au milieu, deux tables de cuisine en pin, jonchées de papiers, tasses de café sales et couverts dépareillés. Une imprimante laser posée contre un mur débitait des pages qui atterrissaient sur le sol, faute de surveillance.

– Hello ? dit Peggy d'une voix hésitante.

N'obtenant pas de réponse, elle réitéra son appel, plus vigoureusement cette fois. Au bout d'un moment, une porte s'ouvrit devant un jeune homme si grand que sa tête frôlait presque le plafond. Il avisa Peggy.

– Pas de panique, c'est 5 heures l'heure limite. Tu as tout le temps.

L'accent était indéniablement américain. Elle lui dit qu'elle ne souhaitait pas faire paraître une annonce et expliqua l'objet de sa visite.

– Mmm… Jusqu'à quand tu voulais remonter ? Si c'était à l'automne dernier, il y a peut-être une petite chance que je trouve une copie quelque part.

Peggy eut la gorge serrée.

– En fait, ça remonte à quinze ans.

L'Américain partit d'un rire sonore et engloba le capharnaüm d'un geste du bras.

– Aucune chance. Il y a de l'espace à revendre par ici, mais pas un centimètre carré de libre. Nous ne disposons que de ces deux pièces.

Peggy commençait à regretter son déjeuner.

– Je vois… J'imagine que vous n'avez pas d'archives numériques.

Il secoua la tête d'un air navré, mais se figea brusquement, bouche ouverte, frappé par une révélation.

– Une petite minute. Le type qui a lancé ce truc était un cinglé de l'informatique. D'après ce qu'il m'a raconté, il a acheté son premier ordinateur en 1979. C'était probablement la première machine à traitement de texte de l'université.

– Et il a conservé des disquettes de cette époque ?

– Exactement. Viens voir, elles sont à côté.

Dans la seconde pièce encore plus encombrée, quoique plus petite, il fouilla dans le bas d'un placard et en ressortit une grosse boîte en carton scellée de papier collant. Il l'ouvrit d'un coup de cutter et dévoila un amas de disquettes et de bandes magnétiques.

Peggy considéra la collection d'un œil sceptique. Le jeune homme était plus confiant.

– Ils faisaient bien les choses à l'époque. Ça a l'air correctement étiqueté. Voici 1990. Et 91… 92.

– Formidable !

Peggy n'en revenait pas de ce coup de chance inespéré.

– Il reste juste un petit problème.

Il reposa les disquettes dans la boîte et la repoussa contre le mur.

– Mais encore ?

– Tu ne pourras pas les lire. Elles sont toutes incompatibles avec les machines actuelles. Désolé.

Le cœur de Peggy manqua un battement, mais elle pensa à Ted Poyser, le Techno, le spécialiste des questions électroniques à la Section antiterroriste de Thames House.

– Écoutez, je pourrais peut-être en emprunter une ? J'ai un ami qui est un vrai génie de l'informatique. Il a toutes sortes de vieilles machines. Il pourrait peut-être m'aider.

La demande désarçonna quelque peu l'Américain.

– En fait, ça ne m'appartient pas vraiment. Je n'ai aucun droit de décider si on peut ou non les emprunter.

Tout en entamant sa plaidoirie, Peggy s'interrogeait sur la réaction de Liz, confrontée aux mêmes circonstances.

– Allez, tu viens de dire que personne ne pouvait les lire. Elles sont inutilisables de toute façon. Vas-y, donne-moi une seule bonne raison qui pourrait m'empêcher d'en prendre une. Je promets de la rapporter…

Il paraissait ébranlé, elle porta l'estocade :

– Je suis prête à laisser un dépôt de garantie si ça peut aider.

Il jaugea un long moment sa proposition, puis arrêta manifestement une décision.

– Non.

Peggy ne put dissimuler sa déception, l'entendant à peine compléter sa phrase :

– C'est bon, tu n'auras pas besoin de laisser de caution.

À 17 heures, elle se trouvait au troisième étage de Thames House, en pleine consultation avec le Techno.

Le bureau de Ted, un espace sans fenêtre, tenait plus du cagibi que d'une pièce de travail. Même le terme « espace » se révélait abusif. Des machines s'empilaient le long des murs, des câbles pendaient de tous côtés et au milieu, Ted se tenait, voûté sur son tabouret, comme une araignée au cœur d'une toile particulièrement complexe. Il portait longs ses cheveux teints en noir et une de ses oreilles s'ornait d'une boucle d'or. À la lueur vacillante des écrans qui lui faisaient face, son visage prenait des expressions déconcertantes. Un faible arôme de tabac persistait dans le réduit. Ted avait fumé jusqu'à ce que Thames House devienne un espace non fumeur et, plutôt que de rejoindre les autres accros dans l'épouvantable trou sans air baptisé fumoir, il avait laissé tomber. Maintenant, son cendrier débordait d'emballages de bonbons. Mais d'une certaine manière, l'odeur de la nicotine ne l'avait jamais entièrement quitté.

Ted accueillit la visite de Peggy avec un enthousiasme modéré, jusqu'à ce qu'il remarque la disquette dans sa main.

– Qu'avons-nous là ? Un écho du passé ?

D'instinct, elle raffermit sa prise sur sa trouvaille.

– Tu peux la lire ? demanda-t-elle comme s'il s'agissait d'une condition sine qua non pour la lui remettre.

– Fais voir.

Peggy posa l'objet dans la main tendue. Il l'examina avec une attention largement mêlée d'admiration et finit par ouvrir la bouche, mais il n'en filtra qu'un murmure :

– Et si tu allais te prendre une tasse de thé à la cantine ? J'en ai pour une minute.

Au retour de Peggy, un quart d'heure plus tard, la disquette avait disparu. Ted était installé devant un terminal qui semblait relié à une demi-douzaine d'unités centrales installées sur une table.

– Où diable as-tu déniché ça ? C'est comme si tu m'avais apporté une histoire virtuelle du PC.

– Ce serait long à raconter. En gros, j'espère y trouver un truc que je cherche. Il devrait y avoir une série de listings.

– C'est bien possible, mais je pense qu'il y a aussi des codes d'imprimante. Ce que tu as là est une disquette issue d'un ordinateur North Star, conçu dans les années quatre-vingt, 64 Ko de ram.

Ted examinait son écran couvert de colonnes serrées où s'alignaient des caractères alphanumériques.

– Les fichiers de cette disquette ont été saisis avec un traitement de texte appelé PeachText. La disquette est une cinq pouces et quart, simple face, simple densité. Elle a une capacité de 360 Ko, en gros l'équivalent de cinquante mille mots. Pas mal pour le début des années quatre-vingt.

Épargne-moi les détails et viens-en au fait, lui enjoignit silencieusement Peggy. Ted sembla percevoir son impatience, car il fit pivoter son siège pour lui faire face.

– Je doute qu'il existe aujourd'hui une seule machine en Grande-Bretagne qui soit susceptible de lire directement cette disquette.

Il abandonna son ton mesuré, particulièrement exaspérant, fit une petite grimace comique et adopta une voix haut perchée :

– « C'est numérique, alors c'est éternel. » Une belle connerie, ouais. Les formats évoluent au moins deux fois tous les dix ans. En vingt ans, on est complètement paumé.

– Incroyable.

Le commentaire de Peggy laissait transparaître un léger agacement. Certes, elle était ravie de partager le ravissement de Ted devant cette relique, mais elle tenait surtout à en découvrir le contenu. Et vite.

– J'imagine que tu veux savoir si je peux réellement lire ce satané truc.

– Oui.

Elle avait mis tout le poids de sa conviction dans ce simple mot. Il sourit, dévoilant des dents qui présentaient un étonnant état de santé.

– La réponse de base est non, je ne peux pas.

Peggy se rembrunit, et il pointa un index péremptoire vers elle :

– Mais j'y arriverai.

18

Liz pouvait à peine tenir en place. Tom Dartmouth alignait les généralités sur Marzipan, mais dès les premières minutes, elle avait cessé d'écouter. Il n'avait rien à lui apprendre. D'ailleurs, pourquoi avait-il été chargé de lui parler ? Il ne connaissait même pas Sohail. Marzipan était son agent – elle l'avait recruté, formé, l'avait confié à un autre, et presque aussitôt, ils l'avaient laissé se faire tuer. Il s'était fié à elle. Elle lui avait promis sa protection et avait manqué à sa parole. Où était passé Charles ? Elle avait besoin de lui parler. Et pourquoi avait-il confié à Dave le contrôle de Marzipan ? Bien sûr, Dave n'était pas responsable. C'était son ami et un bon professionnel. Mais d'une certaine manière, on n'avait pas fait attention à Sohail. Et maintenant, il était mort.

Toutes ces pensées tournaient en circuit fermé sous son crâne. Tom continuait à pérorer, installé derrière son bureau dans son coûteux costume bleu. À mesure que le temps passait, Liz trouvait sa voix calme et mesurée de plus en plus exaspérante.

– Je ne peux pas répondre à toutes vos questions, Liz. Non parce que je ne veux pas, mais parce que j'ignore les réponses.

Il la fixait droit dans les yeux – l'expression était presque froide, mais le regard n'était pas inamical.

– Mais pourquoi n'était-il pas sous surveillance ? insista Liz. Après tout, ces types n'avaient pas assuré leur rendez-vous, comme prévu.

Son poing gauche était crispé au creux de son ventre.

– Nous y avons évidemment pensé. Mais aucun élément ne nous permettait d'imaginer un lien quelconque entre la rencontre ratée et Marzipan. Croyez-moi, Dave a examiné les choses à fond avec lui le lendemain.

Liz ne pouvait contester la logique du raisonnement. La protection de Marzipan aurait même pu augmenter les risques plutôt que les réduire. L'équipe était susceptible de se faire repérer n'importe quand. Mais ils avaient forcément raté quelque chose. Ou bien Tom suggérait-il qu'il n'y avait rien eu à voir ?

– Vous ne pensez tout de même pas qu'il s'agit d'un crime racial ?

Pourvu que sa contrariété n'ait pas été trop évidente.

– Non, bien sûr. Nous avons clairement fait comprendre à la police que l'affaire nous intéressait. La Special Branch s'est arrangée pour collecter toutes les bandes des caméras de surveillance dans un rayon d'un kilomètre autour du lieu du crime. On vérifie aussi du côté des stations de métro du quartier, tous les contrôleurs et les chefs de station sont interrogés. Idem pour les chauffeurs des lignes de bus du coin. Si un des trois se trouvait dans cette zone, j'espère qu'on pourra le repérer.

Liz hocha la tête.

– Sohail a eu le temps de regarder les photos des Hollandais avant sa mort ?

– Non. Dave devait le rencontrer à la planque ce soir.

– Oh, mon Dieu !

Elle s'efforça de retenir ses larmes.

Liz avait dû quitter Thames House. La mort de Marzipan l'avait affectée plus que n'importe quel événement de sa vie professionnelle, mais laisser paraître son désarroi ne serait d'aucune utilité, ni pour elle ni pour les autres. Elle avançait le long de Millbank, l'humeur assortie au trottoir mouillé et aux caniveaux où stagnaient des mares d'une eau striée de longs filaments huileux, qui jaillissait en gerbe au passage des véhicules.

Le meurtre de Sohail Din l'avait touchée personnellement et elle dut attendre que le choc s'atténue pour mesurer enfin l'étendue de la catastrophe. Le crime avait brisé leur unique lien avec les trois de la librairie. À moins qu'ils ne soient identifiés et découverts, la mort de Sohail en annoncerait de plus nombreuses. Il lui était difficile de faire la part entre son chagrin et son inquiétude quant à la catastrophe qui pourrait advenir. Avant de pouvoir démêler ce qui se tramait, ils devaient d'abord découvrir ses assassins.

Devant le grand escalier de la Tate, elle fit demi-tour vers Thames House. Le glacier avait rouvert sa camionnette après la pluie et il lui adressa un sourire engageant. Avec sa chemise blanche et son écharpe rouge, il semblait tout juste débarquer d'une gondole vénitienne.

– Un petit Cornetto, chantonna-t-il à l'intention de Liz, d'une voix où Puccini rencontrait Stepney, mais elle se contenta de le regarder d'un air renfrogné.

Arrivée à destination, elle s'arrêta dans la salle de réunion d'angle, espérant la trouver vide, mais Peggy y travaillait sur son portable.

– Oh, Liz, Dave Armstrong vous cherchait !

– Merci, soupira Liz. Je crois savoir pourquoi.

Puis elle essaya de se reprendre :

– Comment ça a marché ?

– Je rentre d'Oxford à l'instant.

La jeune femme sembla hésiter et Liz insista :

– Des résultats ?

– Je ne sais pas encore… J'attends des nouvelles de Ted.

- Très bien. Je vais tâcher de trouver Dave.

Oxford et la taupe de l'IRA semblaient soudain avoir perdu toute importance.

19

Irwin Patel n'avait jamais voulu des caméras.

– Je ne vois pas comment cette chose pourrait être d'une quelconque utilité. Je sais très bien quels sont les gamins qui glissent des paquets de chips sous leur veste. Je n'ai pas besoin d'une caméra pour les identifier. Et à tous les coups, je peux repérer les ivrognes qui fourrent des bouteilles dans leur sac. Imagine que je les voie faire sur ce truc pourri. Tu crois vraiment que la police va prendre le temps de regarder des films d'un voleur minable ? Ce n'est pas réaliste, avait-il expliqué à sa femme Satinda.

Celle-ci avait cependant insisté :

– Mais ce n'est pas le but.

Elle avait pris ce ton sévère dont Irwin avait appris depuis longtemps qu'il ne souffrait aucune discussion. À leur rencontre, c'était une beauté, et elle avait dû le considérer comme un jeune homme d'avenir. Comment avait-elle composé avec la déception face à la vie professionnelle de son époux ? Simple, songea-t-il avec tristesse. Elle avait pris le dessus et maintenant, elle tenait les rênes.

En homme intelligent, il n'avait jamais apprécié d'être un stéréotype, mais ne se faisait pas d'illusion à ce propos. Ses parents étaient des Indiens d'Ouganda et il n'avait que cinq ans lorsque la famille fut chassée de son pays par Idi

Amin Dada. Une fois en Angleterre, les parents prirent la décision de modifier l'identité de leurs enfants. Irwin était un prénom anglais et chrétien qu'ils appréciaient particulièrement, sans se rendre compte que le nom de famille « Patel » révélait de toute façon la vérité.

Cela dit, son patronyme n'aurait pas eu la moindre importance si Irwin avait prospéré en devenant avocat ou médecin, comme les enfants de tant d'amis immigrants de ses parents. Mais en dépit de tous ses efforts, il avait raté son *eleven-plus*[1] juste un an avant qu'il soit supprimé par un gouvernement travailliste, et avait souffert en conséquence. Presque trente ans après l'arrivée de ses parents, il était toujours marchand de journaux dans la boutique achetée par son père et où celui-ci avait travaillé. À la vérité, il proposait un choix de publications plus vaste et de meilleure qualité, mais restait conscient qu'il n'était qu'un des milliers de marchands de journaux du Royaume-Uni qui répondaient au nom de Patel.

– L'objectif des caméras est la dissuasion. Qu'on attrape ou non le délinquant est secondaire. D'abord, elles sont là pour empêcher les gens de voler.

Et la discussion se conclut sur cet argument sans réplique de Satinda. Il dut donc payer Steinman & Son, une entreprise du quartier spécialisée dans la surveillance, pour venir installer la caméra. Sur l'insistance de son épouse, il paya encore pour s'assurer que la machine continuerait à fonctionner. Et pour quel résultat ? Des heures et des heures d'images qu'il pouvait visionner à loisir dans la pièce voisine. Ce qu'il cessa rapidement de faire, car où était l'intérêt de regarder, jour après jour, les mêmes trois rangées d'étagères de sa boutique avec les mêmes clients achetant les mêmes articles – un pain de mie

---

1. *Eleven-plus* est un examen que les écoliers anglais passaient à l'âge de onze ans et dont les résultats déterminaient leur orientation.

tranché, un paquet de biscuits pour le thé, une pinte de lait ?

Aussi fut-il stupéfait d'entendre la requête du policier qui se planta devant sa caisse ce matin-là. En règle générale, les flics locaux passaient une ou deux fois par semaine acheter des cigarettes ou un paquet de Polo à la menthe. Ils s'attardaient parfois quelques minutes pour commenter le dernier match d'Arsenal ou discuter du moment où se termineraient les travaux dans High Street. Aujourd'hui, cependant, ce constable avait une allure on ne peut plus officielle – écritoire à pince, stylo et une tête de six pieds de long.

– Bonjour, j'aimerais vous dire un mot à propos de votre caméra de vidéosurveillance. Elle fonctionne, n'est-ce pas ?

Irwin répondit d'un hochement de tête incertain. Il avait toujours considéré les policiers comme des alliés, même s'ils n'étaient pas entièrement fiables. Mais il tâchait d'avoir recours à eux le moins possible et c'était bien la première fois qu'ils le sollicitaient.

Le constable enchaîna :

– Nous avons besoin de vos bandes des dix derniers jours… S'il vous plaît.

– Avec plaisir.

Irwin se demandait comment diable il s'y prendrait pour obtempérer. Son seul recours était son fils Oscar, mais il faudrait attendre que le gamin rentre de l'école. Oscar comprenait ce genre de choses ; il possédait même son propre ordinateur dans la chambre qu'il partageait avec sa sœur, au-dessus de la boutique.

– Que cherchez-vous ?

Le policier haussa les épaules.

– Les pieds plats comme nous n'ont pas droit aux questions. C'est marche ou crève.

L'homme laissa échapper un rire bref. Irwin jugea plus diplomatique de l'accompagner. Puis il proposa :

– Cet après-midi, ça ira ?

– À condition que vous me les portiez au commissariat. J'essaye de tout récupérer aujourd'hui.

20

Après la réunion avec Wetherby, Liz s'assura qu'elle ne pourrait être d'aucune utilité en s'attardant plus longtemps au bureau, puis décida de rentrer. Dans l'ascenseur, elle attendait que les portes du quatrième étage se referment, lorsqu'une main s'interposa, inversant le mouvement. Tom Dartmouth entra dans la cabine et lui adressa un sourire las. Liz aussi était fatiguée. Sa journée avait commencé à Belfast dont elle était partie, l'esprit tout occupé de Liam O'Phelan. Mais depuis son retour à Londres, elle ne pouvait songer qu'à Sohail. La transition lui paraissait encore inconcevable. Elle n'avait qu'une hâte : retrouver son appartement et tenter de mettre un peu d'ordre dans les événements récents.

— Quelle journée ! fit-il remarquer en desserrant son nœud de cravate. Surtout pour vous. Ça vous dirait de prendre un verre ?

Le ton était décontracté mais chaleureux. Liz était toujours en colère, mais plus contre Tom. À vrai dire, elle regrettait d'avoir manifesté tant d'agressivité à son égard quelques heures plus tôt.

— Pourquoi pas ?

Elle consulta sa montre, même si elle n'avait aucun projet particulier pour la soirée.

Tom l'emmena non loin de Thames House, au bar d'un nouvel hôtel tout en verre et acier, bien plus raffiné que les pubs que fréquentaient d'ordinaire les membres du MI5.

– Je n'ai rien contre le Compton Arms, mais je me suis dit que ce serait plus calme ici, expliqua-t-il.

Les tables étaient occupées par des hommes d'affaires à la mise élégante, bien éloignés de la clientèle un peu miteuse des fonctionnaires et des journalistes qui fréquentaient les pubs du côté de Horseferry Road ou de Westminster. Au grand soulagement de Liz, sa veste de lin s'était tirée avec les honneurs de l'escapade de deux jours à Belfast, lui permettant de ne pas détonner. C'était la première fois qu'elle voyait Tom autrement que pendant une réunion ou dans les circonstances difficiles de l'après-midi et elle nota qu'il ne manquait pas de séduction. Grand, un peu plus d'un mètre quatre-vingt-cinq, large d'épaules mais plutôt élancé que musculeux. Avec son beau reste de bronzage et son costume bleu pâle, rehaussé par une cravate aux couleurs vives qu'aurait enviée n'importe quel présentateur de journal télévisé, il attirait nombre de regards féminins.

Liz commanda du vin blanc sec et elle se surprit à picorer d'un geste presque obsessionnel le contenu d'une coupelle de crackers posée sur la table, comprenant seulement à cet instant à quel point elle avait faim. Le petit déjeuner du Culloden avait été son dernier repas. Mais elle ignorait le sens que donnait Tom à cette sortie – entretien professionnel ou approche privée ?

La réponse arriva après leurs consommations.

– Je voulais que vous me parliez de Marzipan, dit Tom. Je sais que Dave s'occupait de lui pendant votre absence, mais vous le connaissiez depuis plus longtemps.

Il prit un cracker dans la coupelle qui se vidait rapidement, le mâchonna pensivement, puis reprit :

– S'il existe un élément quelconque de l'histoire de Marzipan qui mérite d'être exploré, vous seriez la mieux placée pour le savoir.

– Je me suis déjà creusé la tête.

– J'imagine. Voyez-vous, je m'interrogeais sur ses amis. Il a peut-être trop parlé à l'un d'entre eux. Même les meilleurs agents ressentent parfois le besoin de se confier.

Elle prit une gorgée de vin.

– Sohail était un vrai solitaire. C'est une des caractéristiques que nous avons établies lors de son recrutement. Il n'avait pas de meilleur ami, ni même de copains proches. Cela ne l'empêchait pas d'avoir eu de bonnes relations avec ses camarades de classe. La plupart d'entre eux sont à l'université, maintenant… Comme il aurait dû l'être…

Sa voix se fêla. Baissant les yeux, elle chercha à reprendre contenance, mortifiée de s'être laissé dominer par ses émotions en présence d'un collègue.

– Je sais que vous traversez un moment difficile.

– Ce n'est pas plus facile pour Dave !

La compassion de Tom l'avait hérissée. Mais elle regretta aussitôt la sécheresse de sa réplique. Après tout, il essayait d'être gentil. Par ailleurs, il n'était pas responsable de la situation.

– Vous avez déjà vécu ce genre de choses au Pakistan ?

– Ça m'est arrivé une fois et aussi à certains de mes collègues. C'est toujours épouvantable. J'ai connu ma pire expérience avec un Pakistanais appelé Fahdi, très occidentalisé, je crois me souvenir qu'il avait fait une partie de ses études au Texas. Mais il travaillait à Lahore et avait de la famille sur la frontière afghane.

– Comme l'imam.

– En effet. Sauf que Fahdi était résolument de notre côté. Il était persuadé que ses cousins de la campagne avaient aidé Ben Laden. C'était à la fin de la guerre d'Afghanistan, et les Yankees l'avaient loupé dans les cavernes. Je dois dire que j'étais plutôt sceptique, nous avions au moins vingt signalements de Ben Laden par jour et aucun n'avait donné de résultat. Mais Fahdi était affirmatif. Nous l'avons donc envoyé là-bas, avec un transpondeur GPS cousu dans le fond de son sac à dos.

Tom se tut un instant et prit une longue gorgée.

– Que s'est-il passé ?

– Nous avons capté le signal quinze jours plus tard. La source de l'émission se situait en Afghanistan, juste au-delà de la frontière pakistanaise. Nous y avons expédié un petit commando du SAS, appuyé par les Forces spéciales américaines. Ils sont partis de nuit en s'attendant à des affrontements parce que la région grouillait de talibans et de membres d'Al-Qaida. Ils ont localisé l'origine du signal GPS dans une vallée et l'hélicoptère s'est posé sur le flanc d'une montagne qui la dominait. Mais quand le commando est arrivé en bas, il n'y avait personne.

– Mais, et le signal ?

– J'aurais dû dire : il n'y avait personne de vivant. Ils ont découvert le cadavre de Fahdi, cloué au sol par les bras. Le transpondeur était dans sa bouche, comme un bonbon. Apparemment, l'appareil fonctionnait toujours lorsque les gars du SAS l'ont enlevé.

– C'est horrible.

– Mais ce que j'ai trouvé le plus insupportable, c'est que je l'avais laissé me convaincre. À mon avis, l'opération était bien trop périlleuse, mais il a insisté. Je n'aurais jamais dû le laisser prendre la direction des opérations. C'était mon boulot... Alors, j'ai un peu l'impression de savoir ce que vous éprouvez, conclut-il en levant les yeux vers Liz.

Elle haussa les épaules :

– Je vais bien.

Il fit signe au serveur d'apporter l'addition et insista pour payer, sans céder aux arguments de Liz qui tenait à partager :

– Je vous en prie. C'est moi qui vous ai invité, souvenez-vous.

Devant l'hôtel, Liz s'arrêta et désigna la direction opposée à Thames House.

– Je vais prendre le métro par là. Merci pour le verre.

– Voulez-vous que je vous dépose ? J'ai ma voiture aujourd'hui.

– Allons, vous ne savez même pas où j'habite. Ça pourrait vous obliger à un énorme détour.

– C'est bien Kentish Town, n'est-ce pas ? Dave Armstrong en a parlé l'autre jour.

Pourquoi diable Dave Armstrong parlait-il d'elle avec Tom Dartmouth ? Fallait-il s'en flatter ou s'en agacer ? Mais ils venaient de passer un moment agréable et le trajet en voiture lui ferait effectivement gagner du temps – non que la soirée qui l'attendait fût très occupée. Souper solitaire, informations à la télé et les cinq minutes de lecture obligatoires avant d'éteindre la lampe de chevet et d'essayer de trouver le sommeil. Elle finit par se décider :

– Si ça ne vous dérange vraiment pas, ce serait sympa.

Tom se glissa dans les encombrements du soir autour de Victoria et le début du trajet s'effectua dans le silence.

– Je balance entre le plaisir de l'indépendance que procure un véhicule personnel et l'envie de voir toutes les voitures bannies du centre de Londres, dit-il.

– Optez pour le compromis. Bannissez toutes les voitures sauf la vôtre.

Tom prit la direction de Hyde Park Corner en riant aux éclats. Il était bien plus détendu en dehors du travail, sans pour autant donner l'impression d'être quelqu'un d'autre. La personnalité de certains des collègues de Liz changeait tellement entre le bureau et leur vie civile qu'ils évoquaient irrésistiblement Jekyll et Hyde.

– Vous avez grandi à Londres ? voulut-elle savoir.

À la réflexion, en dehors de la collection de faits tirés de son CV – sa scolarité, les matières étudiées à Oxford, le nom de jeune fille de sa mère –, elle n'en savait guère sur son compte. Il lui jeta un bref coup d'œil.

– Oui, à Kensington. À l'époque, c'était encore à la portée des classes moyennes.

– Et ensuite, Oxford, ajouta-t-elle d'une voix tranquille. L'espace d'un instant, il sembla désarçonné.

– Exact. J'ai passé un diplôme de lettres et sciences humaines, ensuite un autre. En études arabes.

– Vous avez dû obtenir de bons résultats pour avoir la possibilité de poursuivre vos études.

– J'ai gratté une mention très bien. Mon chargé de travaux dirigés était aussi étonné que moi.

– Vous auriez pu avoir un job en or à la City.

Il hésita.

– Peut-être. Mais je n'ai jamais trouvé les métiers de la finance très séduisants.

– Mais pourquoi avez-vous choisi le MI5 ? Avec votre formation en arabe, vous étiez plutôt du bois dont on fait les agents du Six.

– Oh, je n'en sais rien. C'est au Cinq qu'on fait le boulot sérieux, non ?

Cette déclaration péremptoire s'accompagna d'un petit ricanement d'autodérision que Liz trouva attendrissant. Au bureau, Tom montrait tant d'assurance qu'elle trouvait rafraîchissant de constater qu'il ne se prenait pas autant au sérieux que le laissaient croire les apparences.

Il accéléra pour passer à l'orange. Liz apprécia, supportant mal les conducteurs gnangnan.

– Bien. À votre tour, maintenant. Dites-moi depuis combien de temps vous travaillez pour le service, par exemple.

– Presque quinze ans.

– Mensonge ! Vous êtes beaucoup trop jeune pour ça.

– La flatterie ne vous mènera nulle part.

– En tout cas, sûrement pas à Kentish Town.

La voiture était arrêtée à un feu et Tom observait les environs avec perplexité.

Pendant les dix minutes suivantes, Liz se concentra sur le copilotage. Puis elle se rendit brusquement compte que sa rue n'était plus très loin. La soirée tirait à sa fin, du moins la partie qu'elle avait partagée avec Tom Dartmouth. Il lui vint à l'esprit qu'avant son départ pour Belfast, elle avait suffisamment rangé son appartement pour y recevoir une visite, prouesse rare en ces temps d'accumulation de travail.

Elle envisagea de l'inviter – non seulement elle regrettait encore sa colère de l'après-midi, mais appréciait réellement sa compagnie. Bien sûr, elle ne le connaissait guère mieux qu'en début de soirée, mais il semblait aussi agréable qu'attirant.

Devant chez elle, il arrêta la voiture sur une place libre, mais ne coupa pas le moteur. Liz hésitait encore.

– C'est gentil de m'avoir ramenée. Votre famille doit vous attendre.

– Ma famille ?

La question semblait l'avoir étonné et Liz ne vit pas de raison de faire des manières.

– Je pensais que vous étiez marié.

– Qui vous a raconté ça ?

– Dave Armstrong, bien sûr. Qui voulez-vous ?

Il secoua la tête, encore un peu surpris :

– Il avait raison pour votre Kentish Town, mais il devrait remettre mon dossier à jour. J'ai été marié, c'est vrai. Mais j'ai divorcé.

Il avait annoncé cela sans passion, sans étaler le bagage émotionnel que les divorcés traînaient si souvent. Certains étaient amers, d'autres encore amoureux de leur ex, un petit nombre jubilaient comme des collégiens, se proclamant enfin débarrassés d'une virago dont ils étaient cependant prêts à parler pendant des heures. C'était un soulagement de percevoir dans la voix la simple admission d'un fait objectif.

Et en partie à cause de cette manière de prendre les événements, Liz pensa de nouveau à l'inviter. Pourquoi pas ? Il n'était pas question de se jeter à sa tête ; loin de là. Mais ce serait agréable d'en apprendre plus, de découvrir ce que dissimulait sa façade de compétence professionnelle.

Elle s'apprêtait à lui proposer un café quand il consulta ostensiblement sa montre.

– Écoutez, je ferais mieux de vous laisser à votre sommeil réparateur. Et à vrai dire, je ne serais pas contre dormir un peu moi-même. Je bosse comme un dingue depuis quinze jours.

Elle hocha la tête, avec un soupçon de dépit, bien qu'une partie raisonnable de son esprit sût qu'elle était épuisée et avait besoin d'une bonne nuit de repos.

– Maintenant que je connais le chemin, on pourra peut-être recommencer un de ces jours.

Liz accueillit la suggestion d'un air narquois.

– Quoi ? Me raccompagner chez moi ?

– Pourquoi pas ? Un de mes oncles était chauffeur. J'ai certainement dû hériter de quelques-uns de ses gènes.

L'information étonna un peu Liz qui avait étiqueté Tom bourgeois jusqu'au bout des ongles.

– Ça vous arrive d'aller au Heath ?

– Parfois, l'été. Les soirées sont délicieusement fraîches là-bas. Pourquoi ?

La curiosité de Liz était sincère.

– Quand j'étais gamin, j'avais l'habitude de m'y rendre avec mon père. Il était fou de cerfs-volants, mais n'arrivait jamais à les faire voler. On passait des heures à essayer de les faire décoller.

Il laissa échapper un petit rire, comme s'il revoyait les vains efforts de son père.

– Et puis un samedi, il a apporté un nouveau cerf-volant, super spécial, à l'entendre. C'était l'automne et nous sommes partis tout de suite à Hampstead Heath parce que la lumière tombe vite l'après-midi. Ça soufflait incroyablement fort, on aurait dit un de ces gros coups de vent qu'on voit toujours dans les films maritimes. Le cerf-volant était deux fois plus grand que moi et j'étais certain qu'on ne parviendrait jamais à le lancer. Mais je ne sais comment, on y est arrivés. Et il a volé pendant des heures.

Pendant un instant, il sembla perdu dans ses souvenirs. Puis il sortit de sa rêverie et adressa à Liz un bref sourire.

– Que faisiez-vous à North London ?

– Oh, nous habitions dans le coin. Ce n'était pas aussi chic que maintenant.

Il désigna la rue d'un geste de la main. Les voisins de Liz étaient avocats, comptables, professeurs. La classe ouvrière avait déserté le quartier depuis longtemps pour de moins onéreux pâturages.

– Je croyais que vous aviez grandi à Kensington.

Il sourit avec mélancolie.

– En effet, mais c'était après la mort de mon père. Il a été renversé par une voiture en allant à son travail. Quand ma mère s'est remariée, nous nous sommes installés à Kensington. On pourrait dire qu'elle a mieux réussi la seconde fois...

Il en parlait avec désinvolture, mais sous cet humour léger, Liz percevait l'existence d'une véritable rancœur.

Ils se souhaitèrent bonne nuit. Tom attendit qu'elle ait ouvert la porte de son immeuble et lui ait fait signe avant de repartir. En entrant dans son appartement, elle alluma dans le salon et hocha la tête d'un air approbateur en le voyant si bien rangé, c'était si rare. Dans trois ou quatre jours, l'appartement aurait retrouvé son état habituel de chaos à moitié contrôlé. Tom ne savait pas ce qu'il ratait !

Elle envoya balader ses chaussures, ouvrit le frigo et se servit un verre de sauvignon, puis s'installa dans un de ses confortables fauteuils. Au final, elle avait beaucoup apprécié cette soirée en compagnie de Tom Dartmouth, bien que ses raisons soient différentes de celles que pourrait déduire un observateur extérieur.

Certes, si on aimait le genre buriné, il avait belle allure et faisait sans doute se pâmer nombre d'admiratrices. Certes, sa compétence professionnelle ne faisait aucun doute. Il était ferme, résolu mais aussi sophistiqué et fort cultivé sans pour autant vous ennuyer à mort avec l'étalage gratuit de son érudition.

Rien de tout cela n'avait le moindre effet sur Liz. Les qualités qu'elle avait retenues chez Tom n'étaient pas en rapport avec ses qualifications. Ce qui l'attirait en lui serait plutôt ce sens de l'humour pince-sans-rire qui faisait mouche. Surtout qu'il n'hésitait pas à en faire lui-même les frais. Il semblait vouloir démontrer qu'il ne s'enorgueillissait pas de son cursus universitaire. Elle avait bien aimé son utilisation de l'expression « gratter une mention très bien », même si Watts, le si conventionnel *don* de Merton, lui avait révélé que Tom avait obtenu les meilleurs résultats l'année de son diplôme. Pour finir, il n'avait pas peur de reconnaître ses échecs, comme avec l'agent Fahdi perdu en Afghanistan, ou de révéler combien l'événement l'avait touché.

Mais au-delà de la modestie et du sens de l'humour, Liz songeait à autre chose maintenant. Sous les manières décontractées de Tom, elle décelait une tristesse profonde et persistante qu'il avait décidé d'ensevelir depuis longtemps. Il portait une blessure, comme un vétéran de la guerre portait des éclats d'obus enfouis dans sa chair. Elle avait la conviction qu'il ne faisait pas souvent allusion à son père, et se sentait flattée qu'il lui en ait parlé ce soir.

Ne te laisse pas emporter, se dit-elle. Personne ne partageait sa vie intime pour le moment et elle était consciente que cette situation pouvait l'influencer. Cela dit, Tom Dartmouth l'intriguait indéniablement, et elle se demanda dans combien de temps il lui proposerait de nouveau ses services de chauffeur. Bientôt, j'espère, songea-t-elle. Sur ce, elle termina son verre et décida de se coucher de bonne heure, souriant à une image d'elle-même, attendant devant l'ascenseur au quatrième, le pouce levé dans le geste auguste de l'auto-stoppeur, mais avec une idée bien arrêtée quant au choix du conducteur.

21

Trois jours plus tard, Rose Love, une débutante du service Investigations, vint voir Judith Spratt dans la Salle des
Opérations. Judith aimait bien cette jeune recrue de l'année
et tentait de l'encourager. Car malgré un diplôme avec mention très bien de l'université d'York et une beauté remarquable, la jeune femme manquait terriblement d'assurance.
En dépit de la considérable attention que lui prodiguaient
ses collègues masculins, elle hésitait à se mettre en avant,
même quand il y avait lieu. Elle s'adressa à Judith de son
petit filet de voix, guère plus audible qu'un murmure :

– Désolée de vous déranger, mais c'est à propos des
films des caméras de vidéosurveillance.

– Oui ?

Le ton de Judith trahissait son impatience. Sans doute
un énième incident – un disque effacé par le patron d'une
boutique, ou du matériel sans date fourni par des vigiles de
supermarché. Elle était sur le point de dire à la jeune femme
de se débrouiller seule, mais opta pour la patience et se
força à l'écouter jusqu'au bout.

– C'est juste que je crois qu'il est possible… Je n'en
suis pas certaine… Mais nous avons peut-être trouvé
quelque chose.

Dans le langage de Rose, ça équivalait à une déclaration de certitude. Immédiatement en alerte, Judith bondit de son siège.

– Montrez-moi ça.

Judith avait prévenu Tom Dartmouth qui les rejoignit dix minutes plus tard dans la salle du bas. Tous trois scrutaient un moniteur pendant que Rose faisait avancer la bande image par image.

– Là ! s'exclama Judith d'une voix perçante.

L'écran se figea. Le point était flou, mais on distinguait clairement trois silhouettes à l'entrée de la boutique, près de la caisse. L'image avait été prise d'une distance d'environ deux mètres, par une caméra fixée au-dessus de la pendule Lucozade. Ils étaient de sexe masculin, d'origine indo-pakistanaise – un mélange de couleur de peau et de style vestimentaire donnait distinctement cette impression –, et semblaient jeunes. Aucun ne regardait la caméra, ni Irwin Patel, d'ailleurs, qui servait l'un d'entre eux. Le compteur affichait 20 h 24.

Tom Dartmouth semblait perdu :

– Désolé, mais il va me falloir un petit commentaire. Déchiffrer ce genre de truc n'a jamais été mon fort, ça me fait penser à une échographie.

– C'est l'homme qui se trouve à la caisse. Nous pensons qu'il correspond peut-être à une des photos hollandaises.

Judith lui tendit un cliché imprimé, avec une excellente résolution, qui paraissait net comparé à l'image figée du moniteur. Le visage représenté était celui d'un jeune qui semblait d'origine indo-pakistanaise, présentant bien. Encore garçon mais déjà homme, il s'efforçait de se laisser pousser une ombre de moustache. Un grand sourire dévoilait des dents supérieures qui avançaient légèrement.

– Il a été identifié comme Rashid Khan. Âgé de dix-neuf ans. Il vient de Wolverhampton.

Tom prit le temps de mémoriser les informations.

– D'accord. Mais où est la correspondance ? Je ne voudrais pas passer pour politiquement incorrect, mais même si ma vie en dépendait, je serais incapable de dire lequel des trois figure sur cette photo.

Il laissa échapper un rire d'autodérision.

– Regardez encore, insista Judith. C'est celui qui est à la caisse. Vous remarquez quelque chose de spécial ?

Tom examina l'écran avec attention.

– Il n'est pas très grand, n'est-ce pas ?

Judith hocha la tête et précisa :

– Un mètre cinquante-sept, exactement. Du moins si l'on en croit la demande de passeport de Rashid Khan. Mais ce n'est pas tout. Observez bien le visage.

Tom obtempéra docilement pendant que Judith commentait :

– C'est la même moustache, ou plutôt une tentative. La même légère proéminence des incisives supérieures.

– Voilà un détail qui m'a complètement échappé.

– C'est très difficile à distinguer.

Après cette intervention inopinée, Rose sembla sur le point de retomber dans sa timidité habituelle, mais aiguillonnée par on ne sait quoi, elle continua :

– Si vous étudiez ce genre d'images plusieurs heures par jour, elles deviennent plus déchiffrables. Un peu comme les échographies dont vous parliez tout à l'heure, les parents n'y comprennent goutte, mais pour un obstétricien, c'est comme un livre ouvert.

Sur ce, elle rougit et rentra dans sa coquille, sous le regard bienveillant de Judith, amusée et surprise. Tom leva les mains, comme pour se rendre.

– Vous êtes les spécialistes. Si vous dites que les images correspondent, il ne me reste qu'à l'accepter.

– Nous pensons qu'elles correspondent. Sans garantie.

– Bien sûr. Mais en imaginant que vous ayez raison, qui diable est Rashid Khan ?

– Nous n'avons rien trouvé sous cette identité, dit Judith. Je dois voir Dave Armstrong juste après vous.

S'il relevait de sa responsabilité d'identifier un suspect, le retrouver ne rentrait toutefois pas dans ses attributions.

D'abord, Irwin Patel crut que le policier venait lui restituer les bandes de vidéosurveillance qu'ils gardaient depuis la semaine précédente. Mais cette fois, il était accompagné d'un homme vêtu d'une parka grise. C'est le constable qui s'adressa à lui :

– Pouvons-nous parler en privé ? Dans l'arrière-boutique, par exemple ?

– Oscar !

Irwin fit signe à son fils de le remplacer derrière la caisse, puis précéda les deux hommes dans la petite réserve qui servait aussi de bureau – ou plus précisément, l'endroit où Irwin et sa famille prenaient leurs pauses pendant les heures d'ouverture.

– Je vous écoute, messieurs, dit-il avec une politesse non exempte de curiosité.

Cette fois l'homme à la parka entra dans la danse.

– Nous avons trouvé des images qui nous intéressent sur les films que vous nous avez confiés.

Il lui tendit un cliché vingt par trente, tiré d'après les bandes de la caméra de surveillance d'Irwin qui l'étudia avec attention.

– Vous souvenez-vous d'avoir servi cet homme ?

Irwin réfléchit intensément. Il était tout disposé à les aider, mais le fait était qu'une bonne moitié de son chiffre d'affaires provenait d'une clientèle de passage – des gens qui entraient une fois dans sa boutique et qu'il ne reverrait jamais.

– Non, finit-il par dire.

– Et les hommes qui se tiennent derrière lui ?

Irwin scruta la photographie pendant un instant. Le policier local laissa apparaître son impatience :

- Vous ne pouvez pas vous souvenir d'un groupe de trois personnes, comme ça ? Ça s'est sans doute passé lundi dernier, si ça peut vous aider.

Irwin fut tenté de répliquer qu'il ne distinguait pas ses clients indo-pakistanais les uns des autres, mais il y renonça.

- À vue de nez, je dois servir environ une cinquantaine d'Indo-Pakistanais de moins de trente ans par jour. Certains viennent seuls, d'autres avec un ami, d'autres encore avec deux amis. Je ne reconnais aucun de ces hommes.

Il ponctua sa déclaration d'un regard appuyé vers celui qui pour lui était désormais le constable Pied-plat.

L'agent grogna, mais l'homme à la parka ne parut pas plus perturbé pour autant.

- Et celui-ci ?

Il tendit à Irwin une autre photo, le cliché que Judith Spratt avait extrait des quelque cinq cents portraits envoyés par les Hollandais seulement quelques jours auparavant.

L'image était nette, le personnage posait de face et cette fois le visage d'Irwin s'éclaira.

- J'ai vu cet homme ! Ici, dans la boutique.

- Lui avez-vous parlé ?

Irwin haussa les épaules.

- Il y a toutes les chances. C'était un client, après tout. Mais je ne lui ai sans doute pas dit grand-chose, à part merci ou voilà votre monnaie. En revanche, je ne me souviens pas de sa voix.

Il avait préféré préciser, de peur qu'ils ne s'avisent de le lui demander.

- Tout va bien. Est-ce qu'à tout hasard vous vous rappelleriez ce qu'il a acheté ? demanda l'homme en civil.

- En fait, je me rappelle très bien qu'il a acheté du papier à rouler... Pour les cigarettes, vous savez ? Ça m'est resté en tête parce qu'il était tout petit. Pas beaucoup plus d'un mètre cinquante.

Il se redressa, manifestement fier de son mètre soixante-dix.

- J'ai pensé un moment à lui dire que fumer ralentissait la croissance.

Cette petite plaisanterie réussit à dérider même le constable Pied-plat qui perdit son air pincé. Le policier glissa un regard vers l'homme debout près de lui. Il ne savait pas si l'autre appartenait à la Special Branch ou à une autre usine à barbouzerie encore plus haut placée, mais ce n'était pas le mauvais cheval - il leur avait demandé de l'appeler Dave. Et, pour l'instant, Dave avait l'air heureux.

22

« J'ai été atrocement désolée d'apprendre pour Ravi. » Depuis qu'elle l'avait entendue à Oxford, cette remarque de Mlle Prideaux tracassait Liz. Elle considérait Judith Spratt comme une amie, mais la jeune femme ne lui avait parlé d'aucun problème avec son mari. Liz avait toujours apprécié Ravi Singh, un Sikh occidentalisé des plus séduisants qui gagnait beaucoup d'argent dans une banque d'investissements de la City. Leur mariage avait toujours semblé si heureux que Liz se demanda si le problème ne se situait pas plutôt du côté de la santé de Ravi.

En temps ordinaire, Liz n'aurait jamais envisagé de fouiner dans les affaires matrimoniales d'un collègue, mais Judith figurait sur sa liste de suspects. Quand elle avait demandé à la B Branch si Judith avait récemment mentionné Ravi – le personnel devait signaler tout changement dans sa vie privée – la réponse avait été négative. Le cœur serré, elle admit qu'elle devrait faire le premier pas.

Son moral n'était guère vaillant. La veille, elle avait pris des nouvelles de sa mère, qui avait vu le docteur Barlow dans l'après-midi et reçu le résultat de ses analyses.

À Bowerbridge, le téléphone avait sonné pendant ce qui ressemblait à une éternité. Liz était sur le point d'abandonner lorsque sa mère finit par décrocher.

– Bonsoir, ma chérie. J'étais au jardin à cueillir quelques delphiniums. Ils sont merveilleux cette année. Tu devrais venir avant la fin de la saison.

Typique des priorités de ma chère mère, songea Liz, avec un mélange filial d'affection et d'agacement.

– Que t'a dit Barlow ?

Sa mère ne répondit pas directement, réaction ordinaire aux manières franches de sa fille.

– Ça n'a rien de si grave, tu sais.

Liz s'efforça de manifester plus de légèreté que d'impatience.

– Soit. Raconte-moi ce qu'il t'a dit.

– Eh bien, il semble qu'il y ait peut-être un problème. Il veut que je rentre à l'hôpital pour une espèce d'intervention chirurgicale.

– Quel genre d'intervention, maman ?

– Ils ont trouvé quelque chose qui poussait et j'imagine qu'ils veulent savoir ce que ça peut bien être. Une bi… opsie, je crois.

Elle avait avancé le terme avec hésitation, comme si elle prononçait le nom latin d'une espèce de rose. Seule ma mère peut parler d'une tumeur comme d'un phénomène horticole, songea Liz.

– C'est prévu quand ?

– Samedi en huit. Ça ne devrait pas être très long.

Elle devra sans doute passer la nuit à l'hôpital, se dit Liz qui décida de se rendre à Bowerbridge le vendredi. À l'autre bout de la ligne, les protestations s'éteignirent rapidement. Visiblement, sa mère était soulagée d'apprendre sa prochaine visite, mais aussi effrayée par ce qui l'attendait.

Dans son bureau de Thames House, elle sentit brusquement des larmes lui monter aux yeux. Elle avait passé une partie de la nuit à se tourmenter en songeant à Marzipan, à sa chasse à la taupe qui n'aboutissait pas, aux terroristes dans la nature et aux examens de sa mère. Et par-dessus le marché, tôt ou tard, il lui faudrait parler à Judith, puisque son amie figurait sur la liste. Le hasard voulut qu'en allant prendre des nouvelles du travail de Peggy, elle la croise dans un couloir un peu plus tard dans la matinée. Élégante comme à son habitude dans une jupe beige foncé et un pull de cachemire crème, Judith semblait pressée et rendit à Liz son salut sans s'arrêter.

– Judith, tu as une minute ?

Celle-ci ralentit, mais son langage corporel continuait à exprimer la tension.

– Désolée, Liz. Je n'ai pas beaucoup de temps.

– D'accord.

Liz était sur le point de lui demander à quel moment elles pourraient discuter lorsque Dave Armstrong surgit de nulle part. Il donna à Liz une petite tape amicale sur l'épaule :

– Tu as vu Peggy ? Elle te cherchait et elle avait l'air excitée comme une puce.

– J'allais justement la rejoindre. Une minute, s'il te plaît…

Elle se tourna vers Judith, mais celle-ci s'éloignait déjà à grands pas. Zut ! Liz songea à sa propre réticence à engager la discussion avec son amie. Visiblement, Judith n'avait pas davantage envie de lui parler.

Liz trouva Peggy dans la salle de réunion.

– Dave m'a dit que vous vouliez me voir ?

– On a craqué la disquette.

Le regard de Peggy brillait d'excitation.

– Pardon ?

– Ted. Il a fini par arriver à quelque chose. Regardez.

Elle poussa une petite liasse de documents vers Liz. Celle-ci s'installa et commença à compulser les premières pages, une masse de listes indifférenciées manifestement issues d'un bulletin quelconque.

– Qu'est-ce que je cherche ?

– Pardon. C'est à la page suivante, j'ai entouré l'information pertinente.

Comme Liz s'exécutait, Peggy poursuivit ses explications :

– C'est la conférence que Liam O'Phelan a donnée à Oxford.

Liz comprenait l'enthousiasme de sa jeune collègue. Le Techno avait enfin réussi à lire cette disquette si difficile à déchiffrer. Mais l'importance de la pièce tenait plus de ce mystère que de son contenu effectif. Cette combinaison était fréquente dans un processus d'investigation : plus un secret était difficile à découvrir, plus il prenait de l'importance.

« De Boston à Belfast : La sale guerre des Britanniques en Irlande du Nord et à l'étranger ». Dr L. O'Phelan, College St Anthony. 19 h 30.

Le cœur de Liz se mit à battre plus vite. Elle n'était pas contaminée par l'exaltation de Peggy Kinsolving, mais avait l'intuition que cet indice valait la peine d'être pris en compte. Le sujet choisi par O'Phelan suggérait un intérêt pour les affaires politiques de l'Irlande contemporaine que ne laissaient pas deviner ses discours ampoulés sur Charles Stewart Parnell. Il révélait aussi un profond sentiment républicain et antibritannique. Pendant les années qui séparaient sa causerie d'Oxford de maintenant, ses convictions avaient peut-être changé ou s'étaient modérées, mais Liz en doutait.

– Bien joué, Peggy.

Les félicitations étaient sincères. Évidemment, Liz aurait à revoir O'Phelan et mesurer son intérêt pour la « sale guerre ». Mais cette nouvelle rencontre devrait attendre. Il fallait d'abord voir ce que Jimmy Fergus avait déterré sur le brillant professeur de Queen's à l'esprit retors. Mais aussi, elle avait d'autres chats à fouetter. À l'exception de Tom Dartmouth, elle n'avait encore discuté directement avec aucun des suspects de sa liste.

23

Pour la seconde fois en un mois, Dave se retrouva à Wolverhampton. Le trajet aurait dû prendre deux heures – du moins compte tenu de sa manière de conduire –, mais la circulation était bloquée à la jonction de la M6 et de la M42 et cela le retarda. Près de trois heures après son départ, il se retrouva assis dans un McDonald's, en face d'un agent de la Special Branch locale. La veille, Dave, qui se flattait d'être en pleine forme, avait regardé un documentaire à la télévision sur les effets du régime McDo. Il observait donc avec fascination l'officier bâfrer un Big Mac, une grande portion de frites et un milk-shake au chocolat. Lui s'était cantonné à un café noir qui lui brûla la langue à la première gorgée.

L'homme de la Special Branch réprima un rot.

– Nous ne savons toujours pas de quelle manière vous comptez gérer cette affaire. J'ai des officiers armés prêts à intervenir, mais comme vous avez dit un truc genre « en douceur, en douceur » au téléphone…

– Savons-nous qui se trouve dans la maison ?

– Pas précisément. C'est la résidence d'une famille. Des gens appelés Khan. Un couple respectable. L'homme est représentant de commerce pour une entreprise qui distribue du matériel pour les restaurants. Son épouse travaille à mi-temps dans une blanchisserie. Trois enfants adolescents. Deux garçons et une fille. Votre type est l'aîné, mais d'après nos renseignements, il vit encore chez ses parents.

Dave avait déjà planifié sa stratégie. Il n'avait certainement pas l'intention de risquer sa vie ou celle d'un autre officier en faisant irruption chez Rashid Khan. Il était aussi fort conscient des dégâts que pourrait provoquer une approche brutale. Si la famille de Rashid se trouvait dans la maison, il semblait peu probable que l'arrivée de la police déclenche une réponse armée, du moins pas dans l'immédiat, ou que le jeune homme choisisse de se suicider dès qu'il aurait compris que la police était à la porte. Mais Dave n'avait pas l'intention de courir de tels risques.

– En douceur, c'est peut-être beaucoup dire, mais j'aimerais commencer juste en frappant à la porte. Je veux des renforts armés dissimulés mais prêts à intervenir en cas de souci, mais je ne veux aucune initiative avant de voir quelle sera la première réaction.

– Et qui ira frapper à la porte ?

– Moi.

Il pressa le bouton de la sonnette et attendit. Il ne portait pas son revolver et ne put s'empêcher de penser qu'il serait bien vulnérable si quelqu'un ouvrait en le menaçant d'une arme. Il eut la surprise de voir apparaître une adolescente qui portait encore son uniforme scolaire.

– Oui ?

Elle avait une voix timide. C'était l'heure du thé, Dave se demanda qui d'autre était présent.

– Je fais partie du service des allocations. J'aimerais parler à Rashid Khan. Une petite vérification de routine à propos de sa demande. Il est là ?

L'étonnement de la jeune personne semblait sincère.

– Non. Mais pourquoi ? Il a des ennuis ?

– Vos parents sont à la maison ?

Dix minutes plus tard, l'effarement du père de Rashid suivait une courbe parabolique ascendante.

- Êtes-vous certain que c'est notre fils que vous cherchez ?

Il ne pouvait s'empêcher de répéter la question à intervalles réguliers.

- J'en ai bien peur, répondit Dave aussi patiemment que les premières fois.

- Mais c'est absurde. Ça ne peut pas être l'enfant que j'ai élevé. Il nous parle de tout.

- Vraiment ?

Aucun des deux parents n'avait la moindre idée de ce qui aurait pu expliquer le mécontentement de leur fils. Pour eux, Rashid était parti aux Pays-Bas faire l'expérience du monde du travail avant d'entrer à l'université.

- Il nous dit tout, insista le père d'un air de défi.

- Alors pourquoi ne savez-vous pas où il se trouve en ce moment ?

24

Il roula jusqu'à Wokingham en prenant un luxe de précautions, à l'affût des caméras et observant scrupuleuse-
ment les limitations de vitesse. Après avoir laissé sa voiture
dans un parking automatisé en centre-ville, il monta dans un
taxi à une station toute proche et donna au chauffeur
l'adresse d'une résidence située aux confins de la ville. À la
conversation joyeuse du chauffeur, il répondit par de
simples onomatopées, mais son interlocuteur ne désarmait
pas. Il adopta donc un lourd accent du West Country et lui
confia que son équipe favorite était Taunton Town. Comme
il pouvait s'y attendre, cette déclaration réduisit l'homme
au silence. Lorsqu'ils arrivèrent au 17 Avon Circle Crescent, le passager descendit, laissant un banal pourboire de
dix pour cent.

Cette adresse n'était pas sa destination finale. Il attendit
le départ du taxi pour se mettre en route vers l'autre extrémité de Crescent, longeant le tout nouveau terrain de jeux
pour enfants, puis il tourna dans Somerset Drive, où s'alignaient de petites maisons neuves en brique, chacune
nantie d'un carré d'herbe devant et d'un petit jardin à
l'arrière.

Au numéro 48, il s'engagea d'un pas vif dans la petite
allée et s'apprêtait à sonner lorsque la porte s'ouvrit. Sans
un salut, il se glissa à l'intérieur et s'arrêta dans l'entrée.

– Où sont les deux autres ?

– En haut. Ils regardent la télé. Tu veux les voir ?

– Inutile. Laisse-les.

Le visiteur s'installa sur le divan, mais garda son imperméable. Il fit signe à Bashir Siddiqui de s'asseoir en face de lui, sur l'unique chaise que comportait la pièce.

– Ils ont trouvé quelque chose. Ils ont recueilli les bandes de toutes les caméras de vidéosurveillance des environs de la ruelle où on s'est occupé du type de la librairie. Et ils ont reconnu l'un de vous dans une épicerie. Rashid.

– Comment ont-ils découvert son nom ? demanda Bashir, surpris.

Rashid avait été choisi en partie parce qu'il ne figurait dans aucun fichier en Grande-Bretagne.

– Un des associés d'Abu Sayed a téléphoné depuis la Hollande le jour où vous étiez censés passer à la librairie. L'appel a été retracé et les types de la Sécurité néerlandaise ont envoyé des photos. Rashid était sur un des clichés. Ils ont établi la comparaison avec la bande vidéo.

Bashir grogna de dépit. Il ne voulait s'arrêter dans aucune boutique, ce soir-là, mais Rashid avait insisté. De peur que les nerfs du petit homme ne lâchent, Bashir avait donné son accord à regret.

– Bon, je ne tiens pas à rentrer dans une discussion pour savoir qui est responsable, dit le visiteur. Ce qui importe maintenant, c'est que tu m'écoutes avec attention et que vous fassiez ce que je dis.

Il fixa Bashir d'un œil dur qui ne cillait pas, jusqu'à ce que celui-ci lui rende son regard et hoche la tête d'un geste docile.

– Il n'y a pas de raison de penser qu'ils sont à vos trousses, reprit-il. Effectivement, ils savent pour Rashid, mais n'ont pas la moindre idée de l'endroit où il pourrait se trouver. Donc, en admettant que vous ne commettiez pas d'autres erreurs stupides, ils ne peuvent pas vous trouver.

– Que dois-je faire ?

– Rien. Faire est ce qui a failli vous faire prendre. Restez tranquilles. À partir de maintenant, il n'y aura plus aucune communication avec l'extérieur, surtout avec Abu Sayed ou un de ses acolytes. Je m'en chargerai moi-même, c'est compris ? Aucun de vous ne doit entrer en contact avec qui que ce soit, hormis moi.

Il s'interrompit et jeta un regard expressif vers le plafond :

– Je me fiche de savoir à quel point ces garçons pensent être en sécurité ou combien ils croient être prudents, ne les laisse communiquer avec personne. Pas de portable, pas de messages, pas même à partir d'un webcafé. C'est clair ?

Bashir acquiesça de nouveau. Cela ne lui posait aucun problème de suivre les ordres de l'Anglais. Après tout, c'était lui qui l'avait recruté. Pas Abu Sayed ou un autre imam.

– Pouvons-nous quitter la maison ? demanda-t-il avec hésitation.

L'homme réfléchit un instant avant de répondre :

– Oui. S'il n'y avait pas d'allées et venues, les voisins pourraient trouver ça bizarre. Mais ne sortez pas ensemble. Et empêche Rashid d'aller au centre-ville.

– Je dois lui dire qu'il a été identifié ?

– Comment risque-t-il de réagir ?

Bashir se souvint du soir où ils avaient traqué le type de la librairie, l'agitation de Rashid était visible, même si son rôle se limitait à jouer les appâts. Il secoua la tête :

– D'après moi, ça lui ferait peur. Ça pourrait même le paniquer.

– Tu as ta réponse.

L'Anglais hocha la tête, se leva et serra la main de Bashir.

– Si vous gardez votre calme, tout ira bien. Ce ne sera plus très long.

25

Patrick Dobson passait quelques jours de congé chez lui, le poignet fracturé. Il était tombé de l'échelle sur laquelle il s'était perché pour tailler une glycine. Liz avait décidé de lui rendre visite avec Peggy plutôt que d'attendre son retour au bureau. D'expérience, elle savait qu'un cadre de vie révélait beaucoup sur la personnalité de son occupant et espérait que le voyage ne serait pas infructueux.

Elles avaient failli s'égarer dans le labyrinthe d'avenues et d'allées bordées de vastes maisons aux jardins luxuriants d'une banlieue résidentielle qui semblait s'étendre à l'infini.

Elles atteignirent enfin la maison de Dobson – faux Tudor en brique brune, datant des années trente, tout en pignons de plâtre blanc et poutres.

– Je ne pensais pas que les salaires du MI5 étaient aussi élevés.

Avec Peggy, il était parfois difficile de déceler la frontière entre l'innocence et l'ironie, mais cette fois l'acidité de sa réflexion ne laissait aucun doute.

Liz éclata de rire :

– Je crois que vous découvrirez que la famille Dobson dispose d'une autre source de revenus.

Patrick Dobson n'avait pas encore quarante ans, mais son intérieur ressemblait à celui d'un couple d'âge moyen. Ce qu'il appelait avec emphase le salon de réception dégageait une atmosphère solennelle qui s'accordait mal avec un officier du MI5 encore jeune. Boiseries de chêne et fausse cheminée de style élisabéthain s'harmonisaient avec les fenêtres à petits carreaux. Face aux fauteuils en acajou, le divan rembourré sur lequel Liz et Peggy avaient pris place était recouvert de chintz. La couleur du tapis reproduisait assez bien un vert sauge insipide. Sur les murs, des portraits de famille succédaient à des aquarelles du XIXᵉ siècle représentant les grandes heures de l'Empire – une procession d'éléphants à Delhi à l'époque du Raj[1], une carte ancienne peinte à la main de la Cité impériale de Pékin.

– Quelle jolie pièce !

Peggy Kinsolving semblait frappée d'admiration par le décor. Si on aime ce genre de trucs, songea Liz. Mais Dobson remercia Peggy du fond du cœur pour le compliment.

– C'était la maison des parents de mon épouse. Son père a servi dans l'armée coloniale. À leur mort, ma femme a hérité de cet endroit.

Ceci explique cela, songea Liz. Dieu merci, nous n'aurons pas à chercher l'origine de sa prospérité. Le dossier de Dobson mentionnait le beau-père. L'homme avait dirigé une région militaire en Ouganda. À Washington, un agent de la CIA avait prétendu expliquer son train de vie par la fortune de son épouse, on avait découvert par la suite que c'était le KGB qui pourvoyait à l'alimentation de ses comptes. Mais à l'évidence, avec Patrick Dobson, la situation était différente.

Il était assis dans un fauteuil confortable face à elles – attitude impeccable, dos bien droit. C'était un petit homme, aux cheveux blonds soigneusement peignés en arrière qui dégageaient ses joues rondes et roses. Il portait un blazer bleu, un pantalon de flanelle grise et ce qui res-

---

1. Nom donné à l'empire britannique aux Indes.

semblait à une cravate d'université. Un modèle de courtoisie, mais incroyablement coincé.

Liz décida qu'il valait mieux entrer dans le vif du sujet, sous peine de s'engluer dans les efforts de Dobson pour réécrire son passé.

— Ça ne devrait pas nous prendre trop de temps, Patrick.

Elle s'était forcée à adopter un ton léger, dans l'espoir de rendre l'entretien moins formel.

Ils passèrent en revue les mentions de son CV – son enfance dans South London, sa scolarité (une bourse pour la Alleyn's School de Dulwich), son passage à Oxford, immédiatement suivi par son entrée au MI5. D'abord, il ne fournit que des réponses laconiques, puis il se fit progressivement plus expansif, surtout lorsqu'ils en arrivèrent à son travail actuel dans les bureaux de la Direction générale. En détaillant l'extraordinaire perspective sur l'ensemble des opérations du service dont il jouissait depuis son poste, il s'anima tant que Liz ne put placer un mot pendant plus de cinq minutes.

Elle s'apprêtait à l'interrompre lorsque quelqu'un frappa à la porte, lui épargnant cette peine. Une femme entra avec un plateau – une cafetière, des tasses et des soucoupes, accompagnées d'une assiette de biscuits. Sa tenue, robe à fleurs et talons hauts, était parfaite pour un déjeuner en ville.

— Ah, Teresa ! Voici les collègues dont je t'ai parlé.

Elle leur adressa un signe de tête poli, posa son plateau. Dobson se chargea des présentations mais, manifestement, son épouse ne tenait pas à s'attarder. Un sourire forcé plaqué sur les lèvres, elle ne regardait que lui.

— Je ne veux pas vous déranger. Je passe m'occuper des fleurs à l'église avant le déjeuner du Womens's Institute.

— Bien sûr, ma chérie. À plus tard.

Son café à la main, Liz se redressa, un peu déroutée. Si elle ne prenait pas la direction des opérations, elle n'allait pas tarder à s'enliser dans la quiétude de cet univers de banlieue cossue.

– J'aimerais que nous revenions à l'époque d'Oxford. J'ai cru comprendre que vous étiez un étudiant très religieux.

Pour la première fois, elle sentit frémir les antennes de Dobson. Il semblait sur la défensive.

– Seulement en comparaison des autres ! J'allais à la chapelle chaque semaine. Et aujourd'hui encore, je fréquente l'église sur les mêmes bases. Ma femme assiste également au service. Je ne pense pas qu'il y ait quoi que ce soit d'étrange. Et vous ?

Liz lui adressa un sourire bénin :

– Non, naturellement. J'ai un cousin diacre et une de ses filles envisage de rentrer dans les ordres.

À vrai dire, ledit cousin ne l'était que par alliance et avait abandonné son diaconat. Quant à la vocation de sa jeune cousine, l'appel divin n'avait pas résisté à l'apparition d'un nouveau petit ami. Mais Liz ne tenait pas à en faire part à Dobson. Celui-ci se détendit légèrement.

– Vous avez dû rencontrer le chapelain de Pembroke. Quand j'ai posé ma candidature, il m'a dit qu'il avait été interrogé à mon sujet. Comment va-t-il ?

– Bien. Du moins, c'est ce qu'il m'a semblé.

Malgré la causticité dont Hickson avait fait preuve envers son ancien élève, Liz était contente d'admettre qu'elle l'avait rencontré.

– Il était sobre ?

Liz fixa son collègue d'un œil impassible.

– Il l'était lorsque nous avons discuté.

– Ça changeait de l'habitude.

Dobson semblait avoir retrouvé une partie de sa confiance. Il n'avait pas touché à son café. Liz lui adressa un sourire diplomatique :

– Il a dit que vous faisiez partie des Jeunes Conservateurs, là-bas.

Il haussa les épaules :

– Je trouvais ça intéressant. Ne me dites pas que ce genre de choses sort aussi de l'ordinaire ?

Pour la première fois, sa voix trahissait un certain agacement. À son tour, Liz haussa les épaules.

– Je ne sais pas. C'est sans doute mon propre comportement qui était bizarre. À l'université, je penchais plutôt à gauche, continua-t-elle presque sur le ton de la confidence. Je suis étonnée d'être passée à travers l'enquête de contrôle.

Elle éclata de rire

– D'accord, ce n'était plus les années soixante, mais l'ambiance était encore assez politisée à l'époque. Tout le monde était sensible au problème palestinien… Et aussi à l'Irlande, bien sûr, conclut-elle après un bref silence.

Mais Dobson ne mordit pas à l'appât.

– De mon temps, le gros problème était l'augmentation des loyers, précisa-t-il d'un ton sec.

– Je vois.

Jusque-là, Peggy s'était abstenue de toute intervention, se contentant de prendre des notes d'un air studieux. Elle leva le nez pour la première fois.

– Mais vous avez du sang irlandais, n'est-ce pas ? demanda-t-elle d'une voix allègre.

Dobson la considéra avec froideur.

– Il me semble qu'une de mes grands-mères était irlandaise, répondit-il lentement.

– Elle a émigré ici ?

– Émigré ? Quel grand mot… J'imagine qu'elle a plutôt dû se dire qu'elle venait travailler ici. Pour la petite histoire – l'emploi du terme était une manière de prendre du recul – elle était au service d'une famille anglo-irlandaise à Galway. Quand ils sont rentrés à Londres, elle les a accompagnés, elle y a rencontré mon grand-père et l'a épousé. Il était anglais et possédait une chaîne de garages dans South London.

Liz se dit que la précision était destinée à les détromper si elles s'avisaient d'imaginer que son grand-père était également « domestique ».

– Elle devait avoir des histoires incroyables à raconter, s'extasia Peggy.

Liz, qui commençait à admirer le talent de la jeune femme pour obtenir des informations, s'installa plus confortablement afin de mieux observer.

– Vous avez eu la chance de la connaître ?

– Un peu. J'étais enfant quand elle est morte.

– Son pays devait lui manquer, continua Peggy d'un ton compatissant. A-t-elle eu l'occasion d'y retourner ?

– J'imagine qu'elle a dû faire le voyage quelquefois.

Dobson avait marqué une hésitation quasi imperceptible, mais réelle. Il tentait sans doute de deviner ce que savait déjà le service et ce qu'ils étaient susceptibles de découvrir. Il serait sans doute surpris, se dit Liz. Elle songea à l'arbre généalogique de la lignée maternelle de Dobson que Peggy lui avait exhibé avec fierté, la veille. D'une complexité presque byzantine, la figure étageait ses branches multiples comme la ramure d'un araucaria. Liz avait donc suggéré que Peggy se charge de l'aspect familial de l'entretien.

– En fait, je l'ai accompagnée une fois, précisa Dobson. Nous sommes allés dans le Connemara. Elle était originaire de la région.

– Vous y avez encore de la famille ?

Liz avait lâché la question d'un air détaché, essayant d'éviter une réaction défensive. Dobson haussa les épaules.

– Sans doute. C'était une structure familiale typiquement irlandaise, vous savez. Ma grand-mère avait six frères et sœurs.

– Le nom de votre grand-mère était bien O'Hare, n'est-ce pas ?

Dobson répondit à Peggy d'un signe de tête, mais interrompit son geste.

– Comment savez-vous ça ?

La jeune femme ignora la question et continua de poser les siennes, le nez baissé sur ses notes :

– Son frère aîné s'appelait Sean, c'est bien ça ? Il s'est installé au nord de Londonderry avant la guerre. Si j'ai bien compris, il était un peu plus âgé qu'elle. Il a eu deux fils dont l'aîné s'appelait Kieran, lequel a eu un fils à son tour, du nom de Patrick. Comme vous. Et il était – je devrais dire il est – votre cousin issu de germains.

Dobson garda un silence complet jusqu'à ce que Peggy ait terminé. Puis sans lui prêter attention, il fixa Liz dans les yeux. Elle ne put déceler si c'était la peur ou la colère qui animait son regard.

– Oui ?

La voix en tout cas était neutre. Liz adopta le même détachement :

– Eh bien, votre cousin au second degré a fait de la prison, il a passé un an au Maze. Si l'un de leurs parents a été condamné pour un délit quelconque, a été détenu dans une des prisons de Sa Majesté, ou a été accusé d'activités subversives, les postulants au MI5 sont priés de le déclarer. Pourtant le nom de Patrick O'Hare ne figure pas sur votre formulaire. Pouvez-vous m'en donner la raison ?

Dobson gardait un calme impressionnant.

– Je ne vois pas où tout ça nous mène.

– Nous devons aller au fond des choses.

La fermeté de Liz eut cette fois le don d'agacer Dobson.

– Je ne sais rien de ce fameux cousin. Je ne vois pas très bien comment j'aurais fait, d'ailleurs. Pour l'amour du Ciel, j'avais cinq ans quand tout ça est arrivé !

– Évidemment.

Liz n'insista pas et passa rapidement à un autre sujet, plongeant Peggy dans un abîme de perplexité.

– Alors, qu'en pensez-vous ? demanda Liz en s'engageant sur la M3.

Peggy appréciait le confort de l'Audi, mais la conduite téméraire de sa collègue avait tendance à la perturber.

— Je ne le crois pas quand il prétend ignorer ce qui est arrivé à son cousin.

— Et pourquoi ?

Peggy réfléchit avant de formuler sa réponse. Dobson n'avait pas apprécié d'être interrogé sur les racines irlandaises de sa mère. D'abord, elle avait attribué son attitude au snobisme. L'évocation d'un élevage de cochons à Galway ne correspondait sans doute guère à un homme qui avait pris goût aux fauteuils à oreilles dans le Surrey. Cependant, malgré sa réticence manifeste, il avait reconnu ses antécédents. À l'inverse, il avait froidement refusé d'admettre qu'il connaissait ce parent enrôlé dans l'IRA.

Et Liz n'avait pas insisté.

— Ça ne vous a pas étonnée d'apprendre qu'il ne connaissait pas son cousin issu de germains ? demanda Peggy avec hésitation.

— Le lien est assez lointain.

Liz n'avait pas tourné la tête, le regard fixé en amont de l'autoroute.

— Vraiment ?

La surprise de Peggy était sincère. Sa propre famille était fort étendue, mais elle la connaissait bien – trop bien, estimait-elle souvent. La plupart du temps cette réflexion était en rapport direct avec de lointaines randonnées vers un énième mariage, un baptême, voire une simple réunion de famille.

— Je pensais que tout le monde était susceptible de connaître un cousin issu de germains.

— Pas forcément. Et de toute façon, en ce qui concerne le formulaire, c'est la famille proche qui les intéresse le plus. Même s'il connaissait l'histoire de cet homme, il n'avait pas l'obligation de déclarer un cousin aussi éloigné.

— Peu importe. Je reste convaincue qu'il a mangé une partie de la vérité.

Peggy n'était pas décidée à lâcher prise. Liz sourit tout en jetant un coup d'œil dans le rétroviseur.

– Bien d'accord avec vous.

– C'est vrai ?

Peggy était agréablement étonnée, mais restait sur ses gardes. Rien n'empêchait Liz de jouer l'avocat du diable.

– Je suis convaincue qu'il n'a pas été entièrement sincère. Mais cela n'a rien à voir avec son arbre généalogique.

Tout en parlant, Liz se faufila sur la M4 et gagna la voie rapide sans perdre de temps.

– Quoi alors ?

– Dobson nous a dit qu'il n'avait que cinq ans lorsque son cousin a été enfermé.

Elle se tut, le temps de changer de file ; Peggy mit ce répit à profit pour faire un peu de calcul mental. Patrick était né en 1968 ; la détention de son cousin homonyme avait commencé en 1973.

– Mais Dobson n'avait que cinq ans…

Peggy n'acheva pas sa phrase, trop occupée à retenir son souffle pendant que Liz accélérait pour contourner un énorme poids lourd.

– Ça au moins, j'en suis certaine. Mais O'Hare a purgé une peine de quatre ans. Alors comment Dobson a-t-il appris la date du début de la détention de son cousin ? Ni vous ni moi ne lui avons donné cette information. Et rappelez-vous ses mots exacts. Il n'a pas dit « Je n'étais qu'un gamin lorsque cet homme est rentré en prison », mais « J'avais cinq ans quand tout ça est arrivé ». Des termes bien plus précis.

Elle glissa un sourire en coin à Peggy et continua :

– Alors non, moi non plus je ne le crois pas. Mais ce que nous ignorons, c'est s'il a menti dans un but précis, ou simplement parce qu'il fait un complexe à cause de ses ancêtres.

26

Bashir avait exigé de Rashid et de l'autre conspirateur qu'ils s'abstiennent de tout contact avec l'extérieur. Mais il ne leur avait rien dit des avertissements de l'Anglais ni de ses propres craintes. Rashid ignorait donc qu'il avait été identifié.

Il aurait obéi aveuglément s'il ne s'inquiétait pour sa sœur Yasmina. Elle avait seize ans, il la savait vulnérable. Ces deux dernières années, depuis qu'il s'engageait de plus en plus dans l'islam, il avait tenté de veiller sur elle. Son inquiétude s'était accentuée lorsqu'elle avait abordé l'adolescence, et encore plus lorsqu'elle avait commencé à compter des garçons parmi ses amis, surtout les Anglais. Si ses parents ne s'en rendaient pas compte, Rashid était conscient de la beauté de sa sœur.

Il était son aîné de trois ans, mais malgré l'adoration qu'elle lui portait, il avait peu d'influence sur elle. De nature ouverte et sociable, ses goûts l'entraînaient bien loin des principes religieux auxquels son frère adhérait maintenant.

Il n'avait éprouvé aucun scrupule à quitter la maison familiale sans préavis car ses parents avaient depuis longtemps disparu de son paysage mental. Il ne les haïssait pas, mais les avait pris en pitié, car il voyait bien combien la première génération implantée dans cette société étrangère avait perdu tout sens de ses origines et de sa foi. Il était arrivé à l'amère conclusion qu'ils ne seraient jamais réellement bienvenus dans ce nouveau « foyer ».

Il songea au jeune homme de la librairie que Bashir avait tué. Quelle sorte de musulman pouvait-il bien être pour travailler sous la coupe de maîtres occidentaux ? N'éprouvait-il donc aucune honte ? Ne comprenait-il pas qu'il trahissait sa foi et ses frères en Allah ?

Rashid n'avait pas exécuté le meurtre lui-même. Ils étaient convenus que sa petite taille risquait de le gêner pour finir rapidement le travail. En son for intérieur, il avait admis qu'il aurait sans doute été trop effrayé. Il n'était pas violent par nature. Bashir avait paru sensible à cet aspect de sa personnalité, car il lui répétait souvent que son engagement volontaire dans le combat au nom d'Allah malgré son aversion instinctive pour la violence témoignait d'une grande force intérieure.

Rashid avait donc joué le rôle de l'appât fatal. Il avait attiré l'attention du garçon en le saluant d'un grand sourire faussement amical pendant que Bashir jaillissait d'un porche obscur à l'arrière de l'entrepôt qui bordait la ruelle, et se précipitait pour le poignarder brutalement au bas du dos. Puis il avait passé le bras autour du cou de la silhouette qui s'effondrait déjà, l'avait soulevée d'un coup sec et lui avait ouvert la gorge d'un seul geste. Rashid surveillait les environs.

En début d'après-midi, après les prières de la mi-journée et un déjeuner composé de soupe et de pain, Bashir avait autorisé Rashid à quitter la maison.

– Ne va pas trop loin. Et reste à l'écart des boutiques.

– D'accord, avait répondu Rashid.

Moins de cinq minutes plus tard, il sautait dans un bus à destination du centre de Wokingham. Il descendit dans le premier quartier achalandé. Une rue plus loin, il avisa une boutique qui vendait des téléphones mobiles, y acheta le premier modèle sans abonnement et une carte de dix livres.

Juste à côté de la boutique partait une ruelle qui débouchait sur une petite cour où il s'arrêta pour passer son appel. Mais il n'avait pas de réseau. En consultant sa montre, il se rendit compte qu'il avait quitté la maison depuis presque une heure. Bashir n'allait pas tarder à s'inquiéter. À l'arrêt de bus, il patienta une dizaine de minutes, envahi par une nervosité grandissante, mais il n'avait aucune intention d'utiliser son appareil au milieu d'une file d'attente.

Le bus finit par arriver. Rashid le quitta un arrêt avant sa destination et se dirigea à grands pas vers la maison. Mais le besoin de parler à sa sœur l'emporta sur la peur d'être en retard. Il piqua un sprint, s'arrêta une rue avant Somerset Drive, le long d'une grille, et composa le numéro de Yasmina. Il craignait beaucoup plus la colère de Bashir que la police, sachant qu'il ne courait aucun risque avec ce téléphone jetable dont on ne pouvait remonter la trace. Bashir utilisait des appareils semblables pour appeler le point de contact.

– Yasmina ?

– Rashid ! Tu vas bien ?

– Ça va.

– Mais où es-tu ?

– Peu importe… Je ne suis pas autorisé à te le dire. Mais je vais bien. Je t'appelle justement pour ça, pour que tu ne t'inquiètes pas. Je devrais être rentré à la maison d'ici quelques semaines.

– Tu en es sûr ? Tu crois que c'est prudent d'appeler ?

Yasmina avait eu l'air étonnée. Curieux.

– Et pourquoi ça serait dangereux ?

– C'est juste…

– Explique-moi, Yasmina.

– D'accord, mais tu ne diras pas à papa que je t'en ai parlé. Tu ne lui diras même pas qu'on a discuté, d'accord ?

Un homme est passé te voir. Il a prétendu qu'il était des Allocations, mais ça m'étonnerait. Et après son départ, papa était dans tous ses états.

Le pouls de Rashid s'accéléra. Sa main droite se mit à trembler autour du téléphone et il dut la stabiliser avec l'autre. Une passante le fixa d'un air étrange, il se détourna vers la grille pour échapper à son regard.

– Pourquoi tu ne m'as pas alerté ?

– Mais comment ? Je ne savais pas où te joindre. Tu es parti sans prévenir. Et tu n'as même pas pris ton téléphone.

Elle avait raison. Il tâcha de maîtriser son agitation, sa sœur n'avait pas à subir les effets de sa colère. Elle était la seule alliée qui lui restait en dehors de ses deux camarades dans la petite maison. Ses parents ne comprendraient jamais ; ils avaient sans doute aidé la police dans la mesure de leurs moyens. Quant à son petit frère – eh bien justement, il n'avait que quatorze ans.

– Sais-tu ce qu'il voulait ?

– Oui, Rashid. Il était après toi.

L'appel s'afficha instantanément sur les moniteurs de surveillance de Thames House. Le téléphone sonna sur le bureau de Judith Spratt. C'était Lawrence, un transcripteur débutant.

– Nous avons intercepté une communication téléphonique à Wolverhampton dont nous remontons la trace en ce moment même. Je crois que vous aimeriez entendre celle-là.

Il y avait eu tant de fausses alertes – dont une série d'appels mystérieux de Khan père, qui en fait préparait en secret l'anniversaire de sa femme – que Judith ne voulait surtout pas s'énerver pour rien.

– Sur la ligne fixe ? demanda-t-elle sèchement.

– Non. Sur le portable de la sœur. Mais d'après l'A4, elle est dans la maison. Nous pensons que c'est son frère.

– Faites aussi vite que possible, dit Judith convaincue malgré elle.

Cinq minutes plus tard, Lawrence arriva avec une transcription de la conversation, que Judith, rejointe entre-temps par Tom Dartmouth, parcourut rapidement.

– D'où venait l'appel ? demanda Tom.

– Nous y travaillons. Il a été passé d'un portable, sans doute un jetable.

– Quelle est la précision de la localisation ?

– Impossible à dire pour le moment. Entre deux et trois kilomètres.

– À la ronde ?

Lawrence acquiesça et Tom jura à voix basse.

– C'est une zone sacrément étendue. Ça fait pas mal de gens à voir, à moins qu'il ne soit dans les Highlands ou dans le nord du pays de Galles. Dans un environnement urbain, Dieu seul sait combien de milliers de personnes peuvent être concernées.

– Merci, Lawrence, dit Judith et la jeune recrue se retira.

Elle le féliciterait pour sa rapidité plus tard, mais pour l'instant il lui fallait évaluer les nouvelles informations avec Tom et déterminer une stratégie. Elle lui jeta un bref coup d'œil. À son corps défendant, elle commençait à l'apprécier. D'ordinaire, elle aimait faire les choses à sa manière et considérait les chefs de section plus comme des obstacles que des soutiens. Mais le style de Tom était plutôt de rester en retrait. Il était presque détaché, tout en offrant son avis quand on le lui demandait, et gardait toujours son calme. Cela convenait fort bien à Judith.

– Dave espérait que la famille ne ferait pas de vagues. Les parents sont tombés des nues en apprenant les projets de leur fils. Ils ont promis de coopérer entièrement. Mais la fille a toujours été le maillon faible. Maintenant grâce à elle, ledit Rashid sait que nous le recherchons.

Tom ne s'était pas départi de son calme.

– Ce n'est pas un mal. S'il est capable de faire autant de conneries quand il se croit à l'abri, espérons qu'il les accumulera encore plus, maintenant qu'il sait que nous sommes à ses trousses.

27

Dave Armstrong était fatigué. En se portant volontaire pour collaborer avec l'équipe de la Special Branch, il avait choisi de visiter les agences immobilières de Wokingham, ce qu'il regrettait maintenant. Dire qu'il aurait pu être à Londres, au travail à son bureau, ou bavardant avec Rose Love, la jolie nouvelle du service Investigations qui avait récemment admis que non, elle n'avait pas de petit ami et que oui, elle réfléchirait à l'idée de dîner avec lui, mais pas tout de suite car elle avait beaucoup de travail. Elle avait toujours l'air si sérieux qu'il avait été surpris d'avoir pu l'aborder. Rose faisait penser à une version plus jeune et plus jolie de Liz Carlyle, et Dave espérait bien qu'elle se révélerait plus sensible à ses charmes que son aînée. Car il pouvait toujours s'acharner à faire évoluer leur relation, Liz ne verrait jamais en lui plus qu'un bon copain, un collègue, sparring-partner à l'occasion.

Tout en concluant l'entretien dans la quatrième agence, il songea de nouveau à Liz. Que pouvait-elle bien fabriquer en ce moment ? Elle n'était jamais à son bureau et n'avait même pas participé à la dernière réunion de groupe de l'opération FOXHUNT. Et pourquoi travaillait-elle dans la salle de conférences d'angle du quatrième étage, en compagnie de cette Peggy du MI6 ? Avait-elle été détachée ? Mais sur quelle mission ? Quelqu'un avait bien mentionné une mise à jour des enquêtes initiales, mais ce n'était pas un boulot digne de Liz. Aucun doute, elle était sur quelque chose, mais quelle que soit sa mission, elle ne lui en avait pas parlé.

En consultant sa liste, Dave vit avec soulagement qu'il ne lui restait plus qu'une agence à visiter. Par bonheur, l'endroit n'était qu'à quelques minutes de marche. Il laissa donc sa voiture et s'engagea dans les rues nouvellement construites de cette extension de Wokingham – Milton Keynes moins l'urbanisme et les arbres, se dit-il.

Son pas était plus rapide qu'il n'y paraissait. Il n'atteignait pas tout à fait le mètre quatre-vingts, mais il avait une silhouette élancée, de longues jambes et des cheveux un rien trop hirsutes selon les critères de Thames House. S'il se distinguait par son allure de ses collègues plus âgés et plus collet monté, il se fondait souplement dans la foule des trottoirs, là où il passait le plus clair de son temps. Même en dehors de ses missions à l'extérieur, il était plus à son aise en parka qu'en costume. Les éventuelles conséquences de cette préférence sur la suite de sa carrière lui importaient peu. Sa dégaine anonyme lui convenait parfaitement.

À 17 h 15, le petit bureau bien rangé de Hummungbird Lettings s'apprêtait à fermer. La réceptionniste était partie et Dave se retrouva dans une grande pièce occupée par quatre bureaux désertés. Puis un sifflotement précéda l'apparition d'un homme d'âge moyen, une tasse de thé à la main. Mince, le cheveu grisonnant, le visage anguleux, il portait des lunettes à monture noire, remboursée par la Sécurité sociale. Il sursauta en découvrant son visiteur, un peu de thé déborda de la tasse.

– Nous sommes fermés, dit-il machinalement.

Dave lui adressa un grand sourire.

– Je m'appelle Simon Willis. Nous nous sommes parlé au téléphone tout à l'heure.

– Oh oui. Le monsieur de… la police.

– Exactement. Ça ne prendra qu'une minute.

L'homme lui indiqua son bureau et se présenta sous le nom de Richard Penbury pendant qu'ils s'installaient. Il avait l'air découragé, comme s'il arrivait à la fin d'une journée laborieuse mais improductive.

– Que puis-je faire pour vous aider ? demanda-t-il tout en manifestant par son attitude qu'il ne voyait pas comment.

Dave prit sa plus belle voix officielle :

– Je mène une enquête discrète à propos de la location d'une propriété à un, peut-être deux, voire trois jeunes Indo-Pakistanais. Il peut s'agir d'une petite maison, d'une moyenne ou d'un appartement assez grand.

Sans même attendre la fin de la phrase, l'homme secoua la tête. Encore une impasse, songea Dave, se demandant combien de temps il lui faudrait pour rentrer à Londres. Au moins une heure – tu parles, plutôt une heure et demie à cette heure de la journée. Il pourrait appeler Rose en route et lui demander de le retrouver au Compton Arms. Ensuite, un petit dîner, et peut-être…

Il revint sur terre au moment où Penbury confirmait en paroles sa réponse négative :

– Non, rien de tel. Cette année, la plupart de mes contrats ont été des renouvellements de baux ou des locations à long terme de propriétés que les gens ont achetées pour investir. Vous voyez, des maisons secondaires qu'ils louent pour couvrir le prix de l'hypothèque en attendant que le marché monte et que ça vaille le coup de vendre. Du moins, en théorie. Mais ces derniers temps, ce n'est plus aussi simple. Un tas de gens ont été escroqués. Entre vous et moi, en ce moment le marché est plutôt favorable aux locataires.

Entre vous et moi ? D'où ça sort ? songea Dave avec un certain agacement, peu enclin à accorder beaucoup de crédit aux analyses de M. Penbury quant aux dernières tendances du marché de la location immobilière. Au lieu de mettre un terme à la conversation, cela ne l'incitait qu'à insister :

— Réfléchissez une minute, s'il vous plaît, monsieur. Pensez aux nouvelles locations. Êtes-vous réellement certain qu'il n'y avait pas d'Indo-Pakistanais ? Peu importe si ce n'étaient pas des hommes.

M. Penbury ne perdit pas de temps pour récuser cette proposition.

— Pas d'Indo-Pakistanais. C'est sûr. Certains vivent par ici, nous en avons parmi nos clients locataires ou bailleurs, mais ça ne s'est pas produit récemment. Je suis absolument affirmatif.

— Bien. Ce que j'aimerais vous demander, c'est de réfléchir à toutes les locations des six derniers mois. Quelque chose vous aurait-il frappé au cours de ces transactions ? N'importe quoi, tout ce qui vous vient à l'esprit, même si ça vous semble trivial.

Le visage de Penbury affichait déjà l'expression maintenant familière qui annonçait une réponse négative. Dave s'empressa d'ajouter un ultime argument :

— Je vous en prie, monsieur, c'est vraiment important ou je ne serais pas là à vous ennuyer. Concentrez-vous, s'il vous plaît.

Et lentement, presque à regret, Penbury sembla obtempérer. Au bout d'une longue période de méditation silencieuse, il finit par arriver un résultat.

— Je me souviens d'une affaire assez inhabituelle. Une maison sur Somerset Drive. La propriétaire y vivait, mais elle a déménagé dans le Devon et nous en a confié la gestion. Cet hiver, quelqu'un l'a louée pour une durée de six mois. En principe nous n'acceptons pas les baux aussi courts, mais comment dire… six mois de loyer valent mieux que zéro.

— Qui l'a louée ?

— Un homme, mais c'était un Blanc. Il a payé six mois d'avance. Ça s'est déjà vu, mais ce n'est pas courant.

– Et ?

L'événement ne semblait tout de même pas assez extraordinaire pour avoir marqué Penbury.

– Eh bien, le truc, c'est que la maison n'a pas été utilisée. La dernière fois que j'ai vérifié, histoire de voir si tout allait bien, il n'y avait personne. J'ai même demandé aux voisins, et d'après eux l'endroit était vide depuis le départ de la propriétaire.

– Et votre inspection remonte à quand ?

M. Penbury dut de nouveau fouiller dans ses souvenirs.

– Il y a environ trois semaines.

– Pourriez-vous me montrer le dossier du locataire ?

Devant l'hésitation de Penbury, Dave insista gentiment.

– Si vous préférez, je peux me procurer un document officiel. Mais en admettant que vous me le montriez maintenant, ça nous épargnera un tas de tracas à tous les deux.

L'homme acquiesça et alla ouvrir un meuble classeur posé dans un coin. Il revint peu de temps après avec un dossier. Dave le parcourut en diagonale, sans en attendre beaucoup. Si cette affaire avait réellement un lien avec les poseurs de bombes, le nom du locataire, Edward Larrabee, serait faux.

– Dites-moi, monsieur, vous souvenez-vous du nom de ces fameux voisins ?

L'homme parut content pour la première fois.

– Dawnton. Il s'avère que la femme joue au badminton avec la mienne. Lui doit s'appeler Trevor, je crois.

Dave lui tendit le contrat de location.

– Merci. Auriez-vous la gentillesse de m'en faire une copie ? Je vous en serais très reconnaissant.

Penbury accepta d'un signe de tête résigné.

– Laissez-moi le temps de chauffer la machine.

Il se leva et se dirigea vers le fond du bureau.

28

Après avoir déposé sa fille à l'école, Maddie Keaney rejoignit le centre de Dublin dans sa petite Ford et la laissa dans un garage près de la Liffey, où elle et les autres associés du cabinet disposaient de places nominatives. Sa silhouette mince était impeccable dans une jupe grise classique et un chemisier blanc. Elle rejoignit rapidement Connolly Street sous un soleil éclatant et se fondit dans le mélange d'employés de bureau, d'étudiants, de chalands et – en cette fin de printemps – de touristes américains qui se pressait dans la plus célèbre artère de la ville.

Face à ceux qui critiquaient Dublin – déplorant son nouveau mercantilisme, ou la destruction d'une énième place ancienne –, Maddie défendait la ville avec la vigueur d'une authentique autochtone. Pourtant, elle n'en était pas originaire, mais Dublin avait gagné son cœur par le simple fait de ne pas être Belfast.

Aussi tôt que possible, elle avait quitté la capitale du Nord, contre la volonté de ses parents, et gagné le Sud pour étudier le droit à l'University College de Dublin. Son diplôme (avec les bonnes notes que lui avait values un travail acharné) et sa capacité en poche, Maddie avait obtenu ce qui était censé être un stage de courte durée dans un cabinet d'avocats de la ville. Ce matin-là, en pénétrant dans l'immeuble victorien de pierre grise qui abritait Gallagher &

O'Donnell, elle se rendit compte qu'elle appartenait à la firme depuis exactement quinze ans.

Pourquoi avait-elle fui Belfast à la première occasion ? Son père. Même la mort récente de Sean Keaney n'avait pas entamé la pureté de son hostilité à son égard, qu'elle portait encore comme une armure mentale. Cette aversion remontait à ses plus lointains souvenirs.

La cabine grinçante de l'antique ascenseur la transporta au troisième étage. Avant d'entrer dans son bureau, elle s'arrêta à la réception, où siégeait Caitlin O'Hagan, l'inefficace secrétaire dont elle partageait les services avec un confrère.

– Bonjour, qu'avons-nous aujourd'hui ?

Caitlin tapota ses cheveux blonds décolorés et, lèvres pincées, consulta son registre de mauvaise grâce.

– Un certain M. Murphy vient vous voir dans un quart d'heure.

– Que me veut-il ?

Spécialiste des actes de cession de propriété, Maddie travaillait essentiellement avec quelques gros promoteurs. Sa clientèle se renouvelait rarement.

– Aucune idée. Il a dit qu'il était hautement recommandé.

– Par qui ?

– Je n'ai pas pensé à le demander.

Caitlin semblait outrée qu'on ait seulement imaginé qu'une telle question rentrait dans ses attributions.

Maddie employa les dix minutes suivantes au téléphone. Elle appela son ex-mari, au sujet de la pension alimentaire (encore en retard), et le propriétaire d'une demeure georgienne qui sollicitait l'autorisation des services d'urbanisme pour la convertir en appartements. Puis la ligne intérieure ronronna et Caitlin l'informa que son visiteur l'attendait. En arrivant à la réception, Maddie découvrit une haute silhouette aux gestes lents. L'homme posa l'exemplaire de l'*Irish Times* qu'il parcourait et se leva, se dépliant presque indéfiniment.

Il semblait avoir atteint et peut-être dépassé la soixantaine. Sa mise offrait un contraste frappant avec les tenues strictes et élégantes des clients habituels de Maddie, plus jeunes de surcroît. Au-dessus d'un pull épais et d'une chemise, son long imperméable aux épaulettes rembourrées formait de larges plis comme un lourd rideau.

La main de Maddie disparut dans une grosse patte à qui il ne manquait que les poils pour convenir à un ours. Elle le dévisagea, remarquant le teint terreux, la figure ravinée par le temps qui semblait en avoir trop vu dans sa vie.

Il avait quelque chose de familier, mais elle ne parvenait pas à se souvenir de l'endroit où elle l'avait vu et son nom ne lui disait rien. Il est vrai qu'à Dublin Murphy était un nom de famille fort courant.

Elle guida l'homme jusqu'à sa pièce de travail, puis referma la porte.

– Voulez-vous du thé ou du café ?

– Rien, dit-il d'une voix douce et basse.

Tout en disposant calepin et stylo, Maddie observait l'homme installé de l'autre côté de son bureau. Puis elle joignit les mains et lui adressa son plus beau sourire professionnel.

– Comment puis-je vous aider, monsieur Murphy ?

– Je m'appelle Maguire. James Maguire.

Maddie comprit alors d'où lui venait cette impression de familiarité. Elle l'avait seulement entrevu – une longue silhouette hirsute montant l'escalier derrière sa sœur, puis le même homme quittant la maison de Belfast sans un salut. Elle se souvenait parfaitement de l'imperméable.

Sans qu'elle comprenne pourquoi, un tremblement gagna tout son corps. Pas plus que ses opinions politiques, elle n'avait partagé les ennemis de son père, mais elle connaissait leur nom. D'où son étonnement le jour de la visite de Maguire au mourant.

Qua faisait-il ici ? Pourquoi une fausse identité ? Un nouveau frisson la parcourut tandis qu'elle regardait l'ennemi de son père. Le moment qui avait hanté toute son enfance était peut-être arrivé : telle une inéluctable punition divine, des hommes masqués, des armes, des coups de feu, une irruption dans le salon où elle et ses parents regardaient la télévision, passant la soirée comme des gens normaux. Sauf que les gens normaux ne grandissent pas en guettant cette fatale injonction, ces coups frappés à la porte.

Sans quitter son visiteur des yeux, elle tâchait tout à la fois de combattre la panique qui menaçait de la submerger et de trouver une manière de se tirer de ce mauvais pas. Prévenir Caitlin dans l'antichambre ? Mais l'homme serait sur elle avant que la secrétaire ne quitte son bureau. Appeler les Gardas [1] à la rescousse ? Maddie n'aurait même pas le temps de composer le numéro qu'il aurait déjà sorti une arme. Elle songea à sa fille et se mit à trembler de peur, émettant le bruit d'un hochet secoué dans une boîte vide. Doux Jésus, je ne veux pas mourir ainsi.

Il dut lire la frayeur dans son regard, car le visage tanné, sillonné de plis tel un masque de cuir travaillé, forma un sourire.

— Ne vous inquiétez pas. Je craignais simplement que vous refusiez de me recevoir si je me présentais sous mon vrai nom.

Il fallut tout de même un moment à Maddie pour reprendre ses esprits.

— Eh bien, monsieur Maguire, qu'attendez-vous de moi ?

— C'est au sujet de votre père. Vous vous souvenez peut-être que je lui ai rendu visite le jour de sa mort ? C'est lui qui m'avait demandé de venir.

Elle le fixa sans commenter, il poursuivit :

---

1. Un Garda est un policier de la République d'Irlande.

– Il m'a adressé certaines requêtes. Mais je ne peux pas avancer parce qu'il me manque des informations.

– Je doute de pouvoir vous aider. Je prends grand soin de me tenir à l'écart des affaires de mon père.

La voix de Maddie était encore mal assurée. Maguire la regarda pendant un instant, comme pour l'évaluer, puis :

– Il voulait que j'entre en contact avec un professeur de sa connaissance. Un sympathisant de la cause, vous comprenez ?

Maddie haussa les épaules.

– Comme je l'ai dit, je ne me mêle pas des affaires de mon père.

Maguire ignora cette précision.

– Cet homme est irlandais, mais je crois qu'il a enseigné à Oxford pendant quelque temps.

Maddie laissa échapper un rire bref.

– La relation de mon père avec ce professeur me semble assez peu plausible. Ce n'était pas très exactement un homme cultivé.

Maguire ne semblait pas convaincu.

– Pourtant, il s'est montré très clair à ce propos. Sa dernière volonté était que je mette la main sur cet homme. Dans d'autres circonstances, je ne serais jamais venu vous ennuyer, mademoiselle.

L'irritation finit par balayer les dernières traces de frayeur. Pourquoi cet homme cherchait-il à l'entraîner dans l'accomplissement d'on ne sait quelle tâche abjecte que lui avait confiée son père ? Elle n'aspirait qu'à débarrasser sa vie de tout vestige de ces affaires sordides.

– Pourquoi ne lui avez-vous pas posé la question ?

– Ma chère petite, dit Maguire – peu soucieux de hérisser Maddie en l'appelant ainsi –, lors de notre entrevue, votre père était à peine conscient.

Il avait perdu son air de chien battu et la regardait avec intensité. Il continua :

– Je ne suis même pas certain que, dans son état, il se soit rappelé le nom de ce type. Il ne m'a donné qu'une indication : « Demande à Kirsty Brien. » Vous la connaissez, n'est-ce pas ?

– C'était ma meilleure amie, autrefois.

Le cœur de Maddie manqua un battement. Elle essayait de penser à son ancienne meilleure amie avec sérénité, mais c'était difficile.

Elles s'étaient rencontrées à l'University College de Dublin et pendant un temps avaient été inséparables, en dépit de leurs différences d'allure et de caractère. Kirsty était grande et blonde, Maddie petite et châtain terne. La beauté de Kirsty ne passait pas inaperçue, là où Maddie – elle le savait, inutile de le lui dire – était au mieux « pas mal ».

Et, par-dessus tout, Kirsty avait la politique dans le sang, alors que Maddie détestait jusqu'au mot lui-même. Kirsty prenait position à gauche sur presque tous les sujets imaginables, de la nationalisation de l'industrie au problème palestinien, de la peine capitale à l'aide au tiers-monde. Toutefois, la pierre angulaire de toutes ses convictions était sa vision d'une Irlande réunifiée. Elle y travaillait sans relâche – manifestations, courriers, organisation de boycotts. On l'appelait si souvent la nouvelle Bernadette Devlin qu'elle avait peut-être fini par y croire.

Cependant, rien de tout cela n'aurait altéré leur entente, si Maddie n'avait pas emmené sa meilleure amie en vacances de printemps dans sa famille.

Kirsty plut immédiatement à Sean Keaney et ce fut réciproque. Bien sûr, ils partageaient une dévotion commune pour la Lutte, mais il y avait plus. Sean admirait son esprit ardent, sa détermination et ce qu'il aimait appeler sa fougue. En comparaison, imaginait Maddie, de la diligence, du sérieux et des succès non négligeables de sa propre fille, qui se fichait comme d'une guigne de savoir si l'Irlande serait un jour unie.

Leur intimité n'avait rien de pernicieux – même dans ses plus profonds moments d'amertume, Maddie n'avait rien imaginé de tel entre son père et sa meilleure amie. C'était pire. Sean Keaney ne représentait pas simplement une figure avunculaire aux yeux de Kirsty – non, c'était une figure paternelle et appréciée. Elle occupait la place dont Maddie ne voulait pas. Impardonnable.

– Je vous en prie.

Il avait prononcé ces mots d'un ton bourru, comme si l'expression était étrangère à son vocabulaire.

– C'est important, insista-t-il. Et ça ne peut plus faire de mal à votre père, maintenant.

Elle se dit que les poches sous ses yeux lui donnaient un air mélancolique.

– Mais c'est à Kirsty Brien que vous devriez vous adresser, pas à moi. Elle vous dira ce que vous voulez savoir.

Maguire secoua sa grosse tête d'élan, comme si Maddie ne comprenait pas son problème.

– J'ai essayé, mais elle refuse de me voir.

– Lui avez-vous expliqué que vous avez vu mon père avant sa mort ? Et qu'il vous a confié une mission ?

– Bien sûr, mais ça n'a rien changé.

Ce n'était pas surprenant, Kirsty était restée loyale, ferme comme un roc, aussi inébranlable que l'avait été Sean Keaney.

– Que voulez-vous savoir ?

Maddie redoutait la perspective d'appeler son ancienne amie. En dix ans, elle n'avait revu Kirsty qu'une seule fois – de l'autre côté de la tombe à l'enterrement de Sean Keaney.

– Je veux savoir qui est cet universitaire.

Elle garda le silence. Maguire insista :

– Écoutez, vous savez que votre père et moi n'avions pas la même manière de voir les choses. Et de votre côté, vous ne partagiez peut-être pas toujours ses vues, n'est-ce pas ?

– C'était peut-être le cas, en effet, admit-elle, mais ça ne signifie pas que je vois les choses comme vous.

Il lui adressa un petit sourire teinté de tristesse.

– C'est possible. Mais nous sommes tous d'accord sur un point. Le combat est terminé maintenant. Votre père le savait. Et moi aussi. Ce qu'il m'a demandé de faire pour lui ne mettra personne en danger. C'est juste pour s'assurer que cette guerre s'achève pour de bon, pas pour rouvrir les hostilités.

Maddie lui lança un regard sceptique.

– Même si je pouvais accepter cela de sa part, comment puis-je savoir si vous me dites la vérité ?

– Impossible. Vous ne pouvez que regarder droit dans les yeux le vieil homme qui se trouve devant vous. Ensuite, je pense que vous serez en mesure de prendre une décision.

Il soutint son regard sans ciller, pendant un long moment, et demanda :

– Allez-vous m'aider ?

– Donnez-moi une minute.

Elle baissa les yeux, puis se leva brusquement en disant :

– Je vais nous chercher du café.

Il lui fallait du temps pour mettre de l'ordre dans ses pensées.

Durant son dernier printemps à l'université, Maddie avait très peu vu Kirsty. Dans une certaine mesure, elle en était responsable – déjà décidée à rester dans la République et déterminée à obtenir de bons résultats, elle travaillait jour et nuit à réviser ses examens. Ses entretiens avec les cabinets juridiques de Dublin s'étaient révélés encourageants, mais des résultats moyens porteraient un coup d'arrêt à ses projets.

Kirsty aussi était occupée de son côté. Elle s'était liée avec un étudiant de troisième cycle, plus âgé, séduisant mais extravagant. Leur relation intriguait Maddie : il n'avait pas l'air d'être du genre à s'intéresser aux filles. Mais en quelques semaines, ils étaient devenus inséparables. On les voyait constamment ensemble.

Tout le monde s'accordait sur l'esprit brillant du jeune homme, tout autant que sur son arrogance. Il venait d'obtenir un poste d'enseignement et de recherche à Oxford, et devait commencer l'année suivante. Maddie se demandait si leur relation survivrait à la séparation, tout en ayant des doutes sur la nature de cette relation.

Puis un samedi soir, fatiguée de travailler, elle était tombée sur Kirsty à la maison des étudiants. Spontanément, elles s'étaient rendues, comme au bon vieux temps, dans un nouveau bar à vin du Golden Mile. Après trois Tom Collins, Maddie trouva enfin le courage d'interroger Kirsty sur son nouvel ami.

– Alors, tu le fais ?

– Je fais quoi ?

– Tu couches avec lui ou pas ?

Et Kirsty était partie d'un éclat de rire si sonore que les étudiants de la table voisine s'étaient tus pour les regarder, guettant un éventuel scandale.

– Ne sois pas ridicule, finit par dire Kirsty.

– Alors, il est gay ?

Kirsty secoua la tête.

– Si tu veux mon avis, il n'est probablement rien du tout. Mais comment pourrais-je le savoir de toute façon ?

Elle termina son Bailey's d'un geste théâtral et fit cliqueter les glaçons au fond de son verre comme des dés à jouer.

– Si je le fréquente, c'est pour ton père.

– Quoi ?

Maddie resta sans voix. Elle voulait une explication. Mais Kirsty sembla regretter immédiatement son aveu et se leva d'un geste brusque en disant :

– Viens. Il y a Danny Mills et ses copains. Allons les rejoindre. Je sais qu'il te plaît.

Le souvenir s'estompa. Maddie tendit à Maguire son café.

– Vous voulez bien l'appeler pour moi ? demanda-t-il d'une voix suppliante.

Elle secoua la tête.

– Ce ne sera pas nécessaire. Je sais qui est l'homme que vous cherchez.

29

Thelma Dawnton s'apprêtait à partir pour son club de badminton lorsqu'un homme de l'agence de location l'appela pour l'interroger sur la maison voisine. Un match de double l'attendait, elle était pressée et, à l'inverse de son habitude, elle écourta la conversation.

Son partenaire de double mixte s'appelait Evan Dewhart. Il était célibataire, mais sa personnalité sans relief n'avait pas la moindre chance d'éveiller la jalousie de Trevor, le mari de Thelma. Leur équipe perdit le dernier set contre un couple marié dont l'épouse avait représenté le comté dans plusieurs compétitions. Ensuite, les vaincus payèrent la tournée. Thelma s'attarda plus longtemps ce soir-là, ravie de fréquenter quelqu'un qui avait joué au niveau régional.

En rentrant, elle trouva Trevor devant la télé. À la fin de l'émission, elle mentionna l'appel de l'agence de location.

– Que voulaient-ils ? bougonna son mari.

– Le type a posé des questions sur la maison d'à côté. Il a dit qu'ils essayaient de joindre la personne qui avait signé le bail. Il voulait savoir si elle s'était enfin installée.

– Pourquoi c'est à toi qu'il a demandé ? Il aurait pu s'adresser directement à côté.

– Justement. Quand je lui ai dit que c'était trois jeunes Indo-Pakistanais qui habitaient là, il a eu l'air surpris. J'ai expliqué qu'ils n'étaient arrivés que depuis une quinzaine de jours. Mais d'après lui, ils ne devraient pas y être du tout. Il a même dit que ça pouvait être grave, que l'affaire concernait peut-être la police. Il m'a bien recommandé de ne parler de notre conversation à aucun d'entre eux avant qu'il ait eu le temps d'avertir les autorités.

L'air sceptique de Trevor la mit immédiatement sur la défensive, mais elle s'obstina :

– C'est exactement ce qu'il a dit. Je lui ai répondu que, de toute façon, il y avait peu de chance que ça se produise, parce que si on avait échangé un signe de tête avec eux, c'était le bout du monde.

Encouragée par l'intérêt – si rare – de son mari, Thelma désigna de la main la maison voisine et poursuivit ses commentaires :

– Tu crois qu'il se passe des choses louches là-dedans ? On a peut-être des terroristes, ou je ne sais quoi, juste à côté de chez nous !

– On avait, rectifia Trevor en mastiquant sa dernière bouchée de nan. Les trois Pakis ont déménagé ce soir. En rentrant à la maison, je les ai vus charger leur voiture. Si tu veux mon avis, ils partaient pour de bon.

– Oh là là ! Je ferais mieux d'appeler le type de l'agence à la première heure demain pour le prévenir qu'ils sont partis.

Trevor renifla avec dédain.

– Je parie qu'il sera content de les voir déguerpir. En tout cas, moi, je le suis.

Mais Thelma ne passa jamais ce coup de fil. À 5 h 30 du matin, elle fut réveillée par quelqu'un qui frappait à une porte. D'abord, persuadée que c'était chez eux, elle écouta avec plus d'attention le bruit qui couvrait les ronflements légers de Trevor. Puis, émergeant peu à peu des brumes du sommeil, elle finit par comprendre que cela venait d'à côté.

Elle se leva et se posta près de la fenêtre, curieuse de voir qui pouvait venir aussi tôt dans une maison vide.

Le spectacle était saisissant.

Un groupe d'hommes se tenait devant la porte de la maison voisine. Trois d'entre eux, casqués, brandissaient des fusils semblables à ceux que portaient les policiers à Heathrow. Un autre en uniforme de la police martelait la porte du poing en hurlant :

– Ouvrez ! La maison est encerclée. Nous comptons jusqu'à dix. Ensuite, nous entrerons de force si vous n'ouvrez pas. Un… deux…

De la position stratégique qu'elle occupait, Thelma avait une vue plongeante sur l'arrière. Trois hommes en uniforme occupaient l'étroite bande de terrain du jardin, prêts à faire feu.

– Trois… quatre… cinq…

Dans la rue, elle dénombra trois voitures de patrouille, un fourgon blanc de la police et deux Range Rover.

– Six… sept… huit…

Les policiers avaient tendu deux bandes de ruban plastique en travers de la rue. Derrière l'une d'elles, un homme en short et tee-shirt parlementait avec deux constables. Thelma reconnut Dermot Simpson, qui vivait trois numéros plus bas et se trouvait pour l'instant du mauvais côté du périmètre de sécurité. Ce partisan invétéré du jogging matinal voulait rentrer chez lui.

– Neuf… dix.

Le silence retomba. Elle reporta son attention sur la porte de devant, juste à temps pour voir arriver deux agents, portant ce qui ressemblait à un grand tube de rouge à lèvres en métal. Ils imprimèrent un mouvement de balancier à l'objet, puis le projetèrent avec force contre le battant. Le bois se fracassa dans un énorme craquement, la porte s'abattit avec un bruit sourd et les hommes s'engouffrèrent à l'intérieur.

– Seigneur ! Mais tu ne les as pas avertis qu'ils avaient tous fichu le camp ?

Tiré du lit par l'agitation, Trevor venait de la rejoindre près de la fenêtre.

– Mais comment aurais-je pu ? Tu me l'as dit seulement hier soir. Je comptais appeler l'agence à l'ouverture, ce matin.

Le ton plaintif de Thelma arracha un grognement exaspéré à Trevor, qui montra la troupe armée massée dans la rue devant la maison voisine.

– Attends, tu les vois vraiment comme ça, les agents immobiliers ?

Il ouvrit la fenêtre à la volée et hurla :

– Ils sont tous partis, monsieur l'officier !

Un homme se détacha du groupe sur le qui-vive, pointant un mégaphone droit sur le couple.

– RESTEZ À L'INTÉRIEUR ! ÉLOIGNEZ-VOUS DES FENÊTRES ! JE RÉPÈTE : NE RESTEZ PAS PRÈS DES FENÊTRES !

Sa voix résonna dans l'air du matin avec une clarté stupéfiante.

Trevor et Thelma reculèrent aussitôt et, saisissant quelques vêtements au passage, allèrent se réfugier au fin fond de la chambre d'amis, à l'endroit le plus éloigné de la maison envahie.

– Colle-toi bien contre le mur. Ils ont peut-être laissé une bombe.

Thelma obéit en hochant faiblement la tête. Serrés l'un contre l'autre, assis dos au mur, ils patientaient depuis un quart d'heure, lorsqu'ils entendirent de nouveau des coups frappés à une porte. Cette fois, c'était la leur.

– Je ferais mieux d'aller ouvrir.

– Tu es vraiment obligé ? Et si c'est quelqu'un d'à côté ? Tu sais, un des terroristes ?

Thelma répugnait à devoir rester seule. Maintenant, elle ne doutait plus de la véritable nature des activités de ses anciens voisins.

– À l'heure actuelle, c'est tout de même assez peu probable, non ?

Trevor se redressa et traversa la pièce, ajoutant :

– Enfin, si on considère que la moitié des forces de police de la ville est dans la rue…

– Je t'accompagne.

Thelma se leva à son tour et le dépassa si rapidement qu'elle atteignit le rez-de-chaussée avant lui et ouvrit la porte d'entrée.

Un homme en parka se tenait sur le seuil. Derrière lui, un policier semblait bercer une arme automatique dans ses bras.

– Madame Dawnton ? dit l'homme en civil. Nous nous sommes parlé hier soir.

– Ah ! C'est vous qui avez téléphoné.

Il n'avait pas l'allure d'un agent immobilier, surtout avec ce policier derrière lui. Dave lui adressa un signe de tête impatient, ce n'était pas l'heure des mondanités.

– Vous m'avez dit que trois Indo-Pakistanais habitaient à côté, lança-t-il d'un ton légèrement accusateur.

– C'est exact.

– Ils y étaient, monsieur. Mais ils ont filé hier soir.

Trevor s'était insinué entre Thelma et l'homme, soit sous le coup d'un accès de galanterie désuète, soit vexé que l'on ne se soit pas adressé à lui.

– Après notre conservation, précisa Thelma. Vous voyez, j'avais prévu d'appeler l'agence, ce matin.

Insensible à ses justifications, Dave la coupa, se tournant vers Trevor :

– À quelle heure sont-ils partis ?

– Sept heures et demie, huit heures moins le quart.

– Ils avaient une voiture ?

– Je crois que c'était une Golf. Ils n'ont pas emporté grand-chose. Deux ou trois sacs, d'après ce que j'ai pu voir.

Un policier vint glisser quelques mots à l'oreille de Dave, qui se tourna vers eux.

– Veuillez m'excuser. Je ne peux pas rester, mais j'aimerais vous reparler. Disons dans une demi-heure, ça vous convient ?

– Je ne sais pas… Je dois aller au boulot.

Trevor n'était guère enthousiaste.

– Je vous serais reconnaissant d'arriver un peu en retard, aujourd'hui. Je me ferai un plaisir d'appeler votre patron, si vous voulez.

– Inutile. Je m'en chargerai moi-même.

La proposition avait manifestement froissé Trevor.

– Parfait. Alors, à plus tard.

Ils attendirent son retour près d'une heure et demie. Entre-temps, les Dawnton avaient assisté à l'arrivée des chiens – un berger allemand et deux épagneuls dont la queue frétillait follement. Mais ils ne virent pas les trois animaux redoubler d'excitation en reniflant le tapis de la penderie d'une des trois petites chambres. Plus tard, des membres de la police scientifique, dans leurs combinaisons blanches, recueillirent parmi les fibres défraîchies le résidu quasiment infinitésimal qui avait déclenché cette réaction vociférante. Ils arrivèrent à la conclusion qu'on avait conservé du fertilisant dans la maison. Les traces étaient fort récentes.

Dave ne partageait pas l'euphorie de l'équipe scientifique. En regagnant Londres, tard dans la soirée, il éprouvait plutôt une appréhension grandissante. Bien sûr, il était maintenant évident que les trois jeunes gens que lui et ses collègues recherchaient étaient des poseurs de bombes. C'était déjà assez grave, compte tenu du fait qu'ils ne savaient pas où se trouvaient les suspects et, bien sûr, ignoraient tout de leur cible.

Mais ce départ dans la précipitation lui apparaissait encore plus préoccupant. « Ils ont décampé comme s'ils avaient les huissiers à leurs trousses », pour reprendre les mots de Trevor Dawnton. La sœur de Rashid lui avait révélé que la police le recherchait, soit. Mais l'information ne motivait pas une réaction aussi soudaine, puisque tout bien considéré, la jeune fille ne savait pas où se trouvait son frère. Dave avait passé une heure avec les Dawnton – assez longtemps pour se persuader que le couple n'aurait jamais renseigné les trois suspects après son appel.

Soucieux de vérifier toutes les possibilités, il avait aussi téléphoné chez M. Penbury, qui venait juste de rentrer de promenade avec son chien. Il avait confirmé – sans rien laisser ignorer de son indignation devant un tel soupçon – qu'il n'avait eu aucun contact avec les gens de la maison de Somerset Drive. Aussi, en obliquant vers l'est sur la M4, après Slough, Dave était-il convaincu que ni l'agence ni les voisins n'avaient informé les suspects. Alors, par quel miracle ces trois types s'étaient-ils esquivés juste à temps ? Simple coïncidence ? Ou n'était-ce qu'un déplacement de routine d'une planque à l'autre en attendant le moment de frapper ? Le trio avait peut-être programmé ce départ de longue date.

Possible. Mais Dave Armstrong n'était pas payé pour croire aux coïncidences et il était convaincu de la validité de son hypothèse : les trois hommes qu'ils recherchaient avaient été avertis de leur arrivée. Une fois qu'il avait éliminé Penbury, les Dawnton et la sœur de Rashid comme source potentielle d'informations, ses craintes s'étaient précisées quant à l'origine de la fuite. Et cet entêtant pressentiment le poussa à laisser un message à Charles Wetherby, lui demandant un rendez-vous au plus tôt le lendemain matin.

30

Dans son petit appartement de Balham, Dave se leva très tôt, malgré son épuisement. Il préférait prendre de la marge et ne pas risquer de rater son rendez-vous de 8 heures avec Wetherby. Devant sa penderie, il envisagea brièvement la solution veste et cravate, mais conclut que plutôt qu'impressionner Wetherby par son sérieux, cette mutation vestimentaire paraîtrait simplement insolite. Peu importait sa tenue, l'essentiel était de communiquer son inquiétude.

En pénétrant dans le bureau de son supérieur, il éprouvait cependant une certaine nervosité. Dans un léger costume d'été gris clair, Wetherby se tenait devant la fenêtre, observant les tribulations d'un gros héron sur une laisse de vase. Il semblait préoccupé. Il écouta Dave lui rapporter les événements de Wokingham, y compris la découverte des résidus de fertilisant, sans émettre de commentaire. Quand celui-ci se tut, il réfléchit un moment en silence.

– Donc, on a failli les attraper. Pas de chance.

Après cette brusque sortie, il laissa échapper un soupir morose. Dave prit une profonde inspiration et se lança :

– Justement, Charles. Je ne suis pas certain que la chance ait joué un rôle quelconque dans cet épisode.

Wetherby lui fit face.

– J'aimerais comprendre.

L'intonation tranchante allait de pair avec ce regard inquisiteur que Dave appelait les yeux à rayons X. Liz ne semblait nullement troublée par l'œil impérieux de Wetherby, mais Dave l'avait toujours trouvé déstabilisant. Cette expression provoquait toujours une bouffée de culpabilité, celle d'un petit garçon que son père aurait surpris à mentir. Il s'efforça de se maîtriser :

– D'après le témoignage des voisins, les suspects sont partis brusquement. Ils semblaient très pressés. Comme s'ils avaient été avertis par avance de notre arrivée.

– Ils auraient été prévenus ? Mais par qui ?

– C'est justement le problème. J'ai de bonnes raisons de penser qu'il ne s'agit pas de l'agent immobilier. Et il est très peu plausible que ça vienne des voisins. La femme a déclaré qu'elle et son mari avaient à peine adressé la parole à ces hommes.

– Qui d'autre serait concerné ?

– La section locale de la Special Branch, ce qui semble peu probable.

Il s'arrêta, hésitant à sauter le pas, puis se rappela qu'il était précisément venu pour ça :

– Il y a aussi Thames House.

– Quelqu'un du service ? demanda Wetherby sans ciller.

Dave aurait été bien incapable de définir la réaction de son supérieur à cette suggestion, mais il espérait avoir réussi à exprimer sa réticence à aborder ce sujet.

– J'ai conscience que ça peut paraître étrange. Mais nos suspects semblent avoir eu connaissance de nos interventions imminentes. Le fait s'est produit à deux reprises. C'est trop pour une simple coïncidence. Après tout, ils n'avaient aucune raison valable de ne pas revenir à la librairie.

– Plusieurs hypothèses peuvent expliquer leur absence. Ils ont pu se raviser en pensant au nombre de témoins susceptibles de remarquer une seconde visite sur place. Ou peut-être ne se fiaient-ils pas entièrement à l'imam. Sait-on jamais ? Je ne vois pas par quel biais cet événement et leur départ de Wokingham pourraient être liés.

— Parce que dans les deux cas, ils n'ont pas réagi comme on pouvait s'y attendre.

Wetherby balaya l'argument d'un geste de la main, mais Dave ne renonça pas à sa théorie :

— Si vous voulez bien admettre, à titre hypothétique, que le rendez-vous raté et leur fuite de Wokingham soient liés, alors de tous les gens impliqués, un seul groupe avait connaissance des deux opérations. Les voisins n'étaient pas les mêmes, pas plus que les policiers. Mais l'équipe de Thames House n'a pas changé.

Wetherby retourna s'installer à son bureau, arborant sa mine la plus officielle.

— Vous affirmez que les deux circonstances sont liées, et c'est justement là où je ne vous suis plus. Il me semble beaucoup plus vraisemblable d'imaginer qu'un détail à l'intérieur de la librairie les a alertés. Quant à leur départ de Wokingham, il était peut-être prévu de longue date. Si ces suspects savent ce qu'ils font, et jusqu'à présent, ils n'ont commis qu'une erreur, ils disposent d'une autre planque. Sans doute de plusieurs. L'attitude la plus logique, pour eux, consisterait à se déplacer d'un endroit à l'autre en attendant le moment d'agir. J'imagine qu'ils voyagent avec peu de bagages pour pouvoir bouger rapidement. Ce départ ne signifie donc pas obligatoirement qu'ils savaient que nous étions à leurs trousses.

Ce qui, au moment où il se rasait à Balham deux heures avant, apparaissait à Dave comme un raisonnement irréfutable, semblait maintenant avoir perdu toute substance.

— Charles, je ne cherche pas à instruire un procès. Je voulais simplement vous faire part de mon opinion. Je me disais que vous deviez le savoir.

Savoir quoi ? Ces pauvres arguments rendaient un son creux, même à ses propres oreilles.

– Il n'est pas question que je me lance dans une chasse au dahu, Dave. Le seul résultat serait de nous distraire de notre travail, qui est d'arrêter ces suspects avant qu'ils n'aient le temps d'agir.

Au ton ferme de Wetherby, Dave répondit par un signe de tête morose. Son supérieur reprit place dans son fauteuil, un peu moins tendu, et continua :

– Avez-vous déjà entendu parler de James Angleton ?

Le nom n'éveillant qu'un faible écho dans l'esprit de Dave, il répondit par un signe de tête négatif. Wetherby quitta de nouveau son siège et regagna lentement son point d'observation près de la fenêtre. Il reprit la parole d'une voix bien plus calme, presque méditative :

– Angleton était un officier chevronné de la CIA, il a dirigé le contre-espionnage pendant de nombreuses années. C'était un homme brillant, très respecté. Mais il a cru les révélations de toute une série de transfuges et s'est persuadé que le KGB avait infiltré les Renseignements occidentaux au plus haut niveau. C'était devenu son obsession, à l'exclusion de tout autre chose. C'était la classique « cruauté des miroirs ». Tout ce qu'il voyait cachait autre chose. Aucune action ne lui semblait honnête, aucune décision n'était dénuée d'une arrière-pensée secrète. Rien ne correspondait aux apparences.

Dave eut un rire désabusé.

– Oui, je vois. Et de notre côté, nous avons Peter Wright.

Wetherby ramassa un stylo en tapota l'extrémité contre la surface du bureau.

– Peter Wright a effectivement attrapé le même virus. Lui et ses petits amis ont même mené une enquête sur Roger Hollis, le directeur général, pendant des années. Et sans la moindre preuve. Cette sinistre absurdité a provoqué d'énormes dégâts.

Mortifié d'être comparé à un maître espion égaré dans ses illusions et à Peter Wright, Dave répliqua :

– Je ne suis pas devenu paranoïaque, Charles.

– Je ne le crois pas non plus, répondit Wetherby d'un air absent. Mais sans faits avérés, je ne peux pas me permettre de prendre vos intuitions en compte. J'apprécie que vous ayez partagé vos inquiétudes avec moi, mais nous avons besoin de preuves.

Le sourire bienveillant qui mit un terme à l'entretien ne tempéra en aucune manière le mécontentement de Dave. Bien au contraire.

D'ailleurs, installé à la cafétéria du rez-de-chaussée, il contemplait son café d'un air morose, toujours aussi peu convaincu. La réticence de Wetherby à admettre qu'un membre du Service puisse aider les suspects lui semblait naturelle, mais il restait troublé par la véhémence de sa réaction. C'était comme si son supérieur avait déjà envisagé l'hypothèse, puis l'avait rejetée. En tout cas, lui n'était certainement pas prêt à se ranger à cet avis. Puis sa rancœur s'atténua quelque peu quand il se rendit compte que Wetherby ne lui avait pas expressément interdit de suivre son intuition.

31

Le degré de tolérance de Liam O'Phelan à l'ambiguïté était fort peu élevé. Ce trait de caractère et ses conséquences verbales, bien connus des étudiants qui avaient le malheur de tergiverser ou ne savaient que penser, se retournait maintenant contre lui. Il ne savait comment réagir après la visite de « Mlle Falconer ».

Une partie de son esprit lui soufflait que réveiller les dragons assoupis pouvait s'avérer dangereux et qu'il valait mieux les laisser sommeiller en paix. Si l'homme de Londres avait renié son passé, le retour de O'Phelan dans sa vie actuelle, tel le mouton noir de la famille rejoignant le troupeau, risquait de lui déplaire.

Sait-on jamais ? L'homme pouvait paniquer et tout révéler. O'Phelan accorda une pensée fugitive à la possibilité d'être poursuivi pour l'avoir recruté. La menace disparut lorsqu'il se souvint qu'ils ne lui avaient jamais demandé d'accomplir la moindre manœuvre illégale.

Cependant, une autre partie de lui – qui gagnait du terrain dans son esprit à mesure que les jours devenaient une semaine, puis deux – avait envie de flanquer un coup de pied dans la fourmilière, ne serait-ce que pour satisfaire sa curiosité. Quel effet avaient eu les années sur l'homme qu'il avait recruté ? Avait-il beaucoup changé ? S'était-il marié, installé dans la vie ? Avait-il fait de son mieux pour oublier qu'autrefois, d'autres projets dominaient sa vie ? Et si la flamme brûlait encore ? Partagerait-il le dégoût de O'Phelan devant la situation en Irlande du Nord, cette abjecte paix factice, cette trahison infâme ?

La curiosité remporta le combat et un beau jour, il se rendit à son bureau dans un état d'excitation où l'euphorie se mêlait à l'appréhension. Au bout d'une dizaine d'appels, il finit par obtenir le renseignement voulu. Un numéro de téléphone mobile. Lors de ses trois premières tentatives, l'appareil était éteint. Plus tard, il déroba cinq minutes à la correction d'une pile de copies d'examen de première année et rappela. Cette fois, on décrocha immédiatement à l'autre bout.

Un sourire perfide étira les lèvres du professeur.

– Salut. Vous savez qui je suis ?

Il attendit, et la réponse sembla lui plaire.

– Félicitations pour vos réflexes, après toutes ces années. Bien. Je vous dérange pour une raison précise, même si c'est plutôt vous qui auriez dû m'appeler. C'est très vilain. Bref. Une femme m'a rendu visite et m'a posé des questions. J'ai pensé que l'information retiendrait votre attention. Comment ? Évidemment ! Je dirais qu'elle a environ la trentaine, peut-être un peu plus. Cheveux châtain clair, tombant sur les épaules, yeux verts, corpulence moyenne. Séduisante, si on aime les femmes énergiques. Plus intelligente que je ne l'ai cru au premier abord. Elle s'est présentée sous le nom de Falconer et a prétendu venir du ministère de la Défense. J'ai fait de mon mieux pour avoir l'air de la croire. Mais nous savons à quoi nous en tenir, n'est-ce pas ?

32

Charles Wetherby se désintéressa du menu et leva les yeux vers Liz. Ses lunettes de lecture à monture d'écaille lui donnaient une vague allure professorale, même si l'élégant costume gris clair et les chaussures bien cirées auraient sans doute détonné dans une salle des professeurs.

– Alors, toujours aussi sceptique ? lança-t-il.

Liz lui adressa l'ombre d'un sourire, une manière de lui faire savoir que son opinion avait évolué.

– À propos de la taupe ? Non. Après tout, il se pourrait bien que nous ayons un problème.

Wetherby fit signe à une serveuse.

– Passons d'abord la commande. Ensuite, vous pourrez me raconter ça tranquillement.

Surexcitée comme elle l'était, devoir attendre pour lui transmettre ses informations lui sembla frustrant. Mais elle savait aussi que les événements capitaux s'inscrivaient dans le cadre anodin de la vie quotidienne. Le plus trivial des détails pouvait avoir un impact considérable : un train raté, le refroidissement d'un enfant, un portable à la batterie déchargée. En préparant son baccalauréat de lettres, elle s'était entichée des poèmes de W.H. Auden, et se souvenait que parmi ses vers préférés figuraient ceux qui décrivaient la manière dont le plus dramatique des événements « se produit/ Alors que quelqu'un mange ou ouvre la fenêtre ou simplement marche d'un air maussade ».

Ils déjeunaient à Manchester Square, loin de Thames House et des rencontres de hasard. Le Café Bagatelle, un restaurant chic doté d'un stupéfiant toit de verre, occupait une partie des jardins clos où étaient exposées les sculptures de la Collection Wallace. Plus tôt dans la matinée, juste après avoir reçu un appel d'Irlande, Liz avait demandé à voir Wetherby. Il lui avait proposé de déjeuner en sa compagnie. Elle avait trouvé l'invitation quelque peu inhabituelle ; jusqu'à présent, ils n'avaient partagé que les tables de la cantine de Thames House et, plus récemment, un sandwich sur un aéroport de la RAF à Norfolk.

La serveuse vint enfin prendre leur commande. Ils choisirent dans le menu du jour.

– Je voudrais un verre de vin, annonça Wetherby.

Liz suivit son exemple avec gratitude. Il semblait plutôt détendu. Malgré sa nature réservée, son sens de l'humour le gardait de devenir trop taciturne. Parfois, il lui arrivait de se montrer inopinément volubile, voire de manifester un enthousiasme que Liz trouvait toujours déroutant, même si elle s'y laissait volontiers prendre. Cependant, la dominante de l'attitude de Wetherby était un détachement affable, légèrement ironique. C'était un homme cool dans l'acception la plus positive de l'expression. Elle se demandait souvent s'il pensait à elle dans les mêmes termes.

Elle examina la salle claire et spacieuse. En ce mercredi, le restaurant était plutôt calme – quelques hommes d'affaires, deux ou trois tables de « déjeuners de dames » et quelques Américains entre deux visites de musée. Même si la clientèle avait été plus nombreuse, les tables rondes et leurs chaises de chêne étaient assez espacées pour qu'on puisse discuter en toute discrétion. Parmi d'autres raisons, Wetherby avait choisi l'endroit pour son intimité.

Lorsque la serveuse finit par les laisser seuls, Wetherby déplia sa serviette et se tourna vers Liz.

- Dites-moi donc ce que vous avez découvert.

- James Maguire m'a appelée ce matin.

Wetherby sembla surpris :

- Je croyais qu'il avait rompu les ponts avec nous.

- Vous n'êtes pas le seul.

- Bien joué, Liz. On dirait bien que vous avez fini par l'avoir, après tout.

Elle haussa les épaules, se souvenant de l'âpre discussion avec Maguire à Rotterdam.

- Je ne suis pas persuadée que notre rencontre ait quoi que ce soit à y voir. Sa conscience a dû se réveiller, voilà tout.

- Est-il prêt à nous aider ?

- C'est déjà fait. Il est passé voir la fille de Sean Keaney à Dublin. Il apparaît que l'une de ses grandes amies de l'université faisait partie des acolytes de son père. Une sympathisante de l'IRA, une certaine Kirsty Brien.

Liz marqua une courte pause et baissa la voix, bien que les tables alentour soient inoccupées :

- Kirsty avait un ami qui a fini par devenir universitaire. Avant d'occuper son poste actuel au Queen's de Belfast, il a d'abord enseigné à Oxford. Mais ce n'est pas tout, elle a confié à Maddie Keaney qu'elle ne fréquentait cet homme que pour rendre service à Sean Keaney.

Cette fois, Wetherby manifesta sa surprise d'un léger mouvement de sourcils.

- Bien vu, Liz. Vous avez bouclé la boucle. J'étais certain que vos doutes à propos de O'Phelan étaient fondés. Il faut dire que vous vous trompez rarement. Mais je pensais qu'il était simplement possible qu'il connaisse quelqu'un sur la liste, sans que ça ait pour autant un rapport avec l'IRA. Ils auraient pu être liés par tout autre chose.

Il joignit les mains et les examina d'un air méditatif, puis continua :

– Maintenant que vous avez établi le lien entre Keaney et O'Phelan, il semble plausible que ce dernier ait été le recruteur.

Liz remarqua machinalement ses boutons de manchette – de minuscules battes de cricket en or.

– Mais qui était la recrue ? continua Wetherby. Qu'avez-vous prévu à partir de maintenant ?

– De toute façon, j'envisageais de retourner interroger O'Phelan. Mais j'attendais d'avoir le résultat des recherches de Peggy Kinsolving. Cette fois, je ne voulais pas partir sans munitions.

– Eh bien, vous avez ce qu'il faut maintenant.

Liz hocha la tête d'un air déterminé.

– Je sais. Je me rendrai là-bas au début de la semaine prochaine. Inutile de l'alerter en lui laissant penser que c'est urgent. Nous ne pouvons toujours rien prouver.

– En effet. Vous avez raison.

Les entrées arrivèrent et Liz attaqua sa galette au fromage de chèvre.

– Dites-moi, Charles, avez-vous déjà réfléchi à ce que nous allons faire si nous découvrons un agent infiltré ? Surtout s'il n'a jamais été activé.

– En imaginant que Keaney nous ait dit la vérité sur ce point, je ferai le nécessaire pour en débarrasser le Service. Et c'est avec plaisir que je laisserai le procureur de la Couronne s'occuper du reste. Mais nous ne sommes sûrs de rien.

Les préoccupations de Wetherby rejoignaient les réflexions de Liz dans sa chambre d'hôtel du Culloden et elle tenait à approfondir le sujet.

– Mais à supposer que l'IRA n'ait pas activé la taupe, je me demande quelle a été sa réaction. À mon avis, il ou elle a dû se sentir salement abandonné.

Avant de répondre, Charles laissa la serveuse débarrasser la table pour apporter les plats principaux.

– Vous avez aussi réfléchi à cet aspect des choses ? Je dois admettre que ça m'obsède également. Je me souviens de ce que mon père m'a raconté une fois. Le vôtre était trop jeune pour faire la guerre, n'est-ce pas ?

Liz acquiesça en silence, laissant Wetherby poursuivre :

– Le mien a été nommé officier juste avant le débarquement de Normandie. Son régiment faisait partie de la première vague d'assaut, mais ma grand-mère est morte deux jours avant le départ, et on a accordé à mon père une permission exceptionnelle. En reprenant son service, il a été transféré pour une obscure raison au ministère de la Défense à Londres. Il n'a jamais vu le feu.

La serveuse posa leurs assiettes. Wetherby continua :

– Nous en avons discuté une fois. Je lui ai demandé s'il n'avait pas été soulagé de ne pas avoir eu à combattre, et je n'oublierai jamais l'expression de son visage. Il m'a répondu que c'était la pire chose qui lui soit jamais arrivée.

Il regarda Liz quelques instants d'un air pensif.

– Alors, imaginez cet agent infiltré. Après avoir pris la décision capitale de travailler pour l'IRA, il réussit à se faire engager dans le Service. Et quand tout est enfin prêt, quelqu'un à Belfast débranche la prise. Toute sa *raison d'être*[1] se volatilise. Pouvez-vous concevoir l'état d'esprit d'une personne qui vient de subir une chose pareille ?

– Ça vous inquiète ?

L'indifférence habituelle de Wetherby avait laissé la place à une inquiétude non dissimulée.

– Oui. Je dois admettre que j'avais d'abord pensé que nous devions découvrir l'identité de cet agent infiltré simplement parce qu'il était déloyal. Mais j'avais aussi la conviction qu'un agent infiltré de l'IRA ne pouvait pas nous faire grand mal à l'heure actuelle et que l'affaire n'était pas prioritaire. Maintenant, j'en suis moins convaincu.

---

1. En français dans le texte.

Il se tut, mais à son expression, Liz pensa qu'il s'apprêtait à rajouter quelque chose. Puis la serveuse vint remplir leurs verres d'eau et l'instant propice passa.

– Je partirai plus tôt vendredi, dit-elle. Je dois aller voir ma mère.

– Comment va-t-elle ?

Wetherby réussissait le tour de force de manifester un intérêt sincère, sans se montrer indiscret. Une forme de compassion mêlée de tact dont Liz lui était reconnaissante en cet instant précis.

– Je ne suis pas certaine qu'elle se porte très bien. Ils ont détecté une grosseur. Elle doit se rendre à l'hôpital pour une biopsie et je tiens à l'accompagner.

– Je comprends.

Il soupira, manipulant son nœud de cravate d'un air absent.

– Tout ira bien, dit Liz, affichant un courage de façade qu'elle était loin d'éprouver.

Wetherby dut percevoir son désarroi, car il l'observa de ce regard fixe qu'elle avait appris à connaître. Au début, tout comme Dave, elle avait été perturbée par les yeux à rayons X – incapable de deviner s'ils exprimaient plutôt l'amusement, une légère perplexité, ou une accusation. Elle avait fini par comprendre que cette expression traduisait la concentration plus qu'un improbable exercice de télépathie.

Elle éprouva cependant le besoin de rompre le silence qui se prolongeait :

– Au fait, comment vont vos garçons ?

Le sourire de Wetherby exprima un réel plaisir.

– Ils vont bien. Leur vie se réduit au cricket et aux filles. Dans cet ordre.

– Et Joanne ?

Liz avait posé la question avec plus de retenue. Un masque de lassitude marqua soudain le visage de Wetherby. Il haussa les épaules.

– Ça n'a pas été très facile ces derniers mois. Elle a reçu une transfusion sanguine la semaine dernière et le médecin y avait mis beaucoup d'espoir. Mais je ne suis pas certain que ce soit une réussite.

Liz ne savait que dire. D'aussi loin qu'elle connaissait Wetherby, il vivait avec la maladie chronique de sa femme. La plupart du temps, elle s'efforçait de ne pas trop creuser le sujet qu'elle avait mentalement étiqueté Épouse Wetherby. Son attitude était surtout dictée par le léger embarras qu'il manifestait si elle s'attardait trop sur le sujet.

– Désolée, dit-elle avec chaleur. Ça doit être difficile aussi pour les garçons.

Le visage de Wetherby se crispa légèrement. En desservant les assiettes, la serveuse balaya ce moment de trouble. Tous deux déclinèrent le dessert et Wetherby demanda l'addition. Il était toujours perdu dans ses pensées, presque triste, songea Liz, pendant qu'ils attendaient le retour de sa carte de paiement. Soudain, il tendit la main et lui serra l'avant-bras avec affection.

– Désolé, je ne voulais pas vous imposer mes problèmes. Je sais à quel point vous avez été éprouvée par l'histoire de Marzipan. Ça a été terrible pour nous tous, mais bien pire pour vous. D'autre part, j'espère que les choses vont s'arranger pour votre mère.

Puis il reprit son expression coutumière dont la sévérité, après ce rare déploiement d'émotion, paraissait insolite, repoussa sa chaise et se leva.

33

En ces temps post-11-Septembre, les papiers d'identité étaient indispensables pour voyager en avion, même sur les vols intérieurs. À Thames House, un placard fermé par une serrure à combinaison renfermait un passeport en règle avec une fausse identité. Mais il ne pouvait courir le risque de voir ce nom apparaître sur une liste de passagers, ou de le voir retenu dans le filet d'une vérification de routine, le forçant ainsi à fournir des explications. Cela lui serait fatal.

Toutefois, il disposait d'un autre passeport assorti d'un pseudonyme différent. Mais celui-ci n'avait été délivré par aucun des organismes dépendant du gouvernement britannique. Se le procurer s'était révélé une tâche ardue et onéreuse. Il avait fait appel à un faussaire tchèque, maintenant à la retraite, qui avait travaillé par intermittence pour le Mossad. Jusque-là, il avait considéré cette pièce d'identité comme une police d'assurance. Elle prouvait maintenant son utilité.

En bon professionnel, il endossa sa fausse personnalité en sortant de chez lui. Il était Sherwood, un homme d'affaires qui avait quelques intérêts en Irlande du Nord. Son programme de la journée était serré. À commencer par le départ de Heathrow à 7 heures, au milieu d'une foule banale de fonctionnaires et de cadres d'entreprise.

Avec un peu de chance, il serait de retour à Londres vers 14 heures. Il avait pris quelques jours de congé pour couvrir son absence, expliquant à sa secrétaire qu'il avait des rendez-vous médicaux et travaillerait de chez lui. Ce genre d'excuse dissuadait même le plus dénué de tact des questionneurs.

Sherwood songea au *don*, qui n'avait virtuellement pas quitté son esprit depuis qu'il l'avait entendu au téléphone. Avait-il gardé le même titre à Belfast ? Non, sans doute. De toute façon, à l'heure actuelle, il était probablement titulaire d'une chaire. Son intelligence était indéniable. Quant à son jugement, c'était un problème différent. Voilà pourquoi Sherwood s'était résolu à cette brève visite.

À leur première rencontre, la personnalité du *don* – clarté de la formulation, ferveur de l'expression, aura charismatique – avait fortement impressionné l'étudiant frais émoulu qu'il était alors. Le *don* avait-il une « vie personnelle », cet euphémisme pour désigner le sexe ? Les paris restaient ouverts, mais rien n'était certain. Il y avait bien cette fille dont il parlait souvent, la pasionaria de Dublin.

Les ambiguïtés ne manquaient pas chez le *don*. Il passait ses journées cloîtré dans le domaine de l'histoire et des idées, mais était fasciné par le monde de l'action. Une simple évocation suffisait à l'exciter, comme un acteur dont la vie se réduit aux instants passés sur scène. Cependant, Sherwood savait par expérience que l'homme vivait par procuration. Il évoquait un de ces Irlando-Américains, patriotes de salon heureux d'envoyer de l'argent aux cousins de l'IRA, bien à l'abri dans l'arrière-salle d'un bar de Boston. Mais il aurait sans doute été offensé par la comparaison.

Ce détour de ses pensées par les États-Unis avait quelque chose d'insolite, car c'était l'Amérique qui avait nourri ce ressentiment qui l'avait rapproché du *don*.

Avant d'entrer à l'université, il avait profité de son année sabbatique pour se rendre là-bas avec Timothy

Waring, son meilleur ami au lycée. Ils avaient commencé par New York, première étape d'un grand circuit en Greyhound. À l'époque, c'était le mode de transport traditionnel des jeunes Britanniques désireux de visiter les vastes États-Unis.

Mais il n'embarqua jamais dans le bus. Il remit à Timothy les deux cents dollars convenus pour prix de sa complicité et un assortiment de cartes postales qui se vendaient par lots dans une boutique de souvenirs de la Cinquième Avenue. Les chutes du Niagara, le Lac supérieur, les Rocheuses, le Glacier National Park, le Golden Gate. Chacune portait un message écrit à l'avance pour ses parents. Durant les semaines suivantes, Timothy les expédia dûment lors de ses visites en solo de tous ces sites fameux.

Sherwood avait mis ce temps à profit – trois semaines – pour tenter d'en apprendre le plus possible sur son père. Leur dernière rencontre remontait à dix ans, six mois avant son décès brutal.

Il finit par dénicher un des plus proches amis de son père, mais ne s'attendait pas à ce qu'il en apprit. Harry Quinn, journaliste à la retraite, ancien rédacteur du *New York Daily News*, vivait alors à Long Island. L'homme avait volontiers reçu le fils de son vieux copain dans sa vieille cantine, le Costello's Bar sur la 44ᵉ Rue.

Ils avaient pris place dans un box, au milieu d'une clientèle de journaleux qui buvaient sec. Quinn se contenta de parler de la pluie et du beau temps pendant qu'il absorbait quatre steinbocks de bière. Puis il lui expliqua, avec une étonnante sobriété, ce qui était réellement arrivé à son père. Celui-ci n'était pas mort de la foudroyante attaque cardiaque dont lui avait parlé sa mère, mais s'était jeté du haut du pont de la 59ᵉ Rue. Poussé au suicide par sa disgrâce.

Disgrâce, il n'y avait pas d'autre terme pour désigner la chute de son père, ou pour qualifier l'opprobre dont il avait été la victime. En explorant les archives de presse de la New York Public Library, sur la 40ᵉ Rue Est, le fils avait reconstitué la sordide affaire, relatée dans les pages jaunies des journaux de l'époque.

L'histoire avait connu un démarrage flamboyant. Dans une série de trois articles parus sur cinq colonnes à la une dans le *New York Daily News*, son père avait rapporté la confession d'un certain Samuel Lightfoot, un ancien membre du SAS. Au cours de sa longue carrière militaire, Lightfoot avait effectué quatre rotations de service mouvementées en Irlande du Nord.

Sous la plume de son père, Lightfoot rendait compte de brutalités et de violences perpétrées par le SAS en Irlande du Nord qui étonnèrent même les plus violents détracteurs de cette organisation. Pour résumer, selon Lightfoot, lui et ses camarades du SAS avaient appliqué, parfois sans discernement, une politique préméditée de tirs mortels. Il décrivait une mission au cours de laquelle lui et deux de ses camarades avaient tué deux hommes de l'IRA qui s'apprêtaient à poser une bombe dans un restaurant de Lisburn. La presse avait présenté l'événement comme une opération antiterroriste réussie. Toujours selon Lightfoot, le fait que les deux hommes avaient tenté de se rendre quand ils s'étaient vus découverts, mais avaient tout de même été abattus, avait été passé sous silence. Aucun des deux n'était armé et il n'y avait, contrairement à la version officielle, ni bombe ni indice permettant d'en établir l'existence.

Une nuit, soutenait Lightfoot, un homme avait été assassiné en traversant un champ aux alentours d'Armargh. La victime était en réalité un fermier des environs qui rentrait du pub par un raccourci et n'avait pas le moindre lien avec l'IRA. Le meurtre, que les autorités militaires britanniques n'avaient jamais reconnu, était demeuré un mystère. Dans la presse de Belfast, quelques allusions le rapprochèrent de la longue suite de crimes sectaires non élucidés.

Les trois articles étaient truffés de détails documentaires, spécifiant des heures, des lieux, voire des individus impliqués dans ce qu'un des éditorialistes de New York baptisa AB – pas pour le début de l'alphabet, mais pour Atrocités Britanniques. Pour les lecteurs, il semblait évident que seul un témoin de ces opérations du SAS pouvait les décrire avec tant de crudité et de précision.

L'effet avait été explosif. À la Chambre des Représentants, le président Tip O'Neill, souvent attaqué par ses congénères irlando-américains pour sa critique de l'IRA, prêtait maintenant son nom à une résolution demandant de mettre un terme à toutes les opérations secrètes des Britanniques en Irlande du Nord. Les agences de presse reprirent sur-le-champ l'histoire de Lightfoot, assurant ainsi sa parution dans plusieurs milliers de journaux à travers le pays. Même l'auguste *New York Times*, qui d'ordinaire regardait de haut sa contrepartie plus plébéienne, reconnut l'impact des articles. Un des éditorialistes alla jusqu'à suggérer que le Pulitzer irait comme un gant à leur auteur.

Pendant près de trois jours, son père avait joui d'un succès dont la plupart des journalistes n'auraient jamais osé rêver. On se bousculait pour le féliciter, il rayonnait de son triomphe, ayant dévoilé ce qui était indéniablement une des plus grandes histoires de la décennie.

Puis le ciel lui était tombé sur la tête. Quatre jours après la première parution, le *Sunday Times* de Londres avait lâché sa propre bombe en première page. Les articles Lightfoot étaient construits sur du vent. Leur source, Samuel Lightfoot, était un escroc de haut vol et un menteur notoire. Il était loin d'avoir servi en Irlande du Nord, sa carrière militaire s'était limitée à un bref passage à temps partiel dans la Territorial Army et son unique contact avec le SAS se réduisait à une excursion en solitaire jusqu'à leur centre d'entraînement du Herefordshire, un week-end. Pour ajouter l'insulte à l'ignominie, dans les années soixante, Lightfoot avait été condamné pour fraude à trois ans de prison.

Le scandale éclipsa le retentissement initial des articles et fit la une des journaux télévisés nationaux. À Washington, Tip O'Neil répondit « pas de commentaire » sept fois de suite à un journaliste importun. La Chambre retira hâtivement sa résolution. L'ambassadeur de Grande-Bretagne se déclara « satisfait que la vérité ait enfin émergé ».

À New York, le *Daily News* publia, en première page, une rétractation sans précédent dans un éditorial remarquable de contrition visqueuse, avant de virer sommairement son père. Tout cela fut rapporté avec délices par le *New York Times*, avec une méticulosité qui faisait défaut à son compte rendu antérieur des articles originaux.

Deux mois plus tard, un entrefilet dans la section métropolitaine de ce même journal annonça la mort de son père. Le *Daily News* n'en parla même pas.

Le jeune homme était rentré en Angleterre, mais n'avait rien révélé de ses découvertes à sa mère ou à son détestable beau-père. Devant sa réticence à leur raconter son périple en bus à travers l'Amérique, ils se contentèrent de le trouver peu expansif.

Intérieurement, il était bouleversé, submergé par un mélange d'effarement et de honte. Comment son père avait-il pu se tromper à ce point ? Se laisser abuser par un tel charlatan – dont le vrai nom n'était même pas Lightfoot ? Quel lien y avait-il entre la dupe qui avait rédigé ces articles discrédités et l'homme dont il gardait le souvenir ? Ce personnage élégant, plein d'assurance et de désinvolture – auquel son fils prodiguait respect, admiration et dévotion ?

Le jeune homme n'était plus accessible qu'à la détresse, un état qui perdura toute sa première année à Oxford, dont la vie universitaire et les relations sociales lui paraissaient étrangement affligeantes face à ces terribles révélations. S'il se consacrait avec diligence à ses études, renfermé sur lui-même, il remâchait sombrement ce qu'il en était venu à considérer comme un héritage irrémédiablement corrompu. Il s'intéressa même à la religion, s'appliquant à adopter toutes sortes de comportements conventionnels, en parfaite opposition avec le souvenir de son père.

C'est O'Phelan qui l'avait sauvé. Mais après l'ultime trahison de son mentor, toute trace de gratitude envers lui s'était évaporée depuis longtemps.

Au cours de sa deuxième année, à l'occasion d'une fête au St Hilda's College, un établissement entièrement féminin qui s'accrochait d'une manière insolite à son exclusion des hommes, il avait rencontré une fille. Elle professait des opinions de gauche et lui avait proposé d'assister à une des conférences politiques qui se déroulaient à la Old Firehouse. Il l'avait accompagnée et était quasiment mort d'ennui – l'orateur, un vétéran de Mai 68, avait ratiociné pendant près d'une heure et demie sur la « bataille » de la Sorbonne et les iniquités des CRS. Quand la fille lui avait parlé de la soirée suivante, il était sur le point de décliner l'invitation lorsqu'il avisa le titre : « De Boston à Belfast : la sale guerre des Britanniques en Irlande du Nord et à l'étranger ». Le conférencier enseignait dans un des *colleges*.

Son amie gauchiste ne put se libérer et, finalement, il se retrouva seul parmi une vingtaine de trotskistes et de marxistes, devant un jeune homme mince qui s'exprimait d'une voix douce, avec juste une pointe d'accent irlandais, expliquant les objectifs réels des Anglais.

La thèse était simple, familière à tous ceux qui avaient déjà entendu un porte-parole de l'IRA à la télé : loin de chercher à rétablir la paix, les Anglais s'employaient à prolonger l'occupation impérialiste et feraient n'importe quoi – n'importe quoi, avait insisté l'orateur – pour conserver le statu quo.

Mais après ces pieuses platitudes nationalistes, Liam O'Phelan – c'était le nom du conférencier – captiva totalement son jeune auditeur en délivrant un discours clair et passionné sur la politique secrète qui autorisait les hommes du SAS à tirer pour tuer en Irlande du Nord. Au grand étonnement du jeune homme, O'Phelan mentionna le meurtre d'un innocent fermier d'Armagh, le même épisode qui avait été rapporté dans les articles de son père.

À la fin de la conférence, le jeune homme s'était approché du *don*, attendant patiemment qu'il termine sa conversation avec un de ses acolytes irlandais. Son tour venu, l'étudiant demanda s'il n'était pas vrai que nombre de ces accusations avaient été démenties depuis longtemps.

– Que voulez-vous dire ? Comment ça, démenties ? avait sèchement rétorqué O'Phelan.

N'y avait-il pas eu un scandale à New York, impliquant un journaliste qui avait porté des accusations proches de celles qui avaient été détaillées lors de la conférence et qui avait été le complice ou la victime d'un escroc ? insista le jeune homme. Les faits dénoncés avaient été complètement inventés.

O'Phelan le fixa avec mépris.

– Vous les Rosbifs, vous êtes vraiment incroyables. Vous avalez tout ce que votre presse aux ordres vous raconte. Toute l'histoire était un coup monté. L'homme qui se faisait appeler Lightfoot – la source des révélations – était un agent infiltré des services secrets britanniques. Ce pauvre reporter n'avait aucune chance. La plus grande partie de ce qu'il a écrit était exact, mais personne n'y a cru parce que ce Lightfoot lui avait tendu un piège. Très astucieux de la part du Service.

Cela dit sans la moindre trace d'admiration. Puis O'Phelan haussa les épaules et ajouta :

– Évidemment, vous êtes libre de ne pas me croire.

Aussi fut-il peut-être étonné de voir l'étudiant hocher la tête, le visage éclairé par l'ombre d'un sourire – le premier depuis une éternité.

– Oh, je suis convaincu que vous avez raison. Ce pauvre journaliste était mon père.

Ainsi commença une relation insolite. O'Phelan l'avait pris sous son aile, et lui y demeura volontiers, devenant une sorte de disciple du *don* (un élève officieux ; bien sûr, il continua son cursus). Pour être agréable à son mentor, il affectait même un intérêt pour l'histoire et le nationalisme irlandais, allant jusqu'à visiter le Nord et la République. Si O'Phelan avait douté de la sincérité de son attachement à la cause, il ne l'avait jamais manifesté, car à l'époque, ils avaient déjà fomenté leur complot. De toute façon, qui à l'IRA irait se soucier de ses motivations profondes, s'ils parvenaient à l'implanter au cœur des défenses de l'ennemi ?

Un ennemi qui leur était d'ailleurs commun. Le jeune homme adhérait aux conclusions de O'Phelan qui affirmait que son père avait été victime d'une conspiration. Qui étaient les comploteurs ? Sans doute le consulat britannique à New York, dont « l'attaché culturel » – poste habituellement réservé à l'agent local du MI6 – avait dû faire des heures supplémentaires. Saupoudrez de quelques officiels américains anglophiles qui se feront un plaisir de renseigner dans le détail un de leurs copains journalistes, et le temps de claquer des doigts – voilà une existence réduite à néant. Son père avait été viré sans ménagement, placé dans l'impossibilité d'exercer son métier. Il ne lui était resté que sa réputation broyée et une vie de labeur acharné ponctuée par cette avalanche de calomnies à la une de la presse de caniveau. Techniquement, il avait sans doute attenté à sa vie, mais d'après n'importe quel critère humain, il avait été assassiné. Ils avaient son sang sur les mains autant que s'ils l'avaient poussé du haut de ce pont de la 59e Rue.

O'Phelan lui avait permis d'avoir une vision claire des assassins de son père – les membres de l'Establishment anglais qui avait disparu, à en croire certains. Absurde, songea Sherwood. Les classes dominantes avaient non seulement survécu, mais encore prospéré. D'ailleurs, il en faisait partie. L'avion grimpait vers son altitude de croisière.

Dès le départ, O'Phelan avait considéré cette caractéristique comme un avantage. Peu à peu, il avait réussi à le convaincre de ne pas avoir honte de son évidente appartenance à l'Angleterre. Au contraire, il devait en user comme d'une botte secrète dans ce qui était – ils en étaient tous deux convenus – une guerre inévitable.

– Personne ne soupçonnera quoi que ce soit. Ils pensent que tu es anglais jusqu'au bout des ongles. Crois-moi, ils ne se retournent jamais contre un des leurs. Regarde Philby. Ils l'ont cru quand il a juré qu'il n'était pas une taupe. Ou Blunt. Même quand ils ont su que ce type était un espion, ils ont continué à le laisser travailler au service de la Reine.

L'appareil survolait maintenant le nord du pays de Galles. Sherwood baissa les yeux sur le massif du Snowdon. Les Gallois se savaient méprisés par les Anglais et pourtant, ils étaient restés passifs. Pour ce qu'il en savait, leur combat nationaliste s'était borné à quelques incendies de résidences secondaires et au bilinguisme imposé de leurs panneaux indicateurs.

Mais les Irlandais valaient-ils vraiment mieux ? Son père l'avait espéré. Et lui avait suivi la même voie pendant ces années cruciales au début de sa carrière. Plus de quatre-vingts ans après la Séparation, le pays n'était pas plus près de l'unification qu'en 1922. Ce qu'ils sont stupides, songea-t-il avec amertume. Il avait essayé de leur apporter sa contribution (tout comme son père), mais ils n'en avaient pas voulu. Juste au moment où il s'apprêtait à les rejoindre, ils avaient abandonné le combat.

L'attrait du pouvoir – sur ce point, O'Phelan avait eu raison. Il avait toujours soutenu que l'Irlande affronterait le plus grand péril le jour où les Anglais se décideraient à négocier.

Au-dessus de la mer d'Irlande, il se remémorait ses voyages d'étudiant dans le pays, les traversées héroïques entre Holyhead et Dun Laoghaire dans des bateaux de bois semblables à des remorqueurs géants. La plupart des passagers, des hommes exubérants, heureux de rentrer chez eux, buvaient au bar jusqu'à ce qu'ils se lèvent pour monter sur le pont et vomir par-dessus le bastingage.

À l'arrivée, dans une légère bruine, l'avion prit rudement contact avec le sol dans une gerbe d'eau soulevée par le train d'atterrissage. Après avoir débarqué, il traversa hâtivement le terminal, évitant les regards, la main refermée autour de la poignée de sa mince serviette. Dans la file d'attente de la station de taxis, il remonta le col de son imperméable. Comme de nombreux autres passagers, il venait pour une journée de réunions en Irlande du Nord.

Le taxi le déposa dans le centre de la ville, parmi les gens qui se rendaient à leur bureau, tête rentrée dans les épaules pour échapper à la pluie. À cette heure matinale, Belfast ressemblait à n'importe quelle autre ville – pas de fouilles de sacs, pas de soldats en armes, pas de véhicules blindés. Comme il avançait d'un pas rapide vers Queen's, il observait les gens au passage – vêtements coûteux, allure prospère : ils semblaient proclamer qu'ils vivaient uniquement et exclusivement pour l'instant présent. Un vieil homme coiffé d'une casquette neuve ; un couple branché, main dans la main sous un grand parapluie ; un ado noir dans un blouson à capuche se trémoussant au rythme de son baladeur. Ils ne comprennent donc rien ? songea-t-il amèrement.

Cela dit, il n'avait jamais réellement eu le sentiment qu'il agissait pour eux. Ils avaient avancé.

– Quelle ponctualité, dit O'Phelan avec un sourire pincé.

Son visiteur le suivit à l'intérieur, après avoir refermé la porte.

– Asseyez-vous, je vais préparer du thé. À moins que vous ne vouliez un café ? Il y a aussi du whiskey si vous préférez un verre. Non ? Un peu tôt, n'est-ce pas ?

Trop excité, O'Phelan ne tenait pas en place. Il referma les mains sur le dossier de sa chaise, puis le lâcha et fit un pas en arrière pour examiner son visiteur.

– Je dois reconnaître que vous n'avez guère vieilli… Si seulement le temps avait été aussi clément pour moi.

Il passa la main dans ses cheveux clairsemés dans un geste d'autodérision et continua :

– J'ai pensé que nous pourrions aller déjeuner quelque part. Je connais un bistro un peu plus loin sur la route qui n'est pas mauvais. Mais ce ne serait peut-être pas prudent ? Quoi qu'il en soit, je veux tout savoir. Qu'avez-vous fabriqué pendant tout ce temps ? Racontez-moi. Mais d'abord, le café, ou prendrez-vous du thé ?

D'un pas sautillant, il gagna la petite alcôve qui faisait office de cuisine au fond de la pièce, où il brancha la bouilloire, puis prit du lait dans le petit frigo, le sucre dans un placard, deux petites cuillères, sans oublier les tasses et les soucoupes en porcelaine.

– Vous le voulez noir ou au lait ? lança-t-il par-dessus son épaule.

Il n'obtint pas de réponse. Mais son étonnement fut de courte durée. Il se mit à tousser, brusquement plus préoccupé par ce qui lui bloquait la trachée. Quand l'eau commença à bouillir, le professeur O'Phelan était déjà mort.

34

En arrivant à Thames House, Liz alla droit à son bureau dans la salle des officiers traitants pour relever son courrier. Jimmy Fergus avait laissé un message et lui demandait de le joindre de toute urgence. Cela lui rappela qu'elle devait réserver sa place pour son voyage à Belfast la semaine suivante, mais elle téléphona d'abord à Jimmy. Il répondit avec une réserve qui ne lui ressemblait pas.

– J'ai de mauvaises nouvelles.

– Que se passe-t-il ?

– Cet homme, O'Phelan…

– Oui ?

Il n'y avait sans doute rien dans la banque de données. Dommage.

– Il a été assassiné dans son bureau de Queen's, annonça-t-il.

– Vous plaisantez ? J'avais prévu de repasser le voir la semaine prochaine. Qu'est-il arrivé ?

– On l'a trouvé hier soir, mais selon l'anapath, il a été tué en début de matinée. Quelqu'un l'a étranglé. Enfin, il a été garrotté, pour être plus exact.

– Garrotté ?

– Je sais. On dirait que ça sort tout droit du *Parrain*.

– Une idée du suspect ou du mobile ?

– Pas encore. On a relevé à peu près un million de jeux d'empreintes différents, mais j'imagine qu'elles appartiennent toutes à des étudiants.

Liz évoqua un bref instant le personnage arrogant, légèrement efféminé qu'elle avait rencontré.

– Je vois bien les raisons qui pourraient le rendre impopulaire à l'université, mais ce n'était sans doute pas tout à fait suffisant pour le tuer. D'autres pistes ?

– Nous fouillons sa vie intime. Il n'était pas marié, mais jusqu'à présent rien n'est apparu sur le front sexuel.

– Pourquoi cela a-t-il pris si longtemps pour le trouver ? Où étaient ses étudiants ?

– Il avait annulé tous ses rendez-vous, ainsi que son cours de l'après-midi. Il a confié à un étudiant qu'un de ses vieux amis venait lui rendre visite. Nous essayons de localiser celui-ci.

– Tenez-moi au courant. Cette affaire nous intéresse.

Pendant le long silence qui suivit, Liz imagina la silhouette corpulente de son interlocuteur à son bureau, devant un grand café, s'interrogeant sur les intérêts du MI5 dans cette affaire. Puis, elle l'entendit, il prit manifestement une décision :

– Comptez sur moi, Liz. La police judiciaire est chargée de l'enquête, mais je connais l'officier qui la dirige.

Liz posa le combiné. Son esprit fonctionnait à toute allure. Encore une nouvelle mort dans son enquête. Reprends-toi ! Elle avait presque parlé à haute voix, attirant l'attention de Dave qui travaillait à son bureau, non loin du sien.

– Ça va ?

Elle lui adressa un signe de tête rassurant, bien éloigné de son véritable état d'esprit, et quitta la pièce, cherchant refuge dans la salle de conférences au bout du couloir. Peggy n'y était pas. Liz referma la porte et s'assit pour réfléchir à la situation.

Avait-elle une responsabilité dans cette disparition ? Elle fouilla dans ses souvenirs, cherchant une éventuelle erreur, une négligence de sa part, qui aurait pu mettre la vie de O'Phelan en danger. Il fallait informer Wetherby au plus tôt, se dit-elle soudain. Comme s'il n'attendait que ce signal pour entrer en scène, Charles en personne frappa à la porte et ouvrit.

– Ah, Liz. J'étais sûr de vous trouver ici.

Il entra avec un petit sourire, puis avisa son expression, saisit une chaise et s'installa près d'elle.

– Que se passe-t-il ?

– Je viens de parler à quelqu'un de la Special Branch de Belfast. Liam O'Phelan a été tué. Vous savez, le professeur.

Wetherby sembla frappé de stupeur.

– Vous l'aviez déjà revu ?

Liz secoua la tête, le regard dans le vague.

– Non. J'avais prévu de l'appeler ce matin.

L'événement n'avait pas encore pris toute sa réalité. Encore en cet instant, elle devait se répéter qu'elle n'avait plus besoin de réserver une place pour Belfast.

– Qui savait que vous deviez repartir là-bas ?

– Personne, hormis Peggy et Jimmy Fergus. J'avais dîné avec lui après avoir rencontré O'Phelan. Je voulais savoir si O'Phelan figurait dans leur banque de données. Les autres savaient que j'étais absente, mais personne ne connaissait ma destination.

Elle s'interrompit. Wetherby était perdu dans ses pensées, à cent lieues de là.

– J'ai l'impression d'être revenue à la case départ, reprit-elle avec une pointe d'amertume.

– Absolument pas, rectifia Wetherby d'un air sévère, mais sur un ton indéniablement encourageant. Vous avez découvert la relation entre O'Phelan et Keaney. Et vous êtes certaine qu'il existe un lien entre le professeur et quelqu'un qui figure sur votre liste. Il ne vous reste plus qu'à le découvrir par un autre moyen. Rien ne dit que O'Phelan aurait été prêt à vous aider.

Liz dut se rendre à l'évidence. Mais elle regrettait tout de même d'avoir raté l'occasion d'interroger de nouveau le professeur. Oh, pas de doute, il aurait été tout aussi fuyant, mais elle aurait pu lui soutirer plus d'informations au second round, surtout en connaissant ses liens avec Sean Keaney. Elle en était persuadée.

– Pensez-vous qu'il y ait une relation entre votre visite et son assassinat ?

– Non. Mais il y avait quelque chose chez ce type qui me donnait la chair de poule. D'après moi, il savait que j'appartenais au Service. Je l'ai vraiment trouvé déplaisant. Évidemment, cela n'a plus d'importance. En fait, je l'ai d'abord pris pour un misogyne, mais, après tout, il haïssait peut-être simplement les Anglais en bloc.

– C'est une opinion assez répandue dans les six comtés.

Après ce commentaire acide, Wetherby reprit un ton plus neutre :

– S'il était spécialiste de l'Irlande, ses convictions nationalistes étaient sans doute bien ancrées. Par ailleurs, sa mort n'a peut-être aucun rapport avec votre visite.

Liz se rendit compte que Charles l'examinait avec attention. Il se leva et continua, manipulant machinalement son nœud de cravate :

– Vous avez été bien secouée l'année dernière. Ensuite, il y a eu Marzipan, et maintenant ça… Vous avez une forte personnalité, Liz, et je ne m'inquiète pas pour vous. Du moment que vous ne commencez pas à vous inquiéter pour vous-même.

– D'accord.

Elle avait immédiatement saisi son intention. Parfois, une grosse dose d'autocomplaisance se mêlait aux sentiments de culpabilité, et elle tentait de l'éviter chaque fois qu'elle évoquait Sohail. Pour ce qui est de Liam O'Phelan, sans leur rencontre, il serait sans doute encore vivant, mais avec ce genre de raisonnement, autant présenter sa démission tout de suite. Son véritable regret était d'avoir trop attendu pour retourner le voir. Mais sur cela aussi, il était inutile de se lamenter.

— Je dois parler de toute urgence à Michael Binding. O'Phelan était son référent. C'est d'ailleurs la raison de ma visite.

— Michael a pris quelques jours de vacances jusqu'à la semaine prochaine. Je suis tenté de lui demander de revenir, on pourrait toujours trouver un prétexte. Mais s'il y a matière à s'inquiéter, un rappel prématuré pourrait déclencher toutes sortes de sonnettes d'alarme.

— Non. Ça peut très bien attendre. J'avais des réserves sur O'Phelan, mais je pense qu'il a été sincère à propos de Michael Binding. En fait, il s'est montré extrêmement méprisant envers lui, et ça ne ressemblait pas à de la comédie. Non, c'est autre chose dans son attitude qui a éveillé mes soupçons.

— Il serait peut-être bon de se concentrer sur la période qu'il a passée à Oxford.

— En effet. Je demanderai à Peggy de travailler dans ce sens. Par ailleurs, j'aimerais élargir un peu le filet aux familles des agents de la liste et rechercher la moindre relation avec l'Irlande, même la plus lointaine. On a déjà le cousin de Dobson au Maze. Je veux voir s'il existe quelque chose de comparable chez les autres.

35

Le propriétaire de la librairie, lorsqu'on vint l'interroger, se révéla être jamaïcain. Un ancien Rasta qui traînait un chapelet de condamnations pour des affaires de stupéfiants et avait fricoté avec les franges les plus troubles de ce qui restait du Black Power en Grande-Bretagne.

Devenu musulman, il portait à sa nouvelle foi la ferveur des convertis et avait reçu un nouveau nom. Otis Quarrie, natif de Kingston, vivait maintenant sous l'exotique sobriquet de Jamil Abdul-Hakim. Oubliés les dreadlocks et le bonnet rasta ; dorénavant, par tous les temps, il allait vêtu d'un caftan blanc et de sandales. Son parcours intellectuel était également remarquable, découvrit Dave en l'écoutant discourir. Manifestement, Abdul-Hakim avait lu une bonne partie du fonds islamiste de sa librairie, sinon l'intégralité. Il était également disposé à partager son savoir religieux avec tout le monde – y compris Dave et un officier de la Special Branch interloqué.

Dave avait réussi à glisser quelques questions, çà et là, et avait appris que Sohail Din avait été un employé sans histoire. Abdul-Hakim prétendait peu le connaître, mais en parlait comme d'un garçon ponctuel, calme, diligent. Ce constat correspondait avec les propres impressions de Dave et l'entretien menaçait de tourner court. Abdul-Hakim semblait sincèrement navré par la mort de Sohail, et profondément convaincu qu'il s'agissait d'une agression raciste.

Dave tenta d'endiguer la dernière digression de Jamil, qui s'enflammait en défendant le droit des écolières musulmanes à porter le jihab :

– Veuillez m'excuser, mais si nous pouvions revenir un instant à cet imam, Abu Sayed. J'ai cru comprendre qu'il avait prévu de rencontrer ici certains de ses disciples, mais que le rendez-vous n'a pas eu lieu.

– Il y a eu tout un tas de rendez-vous, Man.

Malgré sa nouvelle identité, Abdul-Hakim n'avait pas perdu son parler rasta.

– Avec ces hommes-là ?

Dave lui tendit les photos de Rashid Khan et des deux autres. Le Jamaïcain y jeta un œil distrait, avant de hausser les épaules.

– Vous savez qui ils sont ? insista Dave.

– Non.

– Mais vous les reconnaissez, n'est-ce pas ?

– Ouais, Man. Ils sont passés ici. Et alors ?

La patience de Dave commençait à s'épuiser.

– Et alors, ils ont rencontré l'imam une fois et ils étaient censés le revoir. Que s'est-il passé ? Pourquoi ne sont-ils pas venus ?

– Faut voir ça avec eux, Man, répondit Abdul-Hakim, avec un soupçon de défi.

– C'est votre librairie.

– Mais c'est l'imam qui donnait les rendez-vous.

Abdul-Hakim leur adressa un sourire narquois. On ne lui ferait rien dire de plus.

Dans le salon de sa maison de Wokingham, qu'elle venait de passer à l'aspirateur, Thelma Dawnton avait les nerfs en boule. Simon était revenu bavarder et Trevor avait insisté pour être présent. Il n'était pas si mal, le jeune Simon, malgré cette parka qui lui donnait une allure un peu

débraillée. Il était fort sympathique et appréciait le badminton, même s'il ne jouait pas souvent. Thelma n'avait
jamais rêvé de se conduire autrement qu'en épouse loyale
(bon, elle avait peut-être rêvé, mais la réalité était différente). Néanmoins, elle en voulait à Trevor de jouer inutilement les chaperons, se dit-elle en lui jetant un coup d'œil.

Cela dit, il fallait admettre que Trevor s'y connaissait
dans des domaines où elle ne possédait aucune compétence. Les voitures, par exemple – ce qui semblait hautement intéresser Simon.

D'abord, ils avaient parlé des hommes de la maison voisine, et Thelma savait que son aide avait été précieuse à ce
moment. En tout cas, elle avait été plus utile que Trevor qui,
de son propre aveu, ne pouvait pas distinguer un Pakistanais d'un Zoulou. Elle avait fouillé sa mémoire, ignorant
les « N'invente pas » de son époux, et s'était étonnée de ce
qu'elle avait pu en exhumer.

L'un des hommes était petit, quasiment nain. Thelma
était presque certaine qu'il boitait légèrement. Il s'était
peut-être foulé une cheville, avait-elle suggéré, et Simon
l'avait noté sur son calepin. Quant aux deux autres, un seul
lui avait laissé un souvenir. Celui-là avait l'air morose en permanence, comme si – elle y avait réfléchi depuis sa dernière
conversation avec Simon – quelque chose le déprimait.
Après tout, elle avait lu dans la rubrique *Femail* du journal
– mais elle avait décidé de ne pas en parler à Simon – que la
colère et la dépression étaient en général liées. On y disait
aussi qu'un Britannique sur quatre en souffrait. Ou un sur
douze ?

À cet instant, Trevor leva les yeux au ciel, ce qui exas-
péra Thelma, même si elle était déterminée à ne pas le
laisser paraître. Il était temps d'avoir une conversation avec
son mari à propos de cette manie qu'il avait prise, et le plus
tôt serait le mieux.

Cette fois-ci, Simon n'avait rien noté, mais il changea
de sujet et passa aux voitures. Elle dit que les types d'à côté

avaient une belle bagnole. Sur ce, Trevor avait émis un reni-
flement méprisant et Simon avait souri – elle savait parfaitement que ça signifiait qu'un homme estimait que vous
veniez de dire une idiotie. À partir de cet instant, il
concentra son attention sur son mari.

  – Vous avez déclaré que ces hommes roulaient dans
une Golf. Noire… Ou était-ce bleu foncé ?

  – Noire.

Trevor était catégorique.

  – Rien d'autre ne vous revient ? Ça peut être un simple
détail, quelque chose d'excentrique, d'inhabituel ?

Trevor réfléchit longuement, puis déclara :

  – C'était une T-reg.

Elle fut sur le point de dire que cela n'avait aucune
importance, mais un coup d'œil à l'expression excitée de
Simon l'en dissuada. Les hommes, songea-t-elle avec
dégoût. Les hommes et leurs voitures.

  Doris Feldman aurait bien aimé aider, mais elle ne
savait comment s'y prendre. L'insomnie l'envoyait peut-
être dans son fauteuil près de la fenêtre aux petites heures
du matin, seulement il n'y avait jamais rien à voir dans la rue
– enfin, jusqu'à ce que ce jeune policier soit venu frapper à
sa porte. Comme elle l'avait expliqué au jeune homme en
parka qui buvait une tasse de thé en sa compagnie – il aurait
pu être son petit-fils –, elle avait déjà dit tout ce qu'elle
savait sur les visiteurs de la librairie.

  Le jeune homme acquiesça. Il ne semblait pas surpris
et, presque pour la forme, il lui passa une feuille sur laquelle
figuraient des copies de photos. Celles de trois jeunes gens
qui semblaient indiens ou pakistanais. D'abord, Doris
répondit d'un signe de tête négatif lorsque l'homme à la
parka lui demanda si elle les reconnaissait. Puis sa mémoire
s'illumina comme une ampoule électrique et elle désigna la
photo de Rashid.

  – Je le connais ! Et lui aussi.

Elle posa le doigt sur une des deux autres photos.

– Où les avez-vous vus ?

– Celui-ci m'a acheté de la corde. Il a commencé à poser des questions sur sa résistance, l'autre jeune s'est fâché. Il lui a dit : « Contente-toi de payer la dame. » Exactement comme si je n'étais pas là. C'était particulièrement impoli, si vous voulez mon avis. Ça m'a marquée. Le premier avait l'air tout bouleversé. Pauvre petit.

Pourquoi cet homme était-il encore là ? Il lui avait déjà dit tout ce qu'il savait à propos de cette location du 48 Somerset Drive. Ce qui, d'ailleurs, se réduisait à presque rien. Richard Penbury avait déjà tant à faire. Il était seul pour assurer trois visites dans l'après-midi, sans compter environ un million de coups de fil de prospection à passer.

Mais ce policier, Simon quelque chose, était revenu et lui demandait encore une fois d'essayer de se souvenir de l'homme qui avait loué cette maison de Somerset Drive. Un Blanc, ce qui, avait-il tenté d'expliquer, était précisément la difficulté – dans cette partie de la ville, un Indien ou un Paki l'aurait plus facilement marqué. Ça sonnait un peu comme du racisme à rebours.

– Ce jour-là, j'ai dû voir environ une dizaine de personnes au sujet de diverses affaires. Multipliez ça par cinq jours par semaine, ça vous donne cinquante. Et ça remonte au moins à quinze semaines. J'imagine que vous prenez la mesure du problème.

– Bien sûr. Mais tout ce que vous pourrez vous rappeler sur M. Larabee sera utile. Était-il grand ou petit ? Avait-il de mauvaises dents ? Vous pourriez vous souvenir de ce genre de choses. A-t-il téléphoné avant de venir, par exemple ?

– Sans doute. Il n'allait pas faire tout le chemin de Londres sans savoir si nous avions quelque chose à louer.

– De Londres ? releva prestement Dave. Comment savez-vous qu'il venait de là-bas ?

Agacé par l'intérêt qui illuminait le visage du policier, Penbury s'empressa de préciser :

– Je ne me souviens de rien. Je le sais à cause du formulaire qu'il a rempli. Il m'a donné une adresse à Londres.

Mais paradoxalement, quelque chose lui revenait. Qu'est-ce que c'était, déjà ? Un détail visuel, mais ce n'était pas un visage. Quelque chose à voir avec une main.

– J'ai trouvé !

Le policier parut surpris, mais plein d'espoir.

– Qu'est-ce que c'est ?

– Il avait le bras en écharpe.

– Le bras en écharpe… Lequel ?

Simon semblait réservé.

– Eh bien, je ne me souviens plus, mais il me semble que c'était le gauche. Il a signé des papiers, donc, à moins qu'il ne soit gaucher…

– Continuez, vous êtes sur la bonne voie.

Penbury réfléchissait de toutes ses forces.

– Prenez votre temps, l'encouragea Simon.

Et il obtempéra, se concentra avec intensité, pendant que des images de visages, de gestes et même d'un sac à main défilaient dans son esprit. Mais sur le bureau voisin, la sonnerie stridente du téléphone vibra deux fois en moins d'une minute ; puis Millie, la nouvelle, hurla en renversant du thé sur son chemisier, et ce n'était pas bon. Pas bon du tout. Il essaierait de nouveau, assura-t-il à Simon qui semblait déçu. Mais maintenant, si ça ne le dérangeait pas, il ferait mieux de s'avancer dans son travail.

Sarah Manpini était installée seule dans la salle de contrôle de la sortie de Reading. L'endroit lui semblait reposant après une nouvelle séance avec les hommes de la dernière patrouille de nuit. Au bout de deux ans, ils continuaient à trouver son nom de famille hilarant.

Elle venait de passer trois heures à analyser les bandes des caméras de sécurité – sauf que son activité n'avait rien d'analytique, n'est-ce pas ? Ça ressemblait plutôt à du vision-nage décérébré, comme n'importe quel abruti affalé devant sa télé. Sauf que dans ces enregistrements de la circulation sur la M4, de part et d'autre de Reading, il ne se passait rien d'intéressant. Pour être précis, rien ne s'était passé, puisque les images qu'elle visionnait remontaient à près d'une semaine. Durant la période de vingt-quatre heures qu'elle vérifiait, vingt-sept Golf avaient déclenché les caméras, pour une raison ou une autre, mais seules trois d'entre elles étaient noires ou assez sombres.

Deux allaient vers l'est et elle enregistra dûment leur numéro d'immatriculation. La troisième roulait vers l'ouest à tombeau ouvert – la vitesse avait déclenché la prise de vues – mais son numéro n'était pas apparu sur l'écran. Elle repassa le segment de bande et l'examina de plus près. On avait appliqué de la peinture luminescente sur la bande de plastique. Malin, se dit-elle – c'était certainement la voiture en question. Maintenant qu'elle connaissait l'heure de pas-sage de la Golf devant la caméra ouest de Reading, elle se fit apporter d'autres cassettes. Et bingo ! La Golf avait quitté la M4 une demi-heure plus tard, à la sortie de Newbury. La caméra secondaire permit seulement de savoir qu'elle était partie en direction du nord.

Liz n'était pas revenue dans le bureau de Tom Dartmouth depuis le jour de la mort de Marzipan, et à cette
occasion, elle n'avait pas fait attention au décor.
Aujourd'hui, elle assistait à une réunion de l'équipe de
l'opération FOXHUNT. Comme celles des autres chefs de
groupe, la pièce disposait d'une table de conférence de six
places et il avait fallu apporter des sièges supplémentaires
pour accueillir tout le monde. Mais en dépit de la foule, Liz
trouvait l'endroit singulièrement dépouillé, presque clinique. Sur le bureau de Tom, on ne voyait rien du bric-
à-brac habituel qui personnalisait l'espace de travail de la
plupart des gens. Pas de photos de famille, pas d'accessoires, pas de curiosité rapportée d'outre-mer. Pas même
une tasse préférée, pour autant qu'elle puisse en juger. Les
mornes reproductions fixées au mur qui représentaient des
immeubles célèbres étaient fournies par le gouvernement.

L'humeur générale était à la tension et à la morosité. Ils
ne progressaient guère dans la découverte du groupe de la
librairie ou de leur cible. L'opération FOXHUNT piétinait.
Et le temps pressait.

Tom présidait la réunion, la première à laquelle Liz
assistait depuis quinze jours. Il avait toutes les compétences
requises, mais ne possédait pas l'aptitude de Wetherby à
constituer une équipe. Avec Charles, même le plus débu-

tant des agents se sentait libre d'intervenir. Quant aux ennuyeux, on les faisait taire avant qu'ils ne le deviennent vraiment. Même quand les choses allaient mal, on avait le sentiment d'être dirigé, mais libre d'agir. Aujourd'hui, elle n'éprouvait qu'une impuissance décourageante.

Reggie Purvis de l'A4 avait fait son rapport : il n'y avait pas eu de visites significatives à la librairie ou chez Rashid Khan à Wolverhampton. La surveillance de sa sœur n'avait rien donné.

Michael Binding de l'A2 avait été plus prolixe, mais tout aussi pessimiste : aucun appel n'était arrivé d'Amsterdam pour Rashid, ni à la librairie ni chez lui. La sœur non plus n'avait pas reçu de communication intéressante et les micros de la librairie n'avaient rien transmis d'utile.

Pour l'instant, Judith Spratt terminait son propre rapport sur la seule note positive, jusque-là.

– Je viens d'avoir des nouvelles du Contrôle de Reading, ils ont repéré une Golf sombre sur la M4 qui a pris la sortie de Newbury, la nuit où les hommes ont quitté la maison de Wokingham. Le véhicule se dirigeait vers le nord. Ils travaillent dessus en ce moment. Dave, as-tu obtenu des voisins d'autres détails sur la Golf ?

– J'ai parlé à Trevor. Il était certain que c'était une T-reg. Noire. Ça aide ?

– Oui, merci. Mais je crois que nous avons déjà ça.

– Autre chose, Dave ?

Tom semblait impatient d'en finir.

Dave résuma ses entretiens avec Jamil Abdul-Hakim et Doris Feldman, puis rapporta sa conversation décevante avec l'agent immobilier de Wokingham. Ce mystérieux homme blanc était visiblement important. Toutefois, tout le monde convint que le bras en écharpe n'allait pas servir à l'identifier. C'était probablement un accessoire factice, destiné à détourner l'attention de son visage. Dans ce cas, le truc avait bien fonctionné. Dave s'interrompit un instant,

Michael Binding rassemblait ses papiers et s'apprêtait à s'esquiver. Judith cherchait quelque chose dans son sac.

– Et puis, j'ai reçu un coup de fil ce matin, reprit-il.

Quelque chose dans sa voix retint l'attention générale.

– Quand j'ai interrogé Trevor, hier, il m'a surtout parlé de la voiture. Mais sa femme m'a appelé ce matin pour dire qu'elle se souvenait d'autre chose.

Nouvelle pause. Liz se demanda à quoi il jouait. Ils s'étaient vus le matin même et il n'avait pas fait la moindre allusion à une découverte importante. Alors pourquoi tout ce cinéma ? Il accentuait ses effets comme un cabotin en quête de nouveaux applaudissements. Ça ne lui ressemblait guère.

Elle fit le tour des visages. Binding, Judith Spratt, Rose Love, Reggie Purvis et ses acolytes de l'A4, Tom Dartmouth au bout de la table. Et bien sûr, elle-même. À qui Dave destinait-il son numéro ?

– Mme Dawnton a déclaré qu'une personne a rendu visite aux terroristes, il y a quelques semaines. Un Blanc. Il est venu de nuit, mais elle a pu le voir distinctement parce qu'il a déclenché la lumière de sécurité de leur maison au passage. Elle pense être capable de l'identifier. Je compte aller lui parler cet après-midi.

Personne n'émit le moindre commentaire. Dans le silence, Liz perçut le bourdonnement d'une rampe lumineuse.

– Bon, tenez-nous au courant, dit enfin Tom.

37

Pourquoi n'ai-je pas emporté mes lunettes de soleil ? songea Liz. Puis elle se rendit compte que la pluie incessante des deux jours précédents n'avait laissé espérer qu'une amélioration lointaine. Cependant, à sa manière hésitante et saccadée, l'été anglais avançait, et au moment où elle quittait Londres par la M3, le ciel s'éclaircit, laissant filtrer les rayons du soleil déclinant, juste en face d'elle.

Elle était d'humeur sombre. Sa mère avait affiché une bravoure de façade qui avait automatiquement déclenché son inquiétude. Chez les femmes de cette génération, la gravité du problème était inversement proportionnelle à l'insouciance du déni. Et ce n'était pas au travail qu'elle trouverait une compensation. Le meurtre de O'Phelan avait porté un coup d'arrêt à son enquête sur la taupe. Il n'y avait aucune piste évidente.

La lumière commençait enfin à baisser lorsqu'elle s'arrêta à Stockbridge, presque deux heures plus tard. Cette jolie ville du Hampshire, dont la longue rue principale avait une largeur insolite, se nichait dans la vallée de la Test entre deux oreillers de collines. Malgré le petit détour que cela nécessitait, Liz aimait y faire une pause.

Elle se dérouilla les jambes en faisant un peu de lèche-vitrine, acheta une boîte de truffes au chocolat dans une épicerie. Sa mère protesterait en les découvrant, mais Liz savait qu'à l'heure du coucher elles en auraient mangé la moitié. Elle s'arrêta pour regarder la truite qui nageait paresseusement dans un petit bassin profond, creusé à l'endroit où la rivière émergeait après un passage sous High Street. Tout près de là, comme chaque année à l'approche de la fameuse éclosion des mouches de mai, des amateurs enthousiastes se bousculaient chez Orvis, la succursale d'une chaîne de boutiques haut de gamme spécialisées dans la pêche à la mouche.

Son premier petit ami faisait partie de ces mordus, et elle sourit en se souvenant de leurs rendez-vous – des heures à lire au bord des rivières, pendant que Josh lançait délicatement sa mouche à la surface d'une eau claire comme du gin, ou jurait quand il prenait sa ligne dans les saules pleureurs derrière lui. Sa mère adorait Josh. De ce fait, elle avait mis un temps fou à découvrir qu'il l'ennuyait, elle, à mourir. Depuis, elle était devenue beaucoup plus rapide.

Pourquoi pensait-elle toujours aux hommes en allant voir sa mère ? Sans doute parce que cette question – ou pour être plus précise, celle du futur mari de sa fille – semblait constituer le sujet d'inquiétude majeur de sa mère.

Il est vrai que son métier n'était pas un sujet de conversation, mais quand bien même, l'intérêt qu'aurait pu y trouver sa mère aurait été largement dépassé par ce qu'elle considérait comme les questions essentielles : Vois-tu quelqu'un en ce moment ? Vas-tu l'épouser ? N'as-tu pas envie d'avoir une famille ?

Rien de tout cela pour l'instant, songea Liz. Avec le séjour à l'hôpital de sa mère, le sujet avait toutes les chances d'être évoqué au cours du week-end. En quittant Stockbridge, elle se surprit à admettre qu'en effet elle aimerait avoir un mari. Et une famille. Mais pas à n'importe quel prix. Et surtout pas, du moins pour l'instant, s'il fallait pour cela quitter un travail qu'elle adorait.

Une demi-heure plus tard, Liz arriva à Bowerbridge non loin de la maison de gardien octogonale dans laquelle vivait sa mère. Le bâtiment était installé en retrait de la route, à l'intérieur du mur d'enceinte en brique roussâtre qui délimitait le périmètre de ce qui était autrefois un vaste domaine.

Liz avait grandi dans cette propriété, que son père avait administrée pendant plus de trente ans. À la mort de celui-ci, la mère de Liz était restée dans la maison, qu'elle avait achetée l'année précédente – sans nécessité apparente, puisque le propriétaire avait insisté pour lui permettre d'y vivre sans payer de loyer jusqu'à la fin de ses jours. Mais derrière cette acquisition se cachait l'espoir non formulé de voir Liz s'installer auprès d'elle, un jour ou l'autre. Sa fille pourrait la seconder à la jardinerie, rencontrer un homme, l'épouser, avoir des enfants, s'établir. Les questions importantes de sa mère tournaient sans fin dans l'esprit de Liz.

Le reste du domaine avait été vendu et la « grande maison » – un bel édifice georgien de pierre couleur crème – avait été transformée en appartements. Le rez-de-chaussée abritait les bureaux de la jardinerie qui avait investi l'ancien potager. La mère de Liz y avait d'abord occupé un poste à temps partiel. Suivant sa pente naturelle, elle avait pris de plus en plus de responsabilités, jusqu'à assurer la direction de l'affaire à l'âge où la plupart des gens pensaient à la retraite. Émergeant du choc terrible causé par le décès de son mari, elle s'était construit une nouvelle existence, qui visiblement lui plaisait. La perspective d'une maladie grave à cet instant de sa vie semblait à Liz d'autant plus cruellement déplacée.

Après avoir garé sa voiture, elle descendit et se tint quelques instants dans l'allée couverte de graviers, laissant à ses yeux le temps de s'ajuster à la pénombre. La jardinerie était encore éclairée, la fermeture intervenant plus tard en printemps et en été. Elle espérait que sa mère n'était plus là-bas à cette heure et fut soulagée de la trouver dans la cuisine, mettant de l'eau à chauffer dans la bouilloire.

– Bonjour, ma chérie. Je ne t'attendais pas de si bonne heure.

– Il n'y avait pas trop de circulation, dit Liz d'un ton léger.

Elle n'avait pas envie d'expliquer que pour être certaine d'arriver à une heure raisonnable, elle était partie plus tôt avec la bénédiction de Wetherby.

– Je pensais justement à notre dîner.

Sa mère fit un signe vague vers l'Aga. Une boîte de conserve ouverte attendait sur la table. Liz comprit qu'elle était destinée à Purdey, le chat à poils longs que sa mère s'était procuré l'année précédente et dont elle faisait grand cas, depuis.

– Je m'en occupe, proposa-t-elle.

Contrairement à l'habitude, sa mère la laissa prendre la direction des opérations. Et s'installa à la table de la cuisine pendant que Liz nourrissait Purdey, puis leur préparait des œufs brouillés et des toasts. Pendant le repas, elle évita toute allusion au processus hospitalier du lendemain, persuadée que sa mère n'y tenait pas. Inutile d'alourdir l'atmosphère, se dit-elle. Pour la première fois, sa mère lui paraissait frêle et vulnérable. Et plus effrayée qu'elle ne voulait l'admettre. À l'heure du coucher, Liz se rendit compte qu'elles n'avaient pas touché aux chocolats.

Le lendemain, Liz emmena sa mère à l'hôpital après le déjeuner. Les médecins avaient prévu de la garder pour la nuit.

– Par précaution, expliquèrent-ils, et Liz n'avait pas l'intention de discuter.

Le prélèvement eut lieu à 15 heures, sous anesthésie locale. Une heure plus tard, sa mère était de retour dans sa chambre, encore engourdie sous l'effet de l'anesthésique et de l'antidouleur administrés par le médecin. Liz resta auprès d'elle une demi-heure avant de la laisser se reposer et de rentrer nourrir Purdey.

Elle ouvrait une boîte de conserve dans la cuisine, lorsqu'elle entendit le gravier crisser sous les roues d'une voiture qui venait de s'arrêter de l'autre côté de la maison. En traversant le salon, elle aperçut un homme qui descendait posément d'une longue voiture basse, un modèle de sport. Grand, large d'épaules, il portait une élégante tenue de détente – mocassins de daim, pull en cachemire et pantalon de toile bleu foncé au pli impeccable. Elle reconnut Tom Dartmouth.

Elle avait complètement oublié lui avoir dit qu'elle passerait le week-end chez sa mère, et aussi que, de son côté, il séjournait chez des amis, non loin de là. Pourquoi n'avait-il pas appelé avant ? songea-t-elle avec agacement. Elle n'était guère à son avantage en tennis et tee-shirt gris. Puis elle se rendit compte qu'il avait sans doute téléphoné pendant qu'elle se trouvait à l'hôpital.

Elle ouvrit la porte d'entrée, rarement utilisée, et sortit pour l'accueillir.

– Tom, je viens juste de rentrer.

– Alors, j'arrive au bon moment.

Il commença à remonter l'allée.

– Qu'est-ce que c'est que ça ? demanda-t-il brusquement.

Ti-chak, ti-chak, ti-chak. Le bruit venait de l'autre côté de la maison, semblable au son métallique d'une vieille machine à écrire.

– Ce sont des mésanges bleues. Il y en a toujours des foules dans notre houx.

Liz écouta un instant, jusqu'à ce qu'elle perçoive l'impatience de Tom et retrouve ses bonnes manières.

– Entrez !

Une fois à l'intérieur, elle le conduisit au salon, plus agréable que la cuisine.

– Que puis-je vous offrir ? Un thé ?

Tom consulta sa montre d'un geste ostensible.

– Il est 18 heures passées, je ne serais pas contre quelque chose de plus fort.

Liz regarda avec inquiétude le plateau à alcools – sa mère était vraiment nulle pour réapprovisionner son stock.

– Il reste du whisky, dit-elle en montrant une bouteille de Famous Grouse à moitié pleine.

Il restait aussi un peu de Jerez, remarqua-t-elle avec soulagement, même si elle ne savait plus très bien quand on l'avait ouvert, et la boisson préférée de sa mère : Stone's Ginger Wine.

– Il y aurait du gin ? demanda Tom, plein d'espoir.

– Je vais voir, répondit-elle avec peu d'optimisme.

Au fond du garde-manger, elle découvrit une vieille bouteille de Gordon's qui contenait de quoi faire un grand gin-tonic. Elle espérait que Tom n'avait pas l'intention de prolonger sa visite. Elle trouva de la glace, pas de citron mais un paquet d'allumettes au fromage plus ou moins rassises, et rapporta le tout dans le salon. Tom se tenait devant les portes-fenêtres.

– Joli jardin. Quelqu'un s'en occupe pour elle ?

– Jamais de la vie. Ma mère ne me permet même pas de l'aider, précisa Liz un peu sèchement.

– Comment va-t-elle ? Vous disiez qu'elle devait passer des examens. Quand doit-elle sortir ?

– Demain. Nous en saurons plus à ce moment-là.

Il sembla comprendre immédiatement qu'elle ne tenait pas à en parler, car il montra l'extérieur en disant :

– C'est joli par ici. Ça fait longtemps qu'elle y vit ?

– Trente ans.

Liz lui tendit sa boisson et se servit un verre de tonic sans gin.

– J'ai grandi ici. Mon père s'occupait de la propriété.

À son tour, Tom s'installa dans le gros fauteuil où la mère de Liz passait ses soirées à tricoter, lire ou regarder la télévision. Il porta un toast.

- À votre santé.

Il but, posa le verre et s'installa confortablement dans le fauteuil.

- À votre santé, lui répondit Liz du divan.

Elle commençait à prendre conscience de sa fatigue. S'occuper de sa mère tout en s'inquiétant à son sujet formait une combinaison épuisante.

- Le contraste avec Thames House est le bienvenu, dit Tom.

- C'est une partie agréable du Wiltshire. Où se trouve la maison de vos amis ?

- À une quinzaine de kilomètres vers l'est. Sur la route de Blandford.

- Comment s'appelle leur village ?

- Ils habitent une ferme et j'ai bien peur de ne pas avoir prêté beaucoup d'attention aux alentours. Je crois qu'ils m'ont dit que le village se trouvait à distance de marche, mais je n'ai pas retenu le nom. J'étais tellement content de me retrouver dans un endroit où le téléphone ne sonne pas en permanence, expliqua-t-il avec un petit rire.

- Vous avez dû être débordé ces dernières semaines.

- C'est le moins qu'on puisse dire.

Tom prit une longue gorgée de son gin-tonic.

- Et ce n'est pas terminé, reprit-il. J'ai laissé la boutique à Judith ce week-end. Et de votre côté ?

- Occupée.

- Vous faites quelque chose pour Wetherby, n'est-ce pas ?

Elle répondit d'un simple signe de tête et il ajouta :

- Désolé, je ne voulais pas me montrer indiscret.

Elle haussa les épaules, ne voulant pas faire l'importante. Puis elle se dit que, puisqu'ils allaient parler boutique, autant mettre l'occasion à profit.

- Dites-moi, Tom, vous étiez bien à Oxford, n'est-ce pas ? Avez-vous croisé un professeur qui s'appelait O'Phelan ? Un Irlandais.

Tom reprit son verre et le contempla avec intérêt.

– Vous parlez du type qui s'est fait tuer il y a quelques jours ? J'ai lu ça dans les journaux.

– Celui-là même… J'étais censée le voir à propos d'un truc. Mais maintenant…

Elle laissa la conclusion en suspens. Elle avait décidé de ne pas mentionner sa première visite à O'Phelan – inutile d'influencer le compte rendu de Tom avec ses propres impressions.

– En fait, je le connaissais. Enfin, pas directement. Disons plutôt que j'en ai entendu parler. C'était un personnage assez connu.

– Vraiment ? Et pour quelle raison ?

Tom eut un sourire un peu embarrassé.

– O'Phelan était ce qu'on appelle un célibataire endurci dans les nécros. À chacun son truc, bien sûr, mais il agissait parfois en prédateur vis-à-vis de ses étudiants. Un de mes grands amis a été son élève, ce qui a été parfait pendant la première année. O'Phelan se comportait avec lui comme s'il possédait de grandes capacités intellectuelles. Puis, un beau jour, en plein milieu d'une séance de travail, O'Phelan s'est levé pour verrouiller la porte de son bureau, et lui a sauté dessus. Mon ami a dû littéralement se battre pour s'enfuir.

Tom évoquait le souvenir avec un sourire entendu.

– Heureusement, mon ami était demi d'ouverture dans le XV du *college* et il n'a pas eu trop de mal à échapper à ses griffes. Mais il a dû se trouver un nouveau superviseur.

– Comment s'appelait votre ami ?

Tom sembla surpris par la question. Bien sûr, cela n'avait aucune importance, mais elle aimait bien se souvenir des noms. Cela l'aidait à retenir les anecdotes.

– Clapton, dit-il avec lenteur. Philip Clapton. Pourquoi cette question ?

Liz haussa les épaules d'un air innocent.

- Je ne sais pas. Simple curiosité, j'imagine. Cela dit, vous projetez un éclairage inédit sur O'Phelan, ajouta-t-elle avec un sourire triomphant. J'avais entendu dire qu'il était un ardent Républicain.

Tom la regarda d'un air neutre.

- O'Phelan ? Vous m'étonnez.

- Je croyais qu'il avait toujours été très nationaliste. Y compris à Oxford.

- C'est possible. Mais je n'en ai pas entendu parler à l'époque. Qu'est-ce que c'est que ce truc ?

Il se pencha pour brosser son pantalon, couvert de poils blancs à partir du genou.

- Désolée, Purdey a dû se frotter contre vous. Elle aime les hommes.

- Fichue chatte.

Tom continuait à ôter les poils du tissu bleu. Puis il regarda soudain Liz en souriant.

- Écoutez, j'ai une idée. Vous ne devriez pas avoir à faire la cuisine ce soir. Permettez-moi de vous emmener dîner. Il y a un hôtel à Salisbury dont le restaurant est censé être excellent. Je vous invite.

Le geste était prévenant, mais c'était la dernière chose dont elle avait envie. Pour l'instant, elle n'avait l'intention d'absorber rien de plus compliqué ou plus substantiel qu'une assiette de soupe ; la perspective d'un dîner à trois plats était insupportable.

- C'est très gentil, mais je vais faire l'impasse.

Tom n'était pas décidé à renoncer.

- Oh, allez, venez ! Ce sera sympa. Vous avez besoin de vous détendre, de vous changer les idées.

Elle refusa d'un signe de tête, mais se força à sourire.

- Je ne serais pas de très bonne compagnie. Et de toute façon, je veux rester près du téléphone. Au cas où.

- Emportez votre portable. Nous pouvons appeler l'hôpital et leur donner le numéro.

– Une autre fois, peut-être, dit Liz, avec un soupçon d'acier dans la voix.

Il sembla enfin capter le message.

– En tout cas, l'invitation tient toujours, dit-il en regardant sa montre. Il se fait tard. Je ferais mieux de rentrer.

Après son départ, Liz réfléchit à leur conversation. Je ferais mieux d'appeler Jimmy Fergus et de l'orienter dans la bonne direction. Mais si O'Phelan était mort pour avoir dragué le mauvais type, alors pourquoi avait-il été tué dans son bureau de Queen's plutôt que chez lui ? Et pourquoi le matin ?

Elle passa à la cuisine, posa la soupe sur la cuisinière et glissa une tranche de pain dans le grille-pain. Avec un verre de vin, ce serait parfait. Elle regrettait que Tom se soit montré si insistant ; du coup, elle avait eu le sentiment de paraître ingrate, voire impolie, mais pas au point de ne pas savourer sa solitude et la perspective d'une soirée tranquille. Elle aurait apprécié de dîner avec lui – mais à Londres, pas au moment où elle s'inquiétait pour sa mère.

Elle n'était jamais sortie avec un collègue ; mélanger les affaires et le plaisir ressemblait à une bonne manière d'attirer les ennuis. Néanmoins, la fréquentation des hommes en dehors de son travail n'était pas plus aisée. Soit ils étaient mariés, soit trop inquisiteurs vis-à-vis de sa vie professionnelle – voire les deux. Les curieux en particulier la mettaient devant un dilemme, car l'intérêt naturel qu'ils portaient à son travail ne pouvait jamais être satisfait. Liz ne pouvait répondre avec honnêteté à la question « Comment s'est passée ta journée, chérie ? » À moins que son partenaire ne travaille dans la même branche. Cela expliquait peut-être la politique du Service envers les idylles entre collègues. Elles n'étaient pas interdites, mais guère encouragées.

La solution pouvait-elle vraiment venir d'un rendez-vous avec Tom ? Au moins, ils pourraient discuter librement de leur travail – et si elle se plaignait de quelqu'un, il saurait tout de suite de qui il s'agissait. Soudain, elle éclata de rire – voilà que son imagination l'entraînait à transformer une ébauche d'invitation à dîner en une idylle épanouie. Cela dit, les intentions de Tom paraissaient très claires, non ?

À vrai dire, Liz ne savait pas si la perspective d'avoir Tom Dartmouth comme prétendant était séduisante ou vaguement inquiétante. Ce week-end, il n'avait pas semblé très sensible à sa situation. Pensait-il vraiment qu'elle aurait eu envie de sortir ce soir, pendant que sa mère gisait dans un lit d'hôpital, attendant ses résultats ? En son temps, Tom avait peut-être obtenu la meilleure mention très bien, songea Liz, un peu acerbe, mais il avait été affreusement long à saisir le message. Et il avait mal réagi à l'histoire du chat. Puis elle s'esclaffa en pensant à Purdey, semant ses poils comme de la neige sur le beau pantalon de Tom.

38

– J'ai déjà vu votre mère, elle connaît la situation, annonça le spécialiste, un chauve avec des lunettes de la Sécurité sociale et des manières brusques. La grosseur est maligne.

J'espère que vous avez été plus délicat avec elle, songea Liz, furibonde. Bien sûr, elle avait conscience que c'était la nouvelle, plus que sa manière de l'exprimer, qui la bouleversait.

– Que va-t-il se passer, maintenant ?

De toute façon, même s'il s'adressait à ses malades comme un médecin d'*Urgences*, sa mère aurait été trop choquée pour tout enregistrer. Elle-même devait faire appel à toute sa concentration pendant que le médecin déroulait sans émotion le programme à venir. Une opération pour enlever la tumeur ; de la chimiothérapie si on découvrait qu'elle avait essaimé ; ensuite des radiations ; peut-être un traitement médicamenteux. Tout cela destiné à une femme qui avait du mal à prendre une simple Aspirine, songeait Liz avec désespoir.

Le spécialiste avait terminé et était parti voir un patient. Liz pensait avoir tout compris, en dépit d'une sensation nauséeuse qui semblait empirer chaque fois qu'elle songeait qu'il ne s'agissait ni d'un rêve, ni d'un téléfilm, mais de la réalité brute du cancer de sa mère.

39

Peggy était pleine d'entrain quand Liz la retrouva pour le café dans la salle de conférences tard dans la matinée du lundi.

– Vous vouliez parler à Judith de sa situation familiale ?

– En effet.

Liz redoutait cette discussion. Après tout, Judith était une amie et elle répugnait à l'interroger sur sa vie personnelle.

– Je pense avoir trouvé pourquoi il ne vit plus ici. J'avais créé une alerte Google à son nom et j'ai eu une réponse. C'est un article du *Financial Times* de ce matin.

Peggy poussa une coupure de presse vers Liz et continua à parler pendant que celle-ci parcourait le texte.

– Visiblement, l'OFT[1] a lancé une enquête sur Ravi Singh et un de ses associés pour délit d'initié. Mais ce n'est pas tout. Le Serious Fraud Office[2] est intervenu, parce qu'ils pensent que Ravi et son copain ont peut-être été impliqués dans une affaire d'usurpation d'identité. Ils auraient utilisé les numéros de cartes de crédit d'autres personnes.

Liz désigna la coupure de presse.

---

1. Office of Fair Trading, autorité britannique de la concurrence.
2. Service de lutte contre la grande délinquance financière.

– Il est dit que les victimes sont américaines et que le FBI s'y intéresse aussi. Il est possible qu'ils veuillent les extrader.

Ce serait pire pour eux là-bas. Elle rendit le document à Peggy.

– C'est terrible.

Et elle se demanda silencieusement ce qu'elle allait bien pouvoir dire à Judith.

Au-delà de leur amitié, pendant les dix dernières années, alors qu'elles avançaient vers la trentaine, Judith avait représenté aux yeux de Liz la quintessence de la femme qui avait tout – une carrière réussie, un mariage heureux, une enfant adorée. Tout le monde savait que c'était un exercice d'équilibre difficile, pourtant Judith paraissait s'en sortir avec une grâce élégante que Liz admirait malgré elle. En principe, elle aurait eu du mal à aimer un tel parangon de vertu, mais l'attitude de Judith était toujours irréprochable, elle ne pensait jamais que les choses allaient de soi et avait un sens de l'humour malicieux.

Au cours des années, Liz avait dîné à plusieurs reprises chez Judith à Fulham. C'étaient de joyeuses soirées, tranquilles et détendues. Elle avait chaque fois été frappée par la sereine efficacité avec laquelle son amie gérait la maisonnée. Ravi l'aurait volontiers aidée, mais comme il passait de longues heures à la City, la majorité des tâches incombait à Judith. Un vrai numéro de jonglage : finir le dîner, servir à boire, tout en réconfortant sa fille, Daisy, qui s'était levée pour voir les invités. Et elle restait imperturbable en toutes circonstances. Dire que je ne peux même pas m'occuper de ma lessive, songea Liz, tout en composant le numéro de poste de Judith. Dans son appartement de Kentish Town, un visiteur-surprise avait toutes les chances de découvrir deux draps étendus sur les chaises de la salle à manger à côté de trois paires de collants et d'un assortiment de sous-vêtements – tout ça parce qu'elle ne parvenait pas à prendre rendez-vous avec le réparateur pour remettre son séchoir en état.

Le poste de Judith ne répondit pas de la matinée, mais à l'heure du déjeuner, Liz la trouva dans un coin de la cafétéria de Thames House, assise seule à une table isolée. D'après son expression, il était clair qu'elle ne souhaitait pas de compagnie. Liz la rejoignit, fit glisser son plateau sur la table et s'installa en face d'elle.

– Je vois que la bolognaise ne t'a pas tentée non plus, commenta Liz avec légèreté en montrant leurs deux salades.

Judith esquissa un sourire.

Elle a une mine terrible, songea Liz. D'ordinaire, Judith était l'élégance incarnée. Contrairement à Liz, on n'avait jamais l'impression que ses vêtements avaient passé la nuit sur une chaise. Même si ses tenues étaient classiques, elle avait l'œil sûr pour le style et la qualité. Aujourd'hui, elle semblait terne.

– Je te cherchais, dit Liz.

Judith la considéra d'un œil indifférent. Elle avait les cheveux tirés en arrière, ce qui d'habitude flattait ses traits fermes et fins. Aujourd'hui, malgré un maquillage exagéré, la coiffure ne parvenait qu'à souligner la fatigue de son visage.

– Je ne t'en ai pas parlé parce que, jusqu'à présent, il n'y avait pas de raison, continua Liz. Mais tu sais que le Security Committee [1] a ordonné des mises à jour des enquêtes de sécurité ?

– Oui.

Elle eut l'impression que Judith était légèrement sur ses gardes.

---

1. Comité de surveillance des activités de renseignements, dont les membres sont désignés par le Premier ministre en accord avec la direction des deux principaux partis d'opposition.

– Bon, je dois me charger de certaines vérifications. J'ai tiré la courte paille. C'est pour cette raison que je n'étais pas tout le temps dans le coin, au cas où tu aurais remarqué.

Judith ne commenta pas, attendant que Liz continue.

– En principe, je me cantonne à la paperasse et je n'ai pas besoin de voir les gens...

– À moins ?

Judith était restée impassible. Liz aurait préféré que son amie leur facilite les choses.

– À moins qu'il n'y ait une anomalie... Un événement qui réclame des explications, reprit-elle, avec obstination.

– Et tu veux savoir ce qui s'est passé avec Ravi.

La voix de Judith était plate, atone. Liz avait l'impression de la persécuter, mais n'avait pas d'autre choix.

– Eh bien, c'est dans les journaux. Vous vivez toujours ensemble ?

– Non, il est parti avant Noël.

Et elle n'avait rien dit, songea Liz.

– Je vis toujours là-bas, moi, précisa Judith, légèrement sur la défensive.

Elle retournait sa salade du bout de sa fourchette.

– Je sais. Mais nous sommes censés informer la B Branch si nos conditions de vie évoluent.

– Si nos conditions de vie évoluent, répéta Judith, sarcastique, mais pour la première fois, sa voix s'était animée. Tu ne voudrais pas redire ça ? Tu as vu les journaux, si j'ai bien compris ? J'imagine que notre conversation n'est pas une coïncidence, n'est-ce pas ?

– Non, en effet. Mais, de toute façon, je devais te parler.

– Tu contrôles combien de personnes ?

– Un tas.

Liz était prête à laisser Judith tergiverser pourvu qu'elles finissent par revenir à l'essentiel.

– Je m'occupe d'abord des gens d'Oxbridge[1]. Il y en avait plusieurs avec toi.

Judith ne réagit pas et Liz continua :

– Tu en fréquentais peut-être certains ?

– Qui, par exemple ?

– Patrick Dobson était là-bas.

– Ah oui ?

Un de moins, songea Liz.

– Aucune importance. Michael Binding aussi était à Oxford.

– Ça, on ne risque pas de l'oublier, commenta Judith avec agacement.

Liz savait que son amie partageait sa propre irritation devant les manières condescendantes de Binding à l'égard de ses collègues féminines.

– Il faut l'entendre quand il veut montrer sa supériorité intellectuelle. « Quand j'étais à Oxford ! » Comme si je n'y avais pas été moi-même, ou que ça signifie quelque chose. Si tu dois le voir, fais-moi une faveur, s'il te plaît.

– Je t'écoute.

– Fais-lui croire que tu penses qu'il était à St Hilda's. C'est le seul *college* entièrement féminin. Il sera vexé.

Liz sourit en songeant à la probable indignation de Binding. Puis elle demanda :

– Et Tom Dartmouth ? Il y était aussi à la même période.

Judith hocha la tête, mais ne dit rien. Liz insista :

– Tu le connaissais à l'époque ?

– Non, mais je savais qui il était.

– Comment se fait-il ?

Judith lui adressa un petit sourire de conspiratrice.

– Tu ne connaissais pas le nom des plus beaux garçons, au *college* ?

– Par cœur.

---

1. Contraction qui désigne Oxford et Cambridge.

Liz éclata de rire. Mais elle revint à sa question :

— Donc, tu ne le connaissais pas ?

— Non, répondit Judith avec simplicité. Même si j'en mourais d'envie. Cela dit, je ne le connais guère plus maintenant. Il est un peu énigmatique. D'ailleurs, c'est drôle, j'ai croisé sa femme il y a quelques mois.

— Ils ne sont pas divorcés ?

— Si, dit Judith avec un soupir, pensant probablement à son propre ménage brisé. C'est une Israélienne, absolument superbe. Son père était général dans l'armée de l'air pendant la guerre des Six Jours.

— Je croyais qu'elle vivait en Israël.

Judith haussa les épaules :

— Elle séjournait peut-être ici. Je l'ai croisée au Harrods Foods Hall. Je lui ai fait signe, mais elle ne m'a pas répondu. Elle ne m'a peut-être pas reconnue. On a dû se croiser juste une fois ou deux, et ça remonte à des années.

Il était temps de revenir au vif du sujet, se dit Liz.

— As-tu eu l'occasion de parler à Ravi ? demanda-t-elle avec hésitation.

— Pas depuis des semaines. Maintenant, nous ne communiquons que par l'intermédiaire de nos avocats. Il n'est même pas venu voir Daisy. Ç'a été incroyablement douloureux, mais après les nouvelles d'aujourd'hui, je me demande s'il ne cherchait pas simplement à nous protéger.

— Alors, tu viens seulement de découvrir ses problèmes ?

Jusque-là, Liz était convaincue que Judith avait renvoyé Ravi précisément à cause de ses « problèmes ».

— Eh oui.

Elle regarda Liz, d'un air d'abord interrogateur, vite remplacé par une profonde incrédulité.

— Tu ne penses tout de même pas que j'ai quelque chose à voir dans cette histoire, n'est-ce pas ?

— Non, bien sûr.

Liz la connaissait trop bien pour douter de sa sincérité.

– Mais je suis certaine qu'ils voudront t'en parler, reprit-elle.

– Qui ? La B Branch ?

– Oui, évidemment, mais je pensais plutôt à la répression des fraudes.

– Bonne idée ! Je leur dirai tout ce que je sais. Ce qui en fait se résume à absolument rien. Zéro. Que dalle. Rien…

Elle semblait soudain sur le point de céder à une crise d'hystérie. Liz posa la main sur l'avant-bras de son amie.

– Doucement, dit-elle d'une voix calme.

Judith se tut, acquiesça, mais garda la tête basse. Liz craignait l'apparition des larmes. Ce fut tangent pendant un moment, puis Judith se reprit. Elle posa sa fourchette et fixa son amie dans les yeux.

– Que va-t-il se passer maintenant ? Je vais recevoir une sanction ?

– Ce n'est pas de mon ressort, répondit Liz, qui en était fort soulagée. Je ne crois pas que cela soit très grave. Après tout, ce n'est pas comme si on ne savait pas où te trouver. Avec un peu de chance, ils se contenteront de porter une mention sur ton dossier.

– Une réprimande.

– Ça m'étonnerait. Disons plutôt une tape sur la main.

Judith eut un faible sourire.

– Le problème, c'est que je sais de quoi ça a l'air. Les gens vont penser soit : « Pourquoi ne soutient-elle pas son mari alors qu'il a des ennuis ? » ou : « Pas étonnant qu'elle l'ait flanqué à la porte ; ce type est un escroc. »

– Possible.

Liz n'était pas très sûre de ce que voulait dire Judith.

– Mais tu ne comprends pas ? insista celle-ci, et pour la première fois la passion animait sa voix. Je ne l'ai pas flanqué dehors. Il m'a quittée.

Liz essaya de ne pas laisser paraître sa surprise. Judith rassembla ses couverts, les rangea proprement sur son assiette, puis replia sa serviette. Elle semblait vouloir reprendre le contrôle de ses émotions en prêtant attention aux détails les plus prosaïques.

– Écoute, Liz, je suis mariée à quelqu'un qui ne m'aime plus. Et aujourd'hui, j'ai découvert que c'est un escroc. Pourtant, tu sais ce qu'il y a de plus terrible dans tout ça ?

Sa voix se fêla et, cette fois, Liz pensa qu'elle allait s'effondrer pour de bon. Elle se sentait impuissante devant la détresse de son amie. Mais, une fois de plus, celle-ci sembla se reprendre.

– Escroc ou pas, s'il revenait demain, je le reprendrais. Pathétique, non ?

40

Il devrait se débarrasser de la voiture. Une partie de lui avait envie d'en faire autant de Rashid. Quel idiot ! Bashir avait remâché sa fureur, alors qu'ils quittaient Wokingham et filaient vers l'ouest par la M4. À cette heure de la nuit, la route était presque déserte, sous un croissant de lune fixé comme une broche sur fond de ciel sans nuages. Rashid avait agi comme un imbécile fini. Mais à le voir à moitié endormi, avachi sur le siège du passager, il ne paraissait nullement conscient de tous les ennuis qu'il avait causés. À l'arrière, Khaled dormait aussi.

La tentation de se débarrasser de Rashid se dissipa – il avait son rôle à jouer après tout. Mais la colère de Bashir persista. La nécessité de rester discret et l'obligation de passer toute la journée à l'intérieur ne l'aidaient pas à se calmer. Ils vivaient dans une petite maison aux environs de Didcot, le long d'un parcours de golf, au milieu d'un nouveau lotissement de logements destinés à ceux qui accédaient à la propriété. Comme toutes ses voisines, elle avait une vue magnifique sur une centrale électrique toute proche et ses tours de refroidissement exécrées.

Cependant, malgré son environnement sinistre, la maison avait un avantage – un garage, dans lequel Bashir avait rangé la Golf, à la place d'une camionnette d'entrepreneur blanche qu'il gara dans la rue.

La voiture devait pourtant disparaître. Ils devaient s'occuper de la camionnette et avaient besoin du garage pour travailler hors de vue.

Les jours suivants, Bashir surveilla étroitement Rashid, car maintenant il ne lui faisait plus assez confiance pour lui autoriser même la plus brève des balades solitaires. Mais tous souffraient de l'extrême monotonie du séjour à l'intérieur de la maison. Ils n'avaient rien à faire. Les repas, les prières et le Coran – c'était toute leur vie.

Bashir disposait d'une carte d'état-major à grande échelle de la région. Il passa un après-midi à l'étudier, en quête de sentiers écartés dans les contrées peu peuplées qui s'étendaient à l'ouest de leur position. Puis, en fin de journée, voulant profiter du reste de lumière pour trouver un endroit adéquat, il décida de sortir. Il ordonna aux deux jeunes gens de ne quitter la maison sous aucun prétexte, même s'il ne s'inquiétait que de Rashid. Mais la ligne fixe était déconnectée et il avait détruit le portable compromettant avant leur départ de Wokingham. Du moment qu'il ne bougeait pas, même Rashid ne pourrait se fourrer dans de nouveaux ennuis.

Surpris de la rapidité avec laquelle le tissu urbain de Didcot cédait la place aux terres cultivées, il traversa une succession de vergers, puis quitta la route principale de Wantage et roula en direction des Downs, vers le sud, s'arrêtant de temps à autre au bord d'une petite route afin de consulter sa carte. Il traversa un village de cottages de briques et de poutres et aperçut un homme solitaire qui sortait du cimetière de l'église, tenant un terrier en laisse. Bashir avait l'impression d'être trop visible. Il voulut se rassurer : il devait y avoir de nombreux Indo-Pakistanais dans l'Oxfordshire.

Il prit une route d'asphalte semée de nids-de-poule qui grimpait en lacets étroits vers le sommet des Downs. Le Ridgeway[1] passait par ici et il apercevait des randonneurs en short et grosses chaussures marchant vers Bath. La route arriva à une fourche, la partie goudronnée continuait vers le sud, suivant la courbe des collines. La branche droite, une piste sablonneuse à moitié envahie par la végétation, serpentait à travers un petit bois. Elle ne semblait guère utilisée.

Bashir s'y engagea avec précaution, car l'herbe brossait le bas de caisse et les ajoncs égratignaient ses flancs. Dès qu'il atteignit une petite clairière, il s'arrêta et se gara sous un énorme hêtre.

Il descendit, ferma la fourgonnette et progressa sur la piste. De part et d'autre, des chênes verts s'élevaient au-dessus de lui, bloquant la lumière du soleil et projetant des ombres sinistres. La voie était tout juste carrossable. Au bout de deux cents mètres, après un tournant, la piste aboutissait à une petite clairière avec un étang peu profond. L'eau semblait boueuse, chargée d'algues. Personne n'aurait envie de nager là-dedans.

Bashir repéra un endroit près de l'eau où il pourrait laisser la Golf. Des jours, voire des semaines, pourraient s'écouler avant qu'elle ne soit découverte. Et dans l'état où elle serait, elle ne leur apprendrait pas grand-chose. De toute manière, ça n'aurait bientôt plus d'importance. Maintenant, il ne lui manquait plus qu'un bidon d'essence plein.

---

1. The Ridgeway National Trail, sentier d'environ 139 km dont le tracé n'a pas varié depuis la préhistoire, est aujourd'hui fréquenté par les randonneurs.

41

C'était le Dîner dansant des jeunes fermiers, mais Charlie Hancock n'était plus si jeune. Il n'avait plus l'âge de danser. Après le repas, il avait passé la majeure partie de la soirée à boire des pintes avec les autres fermiers vieillissants dans un bar de la salle des fêtes. Il avait dansé le bop de rigueur avec sa femme, Gemma, puis l'avait laissée continuer avec ses copines, pendant qu'il discutait de l'impact de la sécheresse hivernale sur la récolte de blé avec ses potes. Maintenant, Gemma somnolait sur le siège du passager.

Vers 1 heure, ils avaient été tous les deux disposés à partir. Malgré la conviction qu'il n'était pas en état de conduire – même la plus légère des bières finissait par faire de l'effet au bout d'un moment –, il avait pris le volant car Gemma n'y voyait plus très bien la nuit. Il se cantonna aux routes secondaires, traversa le village douillettement calfeutré d'East Ginge et les bâtiments féodaux du domaine de Lockinge, puis se détendit en entamant la montée dans les Downs. À cette heure, il ne risquait guère de croiser quelqu'un dans ces parages, encore moins une voiture pie avec un policier désireux de demander à un fermier à la panse pleine de bière de souffler dans le ballon.

Il ne se sentait pas très bien et avait une grosse envie de se soulager et, bien que leur ferme ne fût qu'à dix minutes de là, il s'arrêta sur la crête de Causewell Hill, à l'endroit d'où partait la piste qui descendait vers Simter's Pond. Gemma tressaillit légèrement lorsqu'il descendit de la voiture. Inspirant l'air frais, tête levée pour admirer Orion dans le ciel clair, il se soulagea. Puis il remarqua de profondes empreintes de pneus. Il n'y aurait pas prêté attention - ce bout de chemin isolé était devenu une sorte d'allée des amoureux - s'il n'avait pas inspiré par le nez et capté une odeur de fumée. Il renifla l'air avec attention, l'odeur était encore plus forte. Quelque chose brûlait.

Charlie ne pouvait pas rester sans rien faire. On ne brûlait pas les chaumes en cette saison - pas en juin ni au milieu de la nuit. Le feu était la hantise des fermiers. Simter avait été vendu à un type de l'extérieur, il ne connaissait pas les propriétaires, mais il imaginait qu'ils aimeraient savoir si un de leurs champs ou pire, bien pire, une remise ou une grange était en feu.

Il regagna sa voiture et commença à descendre le chemin. Réveillée par les cahots sur la piste défoncée, Gemma lui demanda ce qu'il faisait, mais avant qu'il ne réponde, ils avaient pris le dernier tournant et, devant eux, juste devant l'étang, ils découvrirent une voiture en feu. L'incendie durait depuis un certain temps, car il n'en restait que la carcasse. Les flammes s'étaient atténuées, même si elles bondissaient encore en courtes bouffées erratiques dans l'air frais de la nuit, jetant un éclat caramel à la surface de l'eau.

Charlie s'arrêta et descendit voir s'il y avait quelqu'un dans l'épave - mais la chaleur était encore si intense qu'il ne put s'approcher suffisamment pour en être certain.

- Des sales gosses qui ont piqué une bagnole pour partir en virée, dit-il à Gemma en regagnant sa place.

- Il ne vaudrait pas mieux aller à la police ? demanda-t-elle d'une voix ensommeillée.

Il soupira. Une partie de lui était trop fatiguée pour appeler en rentrant d'une soirée de fête. Il courait tant d'histoires horribles sur ce qui arrivait aux bons Samaritains. Ainsi, ce gérant d'un club de golf qui avait été appelé par la police lorsque l'endroit avait été cambriolé ; il les avait rejoints à leur demande à 3 heures du matin. Ils l'avaient ensuite contrôlé à l'éthylomètre et arrêté.

Mais Charlie savait où était son devoir. Après tout, que se passerait-il s'il y avait des corps dans la voiture ? Et, bien sûr, le propriétaire de cette terre, quel qu'il soit, voudrait savoir si quelqu'un avait abandonné et brûlé une voiture, sans doute volée à Wantage ou Swindon, au milieu de son chemin.

Il utilisa le portable de Gemma pour appeler le 999, donna son nom et raconta ce qu'il avait vu. Lorsqu'ils lui demandèrent la marque de la voiture, il leur demanda de patienter une minute et alla vérifier, puis il dit qu'il s'agissait sans doute d'une Golf – une Golf noire, bien que cela soit peut-être un effet des flammes. Une T-reg, précisa-t-il. Les plaques minéralogiques n'avaient pas été consumées.

Et, par bonheur, après avoir noté son nom et son adresse, le dispatcher lui permit de rentrer chez lui. Charlie obtempéra avec la plus grande prudence. Au moment où la voiture de patrouille arriva à Simter's Pond, Charlie et Gemma étaient quasiment endormis. Contrairement au traitement ordinaire réservé aux épaves de voitures volées, on envoya un camion de pompiers de Wantage, après qu'un officier de service vigilant eut appris que le véhicule en question était une Golf immatriculée en T-reg.

42

Si Liam O'Phelan considérait son ancien étudiant avec mépris, Liz n'avait jamais considéré Michael Binding comme un idiot. Si elle avait des réserves, c'était à cause de ses manières, pas de son intellect. « Condescendant » et « inamical » étaient les termes qui lui venaient habituellement à l'esprit. Ce matin-là, cependant, en le voyant s'asseoir avec irritation de l'autre côté de la table de conférence, elle se dit que « hostile » serait sans doute plus approprié. Elle était reconnaissante à Peggy d'être présente, même si elle ne pouvait lui en vouloir de garder le nez plongé dans ses notes.

Binding était un homme de haute taille, vêtu ce jour-là d'une chemise de flanelle à carreaux, d'un pantalon de flanelle grise et de grosses chaussures de marche marron. Il s'installa inconfortablement au bord de sa chaise au cadre d'acier. Liz avait commencé par ce qui était devenu l'explication standard de son activité actuelle, censée justifier leur entrevue. Mais Binding n'était pas convaincu.

– Jamais entendu parler. À quel moment sont sorties ces nouvelles directives ? Comment se fait-il qu'on ne nous en ait pas parlé ?

Liz essaya de jouer la nonchalance.

– Pour les détails, vous devrez voir avec la B Branch.

Binding se gratta un poignet avec les ongles ras et rongés de son autre main.

– Je vois. Vous vous contentez d'exécuter les ordres.

Elle décida que, face à son impolitesse, la patience ne ferait que l'encourager.

– C'est exact, rétorqua-t-elle. Comme nous tous.

Les yeux bleu pâle de Binding s'agrandirent – manifestement, il n'aimait pas être défié. Liz continua :

– Et un de ces ordres stipule que si quelqu'un fait de l'obstruction, je devrai rapporter le fait immédiatement… C'est à vous de décider.

Peggy s'enfonça encore plus dans son siège. Le regard de Liz se perdit quelque part sur le mur, derrière Binding, histoire de manifester son agacement. Puis elle reprit :

– Vous pouvez répondre à mes questions ou nous pouvons régler ça à l'échelon supérieur. De toute façon, vous finirez ici, à faire la même chose. Alors, que préférez-vous ?

Binding posa son menton dans le creux de la main et fixa Liz d'un air de défi tout en réfléchissant à ses arguments. Puis il poussa un soupir sonore pour l'effet théâtral.

– Très bien. Que voulez-vous savoir ?

– Je veux vous parler de Liam O'Phelan.

– Le défunt Liam O'Phelan ? Pourquoi diable vous adressez-vous à moi ?

– Il a fait partie de vos référents lorsque vous êtes entré dans le Service.

Binding sembla surpris.

– Qu'a-t-il dit ?

– Je dois vous avouer que ce n'est pas très flatteur. Heureusement pour vous, vos autres référents étaient mieux disposés à votre égard. Je suis passée le voir la semaine dernière, juste avant sa mort.

Binding fronça les sourcils, le regard étréci.

– Que vous a-t-il raconté ?

– Il a dit que vous n'étiez pas d'accord sur votre thèse.

Binding éclata de rire.

– Si seulement, dit-il en secouant la tête avec dédain. Ça n'avait rien à voir. Mais où voulez-vous en venir, Liz ? Je me suis brouillé avec mon superviseur, il y a quinze ans, alors j'ai décidé de l'étrangler, c'est ça ?

Le ton était devenu cinglant. Il leva les mains, feignant d'évaluer leur capacité meurtrière.

– Suis-je suspect ?

– Ce n'est pas mon avis, mais ça regarde la police. Pour l'instant, ils pensent que O'Phelan a certainement levé quelqu'un et que ça a mal tourné.

– Levé ? Comme dans lever un type dans un bar louche ?

Binding semblait horrifié.

– Oui. Il était célibataire. On pense qu'il était homo. Ce n'était pas le cas ? ajouta-t-elle d'un ton décontracté.

– Loin de là.

Binding était catégorique. Quoi ? se dit Liz. Mais s'il prétendait que le professeur était hétérosexuel, elle attendait encore d'en voir des preuves.

– Alors, il avait beaucoup de petites amies ?

– Je n'ai pas dit ça. Faites donc attention.

Liz serra les dents, mais s'exprima avec calme :

– Je vous écoute. Mais je ne suis pas sûre de vous suivre.

Binding soupira encore et Liz se dit qu'il ne parviendrait pas à la mettre en colère. Dieu, comme je plains sa femme. Je me demande si elle le laisse faire. Non, sans doute. Raison pour laquelle il agissait ainsi au bureau.

– O'Phelan n'était pas homosexuel.

Binding s'était répété avec une patience exagérée.

– Comment le savez-vous ?

– Parce qu'à un certain moment je l'ai bien connu.

Et soudain, comme s'il était fatigué de leur duel, Binding se laissa aller contre le dossier de sa chaise et se mit à parler.

Ce printemps-là, pendant le troisième trimestre, on donnait une fête à St Anthony's College dans North Oxford. Il y avait été invité par son superviseur, O'Phelan, qui enseignait là-bas, bien que Binding étudiât à Oriel.

Binding avait passé le début de l'après-midi sur l'eau – les compétitions des Eights Week [1] allaient débuter dans un mois, et l'entraînement était déjà intense. Il avait hésité à faire tout le chemin jusqu'à St Anthony, à l'autre bout de la ville, pour ce qui promettait d'être un verre de pinard et quelques amuse-gueules au fromage. Mais il jugea tout de même plus sage de s'y rendre puisque son superviseur avait pris la peine de l'inviter.

O'Phelan était jeune, pas beaucoup plus âgé que Binding. C'était un Irlandais, arrivé à Oxford seulement deux ans plus tôt. Il avait un poste de chercheur junior, ce qui en principe l'aurait empêché de superviser un étudiant de troisième cycle, mais il avait déjà obtenu son doctorat et avait la réputation d'être brillant. Binding ne pensait certainement pas à la contester. Pendant les deux premiers trimestres, il pensa que Liam O'Phelan était l'enseignant le plus stimulant qu'il ait jamais côtoyé.

Bien sûr, ils n'étaient pas toujours d'accord, surtout pas sur l'Irlande. Malgré l'évolution de l'atmosphère au début des années quatre-vingt-dix, O'Phelan continuait à voir la présence britannique dans le Nord comme une occupation coloniale. Mais leurs échanges ne manquaient pas d'humour et le professeur n'en prenait pas ombrage. Il semblait au contraire se régaler de leurs joutes.

---

1. Compétition annuelle d'aviron qui se tient à la fin mai et oppose leṣ équipes de Huit des différents *colleges* d'Oxford.

Binding était convaincu d'avoir acquis le respect du jeune enseignant par son travail, qui portait sur la passion personnelle de son mentor : Charles Parnell. O'Phelan s'était montré particulièrement encourageant après la lecture d'une ébauche de chapitre, et l'avait pressé d'entreprendre un doctorat, au lieu de la plus modeste maîtrise qu'il visait. Pour la première fois, Binding pensa qu'il tenait peut-être la chance d'entreprendre une carrière universitaire.

– Vous devez comprendre que je ne sortais pas de ce genre de milieu, précisa-t-il. Aucun de mes parents n'est allé à l'université. Devenir un *don* était un rêve que je n'avais jamais cru réalisable.

Liz comprenait. Elle avait relu son dossier le matin. Il avait dû obtenir une bourse à chacune des étapes qui l'avaient conduit jusqu'au pinacle d'Oxford, où un *don* lui avait effectivement dit que l'inimaginable était peut-être à sa portée.

Bref, continua Binding, ce fameux après-midi, après s'être débarrassé de sa tenue trempée de sueur et avoir enfilé son blazer de l'équipe d'aviron, il hâtait le pas le long de Banbury Road, loin de réaliser que l'heure suivante allait bouleverser sa vie.

La fête était une grosse affaire – tous les étudiants de troisième cycle et tous les professeurs avaient été invités – et parce qu'il faisait chaud pour la fin avril, elle se tenait à l'extérieur, sur la pelouse qui s'étendait devant le bâtiment principal. Rien de sophistiqué – pas de tente, juste des bouteilles de vin, des cannettes de bière et des gobelets en plastique posés sur quelques tables à tréteaux. Il ne connaissait pas grand monde, mais repéra O'Phelan dans la foule et commença à se diriger vers lui pour le saluer, après s'être servi un verre de vin.

Puis il remarqua une jeune fille qui lui était inconnue. Grande, elle avait des cheveux blonds et un visage de lutin d'une beauté saisissante. Elle portait une petite jupe rose qui flirtait avec les limites de la bienséance, mais elle paraissait sûre d'elle-même – et de son charme. Croisant un étudiant de ses relations, Fergusson, il lui demanda des renseignements et apprit qu'elle était venue de Dublin rendre visite à O'Phelan.

– Plutôt enthousiaste, commenta Fergusson.

En observant la fille, Binding lui donna raison. Elle bavardait et flirtait ouvertement avec un autre étudiant qu'il connaissait, un sportif séduisant. Elle lui caressait le bras, ses regards et son attitude suggérant une possibilité de dépasser le stade du simple flirt pour entrer dans le royaume des intentions sérieuses.

À cet instant, il remarqua la réaction de O'Phelan. Le professeur se tenait légèrement plus haut sur la pelouse, coincé entre le directeur de la résidence universitaire et sa bavarde épouse. Mais, comme attiré par un aimant, le regard de O'Phelan ne pouvait quitter la fille plus de quelques secondes. Il semblait à moitié possédé, observant le numéro de séduction qu'elle faisait à l'étudiant. Sa réaction n'avait pas échappé à Fergusson.

– Liam n'a pas l'air très content.

Il n'y avait qu'une explication : O'Phelan était entiché de cette fille. Et, embarrassé par la jalousie manifeste de son tuteur, Binding décida de lui rendre service.

– Très bien, admit-il. On peut dire que je fayotais. Mais j'étais jeune et j'avais envie de réussir.

Il s'était donc rapproché de la jeune fille et s'était présenté, ignorant l'évidente irritation du sportif mécontent d'avoir été interrompu. Peut-être parce qu'elle était légèrement grise, la fille semblait toute disposée à s'intéresser à Binding. Quelques secondes plus tard, elle flirtait aussi avec lui, son regard vert pétillait, son sourire devenait grivois. Si elle avait été l'invitée de quelqu'un d'autre, Binding aurait répondu à ses avances.

Elle n'avait pas fait mystère de ses origines irlandaises, semblait trouver le côté très anglais de la fête fort amusant, et le taquinait à ce propos.

– Vous souvenez-vous du nom de cette fille ?

L'interruption venait de Liz. Binding secoua la tête.

– Compte tenu de ce qui s'est passé, on pourrait le croire. Elle me l'a dit, mais il a dû entrer par une oreille et sortir immédiatement par l'autre. C'était juste un pot, ajouta-t-il d'un ton plaintif.

Il se tenait là, son second verre de vin à la main, devant la fille qui devenait de plus en plus familière – au point de lui demander si sa chambre était loin –, et il s'interrogeait avec angoisse sur la meilleure manière de faire dévier cet intérêt apparent vers O'Phelan, lorsqu'il commit l'erreur.

Il se mit à la taquiner à son tour, s'imaginant qu'elle le prendrait bien puisqu'elle avait commencé. Elle pouvait toujours aligner les platitudes à propos du besoin d'unité en Irlande, dit-il, mais la dernière chose qu'elle et ses compatriotes souhaitaient était de reprendre le fardeau des six comtés de l'Ulster. N'était-il pas ironique, continua-t-il, s'échauffant sous l'effet du vin, que tant de membres de l'IRA, ennemis jurés de l'État britannique, vivent en réalité aux crochets de l'État. Ils ne pouvaient pas scier la branche sur laquelle ils étaient assis, ajouta-t-il, parce que cette branche avait été fabriquée par les Anglais.

– Ce n'était peut-être pas aussi précis, mais le sens y est, commenta Binding, regardant Peggy Kinsolving comme s'il la découvrait.

C'était comme s'il avait mis le feu aux poudres.

Dans son ivresse, la fille l'avait écouté avec une incrédulité qu'il remarqua trop tard – en fait, pas avant qu'elle n'ait dégénéré en fureur. D'une voix aiguë, la fille se lança dans une diatribe, le ton léger avait disparu, ses grands yeux verts se réduisaient à deux fentes étroites à l'éclat mauvais. Sa cible était les Anglais : leur élitisme, leur racisme, la manière même dont leurs jeunes étaient éduqués, tout cela s'incarnait dans l'homme abject à qui elle s'adressait. Lui, en d'autres termes.

Désarçonné par cette réaction à ce qu'il pensait être une plaisanterie, Binding essaya de la calmer. Mais elle ne voulait rien entendre et continua à l'insulter. Il commençait à ressentir une légère panique à l'idée qu'ils se donnaient en spectacle et cherchait éperdument de l'aide autour de lui, mais personne ne vint à son secours. O'Phelan était toujours pris par le directeur et sa femme. Quant au sportif, il s'était défilé à la minute où la fille avait commencé à incendier Binding.

Après avoir essayé de l'apaiser, de présenter ses excuses, quelque chose avait cédé en lui. Il avait fini par perdre aussi son calme, et sans doute prononcé des paroles injurieuses.

Quelques minutes plus tôt, Liz avait eu un aperçu du côté colérique de Binding.

– Je vois, dit-elle. Vous souvenez-vous de ce que vous avez dit ?

D'un air contrit, il fixa le plateau de la table.

– J'ai dit : « Et si vous retourniez dans votre tourbière ? » Je n'en suis pas fier. Mais j'avais été provoqué.

Folle de rage, la fille lui avait jeté le contenu de son verre au visage. Puis elle avait quitté la fête en trombe, suivie par un O'Phelan dans tous ses états. Binding était resté sur place, mort de honte dans son blazer maculé de vin rouge.

Le lendemain, il avait écrit au *don* pour présenter ses excuses, mais n'avait pas reçu de réponse. Puis quelques jours plus tard, O'Phelan avait laissé un message au concierge d'Oriel pour annuler leur séance de travail suivante ; dix jours plus tard, il annula encore. La date limite approchait et Binding soumit un chapitre de sa thèse à O'Phelan pour une approbation formelle. Un lourd silence s'ensuivit. Il fut rompu par le plus laconique des messages :

Cher Binding,

Je vous écris pour vous informer que je quitte Oxford au trimestre d'automne pour prendre un poste à la Queen's University de Belfast. En conséquence, j'ai bien peur de ne pouvoir continuer à superviser votre thèse. Par ailleurs, après avoir lu votre chapitre, je ne peux en aucun cas conseiller à la Faculté de vous autoriser à continuer.

Sincèrement vôtre,

L.K. O'Phelan

– Je ne l'ai jamais revu, ni entendu parler de lui. En fait, je n'y tenais pas. J'étais trop occupé à sauver ma place. Je me suis adressé au conseil de Faculté et ils n'ont pas montré beaucoup de compassion – O'Phelan leur avait écrit pour leur dire que mon premier chapitre n'avait pas les qualités requises. À la dernière minute, j'ai trouvé quelqu'un dans mon propre *college* qui a accepté de me prendre, mais il en savait moins sur mon sujet que moi.

« Cet épisode a ruiné toutes mes chances de carrière universitaire. Il faut des soutiens solides pour obtenir un boulot de prof à l'université. J'ai donc passé ma maîtrise et j'ai commencé à envisager d'autres activités. Quand j'ai postulé ici, je n'ai naturellement pas cité le nom de O'Phelan sur ma liste de référents. Mais j'imagine qu'il a dû être exhumé de quelque part. Après ce qu'il a dû dire sur moi, je m'étonne d'avoir été accepté.

– Ce n'était pas si grave.

Pourquoi O'Phelan avait-il encouragé les aspirations de Binding, puis essayé de les détruire ? À quoi jouait-il vraiment ?

Binding semblait soulagé d'avoir terminé son histoire.

– Bref. J'ai été désolé d'apprendre sa mort, mais ne vous attendez pas à une longue période de deuil de ma part. Quant au mobile, tout ce que je peux dire, c'est qu'il n'était pas homo. Pas du tout.

Il secoua la tête, incrédule.

– Dire que j'essayais vraiment de l'aider en parlant à cette fille stupide, ajouta-t-il avec un rire amer. Pas étonnant qu'on dise que l'enfer est pavé de bonnes intentions.

Il en avait terminé et resta immobile en face de Liz et Peggy quelques instants. Le faible grattement du stylo de Peggy était le seul bruit qui rompait le silence.

Liz n'avait qu'une question.

– Quel était le nom de l'étudiant qui bavardait avec la fille avant votre intervention ?

Binding la considéra avec un demi-sourire. Un peu de son arrogance était revenu.

– C'est l'entretien de contrôle le plus étrange de tous les temps. Vous dites que vous enquêtez sur moi, mais nous n'avons parlé que de Liam O'Phelan. Honnêtement, Liz, qu'est-ce que vous cherchez ?

Il leva la main pour prévenir une éventuelle réponse :

– Je sais, je sais. C'est vous qui posez les questions, ici, merci beaucoup. Ce type s'appelait Clapton. Je m'en souviens à cause d'Eric Clapton et de son morceau *Layla* qui était un de mes préférés.

– Il jouait au rugby ?

– Comment diable savez-vous ça ?

L'étonnement de Binding était sincère. Mais Liz n'était plus sensible à rien d'autre qu'au tourbillon de ses propres pensées. Elle essayait de réconcilier trois histoires complètement différentes.

Si j'y arrive, je découvrirai qui est la taupe, se dit-elle.

43

Judith Spratt, souffrante, était rentrée. C'est donc Rose Love qui vint trouver Dave. Il constata chez elle un changement qu'il ne parvenait pas à définir. D'abord, elle semblait plus âgée, dans son pantalon à la mode et son chemisier cramoisi. Les cheveux relevés. Il se dit qu'il ne fallait pas lui laisser oublier leur dîner, remis depuis la découverte de la planque de Wokingham.

— La police de Wantage nous a envoyé un numéro de châssis, annonça Rose. J'ai pris contact avec les constructeurs en Allemagne, ils ont promis de rappeler aujourd'hui.

— Ils vous diront chez quel concessionnaire a atterri la voiture. Mais ça fait longtemps, maintenant.

— Je sais. Le service des immatriculations se chargera du reste.

— Ça prendra combien de temps ? demanda-t-il avec anxiété.

— Vous avez un bout de ficelle ? demanda-t-elle en riant.

Il prit conscience du plus grand changement. Elle avait gagné de l'assurance. La fille timide d'il y a moins d'un mois avait disparu.

— Qu'est-il arrivé à notre rendez-vous ? demanda-t-il.

— Trop occupée pour ça.

Derrière la façade convenable, il y avait de l'amusement.

– Vraiment ?

– Et vous aussi, d'ailleurs.

Elle hocha la tête d'un air sage. Mais Dave lut assez de malice dans son sourire pour garder l'espoir.

Elle ne pouvait pas exactement dire pourquoi, mais il lui semblait que quelqu'un était là. Sous un porche, dans un coin sombre ou derrière une voiture – mais il y avait quelqu'un.

La première fois qu'elle avait éprouvé cette sensation, Peggy venait juste de quitter Thames House et longeait le fleuve vers la station de métro. Croyant avoir fait tomber quelque chose de son sac, elle s'était arrêtée tout près de la Tate et n'aurait pas remarqué la silhouette sombre, à une cinquantaine de mètres derrière, si la personne ne s'était brusquement arrêtée. C'était un homme – elle en était certaine –, mais lorsqu'elle essaya de mieux le voir, il avait disparu.

Ne vire pas parano, se dit Peggy tout en regrettant de ne pas avoir suivi les cours de contre-surveillance. Le peu qu'elle en savait lui donnait l'impression d'une sorte de science occulte, et certainement pas à la portée des amateurs. Elle avait fait plus ample connaissance avec Dave Armstrong au hasard des déjeuners ou des pauses-café et il lui avait raconté une opération de surveillance qui impliquait plus de trente agents. Et personne ne s'était fait repérer.

Mais elle n'avait aucune confiance dans ses propres capacités à repérer une filature, après tout elle ne travaillait pas sur le terrain – son rôle se cantonnait aux recherches et à l'analyse. Lorsqu'elle avait rejoint le MI6, on lui avait dit qu'au bout de quelques années, elle risquait d'être mutée à l'étranger et, à ce moment, elle suivrait la formation théorique et l'entraînement opérationnel. Cette perspective avait fortement contribué à la séduire. Apparemment, dans un petit poste à l'étranger, tout le monde devait s'impliquer. Les chercheurs, les secrétaires, même les épouses étaient enrôlés pour remplir les boîtes aux lettres dormantes, entretenir les planques, voire rencontrer les agents. Elle y aspirait, mais devrait attendre encore plusieurs années.

Cependant, en travaillant avec Liz Carlyle au MI5, Peggy avait découvert ce sentiment d'urgence qui rassemblait tout le monde, un degré d'engagement qu'elle appréciait et la certitude que, dans son propre domaine, chacun avait un rôle à jouer. Mais elle se sentait mal préparée pour les opérations en première ligne.

Elle pensait toujours être suivie et décida d'en avoir le cœur net. Elle prit Vauxhall Bridge Road, puis s'arrêta devant l'imposant portail d'un de ces bâtiments Regency à façade de stuc transformés depuis longtemps en bureaux, et attendit. Dissimulée derrière une colonne, elle observa les alentours pendant plusieurs minutes, mais personne ne passa.

Arrête de te faire des idées, se dit-elle, à la fois soulagée d'avoir eu tort et confuse d'avoir pu penser qu'elle avait raison. Elle entra dans la station de métro Pimlico, pratiquement déserte en cette fin de matinée. Personne ne la rejoignit sur l'escalator et celui qui montait était vide. Pendant qu'elle attendait l'arrivée d'une rame de la Victoria Line, il n'y eut que deux autres personnes sur le quai – une jeune femme noire assise sur un banc à l'écart et, plus loin, un vieil homme appuyé sur une canne.

À Victoria, elle changea et prit la Circle Line qui devait l'amener à son premier rendez-vous. Ça ne devrait pas durer très longtemps, songea Peggy. Elle comptait beaucoup plus sur le second rendez-vous de Kilburn pour recueillir des informations excitantes.

En étudiant plus avant la branche irlandaise de la famille de Patrick Dobson, Peggy avait découvert un rameau latéral implanté à Londres depuis trente ans. Elle voulait savoir si ces cousins connaissaient Dobson, qui avait farouchement nié tout contact avec ses parents irlandais. Peggy se faisait passer pour une étudiante en sociologie d'UCL, rédigeant un mémoire sur les Irlandais à Londres, un sujet qu'elle trouvait assez intéressant pour ne pas avoir de peine à interpréter le rôle. Alors que le train s'arrêtait à South Kensington, elle ouvrit sa serviette et en sortit l'arbre généalogique exécuté par ses soins, mais se dit qu'il valait mieux réviser ses notes pour le premier rendez-vous, même s'il devrait être bref.

Ça devrait être de la routine. Elle agissait à la demande de Liz : la femme de Tom Dartmouth avait été vue à Londres peu de temps auparavant. L'événement méritait d'être retenu puisqu'elle était censée résider à Haïfa.

— Elle ne fait sans doute que séjourner ici, mais vérifiez tout de même.

Peggy n'avait pas tiré grand-chose du dossier.

Margarita Levy, n. 1967 Tel-Aviv, f. du général de division Ariel Levy et de Jessica Finegold. Études au conservatoire de Tel-Aviv et à la Juilliard School (NY). Membre de l'Orchestre symphonique de Tel-Aviv 1991-95. Mariée à Thomas Dartmouth 1995, div. 2001. Pas d'enfant.

Margarita n'avait pas été facile à retrouver. À l'adresse de Haïfa, où avaient été relogés des colons de Gaza dont Peggy avait eu du mal à comprendre l'anglais au téléphone, personne ne connaissait ni ne se souciait des occupants précédents. Dans un premier temps, son interlocuteur à l'Orchestre symphonique de Tel-Aviv refusa de reconnaître que Margarita avait un jour fait partie de la formation, puis après l'avoir admis, ne put dénicher la moindre adresse de réexpédition de son courrier.

Pour finir, une exploration méticuleuse des sites musicaux en ligne s'avéra plus productive. Une référence parmi d'autres sur le blog d'un étudiant en musique, une vérification sur un annuaire téléphonique, et Peggy découvrit que Margarita Levy donnait des leçons particulières de violon. Mais la jeune femme n'était pas à Haïfa. Ni nulle part en Israël, d'ailleurs.

L'appartement se trouvait dans un hôtel particulier du côté de Kensington. Margarita Levy ouvrit la porte en souriant et serra la main de Peggy. C'était une femme élancée, d'une beauté saisissante, dont la somptueuse chevelure noire était ramenée en arrière.

– Entrez. Installez-vous, je vous en prie, dit-elle en indiquant une porte. Je suis à vous tout de suite.

Elle disparut dans une pièce voisine, d'où provint un bruit de conversation.

Peggy entra et s'arrêta au milieu du salon, près d'un fauteuil Empire à l'aspect fragile, recouvert d'un tissu de soie fatigué. L'endroit était confortablement aménagé – des rideaux nettement tirés qui encadraient les croisées, un divan usé garni d'un jeté jaune pâle et de coussins, des fauteuils tapissés de chintz passé. Des bibelots et des œufs en marbre étaient disposés sur deux tables basses anciennes, de petites peintures à l'huile décoraient les murs, principalement des paysages. Au-dessus du manteau de la cheminée, un grand portrait semblait représenter Margarita adolescente. Tout compte fait, c'était le salon d'une femme distinguée, cultivée, issue d'un milieu aisé, mais qui avait maintenant plus de goût que d'argent.

La porte de l'autre pièce s'ouvrit, laissant passer une fillette d'une douzaine d'années à l'expression boudeuse, un étui de violon à la main. Elle ignora Peggy et sortit directement, claquant la porte d'entrée derrière elle. Margarita rejoignit sa visiteuse dans le salon, à la fois navrée et incrédule.

– Je ne comprends pas pourquoi certains se donnent la peine de venir. Si on déteste le violon à ce point, il est impossible d'en jouer bien, dit-elle avec un soupçon d'accent. C'est la faute des parents. Si on force un enfant, quel est le résultat ? Il se rebelle.

Sa tenue était simple mais élégante, une robe noire sans manches, un lien d'or sobre et simple au cou. Elle ne portait pas d'alliance.

– Je m'apprêtais à faire du thé, annonça-t-elle, en voulez-vous ?

– Non, merci beaucoup. Je ne vous retiendrai pas très longtemps.

Quand Margarita passa dans la cuisine, Peggy la suivit et s'arrêta sur le seuil. L'endroit était exigu ; en face, une petite chambre jouxtait la pièce où se donnaient les leçons. Cela semblait constituer l'essentiel de l'appartement. Voilà qui, d'une certaine manière, expliquait qu'un professeur de violon puisse vivre à Kensington.

Pendant que l'eau chauffait, Margarita sortit une tasse de porcelaine et une soucoupe.

– Depuis combien de temps êtes-vous rentrée en Angleterre ? demanda Peggy.

– Rentrée ? Je ne comprends pas.

Margarita acheva de remplir le pot à lait.

Peggy se posa des questions. Se serait-elle trompée ? Avant de partir, elle avait relu le dossier de Tom pour la énième fois. Non, elle était certaine des informations.

– Nous avons une adresse pour vous en Israël. Pas à Londres. C'est pour cela que je suis là.

– Je ne vis plus en Israël depuis plus de dix ans. Pas depuis mon mariage avec Tom. Êtes-vous certaine de ne pas vouloir une tasse de thé ?

– En fait, j'aimerais bien.

La divergence entre la réalité et la version officielle avait éveillé la curiosité de Peggy.

Margarita posa le nécessaire sur un plateau et emporta le tout au salon, où Peggy prit place avec précaution sur le fauteuil Empire. Une fois le thé servi, Margarita avala une première gorgée, puis se cala contre le dossier du divan et regarda Peggy. Elle hésita un instant.

– Tom va bien, n'est-ce pas ?

– Oui, je crois.

Margarita ne semblait pas entièrement rassurée

– Je me suis inquiétée quand vous avez demandé à me voir pour parler de lui. Le Pakistan est tellement dangereux en ce moment. J'ai cru qu'il lui était peut-être arrivé quelque chose.

Peggy comprit alors que la jeune femme ignorait le retour de Dartmouth à Londres. Ça a dû être un divorce acrimonieux, songea-t-elle.

– Quand lui avez-vous parlé pour la dernière fois ?

Margarita secoua la tête avec une petite grimace.

– Pas depuis son départ pour le Pakistan. Il y a deux ou trois ans, je l'ai vu à un concert, ajouta-t-elle. Je me suis dit qu'il était sans doute en congé. Mais nous n'avons pas discuté. Il était accompagné.

Elle haussa les épaules avec un sourire de regret.

– Je lui ai juste fait signe à l'entracte.

Les sentiments de la jeune femme étaient bien éloignés de la rancœur, comprit Peggy. En arrivant, elle s'était attendue à tout – colère, amertume, jubilation, voire une totale indifférence. Mais pas à cette morne perplexité.

– Vous vous êtes mariés en Israël, n'est-ce pas ?

– Non, à Londres ; ensuite nous y avons vécu.

– Ça a dû être un drôle de changement. Devoir quitter votre famille et vos amis.

– C'est vrai, répondit Margarita avec simplicité.

– Au moins, il y avait la famille de Tom, ici.

Margarita secoua la tête.

– Pas vraiment. Sa mère est morte avant notre rencontre. Et je n'ai vu son beau-père qu'une fois, à notre arrivée en Angleterre. Il s'est montré très amical, mais Tom ne voulait pas avoir affaire à lui.

– Tom était-il plus proche de son père naturel ?

Nouvelle dénégation.

– Lui aussi est mort. Tom n'était qu'un enfant à l'époque. Son beau-père l'a élevé et Tom a dû prendre son nom sur l'insistance de la mère. Je crois qu'il ne l'a jamais accepté. Et il est vrai que Tom idolâtrait son propre père, même s'il ne l'a jamais connu adulte.

Peggy opta pour la compassion.

– C'est souvent le cas, n'est-ce pas ? Lorsqu'un parent meurt au cours de l'enfance d'une personne, son jugement manque souvent d'objectivité par la suite.

– Vous voulez dire qu'elle ne voit pas les pieds d'argile ?

Margarita semblait amusée par l'expression.

– Oui. Quoique je ne doute pas que le père de Tom ait été admirable.

– Je n'en suis pas si certaine.

Le commentaire de Margarita était un rien acerbe.

– Vraiment ? dit Peggy d'une voix neutre, encourageant la jeune femme à continuer.

Celle-ci remua son thé d'un air absent.

– Vous devez savoir qu'il s'est suicidé, n'est-ce pas ?

– Oui, bien sûr, mentit Peggy, tentant de masquer son étonnement. Quel âge avait Tom à l'époque ?

– Pas plus de sept ou huit ans. Pauvre petit ! Quand il a tout découvert, il était presque adulte. Enfin, pour ce que j'en sais.

On eût dit que, dès qu'il était question d'affirmer un fait concernant son mari, elle se trouvait en terrain glissant.

– Pourquoi s'est-il tué ? Il souffrait de dépression ? hasarda Peggy.

– C'est possible, il avait créé un sacré gâchis.

– Ça s'est passé à Londres ?

Dans ce cas, Peggy pensait pouvoir retrouver rapidement les détails de l'affaire. Le nom du vrai père devait figurer sur le formulaire d'inscription initial de Tom.

– À Londres ? Non. Il s'était installé à New York. Il était journaliste, là-bas. Mes souvenirs ne sont pas très nets, mais je crois qu'il a eu des ennuis après avoir écrit sur l'Irlande. Tom n'en parlait pas. Il n'a mentionné l'histoire qu'une fois, au début de notre relation.

Cette évocation sembla réveiller sa mélancolie. Elle regarda Peggy.

– Parfois, certaines personnes s'expriment de moins en moins avec les années. C'est étrange, n'est-ce pas ?

Peggy comprit qu'elle n'attendait pas de réponse. Margarita tendit la main vers la théière.

– Une autre tasse ?

Cette fois, Peggy déclina et ne changea pas d'avis.

Après avoir quitté l'appartement, elle appela les parents de Dobson à Kilburn et reporta sa visite. Il lui fallait voir immédiatement Liz Carlyle. C'était une chose que Tom ait menti au Service sur l'endroit où se trouvait son épouse – on pouvait toujours arguer que Judith Spratt avait fait la même chose. Mais c'en était une autre de découvrir pour la première fois une relation possible entre Tom et Liam O'Phelan.

C'était la piste américaine. Peggy songeait à la conférence que le *don* avait donnée ce fameux soir à la Old Fire Station. « De Boston à Belfast : la sale guerre des Britanniques en Irlande du Nord et à l'étranger. »

Elle quitta l'hôtel particulier et se dirigea d'un pas vif vers Kensington High Street. En arrivant sur le quai du métro, elle fut surprise de le trouver encombré malgré l'heure. Une voix étouffée tomba d'un haut-parleur, annonçant du retard sur la Circle Line à la suite d'un incident à Paddington Station. Au-dessus des têtes, le panneau de signalisation indiquait que la prochaine rame n'arriverait pas avant douze minutes. Elle attendit avec impatience, pendant que d'autres passagers sortis à l'heure du déjeuner s'agglutinaient sur le quai.

Enfin, le panneau afficha l'arrivée de la rame dans une minute. Peggy se fraya un chemin vers le bord du quai, déterminée à y monter, car la suivante n'était même pas annoncée. Peu à peu, elle se faufila à travers la foule et s'arrêta devant la ligne jaune. Trop près, estima-t-elle, en tentant de reculer d'un pas. Mais la foule était simplement trop dense pour le lui permettre.

Dieu merci, la rame arrivait, le signal lumineux indiquait « PROCHAIN TRAIN À L'APPROCHE ». En voyant le phare jaune apparaître dans le tunnel, elle voulut de nouveau reculer, mais il ne semblait pas y avoir assez d'espace derrière. Elle était bloquée sur sa gauche par un maçon, sa boîte à outils à la main, et sur sa droite par une femme corpulente serrant contre sa poitrine deux sacs estampillés M&S.

La rame surgit du tunnel et Peggy sentit une pression au creux des reins, d'abord légère, puis plus insistante, avant de devenir une vraie poussée. Centimètre par centimètre, ses pieds se rapprochaient de la voie et elle tenta instinctivement de s'arc-bouter sur les talons.

– Arrêtez ! cria-t-elle, mais le vacarme du convoi noya le son.

Elle sentit ses pieds bouger de nouveau, ils avançaient irrésistiblement au-delà de la ligne jaune, vers le bord du quai. Saisie par la panique, elle poussa un long hurlement aussi aigu que le sifflet d'une locomotive. Puis tout s'assombrit.

L'homme semblait porter un uniforme. Un contact froid et humide sur son visage. Sa vision s'éclaircit d'un coup. L'employé de la station lui apparut avec une netteté photographique. Le bras tendu, il lui tamponnait les joues avec un mouchoir humecté d'eau. Elle était assise sur une chaise en plastique dans ce qui ressemblait à un grand placard à balais sous l'escalier de la station.

— Que s'est-il passé ?

Peggy avait quasiment la certitude d'être en vie. S'il y avait une vie après la mort, ça devait ressembler à autre chose.

— Vous vous êtes évanouie, mademoiselle. Il y avait un peu de cohue.

L'homme cessa de lui tamponner le visage, se redressa et la fixa avec sollicitude.

— Respirez profondément.

— Je ne me souviens de rien.

Passé le premier étonnement, Peggy se rappela la pression insistante dans son dos, la ferme poussée qui la projetait régulièrement en avant...

— Par chance, il y avait une dame à côté de vous qui a remarqué que vous commenciez à vaciller. Elle a vu que vous alliez tomber juste devant le train, mais elle est arrivée à vous rattraper à temps et un type du bâtiment l'a aidée à vous hisser en arrière. La seule victime à déplorer, c'est un pantalon que la dame venait d'acheter à son mari.

Peggy essayait de reprendre ses esprits.

— Je suis navrée. A-t-elle laissé son nom ?

— Non. Quand je suis arrivé, elle a pris la rame suivante. Elle était en retard.

Sur ce, Peggy se souvint qu'elle aussi avait une urgence. Elle se leva, les jambes encore flageolantes, mais le vertige se dissipa rapidement. L'homme l'observait avec inquiétude.

— Vous êtes certaine d'être assez en forme pour voyager ?

— Je vais très bien maintenant.

Elle sourit à l'homme.

— Je vous remercie beaucoup de votre aide.

Il la précéda sur le quai et regarda le panneau de signalisation.

– Vous avez de la chance. La prochaine rame arrive dans deux minutes.

– Merci.

Mais Peggy se dirigeait déjà vers l'escalier mécanique. Compte tenu des circonstances, elle méritait de prendre un taxi. Mais elle n'avait certainement pas l'intention de porter la course sur ses frais. Hormis Liz, personne n'allait savoir de quelle manière elle avait cédé à la panique.

45

Westminster Green, un petit carré d'herbe en face du Parlement, était un des lieux préférés des journalistes pour interviewer les parlementaires. Lorsqu'il pleuvait, les endroits où l'on posait caméras et micros étaient protégés par des parapluies. Aujourd'hui, sous le soleil de juin, une petite foule était réunie, observant le correspondant politique de la BBC qui interviewait un membre du gouvernement.

Postée de l'autre côté de la rue, sur un banc des Victoria Tower Gardens, Liz ne pouvait pas entendre le dialogue, mais elle avait reconnu les participants et imaginait que l'entretien devait porter sur la législation antiterroriste que le gouvernement tentait de faire voter et qui rencontrait une vive opposition. Comme la plupart de ses collègues, Liz avait ses idées sur les propositions gouvernementales, mais elle préférait garder son opinion pour elle, se disant que la nature de son travail ne serait pas affectée par ces modifications.

Elle attendait Charles Wetherby. En apprenant au téléphone qu'elle souhaitait le voir en urgence, il avait insisté, à la grande surprise de Liz, pour qu'ils se rencontrent en dehors de Thames House. Après une dizaine de minutes de marche jusqu'au petit parc, elle profitait maintenant de la tiédeur de l'après-midi, offrant son visage au soleil. Si ses conclusions étaient justes, elle n'aurait pas souvent l'occasion de voir le soleil ou le monde extérieur ces prochains jours.

Quand Wetherby la rejoignit sur le banc un quart d'heure plus tard, Liz plongea au cœur du sujet en lui rapportant la conversation de Peggy avec l'ex-femme de Tom Dartmouth. Puis elle résuma ses derniers entretiens, soulignant les contradictions qu'elle pensait avoir maintenant résolues. En s'appuyant sur les découvertes matinales de Peggy, un mélange d'intuition et de logique, elle était parvenue à une conclusion.

– Reprenons les choses pas à pas, dit Wetherby.

Liz savait qu'il ne doutait pas de son analyse, mais cherchait à s'assurer que ses conclusions ne se fondaient pas sur une erreur d'appréciation ou d'interprétation qui pourrait le conduire à se fourvoyer à son tour.

– Vous pensez que O'Phelan a recruté la taupe, à l'instigation de Sean Keaney. Redites-moi pourquoi.

Liz pesa soigneusement ses mots, essayant de rendre son expression aussi claire que sa pensée.

– Parce que O'Phelan a fréquenté Oxford. Il avait des opinions nationalistes très fortes. Et il était en relation avec Sean Keaney par cette femme, Kirsty, qui, de son propre aveu, ne s'était liée d'amitié avec lui qu'à la demande de Keaney.

Un homme en costume rayé passa près du banc et adressa un signe de tête à Wetherby. En dépit du soleil éclatant, il portait un parapluie étroitement enroulé. Wetherby lui rendit son salut, puis sourit à Liz.

– Les Finances. Un des serviteurs les plus désuets de Sa Majesté. Il ne lui manque que le chapeau melon.

Il revint à leurs préoccupations.

– Bien, convenons pour l'instant que O'Phelan était le recruteur. Comment savons-nous que sa cible n'était pas Michael Binding ?

– Nous n'en sommes pas certains, mais cela semble très improbable. Leur brouille ne fait aucun doute. Les références de O'Phelan ne pouvaient en aucun cas aider Binding à intégrer le Service.

Wetherby acquiesça.

– J'ai vu le dossier. Après une lettre pareille, Binding a eu de la chance d'être accepté.

De l'autre côté de la rue, le ministre levait la main pour demander une autre prise. Liz continua :

– Autre chose. Ils ont donné des versions différentes de la raison de leur brouille. D'après O'Phelan, c'était dû à la médiocrité du travail de Binding. Mais Binding prétend que c'était à la suite d'une dispute qu'il aurait eue avec Kirsty au cours d'une fête.

– Et qui croyez-vous ?

– Binding.

La réponse spontanée de Liz avait arraché un sourire ironique à Wetherby qui connaissait son opinion sur la condescendance de son collège.

– Et pourquoi lui ?

La question n'avait rien de provocateur, Wetherby cherchait simplement à établir l'ordre des arguments. Liz estimait qu'il aurait fait un excellent professeur avec son inlassable recherche de la précision.

– Je ne crois pas que Binding ait été un mauvais étudiant. Il a obtenu une mention très bien à Manchester et son entrée à Oxford lui a coûté trop d'efforts pour qu'il baisse simplement les bras en y arrivant. De toute façon, sa version des faits montre un O'Phelan revanchard et malveillant, mais lui-même ne se présente pas sous un très bon jour.

– Vous pensez à son couplet sur la tourbière ?

Liz hocha la tête et Wetherby continua :

– Vous rayez Binding de votre liste, soit. Mais comment arrivez-vous à Tom ?

– Je n'avais trouvé aucun lien. Il a fallu qu'il rajoute son propre ingrédient en donnant une image de O'Phelan qui ne cadrait avec aucun autre témoignage. Tom a prétendu que O'Phelan se conduisait en prédateur sexuel avec ses étudiants masculins, mais ni Binding, ni Maguire, ni l'enquête de police sur son meurtre ne le confirment. En fait, Tom prétend que l'étudiant qui se serait fait agresser par O'Phelan était le même joueur de rugby costaud qui, d'après Binding, avait essayé de draguer Kirsty à la fête de St Anthony's.

– Mais si Tom était la taupe, pourquoi aurait-il inventé cette histoire sur O'Phelan ?

Maintenant que la discussion portait sur le mobile d'un meurtre, Liz ressentit pour la première fois un léger frisson.

– L'objectif était de distraire notre attention du véritable mobile du meurtre de O'Phelan. Il s'agissait de le faire taire. Eh oui, je pense effectivement que Tom a tué O'Phelan, dit Liz, répondant à la question suivante avant qu'elle ne soit formulée. Tout comme je suis convaincue qu'il est la taupe… Autre chose, ajouta-t-elle comme sous le coup d'une arrière-pensée, Tom m'a raconté que son père était mort dans un accident de la circulation, mais Margarita a expliqué à Peggy que l'homme s'était suicidé à New York.

Wetherby regardait de l'autre côté de la rue, apparemment distrait par l'interminable interview télévisée. Ce manque d'attention ne lui ressemblait pas.

– Charles ?

Il ne répondit pas, mais elle insista :

– Le problème est que nous ne pouvons rien prouver de tout cela. Si Tom a été recruté par O'Phelan pour le compte de l'IRA, il n'a jamais été activé. Il n'avouera jamais. Donc, à moins que nous puissions le relier au meurtre de O'Phelan, je ne vois pas de quoi nous pourrions l'accuser.

Wetherby semblait toujours avoir l'esprit ailleurs. Qu'est-ce qui le préoccupait ? L'état de Joanne qui se serait aggravé ? Un problème avec un des garçons ? Elle revint à la charge avec un peu d'impatience.

– Nous devons agir, Charles, n'est-ce pas ? Écoutez, j'ai conscience que ça n'a pas l'air urgent, mais…

Wetherby l'interrompit d'une voix douce :

– C'est urgent, Liz. C'est justement ce qui m'inquiète.

Il soupira, joignit les mains et s'inclina en avant pour s'asseoir au bord du banc.

– Je ne vous en ai pas parlé avant parce que cela n'avait pas de rapport avec votre enquête. Et je ne voulais pas retenir des conclusions qui auraient pu l'influencer. Mais Dave Armstrong est venu me voir après avoir raté les terroristes à Wokingham. Peu de gens savent que les suspects ont évacué la maison seulement après que Dave a demandé l'intervention de la Special Branch, et nous avons gardé cette information secrète. Nous savons précisément à quel moment ils sont partis parce qu'un des voisins les a vus filer en vitesse. Dave a conclu qu'il avait dû y avoir une fuite. Ce départ était trop hâtif et trop opportun. À douze heures près, on les tenait. La fuite aurait pu venir de n'importe où. La police, l'agent immobilier qui a loué la maison. Mais Dave voit que la même chose est déjà arrivée à la librairie de Marzipan, quand les trois types ne sont pas venus. Quelqu'un a dû les prévenir.

Wetherby soupira, comme s'il répugnait à formuler les inévitables conclusions.

– Les seules personnes informées des deux opérations se trouvent à Thames House. S'il y a eu une fuite, et je crois qu'il y en a eu deux, nous devons nous dire qu'elles proviennent de l'intérieur du Service.

– Quoi ? Une autre taupe ?

Pas étonnant que Charles semble préoccupé. Face à cette menace immédiate, un informateur de l'IRA qui n'avait jamais été activé devait passer pour de la petite bière.

Elle était sur le point d'exprimer sa pensée lorsque Wetherby la devança :

– Connaissez-vous l'histoire de l'homme qui avait peur de prendre l'avion parce qu'il craignait qu'il n'y ait une bombe à bord ?

– Non.

Voilà qui n'était pas dans les habitudes de Wetherby. Il pratiquait un humour subtil de pince-sans-rire, mais ne racontait pas de blagues, surtout dans des situations aussi tendues.

Il rajusta le nœud de sa cravate en soie et s'adossa au banc.

— Cet homme était si effrayé qu'il ne voyageait jamais par avion. Un de ses amis tenta donc de l'aider en lui expliquant que les possibilités qu'il y ait une bombe sur son vol étaient de moins d'une sur un million. Mais l'homme n'était pas satisfait, même ce rapport lui semblait trop important pour le rassurer. Son ami lui dit alors que les chances pour qu'il y ait deux bombes sur le même appareil étaient inférieures à une sur un milliard. Donc, pour notre homme, la solution évidente était de prendre un avion et d'emporter une bombe.

Liz éclata de rire, mais l'expression de Wetherby s'assombrit.

— J'espère que vous voyez où je veux en venir. Les chances pour qu'il y ait deux taupes au MI5 sont à peu près les mêmes que celles d'avoir deux bombes sur le même vol.

Liz ressentit soudain une bouffée d'inquiétude.

— Vous pensez que si Tom est la taupe de l'IRA, il a aussi renseigné les terroristes ?

— Oui. C'est exactement ce que je veux dire. Simplement, je ne sais pas pourquoi. D'ailleurs, je devrais vous parler encore d'autre chose. Je crois que vous avez assisté à la dernière réunion de l'équipe de FOXHUNT. Vous vous souvenez peut-être que Dave a annoncé que cette Mme Dawnton, celle qui habite à côté de l'ancienne maison des suspects, lui avait dit qu'un Blanc était venu chez ses voisins. Elle pensait avoir vu cet homme assez clairement pour pouvoir l'identifier. C'est faux. Dave a raconté ça pour voir si ça ferait sortir quelqu'un du bois. Ça a marché. À la fin de la séance, Tom est allé trouver Dave pour essayer d'en apprendre plus. Il était visiblement inquiet.

– Je me demandais à quoi jouait Dave quand il nous a raconté cette histoire.

Le téléphone de Liz sonna et elle regarda le numéro sur l'écran.

– Pardon, Charles, c'est Peggy. Je ferais mieux de répondre, dit-elle en pressant le bouton vert.

– Je ne le trouve pas, Liz, dit Peggy sans préambule. Il n'est pas dans le bâtiment et personne ne l'a vu depuis ce matin. Personne ne sait où il se trouve. Dave Armstrong a essayé son portable, mais il n'a pas eu de réponse.

– Ne quittez pas.

Liz se tourna vers Wetherby.

– J'ai envoyé Peggy à la recherche de Tom, mais on ne le trouve nulle part. Personne n'a de ses nouvelles.

Le fait était très étrange : une loi cardinale voulait qu'on soit toujours joignable en cas d'urgence, surtout dans le cas d'un officier supérieur. Une heure ou deux hors de portée pouvaient s'excuser – une panne de portable, une urgence familiale. Mais pas huit heures au milieu d'une enquête cruciale. Il a disparu de la circulation, conclut Liz.

– Je vois, dit Wetherby d'un air morose. S'il vous plaît, Liz, demandez à Peggy de trouver Dave Armstrong et de lui dire de me rejoindre dans mon bureau dans un quart d'heure.

Wetherby attendit qu'elle ait raccroché pour se lever.

– Je ferais mieux de retourner là-bas. Voulez-vous rentrer avec moi ? Si Tom a décampé, cela n'a plus d'importance si l'on nous voit ensemble.

– Quand Peggy a rencontré l'ex-femme de Tom ce matin, elle était convaincue d'être suivie. Ensuite, elle pense que quelqu'un a essayé de la pousser du quai à High Street Ken, juste au moment où la rame arrivait. Ça me semble improbable, et Peggy a admis qu'elle s'est peut-être trompée, mais j'ai pensé qu'il valait mieux prendre des précautions. Je l'ai envoyée voir Tom sous un prétexte quelconque. De cette façon, il aurait compris qu'elle m'avait déjà fait son rapport sur le rendez-vous. Si jamais il avait eu l'intention de l'empêcher de parler, il aurait compris que c'était trop tard.

    – Vous avez bien fait d'essayer de la protéger, même si je suis d'accord avec vous pour penser que Peggy a imaginé cet incident. Elle est jeune et manque d'expérience. Cependant, pour sa tranquillité d'esprit, elle ne devrait pas rentrer chez elle ce soir. Pouvez-vous la prendre chez vous ? Je vais demander à Dave de commencer à rechercher Tom, mais je tiens à la discrétion. Si à tout hasard il revenait avec une explication pour son absence, je ne voudrais pas l'alerter avant que nous ayons toutes les cartes en main. Mais, à mon avis, il a pris le large.

    Elle acquiesça. Wetherby hocha la tête à son tour d'un air las, et jeta un coup d'œil au politicien, toujours en interview.

    – Nous devons découvrir sa prochaine manœuvre. J'ai la terrible sensation qu'il ne nous reste pas beaucoup de temps. Nous connaissons la nature de son lien avec l'IRA, mais ne savons rien de ses attaches avec les terroristes.

    – Ça aurait pu commencer au Pakistan ?

    – Possible, dit Wetherby qui réfléchissait tout en parlant. Vous devriez aller parler à Fane la Toison d'or. Je lui téléphonerai à mon arrivée.

    – Je ferais bien de voir aussi l'ex-femme. C'est la seule famille que nous connaissions à Tom.

    Ils traversèrent la rue et passèrent devant le petit carré de pelouse. Son interview enfin terminée, le ministre se dirigeait vers une grosse Jaguar, escorté de plusieurs anges gardiens. Le cameraman, toujours en place, secoua la tête d'un air exaspéré en direction du journaliste.

    – Six prises ! Tout ça pour douze secondes de film. Dire que les gens pensent que les politiciens ont la langue trop bien pendue.

46

Impressionnant, se dit Liz en entrant dans le bureau de Geoffrey Fane. Un vaste nid d'aigle, magnifiquement situé, haut perché dans le colosse postmoderne dressé sur la South Bank qui abritait le quartier général du MI6. Fane se trouvait un étage au-dessus de la suite de C, le directeur du Service.

Fane était au téléphone mais, en voyant Liz arriver à la réception de son bureau, il lui fit signe d'entrer. Elle s'installa dans un fauteuil tapissé de cuir en face de son bureau directorial. Il était en communication avec l'Amérique du Sud. Une série de mouches artificielles encadrées s'alignaient sur le mur. Liz se leva pour les examiner. Fane était un fervent pêcheur à la mouche, elle se souvenait d'avoir entendu Wetherby dire qu'il l'avait invité à une journée de pêche dans un des meilleurs coins - la Kennet ou la Test.

Elle profitait du délai pour revoir ce qu'elle comptait lui dire. Il serait sans doute surpris, mais elle pariait qu'il ne le montrerait pas.

– Pardonnez-moi. Notre homme de Bogota est un peu prolixe.

Fane posa le combiné et se leva pour tendre la main à Liz. Il portait un costume rayé bleu qui soulignait sa haute taille et une cravate de l'Honourable Artillery Company. Avec ses pommettes haut placées et son nez aquilin, il avait fière allure. Cependant, comme Liz le savait déjà, il était difficile de le trouver sympathique. Il s'exprimait avec clarté et ne manquait pas d'humour. Comme Wetherby, il arborait souvent une expression d'approbation ironique, à la différence que cette ironie pouvait soudain prendre une tournure plus caustique. Geoffrey Fane faisait des problèmes professionnels des affaires personnelles. Il avait besoin de gagner et Liz n'oubliait pas qu'il pouvait se retourner contre les gens sans prévenir, au gré de ses caprices. Au cours de leurs rares rencontres, elle ne l'avait jamais jugé entièrement digne de confiance.

Ils reprirent leurs places, Fane jeta un coup d'œil par la fenêtre.

– On dirait que la pluie ne va pas tarder.

Elle suivit son regard. Dans le lointain, des bancs de nuages denses approchaient rapidement, filant dans le ciel au-dessus des immeubles de bureaux de Victoria. Vauxhall Cross était équipé d'un triple vitrage à l'épreuve des mortiers qui posait un filtre gris vert sur le monde extérieur, l'assombrissant même sous le plus radieux des soleils. Liz alla droit au but.

– Je viens vous voir à cause de cette affaire irlandaise.

– Ah oui, l'héritage particulier de Sean Keaney. Dites-moi, comment s'en sort Peggy Kinsolving ?

Ce n'était pas ce qui intéressait Liz.

– Elle est excellente, dit-elle sans s'attarder. Elle nous a aidés à faire une découverte majeure.

– Une découverte ? répéta Fane en haussant un sourcil.

– Oui, nous avons conclu qu'il y avait effectivement une taupe.

– Vraiment ? Une taupe installée. Implantée par l'IRA ?

Fane semblait incrédule.

– Dans un premier temps, dit Liz. Mais nous pensons qu'il a bougé.

Fane ajusta avec soin ses manchettes, et Liz réprima un sourire. Malgré ses airs aristocratiques, son sens de la mise en scène était digne d'un dandy. Wetherby avait exactement la même habitude, mais il donnait l'impression d'aspirer à un certain ordre vestimentaire. Fane semblait simplement vouloir exhiber ses boutons de manchette.

— Dois-je comprendre qu'il a quitté le Service ? Savez-vous qui c'était ?

— Non. Je ne veux pas dire qu'il a quitté le Service. Il y est toujours. Nous pensons qu'il s'agit de Tom Dartmouth.

— Tom Dartmouth ?

Fane ne put réprimer une réaction de surprise, vite remplacée par un profond scepticisme.

— Charles partage-t-il cette opinion ?

— Absolument.

Ce fut dit avec froideur. Il n'était pas question de se laisser intimider par Fane.

— Vous êtes certaine de votre fait ?

— Jusqu'à présent les preuves se réduisent à des présomptions.

Fane se redressa, manifestement prêt à demander des explications, et elle s'empressa de continuer :

— Pour l'instant, cela devra rester en l'état, parce que Tom a disparu.

— Disparu ?

L'agressivité de Fane s'était brusquement dégonflée.

— Évidemment, nous voulions vous le faire savoir au plus tôt. Notamment à cause du détachement de Tom au Six. Mais je suis aussi venue pour tenter d'en apprendre plus sur son séjour au Pakistan. Nous craignons qu'il n'ait quitté l'IRA et qu'il n'aide en ce moment un petit groupe de terroristes islamiques que nous tentons de trouver. Vous les connaissez par le CTC. Le groupe de la librairie. L'opération FOXHUNT. Nous estimons qu'il est peut-être entré en contact avec eux au Pakistan.

- Bien sûr, je sais ce qu'est FOXHUNT, mais quel est le rapport avec l'IRA ? Elizabeth, je dois dire que tout cela est fort déroutant.

À mesure que Liz expliquait sa thèse, l'expression de Fane passa du scepticisme à la gravité.

- Bon, il s'avère que notre chef de poste à Islamabad est parmi nous cette semaine. Il avait rendez-vous au Foreign Office, mais il devrait être rentré maintenant.

Quelques coups de fil plus tard, Miles Pennington, chef de poste au Pakistan, entra dans le bureau. Il avait la cinquantaine, un début de calvitie et des manières carrées. Selon Fane, « il connaissait la musique en Asie » - six ans au Pakistan, un tour en Afghanistan, un autre au Bangladesh. Avec sa peau tannée et son léger costume kaki, Pennington correspondait bien au rôle. Il tendit une main sèche à Liz, puis s'assit et écouta Fane lui expliquer qu'ils avaient besoin de son aide. Liz intervint pour lui demander de signer le formulaire de confidentialité pour la chasse à la taupe.

- J'ai déjà la vôtre, Geoffrey.

Cette procédure était activée pour les opérations les plus secrètes, et ne signifiait pas seulement que les discussions sur l'opération devaient se limiter aux autres signataires mais elle produisait aussi un index complet de ceux qui se trouvaient dans le secret, au cas où il y aurait une fuite. En consultant le document que lui tendait Liz et en constatant le peu de noms qui y figuraient - Liz, Peggy, Charles Wetherby et Geoffrey Fane, C du MI6 et DG du MI5, le ministre de l'Intérieur et quelques autres qu'il ne connaissait pas -, Pennington blêmit. Ce genre de liste était la marque d'une affaire extrêmement grave.

- Nous voulons parler de Tom Dartmouth. Elizabeth vous expliquera ce qu'il nous faut.

Liz et Fane étaient convenus que Pennington n'avait pas besoin d'être informé de l'aspect de l'affaire qui se rapportait à l'IRA, elle se concentra donc sur le problème immédiat.

– Nous essayons de localiser trois suspects soupçonnés de préparer une opération terroriste sur le territoire. Ils sont tous britanniques, mais originaires du sous-continent indien. Celui qui a été identifié appartient à une famille pakistanaise des Midlands. Les deux autres nous sont inconnus.

Elle se tut, consciente que Pennington devait s'interroger sur le rapport avec Tom Dartmouth, qu'il connaissait seulement comme un jeune collègue, détaché par le MI5. Liz prit une profonde inspiration avant de se lancer :

– Nous avons des raisons de penser que Tom Dartmouth a été en contact avec ces terroristes, et qu'il les aide sans doute activement.

Elle ignora l'expression effarée de Pennington et continua :

– Malheureusement, pour l'instant, il se terre. Nous essayons de comprendre ce qui se cache derrière tout cela.

Pennington réussit à produire un hochement de tête mal assuré, mais il était encore sous le choc. Liz embraya :

– Pouvez-vous me dire ce que vous pensez de Tom ? Un de nos problèmes est qu'il n'est rentré à Londres que depuis quatre mois, et qu'avant il a passé quatre ans avec vous. Qu'en avez-vous fait ?

Pennington prit son temps pour répondre, choisissant ses mots avec soin :

– Intelligent, parle couramment l'arabe, travaille beaucoup, sans y mettre trop d'intensité.

« Intensité » – typique, se dit Liz. Le culte du dilettante anglais – héritage de l'éthique des collèges privés victoriens – était toujours vivace dans les postes du MI6 à l'étranger. Travaillez dur, mais faites comme si ce n'était pas le cas, arrangez-vous pour que la difficulté paraisse aisée – tout cela venant de l'ère où les gentlemen dirigeaient les vestiges d'un empire.

– Et sa vie privée ? demanda-t-elle. Vous le rencontriez souvent en dehors du travail ?

– Oui. Compte tenu des circonstances, nous sommes tous assez proches au Pakistan. Bien sûr, il était à Lahore et moi le plus souvent à Islamabad. Il semblait bien intégré. Cela n'arrive pas si souvent quand nous avons quelqu'un du Cinq.

Pennington connut un moment d'embarras en se souvenant du poste de Liz.

– Il aimait bien boire un verre, mais sans excès. Une fille de temps en temps, mais là encore, rien d'inconvenant… Il est divorcé, n'est-ce pas ?

– Auriez-vous remarqué un détail étrange chez lui, quelque chose qui aurait retenu votre attention ?

– Pas vraiment, reprit Pennington de sa voix légèrement traînante. Ce n'était pas le plus extraverti de nos collègues.

Manifestement, il s'efforçait de se souvenir des caractéristiques d'un homme qu'il n'avait jamais imaginé sur le devant de la scène.

– Il n'avait rien de mystérieux, ajouta-t-il avec un regard vers la liste. Même avec le recul, je dirais la même chose.

Il poussa un petit soupir, entre regret et résignation.

– J'imagine que le bon mot pour le décrire serait « détaché ». Pas assez pour que cela soit remarquable. Mais après réflexion, je dirais qu'il semblait toujours sur la réserve.

– Pouvez-vous me parler de son travail ?

Pennington parut soulagé d'aborder un terrain plus éloigné de la psychologie.

– Un peu de tout, mais rien de compliqué. Il gardait les madrasas à l'œil pour découvrir lesquelles étaient kasher, pour ainsi dire, et lesquelles préparaient de mauvais coups. En particulier, il surveillait les écoles qui cherchaient à recruter de jeunes Britanniques originaires du sous-continent indien venus étudier. Contrairement à ce que disent les journaux, beaucoup de ces jeunes gens débarquant du

Royaume-Uni ne se radicalisent qu'une fois arrivés au Pakistan. Ils partent pour des motifs religieux parfaitement respectables et tombent ensuite sous l'emprise des imams extrémistes.

Pennington se gratta nonchalamment la joue, de nouveau détendu.

– La plupart du temps, il assurait la liaison avec les services pakistanais.

– De quelle manière vous faisait-il ses rapports ?

– Directement, dit Pennington avec assurance. Nous discutions presque tous les jours, à moins que l'un de nous ne soit en déplacement. Une fois tous les quinze jours, il participait à la réunion de poste. Il donnait toujours un résumé de ses activités par écrit.

– Avez-vous vu ses rapports pour le MI5 ?

Pennington parut de nouveau inquiet.

– Je ne les ai pas tous lus personnellement, mais il doit y avoir des copies de ce qu'il nous a remis, plus tout ce qu'il pensait pouvoir avoir un intérêt spécifique pour vous. Ceux que j'ai consultés portaient principalement sur les personnes qu'il surveillait.

Il se tut et jeta un coup d'œil à Fane, qui regardait consciencieusement par la fenêtre depuis le début de ce récital.

– Et bien sûr, il y avait ses propres efforts, conclut Pennington.

– Pardon ?

– Une partie de sa mission consistait à tenter de retourner tous ceux que nous soupçonnions d'avoir été recrutés ou approchés par les extrémistes. C'est toujours un travail de longue haleine, mais ça vaut le coup d'être tenté.

– Est-il arrivé à un résultat ?

– En définitive, non. Mais pendant un temps, il travaillait sur le cas d'un jeune en particulier, quelqu'un qui était venu pour six mois.

– Vous vous souvenez du nom ?

– Non, mais il doit être dans le dossier.

À Islamabad, songea Liz, le cœur serré. Pennington se tourna vers Fane.

– Vous devez avoir une copie ici, non ?

– En effet, dit celui-ci, ravi de revenir dans la conversation avec une solution. Accordez-moi un instant, Elizabeth, je vais vous le faire exhumer.

Liz traversa le pont et rentra à Thames House. En attendant l'ascenseur, elle ne pouvait s'empêcher de penser à Tom avec une admiration réticente. Il fallait reconnaître qu'il avait mené son jeu à la perfection, s'immergeant comme un caméléon dans son environnement au point de ne laisser aucun souvenir précis à son propre chef.

– Judith est là ?

Liz posait la question à Rose Love qui s'octroyait présentement une tasse de thé et un biscuit au chocolat.

– Elle est rentrée, elle ne se sentait pas très bien.

Bon sang ! se dit Liz. Elle avait un urgent besoin d'aide. Elle rapportait trois noms de Vauxhall Cross, trois cibles approchées par Tom Dartmouth. Parmi eux figurait celui du jeune homme mentionné par Pennington, dont le vrai nom – soigneusement recopié par Liz à partir du double du rapport de Tom – était Bashir Siddiqui.

– Je peux faire quelque chose ? demanda Rose.

Liz la jaugea du regard. Rose avait l'air d'une gentille fille, légèrement timide, manquant d'assurance. Liz hésitait à faire appel à elle. Inutile de lui demander de signer le formulaire de confidentialité, mais Liz ne tenait pas à ce que se répande la rumeur qu'elle fouillait dans les dossiers d'un collègue. Elle ne voyait cependant pas d'autre possibilité ; Judith pouvait être absente plusieurs jours.

– Voudriez-vous faire une recherche sur ces noms pour moi ? Je pense que vous trouverez quelque chose dans les rapports du poste du Six au Pakistan. Sans doute envoyés par Tom Dartmouth quand il était détaché là-bas. Il y en a pas mal, mais les noms sont certainement relevés et indexés. Je ne peux pas demander à Tom, il n'est pas là pour l'instant.

— D'accord, accepta Rose avec empressement.

Liz regagna son bureau, se demandant combien de temps la jeune fille mettrait à passer les rapports en revue. Elle répondit à quelques mails, fit un peu de paperasserie, puis se rendit dans la salle de conférences d'angle en projetant de consulter encore une fois le dossier personnel de Tom. Elle fut surprise d'y trouver Rose Love en grande conversation avec Peggy.

— J'étais sur le point de venir vous voir, dit la jeune femme. J'ai votre réponse.

— Déjà ? C'était rapide.

— Je me suis contentée de consulter les dossiers à la recherche des noms. Deux d'entre eux figurent dans les rapports, mais pas le troisième. J'ai cherché toutes sortes de variantes orthographiques. Sans succès.

Elle tendit une feuille de papier à Liz. Le nom manquant était celui de Bashir Siddiqui. Tom l'avait recruté au Pakistan, puis l'avait protégé en usant du simple expédient qui consistait à omettre son nom dans ses rapports au MI5.

— Merci, Rose. Maintenant, il ne me reste plus qu'à trouver un moyen de le localiser.

La jeune femme sembla perplexe.

— Oh, mais je m'en suis aussi occupée.

Elle remarqua la surprise de Liz et s'effara de sa propre initiative.

— Je me suis dit que vous en auriez besoin.

— Avec raison, dit Liz avec enthousiasme.

— J'ai fait un recoupement avec la liste des Britanniques originaires du sous-continent indien ayant effectué de longs séjours au Pakistan. Ça n'a pas été très long de le trouver, conclut-elle fièrement.

— Savons-nous d'où il vient ? insista Liz.

Patience, se disait-elle, Rose t'a économisé des jours de travail.

    – Oui, il est des Midlands.

    – Wolverhampton ?

    – Comment savez-vous ça ?

47

Eddie Morgan n'avait pas envie d'être viré, mais puisque ce serait la quatrième fois en cinq ans, il y était au moins habitué. « N'importe qui peut vendre », aimait dire son patron Jack Symonson. Puis il jetait un coup d'œil sarcastique à Eddie en ajoutant : « Enfin, presque tout le monde. »

Sa femme, Gloria, serait contrariée, Eddie le savait bien, mais maintenant, elle devrait savoir qu'il y avait toujours un autre boulot, une autre case dans le cadre flexible des voitures d'occasion. Dans la rémunération, la part des commissions était si grosse en comparaison du salaire qu'il n'y avait aucun risque à engager quelqu'un - surtout si, comme Eddie, il faisait partie du métier depuis presque vingt ans.

Il s'y connaissait en voitures - le problème n'était pas là. Vous lui donniez une vieille Rover avec 12 500 kilomètres au compteur et il lui suffisait de la flairer un peu pour dire combien de temps elle pouvait durer et combien on pouvait en tirer. Ce qui lui manquait - il ne devait pas se faire d'illusions -, c'était la capacité de conclure un marché. Les clients l'appréciaient, même ses patrons devaient le reconnaître, et il pouvait parler pendant des heures de n'importe quel objet à quatre roues. Mais quand le moment était venu de donner la dernière poussée... il ne parvenait pas à conclure.

Pourquoi je n'y arrive pas ? se demanda-t-il pour la troisième fois de la semaine en regardant une blonde en short récemment divorcée, venue en quête de quelque chose de style sportif, quitter la cour sur un « J'y réfléchirai », après avoir pris quarante minutes de son temps. Eddie s'appuya sur une Rover de cinq ans, absorbant les rayons du soleil.

Quelqu'un siffla, il leva la tête et vit Gillian, la réceptionniste, lui faire signe de la porte du hall d'exposition.

– Eddie, le patron veut te voir.

Et c'est parti ! Il entra tout en resserrant son nœud de cravate comme un homme se rajuste en avançant vers le peloton d'exécution.

Après avoir frappé à la porte du bureau de Symonson, il entra et fut surpris de le trouver avec un autre homme.

– Viens par ici, Eddie. Voici Simon Willis, du service des immatriculations. Il veut te poser des questions à propos d'une voiture.

Willis était jeune et portait une tenue décontractée – parka et pantalon de toile. Il semblait amical et adressa un grand sourire à Eddie pendant que celui-ci s'asseyait.

Que diable venaient faire les Immatriculations ici ? se demandait Eddie, plus curieux que nerveux. Ce type était peut-être un flic ? Malgré ses faiblesses, Eddie avait toujours été réglo quand il était question d'affaires, une sorte de rareté dans le milieu du véhicule d'occasion.

– Je cherche une Golf, immatriculée en T-reg, dit Willis. Selon nos dossiers, elle a été vendue ici il y a deux mois.

– Par moi ?

Willis jeta un regard à Symonson qui éclata d'un rire railleur.

– Les miracles existent, Eddie.

Tordant, songea Eddie avec aigreur, tout en s'imposant un sourire fugitif, puis il revint à Willis, laissant Symonson glousser de sa propre blague. L'homme à la parka continua :

– La voiture a été acheté par un homme qui s'appelle Siddiqui. Voilà une photo.

Il sortit un cliché de sa veste et le tendit à Eddie. C'était un agrandissement de la photo d'identité d'un jeune Indo-Pakistanais au regard sombre et mélancolique et au bouc clairsemé.

– Vous vous en souvenez ?

– Un peu que je m'en souviens.

Comment aurait-il pu l'oublier ? C'était sa première vente en presque deux semaines ; Symonson avait lâché le premier de ces grognements désapprobateurs qui, dernière-ment, se reproduisaient crescendo.

Puis un matin, un jeune Indo-Pakistanais était arrivé et avait commencé à regarder les voitures, rejetant sèchement les offres d'aide des deux premiers vendeurs. Du coup, Eddie l'avait approché en hésitant, mais l'homme s'était montré assez réceptif pour se laisser guider parmi les véhi-cules du parking, les Peugeot, les Ford et les deux vieilles Mini qu'ils avaient en stock. Soudain, le jeune homme s'était arrêté devant une Golf noire, environ 100 000 kilomètres au compteur, dans un état correct, même si elle avait besoin d'un coup de peinture.

Eddie avait commencé le baratin, mais l'Indo-Pakis-tanais l'avait interrompu – chose rare, car d'ordinaire, Eddie trouvait ces gens toujours très polis. « Laissez tomber les conneries. Combien vous en voulez ? »

Eddie regarda Willis.

– C'est bien lui. Nous avons un peu débattu le prix, mais à la fin il avait l'air satisfait.

Il voulait donner à Symonson l'impression d'avoir adroitement mené la vente, mais son patron garda son expression indifférente.

– Pourquoi ? Il y a eu un problème ? voulut savoir Eddie.

– Pas avec la voiture, le rassura Willis.

Eddie l'examina avec plus d'attention. Il avait vu assez de policiers dans sa vie pour savoir que, peu importe ce que pouvait dire Willis, il ne faisait pas partie des flics ordinaires.

— S'il a eu un souci avec la camionnette, ça le regarde. Je l'ai prévenu qu'elle était plutôt pourrie.

Le silence tomba dans la pièce. Willis semblait digérer la nouvelle. Puis il ouvrit tranquillement la bouche :

— Quelle camionnette ?

— Celle qu'il a achetée deux jours plus tard. Quand je l'ai vu revenir, je me suis dit qu'il avait eu un problème avec la Golf. Ou qu'il avait changé d'avis. Ça arrive souvent juste après l'achat. Mais non, il voulait aussi une camionnette. Alors, je lui en ai vendu une.

— Quelle marque ?

— Je crois que c'était une Ford. Ça doit être dans les registres.

Il désigna Symonson d'un signe.

— Mais elle avait six ans, je m'en souviens. Blanche, bien sûr. Il a insisté pour monter à l'arrière et vérifier la capacité. J'en ai obtenu trois et demi. Je l'ai averti pour la transmission, mais il n'a pas eu l'air de s'en soucier.

— A-t-il parlé de ce qu'il voulait en faire ?

— Non.

La seconde fois, le jeune homme appelé Siddiqui avait été presque plus brusque que la première. Eddie ne s'était donc pas donné la peine de faire l'article.

— A-t-il dit quoi que ce soit sur l'endroit où il comptait aller ?

— Il n'a pas dit grand-chose. Pas de bavardage. Vous trouverez un nom et une adresse dans les registres, mais il a payé en liquide, les deux fois.

Willis hocha la tête, mais Eddie voyait bien qu'il n'était pas satisfait.

— Si le moindre détail concernant cet homme vous revient, appelez-moi, s'il vous plaît.

Il sortit son portefeuille et en tira une carte, puis la tendit à Eddie.

– C'est ma ligne directe. Appelez-moi quand vous voulez.

– D'accord.

Eddie examina la carte. Que je sois pendu, il est vraiment des Immatriculations, songea-t-il.

– C'est tout ?

Il regarda alternativement Symonson et Willis.

La réponse revint à Willis.

– Oui. Merci pour votre aide.

Eddie se leva pour partir, mais Symonson le retint.

– Dis-moi, Eddie, tu seras dans le coin tout à l'heure ? J'aimerais te parler.

Et où penses-tu que je puisse être ? songea Eddie avec amertume. Honolulu ? Les Seychelles ? D'ailleurs, il savait très bien de quoi ils allaient parler.

– Oui, Jack. Je serai dans le coin.

48

Liz fut surprise d'apprendre que Tom vivait à Fulham. Elle pensait qu'il habitait North London, non loin de son propre appartement de Kentish Town. Il ne l'avait pas dit explicitement, le soir où il l'avait raccompagnée, mais lui avait laissé croire qu'il n'était pas forcé de faire un détour.

Liz parcourut à pied la distance qui séparait la station de métro de l'adresse de Tom, deux ou trois rues bordées d'arbres dans un petit coin tranquille, où s'alignaient des maisons mitoyennes en brique rouge de l'époque édouardienne, pour la plupart divisées en appartements.

Comme elle approchait de la porte d'entrée, deux officiers de l'A2 émergèrent comme par magie d'une fourgonnette garée plus bas dans la rue. Liz reconnut la haute silhouette de Bernie, un ancien sergent de l'Armée, au caractère affable, avec qui elle avait déjà travaillé. Son acolyte Dom l'accompagnait. Plus calme, celui-ci était un petit homme maigre et nerveux, taillé pour courir le marathon. La spécialité de Dom, c'étaient les serrures – il en entretenait une vaste collection à Thames House. Il les aimait, les étudiait, méditait sur leurs mécanismes comme un fanatique sur sa collection de timbres.

Dans un premier temps, les talents de Dom ne furent pas sollicités. La porte de la maison était ouverte et une femme de ménage s'apprêtait à partir après avoir nettoyé le carrelage du hall. Elle ne remarqua même pas qu'ils passaient à quelques pas pour gagner l'appartement de Tom, au premier étage. Bernie frappa sèchement à la porte. Une équipe de l'A4 surveillait l'extérieur et ils étaient à peu près certains qu'il ne s'y trouvait pas, mais personne ne voulait de surprises.

Ils patientèrent une minute entière, après quoi Dom se mit au travail. Il força la première serrure en quinze secondes, puis lutta avec la Chubb posée dans le coin supérieur.

– Le salaud l'a fait spécialement adapter, dit-il.

Au bout de trois minutes, il grogna, poussa et la porte céda.

Liz ne savait à quoi s'attendre et sa première impression fut celle d'une propreté extrême, d'une netteté presque germanique. Ensuite, la lumière. Elle entrait à flots par les fenêtres du salon, soulignant l'éclat des parquets dont le bois ciré et poli étincelait. Les murs blancs renforçaient l'impression d'espace, les meubles modernes semblaient neufs : des fauteuils de style danois et un long divan d'un blanc immaculé. Quelques grandes estampes fades étaient accrochées dans des cadres métalliques.

– C'est sympa ici, commenta Bernie, approbateur. Il a de l'argent à lui ?

Liz haussa les épaules. Le beau-père de Tom lui avait probablement légué quelque chose. L'appartement était plus confortable que luxueux, mais il se trouvait dans un quartier cher de la ville. Difficile de concevoir que Tom puisse vivre ici sur son salaire du MI5, surtout s'il devait en verser une partie à Margarita.

Elle suivit Bernie et Dom dans les autres pièces : dans une alcôve, la cuisine où l'on pouvait dîner, puis deux chambres à l'arrière. Tom dormait dans la plus grande. Un petit bureau dans un coin et un classeur faisaient de l'autre la pièce de travail.

- Pensez-vous que c'est toujours aussi bien rangé ou qu'il a fait le ménage avant de mettre les voiles ? demanda Bernie.

Liz passa un doigt sous le plateau du bureau et le ramena à la lumière. Pas de poussière.

- Je crois que c'est toujours comme ça.

- Bon. Ça nous prendra à peu près une heure, indiqua Bernie.

Il sortit avec Dom, laissant Liz seule dans le salon. Leur travail consistait à chercher les cachettes, des plus simples (soulever le couvercle du réservoir de la chasse d'eau) aux plus compliquées (vérifier les planchers et taper sur les cloisons et les plafonds en quête de cavités dissimulées). Il ne s'agissait que de recherches préliminaires. Plus tard, si nécessaire, l'endroit serait réduit en pièces.

Liz se concentra sur ce qui était visible, espérant découvrir des informations qu'elle ignorait encore. Mais les possibilités semblaient limitées, l'appartement avait autant de personnalité qu'une suite d'hôtel.

Elle inspecta d'abord la chambre à coucher. Deux costumes et quelques vestes étaient suspendus dans le placard. Une commode contenait des boxer-shorts, des chaussettes et une douzaine de chemises en coton impeccables, nettement pliées, sans doute lavées et repassées par une entreprise.

Donc il soigne ses tenues, songea Liz. Mais je le savais déjà. Elle examina la grande bibliothèque de chêne dressée contre un des murs. Les livres étaient-ils la clé qui menait à l'esprit ou au cœur d'un homme ? Difficile à dire. Les lectures de Tom étaient un mélange de romans faciles et d'ouvrages plus sérieux – histoire et politique. Visiblement, il appréciait les thrillers, avec une faiblesse pour Frederick Forsyth. Liz trouva logique qu'un loup solitaire comme Tom possède un exemplaire du *Chacal*.

Parmi les autres livres figuraient trois tomes consacrés à l'avenir de l'UE qui suintaient l'ennui. Presque deux étagères d'ouvrages sur le terrorisme, dont plusieurs publications récentes sur Al-Qaida. Et alors ? Liz aurait pu avoir les mêmes dans sa bibliothèque. Elle possédait même un exemplaire de *Mein Kampf*, sans pour autant être une sympathisante des nazis. De simples outils de leur métier.

Peu de livres étaient consacrés à l'Irlande. *Les Poèmes de William Butler Yeats* et une vieille édition du *Guide Shell de l'Irlande*. Rien ne concernait la politique ni l'histoire récente de l'IRA.

Puis elle le vit. Un mince volume bleu, coincé au bout d'une étagère : *Parnell et l'Establishment anglais*. Nul besoin de l'ouvrir pour savoir qui en était l'auteur. Liam O'Phelan, Queen's University, Belfast.

L'absence de tout élément personnel – correspondance, souvenirs, photographies – amplifiait la frustration de Liz. Pas même un tapis ou un vase pour rappeler les quatre ans qu'il venait de passer au Pakistan. Comme son bureau, l'appartement de Tom était puissamment impersonnel. C'était délibéré. On aurait pu croire qu'il avait opéré sa propre version de l'exploration de Dom et Bernie, fouillant l'endroit pour en ôter tout ce qui serait susceptible de donner chair au squelette de son passé, d'indiquer le genre d'homme qu'il était – ou ce qu'il projetait. Sauf qu'il avait oublié le livre de O'Phelan.

Au grand étonnement de Liz, le classeur du bureau n'était pas verrouillé. Elle comprit mieux en examinant son contenu – des factures dans le tiroir du haut, proprement rangées par objet et carte de crédit correspondante. Le deuxième était réservé aux déclarations d'impôts et à une longue correspondance avec le fisc autour d'une réclamation de Tom à propos de la pension alimentaire payée l'année de son divorce. Des relevés de comptes remplissaient le troisième tiroir et le dernier était vide.

En sortant une pile de relevés de carte de crédit, elle remarqua que le premier était tout récent. Elle parcourut le listing et rien de particulier ne retint son attention jusqu'à

ce qu'elle arrive à la dernière entrée de la page. Le Lucky
Pheasant Hotel, Salisbury : 212,83 livres. Elle se rendit
compte avec étonnement que la date correspondait au
week-end de la biopsie de sa mère – celui où Tom était venu
lui rendre visite à Bowerbridge. Il avait donc finalement
dîné à Salibusry, se dit-elle en songeant à son invitation ce
soir-là. Mais 212,83 livres pour un dîner ? Il devait avoir
beaucoup d'invités. Non. Cela ressemblait plutôt au prix
d'une chambre.

Voilà donc ses fameux amis avec leur ferme du côté de
Blandford. Pas étonnant qu'il ait été si vague, cet endroit et
ces gens n'existaient probablement pas. Il était donc au
Lucky Pheasant depuis le début. Mais pourquoi ? Que faisait-il dans la région ?

Il était venu me voir, comprit-elle. Une petite visite
parce qu'il était dans le coin, suivie d'un long souper aux
chandelles dans le restaurant du Lucky Pheasant et la question fatale au dessert. Quelle réaction espérait-il ? Qu'elle
tombe dans ses bras, puis s'abandonne sur les oreillers de
plumes de son lit à baldaquin ?

C'était sans doute le plan, destiné à la détourner de son
enquête. Il avait espéré qu'elle serait facilement distraite
par sa nouvelle passion pour lui ; c'est ainsi qu'il avait dû
concevoir les choses. Salopard bouffi d'arrogance ! songea
Liz. Dieu merci, j'ai refusé. Maintenant, je ferais mieux
d'aller parler à la femme qui a dit oui.

49

Tout était très raffiné. Les tasses en Delft et les petites viennoiseries disposées sur une assiette en porcelaine, le café fort, servi avec une sorte de courtoisie très Europe centrale, sur fond léger de musique classique. C'était si convenable que Liz avait envie de hurler.

Le temps semblait s'être arrêté, bien qu'un regard furtif à la pendule en chrysocale posée sur le manteau de la cheminée lui ait indiqué qu'elle était là depuis exactement onze minutes.

Sa tasse à la main, Margarita pencha la tête.

– Oh, mon Dieu, j'ai oublié la radio. Le bruit vous dérange ?

– Pas du tout. C'est du Bruckner, n'est-ce pas ?

L'expression de Margarita s'éclaira.

– Vous devez aimer la musique. Vous jouez ?

– Un peu de piano. Je n'étais pas très bonne.

Liz minimisa l'information d'un haussement d'épaules. Elle avait étudié pendant huit ans et avait de bonnes capacités mais, depuis, elle avait perdu l'habitude de jouer. Il y avait bien un piano à Bowerbridge, mais, même au cours de sa récente convalescence, Liz avait à peine frôlé les touches.

Margarita referma les deux mains sur sa tasse.

– Nous pourrions sans doute parler musique toute la journée, mais j'ai l'impression que vous êtes venue pour autre chose.

– J'en ai peur.

Margarita cherchait à déchiffrer son expression.

– C'est encore Tom, n'est-ce pas ? La jeune femme qui est passée me voir a dit qu'il ne s'agissait que d'une formalité. Mais il y a autre chose, c'est ça ? Puisque vous êtes ici maintenant.

– En effet.

– Il a des ennuis ?

– Je crois que c'est le cas. Avez-vous eu de ses nouvelles ?

– Non. J'ai dit à l'autre femme que je n'avais pas parlé à Tom depuis son départ pour Lahore. Qu'a-t-il fait ?

– Pour commencer, il a disparu. Nous ne pouvons le trouver nulle part. Nous le soupçonnons d'aider certaines personnes. Des gens qui ont de mauvaises intentions.

– De quel genre ?

– C'est ce que nous ne savons pas encore. Et c'est pourquoi nous devons le trouver. Nous avons visité son appartement sans y trouver beaucoup d'indices.

– Il n'aime pas les objets. Il appelle ça le fouillis.

Margarita esquissa un sourire. Elle indiqua la pièce, remplie de meubles, de tableaux et de bibelots.

– Comme vous pouvez le voir, nous ne pouvions pas être plus différents.

– Était-ce un problème ?

– Non ! Nous l'avions résolu.

Margarita atténua la réponse un peu sèche par un sourire, et expliqua :

– Certaines parties de la maison m'étaient réservées ; les autres étaient strictement interdites à mes affaires.

– Après négociation ?

– Pas vraiment, dit Margarita en soupirant. C'était plus une capitulation de ma part. C'était souvent le cas. Nous

nous sommes mariés ici, par exemple, même si mes parents étaient tous les deux encore en vie, à Tel-Aviv. Ils auraient voulu que ça se passe là-bas. Mais Tom n'a pas cédé.

Elle se leva et s'approcha de photos encadrées sur une des tables basses. La plupart représentaient sa famille en Israël – l'une montrait un vieil homme souriant en uniforme, les paupières plissées face au soleil –, mais elle saisit un cadre d'argent rangé à l'arrière et le tendit à Liz.

– J'ai peur que ce ne soit l'intégralité de mon album de mariage.

La photo avait été prise devant le bureau d'état civil de Marylebone – que Liz reconnaissait d'après les photos de célébrités parues dans les journaux. Tom et Margarita se tenaient sur les marches, bras dessus bras dessous, face à l'appareil. Le plus frappant était leur différence d'expression. D'une beauté saisissante dans une veste de soie ivoire, Margarita rayonnait, son bonheur était manifeste. De l'autre côté, un œillet à la boutonnière de son costume sombre, Tom fixait un point au-delà de l'objectif, sans émotion apparente. Il ressemble à quelqu'un qui vient d'en prendre pour six mois, se dit Liz en rendant la photo.

– Vous avez l'air très heureux, commenta-t-elle avec diplomatie. Qui était le garçon d'honneur ?

– Il n'y en avait pas.

La réponse était assez significative, mais Margarita précisa d'un ton sec :

– Notre chauffeur pour la journée était le seul témoin. C'est aussi lui qui a pris la photo.

– Vos parents n'étaient pas là ?

– Non. Tom a clairement signifié qu'il ne voulait pas d'eux. Naturellement, ma mère a été bouleversée.

Au lieu de se rasseoir, Margarita se posta devant la fenêtre, le regard fixé sur la ligne des toits de l'autre côté de la rue. Elle portait un pull de laine grise qui soulignait sa silhouette bien dessinée. Liz se rendit compte qu'elle était grande. Sa présence avait dû provoquer quelques émois parmi des musiciens d'orchestre. Mais si elle n'avait rien perdu de sa beauté, celle-ci semblait maintenant imprégnée d'une obsédante tristesse.

– Donc, Tom ne s'entendait pas avec vos parents.

– Il ne les a pas très souvent rencontrés, mais ça se passait bien. Comme c'était un arabisant, j'ai eu peur que mon père pense qu'il était antisémite. Mon père a perdu toute sa famille pendant la guerre en Pologne et c'est un sujet sensible.

– Avait-il raison ? Tom était-il antisémite ?

Margarita pesa la question avant de répondre :

– J'y ai souvent réfléchi. Il est vrai que Tom avait peu de sympathie pour Israël. Il m'a dit une fois que la déclaration Balfour avait été à l'origine de tous les maux du monde moderne. Mais j'éprouve moi-même de la compassion pour les Palestiniens, comme beaucoup d'Israéliens, contrairement à ce que l'on croit. Nous n'avions pas vraiment de désaccord en politique. Ce n'était pas le problème.

– Et quel était-il ? demanda hardiment Liz.

On abordait le terrain épineux des questions intimes.

Margarita se retourna et fixa Liz, qui s'inquiéta soudain d'avoir poussé la jeune femme trop vite et trop loin.

– Il ne m'a jamais aimée.

Margarita avait répondu sans s'apitoyer sur son sort. Liz supportait à peine de penser aux souffrances qui lui avaient valu d'arriver à un tel détachement.

– Au début, il était charmant. Détendu, drôle, irrévérencieux. Mais je comprends maintenant que ça n'avait rien à voir avec moi. Je ne sais pas si je suis très claire.

Le regard qu'elle adressa à Liz était si implorant que celle-ci ne put s'empêcher de lui retourner un signe de tête plein de compassion. D'autant plus qu'elle aussi avait eu un aperçu de ce mélange de charme et d'égocentrisme impitoyable, à travers les avances avortées de Tom. Dieu merci, j'ai gardé mes distances.

Margarita essaya de reprendre le contrôle de ses émotions.

— Pendant un moment j'ai cru qu'il m'aimait. Sans doute parce que je le désirais par-dessus tout. Mais ce n'était pas le cas.

Elle montra la photo de mariage et se tut. Liz était persuadée que Margarita n'avait jamais parlé ainsi, même à ses amis les plus intimes, si elle en avait. Elle semblait trop fière, trop réservée pour s'exposer. Paradoxalement, seules les incitations d'une étrangère avaient réussi à ouvrir les vannes.

Margarita secouait la tête d'un air de regret.

— Si vous voulez savoir ce qui s'est mal passé avec notre mariage, je dois dire que rien n'a vraiment changé. Je m'étais dit qu'il était un peu froid, mais qu'il devait tenir à moi. Sinon pourquoi m'aurait-il épousée ? Mais ç'a été comme s'il m'avait choisie, puis avait décidé de me *déchoisir*. Comme lorsqu'on rapporte au magasin une robe qui ne convient pas. L'amour n'avait rien à voir avec l'affaire.

Rauque d'émotion, sa voix avait faibli sur les derniers mots.

— Aimait-il quelqu'un ?

— Son père. Pas besoin de réfléchir. Son vrai père, bien sûr. Et uniquement parce qu'il ne l'a jamais vraiment connu.

— Il en parlait souvent ?

À la radio, un violoncelliste interprétait du Schubert, les longs accords mélancoliques de *La Jeune Fille et la Mort*.

— Presque jamais. Et quand c'était le cas, il ne parlait pas tant de son père que des gens qui l'avaient détruit. C'est le terme que Tom utilisait chaque fois : « détruit ».

— Et qui étaient ces gens ?

Margarita eut un sourire amer.

— Adressez-vous à lui. Je lui ai demandé, mais il n'a pas voulu me répondre.

– Vous savez, au travail, Tom manifestait peu d'émotion ; il se contrôlait énormément. Comme la plupart d'entre nous, d'ailleurs, ça va avec le boulot. L'émotion n'est qu'un obstacle. Mais il y avait bien quelque chose qui provoquait un sentiment fort en lui.

– À part son père ?

Margarita tourna le dos à Liz et regarda la photographie sur la table.

– Je ne pensais pas tant à ce qu'il aimait qu'à ce qu'il n'aimait pas. Y avait-il un sujet précis qui le mettait en colère ?

– Je ne l'ai jamais vu en colère.

Le ton était celui de la constatation, mais l'expression de Margarita devint mélancolique.

– Ça aurait été mieux, ajouta-t-elle en regagnant son siège. Il détestait l'école. Comme tout le monde, n'est-ce pas ?

Elle eut un rire léger.

– Cette histoire de pension semble être une maladie typiquement anglaise. Et il était censé aller à Oundle.

– Oundle ?

– L'ancienne école de son beau-père. Je sais qu'il en éprouvait du ressentiment.

Liz doutait cependant que Tom ait l'intention de faire exploser la chapelle à Oundle, quel que soit l'endroit où cela se trouvait.

– Je me demande…

Margarita l'interrompit.

– Ce qui est étrange, c'est qu'on s'attendrait à ce qu'il ait aimé Oxford.

– Ce n'était pas le cas ?

– Au contraire. Je ne cessais de lui demander de m'emmener là-bas. J'aurais aimé visiter son vieux *college* et tous ses endroits préférés. Mais il a refusé. J'ai dû y aller seule.

– A-t-il donné ses raisons ?

– Pas vraiment. C'était comme ça. Il décidait, point final. Il ne semblait jamais éprouver le besoin de s'expliquer. J'ai essayé de le taquiner en disant que notre enfant voudrait peut-être aller à l'université là-bas. C'était à l'époque où je pensais encore que nous allions fonder une famille.

– Que répondait Tom ?

– À l'entendre, l'Empire a été bâti sur le pouvoir et l'hypocrisie. Oxford fonctionnait encore de cette façon. Je pensais qu'il plaisantait. Puis il a affirmé qu'il préférait ne pas avoir d'enfant plutôt que de l'envoyer là-bas.

– Il l'a peut-être dit par pose.

Margarita adressa à Liz un regard appuyé, et celle-ci comprit que la jeune femme souhaitait mettre un terme à la conversation. La crainte de s'être montrée trop franche commençait à transformer son accès de sincérité en cette animosité qui suit souvent les confessions. Sa voix était déjà moins douce.

– Tom ne parlait jamais par pose. Il était très prosaïque, comme un Américain. Il pouvait se montrer très glacial, même au début. Et vers la fin, on aurait dit un congélateur.

Liz estima qu'elle avait tiré le maximum de l'entretien. Il était temps de partir.

– Merci pour le café et la conversation, dit-elle en se levant. Ça m'a été très utile.

Elle s'arrêta peu avant la porte pour une dernière question :

– Dites-moi, si vous deviez deviner où s'est réfugié Tom, à quoi penseriez-vous ?

Margarita réfléchit, puis eut un haussement d'épaules las.

– Qui peut savoir ? Il n'avait pas de vrai foyer, pas même dans son cœur. C'est ce que j'ai essayé de vous faire comprendre.

En se dirigeant vers la station de High Street Ken après avoir quitté la maison où vivait Margarita, Liz se demandait si elle avait appris quoi que ce soit sur Tom. L'après-midi devenait lourde, une touffeur moite imprégnait l'atmosphère.

L'expérience avait appris à Liz que les individus qu'elle poursuivait étaient souvent poussés par des raisons qui, aux yeux d'un observateur, sembleraient presque dérisoires, et même ordinaires, au regard des conséquences extrêmes qu'elles généraient. L'argent, le sexe, les drogues, une cause, voire une religion – comment pouvait-on en faire une justification pour la violence à laquelle en arrivaient certaines personnes ?

Dans le cas de Tom, cependant, il en allait différemment. Il semblait ne pas avoir de cause. Un homme incapable d'aimer, qui n'était attaché à rien ni à personne. Autrement, comme expliquer l'attitude d'une recrue de l'IRA qui semblait avoir perdu tout intérêt pour le sort de l'Irlande ? Une taupe de l'IRA qui enrôlait des musulmans britanniques au Pakistan pour commettre qui sait quelle atrocité contre son propre pays ? La psychologie de Tom ne ressemblait à rien de ce que Liz avait déjà connu.

À quoi rime toute cette histoire ? songea-t-elle. Elle avait l'impression de traquer une machine de glace. Mais Tom avait dû éprouver des émotions, un jour. Pourquoi avait-il accepté les approches de O'Phelan ? Seul le plus fanatique des tenants de la lutte pour une Irlande unie se serait engagé ainsi. Avait-il d'aussi fortes convictions ? Il n'était pas irlandais.

Tout en réfléchissant à la dernière conversation, Liz ne cessait de revenir à une des questions qu'elle avait posées à Margarita. « Aimait-il quelqu'un ? » Et la réponse avait été : « Son père. Pas besoin de réfléchir. Son vrai père, bien sûr. » Mais l'amour pour ce père, un journaliste minable, déshonoré, qui s'était tué près de trente ans plus tôt, pouvait-il encore être le mobile de Tom aujourd'hui ?

Liz s'avisa brutalement qu'elle considérait le problème sous un seul point de vue. Et si, au lieu d'aimer, Tom éprouvait de la haine, une haine profonde ? Ne serait-ce pas une meilleure explication de ses actes, quels qu'ils soient ?

Qui avait-il rendu responsable de la disgrâce de son père ? Elle se souvenait des détails du rapport de Peggy. Comme on pouvait s'y attendre, le père de Tom avait protesté de son innocence quand il avait été accusé de falsification, affirmant qu'il avait été la victime d'un coup monté sophistiqué. À l'entendre, le légendaire homme du SAS – la source de son article – était un agent infiltré, agité sous son nez comme un appât par... par qui ?

Les Anglais, bien sûr. Ils étaient à l'origine d'une obscure cabale de l'Armée et des Services secrets, avec l'aide du consulat britannique à New York, pour faire bonne mesure. Le père de Tom avait rejeté la responsabilité de sa chute sur les « Anglais ».

Liz se figea au milieu du trottoir devant la station de métro, tandis que les passants contournaient avec souplesse sa silhouette pensive. La cible de l'animosité de Tom était donc les Britanniques – ses propres compatriotes ? Il avait parlé à Margarita d'un pays « fondé sur le pouvoir et l'hypocrisie ». Et il était sérieux. Mortellement sérieux.

J'ai été stupide, se reprocha Liz. Elle s'était acharnée à rechercher des éventuels attachements de Tom – espérant qu'elle arriverait ainsi à l'endroit où il se réfugierait quand tout le reste aurait mal tourné.

Inutile d'essayer de retrouver sa trace, songea-t-elle. Ça ne te mènera nulle part. Il n'y a qu'une piste à suive, celle de la haine.

50

Peggy avait réalisé un agrandissement d'une carte des Home Counties [1], qui était déployée pour l'instant sur la table de la salle de conférences. Après avoir passé deux fois la tête par la porte, Wetherby avait fini par entrer et s'asseoir. Il ne semblait pas avoir l'intention de partir. Même s'il s'efforçait d'afficher un certain optimisme, Liz percevait chez lui une inquiétude fébrile. D'autant mieux qu'elle la partageait.

Cependant, elle appréciait sa présence, car tout au long de l'après-midi une idée avait mûri dans son esprit – encore imprécise peut-être, mais insistante. Elle comptait sur Wetherby pour décider si c'était stupide ou génial.

À l'extérieur, une longue spirale de nuages noirs arrivait de l'ouest, le vent avait forci, fouettant les branches des platanes alignés sur le trottoir d'en face. Elle pensa un instant à la jardinerie de Bowerbridge. C'était précisément le type de temps que sa mère redoutait car les jeunes plants n'y résistaient pas. Puis Liz se sentit coupable de ne pas avoir appelé la veille. Il ne restait que dix jours avant l'opération et elle essayait de prendre des nouvelles chaque jour.

Elle jeta un coup d'œil à Dave Armstrong qui, rentrant de Wolverhampton, résumait ses découvertes.

---

1. Home Counties : les comtés qui entourent Londres.

– Bashir a acheté la fourgonnette quelques jours après la Golf. Le seul problème, c'est qu'il y en a environ deux cent mille en circulation. C'est comme un badge professionnel. Personne ne peut se prétendre entrepreneur sans rouler dans une fourgonnette blanche.

– Et les plaques minéralogiques ?

– J'ai déjà fait circuler le numéro d'immatriculation. Il y a huit mille caméras de reconnaissance de plaques en Grande-Bretagne, donc s'ils ont gardé les mêmes, ils se feront repérer tôt ou tard. Mais je suis certain qu'ils les auront changées. Ils l'ont fait pour la Golf. C'était plutôt malin, d'ailleurs. Ils ont gardé le T-reg, parce que ça allait avec l'année de la voiture, mais ils ont modifié le numéro.

Wetherby intervint à voix basse, il semblait fatigué.

– Ils ont probablement rangé la fourgonnette hors de vue jusqu'à ce qu'ils en aient besoin. On peut donc penser que, s'ils n'ont pas d'autre véhicule, ils séjournent dans une ville, un endroit où les transports publics leur permettront de se déplacer en cas de besoin.

Liz examina les X tracés au Bic.

– Londres.

Puis elle pointa légèrement vers l'ouest.

– Ensuite, Wokingham.

La main se déplaça vers le haut, en direction du nord-ouest et s'arrêta sur un autre point.

– Et plus récemment, ils sont montés dans les Downs, près du Ridgeway.

– Qu'est-ce qu'il y a dans le coin ? demanda Wetherby. Wantage ?

Liz secoua la tête.

– Je ne pense pas que cela puisse être la cible. Ce n'est qu'un bourg. Aucune installation militaire. Et Peggy a vérifié les prochaines manifestations publiques.

– Chaque samedi, il y a un marché sur la place principale, mais pas grand-chose de plus, précisa la jeune femme.

– Peu de chances pour que ce soit la cible, en effet.

Stella Rimington

Wetherby désigna un point sur la carte.

– Et Newbury ?

– Il y a une foire agricole ce week-end.

Wetherby sourit à Peggy, mais secoua la tête.

– Swindon ? Quartier général de W. H. Smith et de la Caisse nationale des monuments historiques.

Suggestion de Dave, qui ne tira même pas un sourire à Wetherby.

– Et Didcot ?

Peggy, qui avait discuté avec Liz de toutes ces villes avant l'arrivée des deux hommes, revenait à la charge. Elle désignait une localité à quelques kilomètres à l'est de l'endroit où on avait retrouvé l'épave de la Golf.

– La ville est plus importante que je ne l'avais d'abord pensé. Une population de vingt-cinq mille personnes, en augmentation. Il y a assez d'Indo-Pakistanais pour permettre à nos suspects de passer inaperçus. Et plus important, il y a une centrale électrique.

– Nucléaire ? demanda Dave.

– Non, au charbon, mais les gens pensent souvent qu'elle est nucléaire parce que c'est tout près de Harwell. Ses tours de refroidissement pourraient représenter une cible.

Peggy consulta ses notes et compléta :

– La cheminée principale fait environ deux cents mètres de haut et les six tours cent mètres chacune. On les voit à des kilomètres à la ronde. L'endroit occupe la troisième place du classement des Paysages les Plus Hideux par les lecteurs de *Country Life*.

– Voilà qui me le fait envisager sous un jour plus favorable, plaisanta Dave qui, strictement Old Labour, ne faisait pas partie du lectorat de *Country Life*.

– Un petit instant, dit Charles. S'ils sont dans le coin, on devrait peut-être s'inquiéter d'Aldermaston. C'est là-bas qu'on fabrique les bombes nucléaires.

– Mais il est impossible de s'approcher d'un endroit pareil, fit remarquer Dave. En plus, ça doit être aussi bien protégé que n'importe où en Grande-Bretagne. Et comment sauraient-ils quoi attaquer sans complicités internes ? Il n'y a aucune raison de penser que Tom ait un contact là-dedans.

– Nous ferions mieux de déclencher les mesures de sécurité, dit Wetherby sans enthousiasme. Qu'en pensez-vous, Liz ?

Il semblait percevoir son scepticisme.

– Je les vois bien *habitant* Didcot, c'est suffisamment anonyme, juste une gare de jonction qui a pris de l'ampleur. Pour eux, c'est beaucoup mieux que la campagne, où l'on remarquerait davantage trois Indo-Pakistanais. Par ailleurs, j'ai du mal à croire que la cible puisse être la centrale électrique de Didcot, ou Aldermaston. Pourquoi Tom trouverait-il important de faire sauter une centrale ou une usine d'armement nucléaire ? Aucune des deux n'a de valeur symbolique. Et de toute façon, il aurait besoin d'une équipe plus importante que celle dont il semble disposer.

– Tout cela est très bien, dit Wetherby. Mais les terroristes risquent plutôt de privilégier l'impact que le symbolisme, non ?

– Je suis pourtant convaincue que le symbolisme est important aux yeux de Tom. S'il s'est lancé dans ce projet dément, il doit y avoir une raison.

– Vous êtes certaine que Tom ne se contente pas d'aider ces hommes, mais qu'il les dirige ?

– Absolument, affirma Liz en songeant aux éléments recueillis les deux derniers jours. Tom aime contrôler les événements, même s'il doit se tenir dans la coulisse. Toutes les déclarations de Margarita Levy vont dans ce sens. Il s'agit d'une sorte de mission et il la dirige. Et il doit être convaincu d'avoir une bonne raison.

– Vous croyez qu'il travaille avec Al-Qaida ? suggéra Dave.

– Non. Je crois qu'il a recruté Bashir au Pakistan pour son propre compte. Il a pu l'approcher à sa guise et sans surveillance, puisqu'il était censé l'enrôler pour le Six.

Wetherby tapota la table du bout de son stylo.

– Très bien, si ce n'est ni Didcot ni Aldermaston, alors où ?

Une note d'impatience filtrait dans sa voix.

– Nous avons des décisions à prendre. Quelles cibles allons-nous couvrir ? J'ai le sentiment qu'il ne nous reste guère de temps. Ils paniquent. Regardez la voiture. S'ils l'ont incendiée, on peut imaginer qu'ils sont sur le point d'exécuter leurs plans, quels qu'ils soient.

Il fixa Liz, comme si par miracle elle détenait la solution, et sembla soulagé lorsqu'elle prit la parole :

– Je crois que c'est Oxford.

– Oxford ? Pourquoi ? Vous y avez pensé pour une raison précise ?

– Aucune ne se détache en particulier, admit-elle. Mais ça a commencé avec quelque chose qu'a dit Margarita. Selon elle, il détestait et méprisait profondément Oxford.

– Va pour Oxford, mais quoi ? dit Wetherby. Son *college* ? Ou quelqu'un, un événement ?

– Nous l'ignorons. Peggy essaye de savoir s'il s'y prépare quelque chose de spécial.

– D'ailleurs j'y retourne, dit celle-ci. Je n'ai pas encore alerté la police puisque nous n'avons aucune certitude. Un peu plus tôt, j'ai appelé l'assistante du secrétariat général, mais elle était absente pour l'après-midi.

Elle quitta la pièce d'un pas vif.

Le silence s'installa pour une longue minute. Wetherby battait la charge du bout des doigts sur la table, perdu dans ses pensées. Affalé sur son siège, Dave fixait le sol. Wetherby se tourna soudain vers Liz.

– J'ai déjà connu des gens qui n'avaient pas aimé Oxford, mais aucun qui haïsse cet endroit avec tant de passion.

– Je ne pense pas qu'il s'agisse du lieu en particulier, mais plutôt de ce que cela représente à ses yeux. Oxford est en quelque sorte devenu l'incarnation de l'Establishment.

– Ce serait dû à l'influence de O'Phelan ?

Liz se cala dans son fauteuil.

– Dans une certaine mesure, peut-être. Quand je l'ai rencontré à Belfast, O'Phelan ne s'est pas montré très positif à propos de son séjour là-bas. Mais je crois vraiment que cela vient des propres sentiments de Tom. Il éprouve une haine profonde pour l'Angleterre depuis le suicide de son père. Il semble convaincu que son père a été piégé par les services secrets, le gouvernement et l'Establishment – si ça signifie encore quelque chose aujourd'hui.

– Et c'était le cas ? voulut savoir Dave.

– Non. Dans le temps, il est arrivé des choses bizarres en Irlande du Nord, mais je ne crois pas à cette histoire. Le père a sans doute été victime d'un escroc qui essayait de se faire de l'argent en montant une fausse histoire à sensation. Dans une certaine mesure, le plus tragique est que le père ne pensait pas écrire de la propagande anti-anglaise. Il croyait vraiment dévoiler la vérité.

– Dans ce cas, pourquoi Tom ne s'est-il pas attaqué à Thames House ou à Vauxhall Cross ? demanda Dave.

– Il savait à quel point ce serait difficile. Ça ne valait même pas le coup d'essayer.

– Non, c'est autre chose, dit Wetherby avec emphase, tirant nerveusement sur sa cravate.

– S'il veut frapper *symboliquement* l'Establishment, et faire beaucoup de dégâts, nous ne sommes pas la bonne cible.

– Il préfère peut-être faire sauter une *High Table*[1].

Liz pouvait comprendre le scepticisme de Dave, mais ce n'était pas très encourageant. Maintenant, son instinct lui

---

1. À Oxford, Cambridge et autres institutions traditionnelles, la High Table est la table réservée aux professeurs et à leurs invités.

disait de plus en plus fort que la cible de Tom était Oxford, mais l'angoisse de ne pouvoir être plus précise augmentait au même rythme. Tous ces *colleges*, bibliothèques, chapelles, halls et musées. Ça pouvait être n'importe où.

Peggy revint, le visage livide.

— Qu'est-ce qui ne va pas ? demanda Liz.

— Je n'ai pas pu avoir la secrétaire parce qu'elle est terriblement occupée par les préparatifs d'Encaenia.

— Bon Dieu ! s'exclama Wetherby. C'est sûrement ça.

— Qu'est-ce que c'est, Encaenia ? s'enquit Dave.

Wetherby lui répondit avec calme.

— Une cérémonie qui se tient à Oxford pendant le trimestre d'été. Elle a lieu au Sheldonian et on y remet les diplômes honorifiques.

— Aux étudiants ?

— Non, non. À des sommités. En règle générale, il y a un dignitaire étranger ou deux. Je crois que l'année dernière, c'était le président Chirac. Parfois, un lauréat du prix Nobel. Des écrivains célèbres. Ce genre de personnes.

— Il n'y a pas seulement Encaenia, précisa Peggy. Ils installent aussi le nouveau Chancellor, le président honoraire.

— Lord Rackton ? demanda Wetherby, et Peggy acquiesça.

Dave fit une petite moue. Rackton avait été un ministre Tory de haut rang pendant de nombreuses années, souvent décrit comme le meilleur Premier ministre qui ait jamais dirigé le pays.

Peggy consulta ses notes.

— La cérémonie du Chancellor est prévue à 11 h 30 au Sheldonian. Elle sera suivie par Encaenia à midi et demi. Entre-temps, les récipiendaires des diplômes honorifiques et les officiels de l'université se retrouveront dans un des *colleges* voisins pour La Donation de Lord Crewe.

— En quoi ça consiste ? demanda Liz.

Peggy cita ses notes à haute voix :

– Pêches, fraises et champagne. Ce sont des rafraîchissements payés par une donation de Lord Crewe qui remonte au XVIIIe siècle.

Dave leva un sourcil inquisiteur vers Liz. Peggy continua :

– Après son installation, Lord Rackton les rejoindra et tous se rendront en procession au Sheldonian. Cette année, la Donation se tient au Lincoln College, ils n'auront qu'à tourner le coin de la rue.

– C'est un sacré événement, fit remarquer Wetherby. Une sorte de démonstration du prestige de l'université. Très pittoresque, des personnalités, un gros public, un accès facile. J'ai bien peur que ça ne soit très logique, conclut-il d'une voix tranquille.

Personne n'eut besoin de demander des précisions sur « ça ». L'angoisse de ne pas connaître la cible de Tom était maintenant remplacée par la tension à l'idée de ne pas savoir si on pourrait l'arrêter.

Dave se tourna vers Peggy.

– À quelle date est prévue cette fameuse cérémonie ?

Pourvu que ça soit à des semaines d'aujourd'hui, priait Liz, qui attendait avec une impatience mal déguisée que la jeune femme trouve l'information.

– La cérémonie se tient toujours le mercredi de la neuvième semaine, finit par déclarer celle-ci.

– Et ça nous donne quel mercredi ? demanda Dave entre ses dents serrées.

Il se tenait bien droit, maintenant. Peggy se tourna vers lui, les yeux écarquillés.

– C'est demain, bien sûr. Voilà pourquoi la secrétaire était si occupée cet après-midi.

Un long grondement emplit la pièce et les vitres vibrèrent légèrement, comme si un avion passait au-dessus du bâtiment. Près de Liz, Peggy sursauta.

– Tout va bien, ce n'est que le tonnerre, la rassura Dave.

51

Tom avait trouvé un petit hôtel, fort convenable et un peu miteux, non loin du gazon de la vieille place de Witney, un bourg situé à l'ouest d'Oxford. Il avait payé une semaine d'avance et réservé sous l'identité de Sherwood. Le même nom lui avait servi pour louer la voiture et acheter le billet d'avion.

Il était tellement engagé dans le présent qu'il trouvait difficile de fabriquer un passé à sa nouvelle incarnation. Le moment venu, il remplirait les vides de la biographie de Sherwood de ce qu'il fallait pour satisfaire le plus persistant des questionneurs. Mais pour l'instant, il jouissait du moment le plus existentiel de sa vie.

Après avoir rejoint avec précaution la périphérie de la ville de Burford en prenant des routes secondaires dépourvues de caméras, il appela Bashir une fois. Il ne pensait pas courir de risques – seul le téléphone de Rashid s'était révélé dangereux, et cela uniquement à cause de la stupidité du garçon. Cela avait été une erreur de le choisir – même s'il avait amené avec lui Khaled Hassan qui était solide comme un roc.

Pour l'instant, Bashir et lui revoyaient leurs plans pour la centième fois et ils synchronisèrent leurs montres avant de raccrocher. Bashir semblait calme mais, sans même parler de son engagement, il était fait d'un autre bois que

Rashid. Heureusement, celui-ci était destiné à jouer les seconds rôles. Jusqu'à présent, il avait été la seule erreur. De toute façon, il était trop tard pour y remédier.

D'un certain côté, Tom en éprouvait du soulagement, car il n'avait pris aucun plaisir à tuer son vieux mentor, O'Phelan, ou à ordonner le meurtre de Marzipan. La culpabilité n'entrait pas en compte – ces assassinats avaient été nécessaires. S'il fallait leur trouver une raison, c'était l'excès de zèle de ses collègues du MI5, notamment Liz Carlyle. Le désir de mourir de Bashir et de Khaled ne le troublait pas. Ni leurs motivations ni leur cause ne lui importaient. Ils étaient là pour servir son propre projet. C'était leur seule utilité.

Mercredi matin. Jour J, s'était dit Tom en préparant ses bagages, amusé par le caractère anglais de l'expression. Plus tard dans la journée, il se rendrait à Bristol en voiture où l'attendait une autre chambre d'hôtel, réservée pour la nuit. Tôt le lendemain, il partirait pour Shannon par un vol du matin, et de là, il décollerait pour New York, de manière fort appropriée, sur les lignes d'Aer Lingus. À ce moment, les recherches battraient leur plein et il avait préféré éviter Heathrow où il courait le risque d'être reconnu. Sous l'identité de Sherwood, le contrôle des passeports côté irlandais ne poserait sans doute pas de problème et ne présenterait aucun danger aux États-Unis. Là-bas, il déterminerait la deuxième étape de sa campagne au long cours. Au long cours – son seul objectif était de devenir une épine permanente fichée dans le flanc des persécuteurs de son père.

En partant, il expliqua à la dame de la réception qu'il s'en allait dans le West Country et prenait son bagage au cas où il lui faudrait passer la nuit sur place. Inutile de lui laisser croire à un départ abrupt et définitif. Elle aurait tout le loisir d'être étonnée plus tard. En même temps que tout le monde. Y compris Bashir.

52

Liz partit pour Oxford avec Wetherby tôt dans la matinée. Pendant la majeure partie de la nuit précédente, elle avait réfléchi à la journée qui les attendait, puis avait fini par sombrer. Mais le solstice d'été ne datait que de deux jours et bientôt, elle fut tirée du sommeil par la clarté de l'aube traversant les fenêtres de sa chambre.

Comme ils descendaient parmi les *chalk cut*[1] de Stokenchurch, la vallée de la Tamise s'ouvrit devant eux, Wetherby rompit le silence.

– Une partie de moi espère que nous avons tort.

– Je sais, dit Liz.

– D'un autre côté, si c'est le cas, ça pourrait se passer ailleurs.

Ils quittèrent la M40 à la sortie d'Oxford, puis furent retenus quelques minutes par un ralentissement à l'approche d'un rond-point à la périphérie est de la ville.

– Où croyez-vous que Tom ait pu aller ? demanda Wetherby pendant qu'ils patientaient.

– Dieu seul le sait. Même Margarita n'en avait pas la moindre idée.

– Aurait-il rejoint les terroristes ?

---

1. Silhouettes géantes sculptées dans le flanc des collines en dénudant le calcaire, comme saint George sur Dragon Hill ou le géant de Cerne Abbas.

– Il est sans doute entré en contact avec eux, mais je doute qu'il ait pris le risque d'être vu en leur compagnie. Pourquoi, c'est ce que vous pensez ?

– Non, mais je ne le vois pas non plus quitter le pays avant d'avoir vu son boulot terminé. Son *boulot* !

Sur le dernier mot, la voix de Wetherby s'était chargée d'un mépris dont il n'était pas coutumier. Il dépassa un poids lourd trop lent, puis s'engagea avec souplesse sur la route de Headington. Sur le trottoir, des enfants se rendaient à l'école, les plus petits accompagnés d'un parent, d'autres plus âgés jouaient à chat. La journée semblait parfaitement ordinaire.

Ils s'arrêtèrent au feu de Headington.

– Avez-vous l'impression de le comprendre maintenant ? demanda Wetherby.

Un Jack Russell mâchonnait sa laisse pendant que son propriétaire bavardait avec une grosse dame en robe d'été.

– Compte tenu de son ressentiment après la mort de son père, je peux encore comprendre qu'il ait répondu à l'appel de l'IRA, surtout si le messager était un personnage aussi charismatique que O'Phelan. Ce qui m'échappe, c'est la manière dont il a pu basculer vers un autre groupe terroriste et une autre cause. Surtout qu'il ne semble pas avoir de sympathie particulière pour l'islam.

– Croit-il en quelque chose ?

– Pas dans le sens d'un credo. C'est pourquoi je ne comprends pas ce qu'il tente de faire aujourd'hui... En admettant que nous ayons raison. Un vieux Tory devient Chancellor, l'ambassadeur du Pérou reçoit un diplôme honorifique. Où est l'intérêt de tuer ces gens ?

– N'oubliez pas qu'il a assassiné O'Phelan, rappela Wetherby. Et qu'il a fait tuer Marzipan, même s'il ne l'a pas frappé en personne.

Ils passaient devant l'université d'Oxford Brooke qui occupait le manoir gris où avait vécu pendant si longtemps Robert Maxwell.

– Ils menaçaient de lui faire obstacle.

– Obstacle à quoi ?

Liz haussa les épaules, songeant aux kamikazes.

– Au projet qu'il avait mis au point, quel qu'il soit. Cela semble revêtir une importance critique à ses yeux. Mais de là à tuer tous ces gens aujourd'hui… Je ne le conçois tout simplement pas.

– Moi non plus. Ça ne colle pas dans le tableau, conclut Wetherby.

53

En chaussettes, le constable Winston culminait à un mètre quatre-vingt-quinze ; et avec ses chaussures réglementaires, il prenait encore près de trois centimètres. On le remarquait de loin et il considérait cela comme une qualité – surtout dans les rassemblements publics, où tel un phare pour la navigation des pilotes, il servait de point de repère pour ses collègues perdus dans la foule.

En temps normal, il aimait travailler dans les manifestations publiques. Ce matin toutefois, le constable n'était pas heureux de prendre son service. D'ordinaire, il était en congé le mercredi et emmenait ses enfants à l'école. Bien sûr, il aurait pu sans doute discuter quand le sergent de garde l'avait coincé à la fin de son service la veille au soir, mais au ton du brigadier, il avait compris que c'était important et n'avait pas fait d'histoires. Pourtant, au briefing de 6 h 45, cette urgence n'avait pas été très clairement expliquée.

– On nous a prévenus qu'il pourrait y avoir un incident pendant les cérémonies d'aujourd'hui à l'université, avait déclaré le sergent. Nous vous préviendrons dès que nous aurons de nouvelles informations.

Le constable Winston se posait des questions en abordant la courbe en forme de poisson rouge de Broad Street, entièrement paisible à cette heure matinale. D'un côté, la rue était bordée par une rangée de boutiques aux couleurs pastel et de l'autre, par les pignons victoriens de Balliol. Elle s'étrécissait en un détroit encaissé près du Sheldonian. La complexe cérémonie d'Encaenia devait s'y dérouler, pendant qu'à l'extérieur le mélange habituel de badauds aux yeux écarquillés et d'autochtones indifférents remplirait la rue. Mais pour l'instant, pendant que le soleil luttait pour émerger après une nuit humide et couverte, il n'y avait pratiquement ni piétons ni voitures.

Qu'est-ce qui était censé se passer aujourd'hui ? s'interrogeait encore une fois le constable Winston en approchant du coin du Turl. Il s'immobilisa un moment, admirant la vue, la rue pittoresque encore brumeuse, où se détachait la flèche en forme de cornet de glace de la Lincoln College Library, dressée au-dessus du mur d'enceinte. Lorsque le président Clinton avait reçu un diplôme à titre honorifique, presque dix ans plus tôt, Winston était de service. Il se rappelait la brusquerie glaciale des hommes des services secrets, la manière dont ils avaient insisté pour que tous les policiers présents, comme lui-même, soient soumis à une enquête de sécurité. Compréhensible, dans le sens où tout président représentait une cible potentielle pour un assassin. Et ça se passait avant le 11-Septembre. Était-ce l'explication ? Il doutait tout de même de la présence d'une célébrité aujourd'hui – il en aurait entendu parler bien plus tôt, au lieu de se voir infliger des heures supplémentaires avec si peu de préavis.

Il se remit en mouvement et passa devant les « Empereurs romains », une rangée de bustes au visage sévère, perché chacun sur son piédestal, qui bordait la grille devant le Sheldonian. Une fourgonnette s'était arrêtée en double file le long d'une ligne jaune double et il pressa un peu le pas, prêt à leur souffler dans les bronches. Deux hommes sortirent de l'arrière du véhicule, tenant chacun un chien renifleur en laisse.

Un des maîtres-chiens lui adressa un signe de tête lorsqu'il fut à portée de voix.

– Ça pose un problème ? demanda-t-il avec un geste de la main vers la double ligne jaune.

– Pas à cette heure. Qu'y a-t-il ?

– Ça me dépasse, dit l'homme. Il a fallu que je me tape toute la route depuis Reading pour ce boulot. Ils pourraient s'organiser un peu mieux, quand même.

Même si ces précautions de dernière minute laissaient le constable Winston tout aussi perplexe, la fierté professionnelle le poussa à déclarer, avec une assurance qu'il n'éprouvait pas :

– C'est la bande du Front de libération des animaux. Complètement imprévisible.

À cet instant, un autre constable, Jacobs, une jeune recrue, apparut, avançant rapidement vers eux.

– Vous êtes là, Sidney, dit-il d'un ton jovial au constable Winston.

Celui-ci n'apprécia pas qu'un aussi jeune homme l'appelle par son prénom. Petit malin, songea-t-il pendant que Jacobs lui tendait une feuille A4 sur laquelle on avait photocopié des agrandissements de fiches anthropométriques. Elles représentaient trois jeunes Indo-Pakistanais à l'air parfaitement innocent. Winston scruta leurs visages, mémorisant leurs traits. Ils ne m'ont pas l'air d'amoureux des animaux, songeait-il.

54

À 9 h 15, Liz écoutait avec attention le début de la réunion. Elle était installée sur une des inconfortables chaises en plastique alignées dans la Salle des Opérations du Quartier général de la police à St Aldates, face à un écran tendu sur le mur du fond. Une série de moniteurs étaient montés sur des supports le long des cloisons.

Dave Armstrong était assis près de Liz. Sur place depuis la veille, il semblait tendu et épuisé. De l'autre côté, Wetherby et le directeur de la police, Ferris, un homme au profil de rapace. Plus loin dans la rangée, le chef de la Special Branch serrait un gobelet de plastique rempli de café.

Chargé de l'opération, le directeur adjoint, Colin Matheson, s'adressait à eux, une baguette aussi longue qu'une queue de billard en main. C'était un homme svelte qui approchait la quarantaine, avec des cheveux aile de corbeau et une tendance à l'humour pince-sans-rire. Ses manières étaient brusques et professionnelles, mais dans la pièce la tension était palpable, et rien de ce qu'il disait ne contribuait à l'alléger.

Matheson leva sa baguette pour faire signe à quelqu'un qui se trouvait au fond de la pièce : une carte du centre de la ville apparut immédiatement sur l'écran. Il se tourna vers Wetherby.

– D'après ce que vous nous avez dit, le secteur sensible se trouve ici.

Il déplaça sa baguette le long de Broad Street jusqu'au Sheldonian.

– C'est ce que nous pensons, confirma Wetherby. C'est là que doivent se tenir l'Installation du Chancellor et ensuite Encaenia.

– Vous pensez que le Chancellor pourrait être visé ?

– Difficile de prédire qui est la cible. Ces islamistes cherchent à provoquer le plus de dégâts possible avec le maximum de publicité. Je crois qu'un seul assassinat ne serait pas leur premier choix.

Le directeur se tourna vers Wetherby.

– Savons-nous s'ils sont armés ?

– Nous l'ignorons. Même si à mon avis c'est improbable, nous ne pouvons pas l'exclure. En revanche, ils disposent d'explosifs, nous avons trouvé des traces de fertilisant dans une de leurs planques, à Wokingham. Si on ajoute leur affiliation et l'histoire récente du pays, tout semble indiquer qu'ils ont l'intention de faire exploser un engin en faisant autant de victimes que possible. Et s'il s'agit de « gens importants », c'est encore mieux.

Le ton de Wetherby ne laissait aucun doute sur l'absurdité de la distinction.

– Dans ce cas, à quelle cérémonie vont-ils s'attaquer ?

– Je dirais Encaenia plus que l'Installation. Ne vous méprenez pas, ces gens seraient parfaitement heureux d'assassiner le Chancellor, mais de leur point de vue la meilleure opération consistera à tuer un bon nombre de dignitaires en même temps.

– On a une idée de la manière dont ils comptent opérer ?

Le directeur ne parvenait pas à masquer son inquiétude.

– Ils ont deux possibilités, répondit Wetherby. Ça peut être un kamikaze à pied. Dans ce cas, au moins l'un d'entre eux devra s'approcher de la procession en portant une sorte de dispositif. Sinon, ils utiliseront un véhicule, ce qui nous semble le plus probable. Nous savons qu'ils possèdent une fourgonnette Transit blanche. L'acheteur était un des trois principaux suspects. Il était particulièrement intéressé par sa capacité de chargement.

Il s'adressa directement à Matheson :

– Nous avons transmis tous les détails à votre Special Branch, y compris les numéros des plaques d'origine, même s'ils les ont certainement changées.

Matheson hocha la tête, puis désigna la rangée d'écrans sombres.

– Nous avons mis en place un système de vidéosurveillance temporaire pour couvrir la zone cible aussi parfaitement que possible. Ce sont des caméras fixes, pour éviter qu'on les esquive pendant les rotations. Elles devraient être opérationnelles d'ici la prochaine demi-heure.

« On a fait venir des chiens renifleurs de Reading pour explorer le bâtiment à la recherche d'explosifs. Les maîtres-chiens sont sur place en ce moment. On leur a recommandé d'être tout particulièrement minutieux. En plus, au sous-sol, la réserve de la Bodleian arrive à deux pas du Sheldonian. Elle est desservie par une espèce de vieux train qui part de la New Bodleian pour aller à la Old Library en passant sous la rue et s'en va ensuite vers la Radcliffe Camera.

Il suivit le trajet du train sur l'écran avec sa baguette.

– Beaucoup de gens connaissent l'existence de ce réseau ? voulut savoir Liz.

Matheson haussa les épaules.

– La plupart des gens qui traversent la cour n'ont pas la moindre notion de l'existence d'un monde souterrain à cet endroit. Mais d'un autre côté, chaque roman policier qui se situe à Oxford, de l'inspecteur Morse à Michael Innes, semble avoir son finale dans le sous-sol de la Bodleian. Si c'est ce qu'ils ont en tête, nous les arrêterons.

Wetherby secoua la tête.

– Je ne crois pas que ce soit le cas. Comme vous le dites, c'est trop évident. Mais bon, il vaut mieux vérifier.

Le chef de la Special Branch d'Oxford se fit entendre :

– Il y a eu un petit problème avec les photos que vous avez envoyées, mais nous avons des copies maintenant. Elles sont distribuées à tous les hommes du secteur.

Il tendit quelques feuilles à Wetherby, qui les examina avant de les passer à Dave et Liz. Rashid semblait terriblement jeune, songea Liz. Aussi jeune que Marzipan.

– Toutes les unités des forces armées de la vallée sont en alerte, dit Ferris. Et des officiers armés seront postés tout au long de l'itinéraire.

– Nous disposons aussi de quatre tireurs d'élite postés en hauteur avec des fusils de précision.

Matheson posa sa baguette sur le Sheldonian.

– Un ici dans la coupole.

Liz se souvint de la vue étonnante découverte lors de son escapade touristique là-haut avec Peggy.

– Un autre ici, pour couvrir la cour, entre le Clarendon Building et le Sheldonian.

Matheson désignait cette fois la Bodleian.

– Et deux sur Broad Street. Un, face à l'est en haut du magasin de musique Blackwell. L'autre, face à l'ouest de la même position. Nous avons aussi une douzaine d'officiers de la Special Branch en civil qui se mêleront aux spectateurs. Ils seront tous armés. Nous vérifions toutes les fourgonnettes présentes au centre-ville. Nous avons alerté tous les contractuels et nous avons mis en place des patrouilles supplémentaires de policiers en tenue dans les rues. Les fourgonnettes blanches ne manquent pas et, bien sûr, ils peuvent avoir repeint le véhicule d'une autre couleur. Mais nous faisons tout notre possible.

Après ce récital de mesures préventives, un silence emplit la pièce. Personne ne semblait avoir hâte de le rompre.

La mine sévère, Matheson se dévoua.

– Bien, espérons que nous sommes parfaitement préparés.

– Et que les digues tiendront, ajouta Dave Armstrong à mi-voix.

55

Ils s'étaient levés tôt, avaient pris un petit déjeuner frugal, puis avaient prié. Rashid observait Bashir et Khaled de près. Il les admirait pour ce qu'ils s'apprêtaient à accomplir. D'une certaine manière, il aspirait à devenir aussi, dès aujourd'hui, un martyr de la lutte contre les ennemis de l'islam.

Mon rôle est le plus difficile, songeait-il. Je n'aurai pas ma récompense dans l'immédiat. Mais il se réconfortait en pensant qu'il aurait sa part dans le combat du jour. Il connaissait ses instructions et le sort qui lui était réservé ensuite. On entrerait en contact avec lui et il serait conduit au Pakistan pour rejoindre l'imam dans sa madrasa. Alors, il pourrait vraiment affronter la mort au cours d'une autre opération. Il aurait aimé passer d'abord chez lui, voir ses parents et s'occuper de sa sœur, Yasmina, mais il savait que c'était impossible. La police le recherchait.

Tous les trois se serrèrent sur le siège avant de la camionnette. À regret, Bashir confia à Rashid le téléphone portable sans abonnement qu'il était allé acheter à Didcot, parcourant à pied le kilomètre et demi qui séparait la gare du nouveau centre commercial, situé sur la route principale.

– Tu ne dois l'utiliser qu'une fois et une seule, ordonna-t-il au jeune homme. Pour m'appeler comme prévu.

Bashir avait consulté la carte avec attention et se rendit à destination par des routes secondaires, évitant la A34, trop facile à isoler avec des barrages. Il traversa la campagne entre Abingdon et Oxford, puis descendit Cummor Hill et pénétra dans la ville par l'ouest. Il suivit le réseau tortueux des sens uniques et se gara dans le quartier tranquille de Jericho, autrefois domaine des imprimeurs des Presses universitaires. Les petites maisons de brique étaient maintenant occupées par de jeunes familles aisées.

Bashir se surprit à évoquer la manière dont tout avait commencé, à des milliers de kilomètres de là. Il avait rencontré l'Anglais au marché de Lahore – l'homme se trouvait dans une boutique et avait passé la tête par la porte au moment où Bashir passait.

– Vous parlez urdu ? Vous pourriez m'aider pour la traduction ? lui avait-il demandé d'un ton décontracté.

Bashir parlait couramment urdu, langue que ses parents utilisaient chez lui, à Wolverhampton. Il aida donc l'homme à négocier l'achat d'une centaine de tapis brodés du Cachemire.

Ensuite, ils avaient pris un café. L'Anglais lui avait appris qu'il travaillait pour une compagnie d'import-export à Dubaï (ce qui expliquait l'importance de la commande) et qu'il passait trois mois à Lahore pour y faire des achats. Son manque de familiarité avec la langue lui compliquait la tâche ; est-ce qu'à tout hasard Bashir serait disposé à l'aider ? Il serait payé, bien sûr – l'homme mentionna un chiffre qui fit ciller Bashir. Intrigué, flatté (mais déjà un peu méfiant), Bashir avait accepté.

En surface, leur relation restait strictement professionnelle. Cependant, chaque jour, lorsqu'ils avaient fini de négocier au marché, ils prenaient un rafraîchissement au café et leurs discussions roulaient sur la politique ou la religion. L'Anglais se montrait amical, expansif et direct, il frisait parfois l'indiscrétion.

Bashir n'était pas naïf. Comme ses camarades étudiants, il avait été prévenu dès son premier jour à la madrasa de se méfier de la présence d'agents secrets occidentaux. Plus d'une fois, il lui était venu à l'esprit que l'homme n'était pas ce qu'il prétendait. Mais au cours de leurs conversations, l'Anglais ne se montrait jamais inquisiteur ou importun ; en fait, il semblait plus enclin à exposer ses propres positions.

Elles semblaient étrangement peu occidentales. Il possédait une profonde connaissance de l'islam, surtout au Moyen-Orient dont il paraissait avoir une grande expérience. Ses sentiments anti-américains étaient véhéments et il réduisait allégrement le 11-Septembre à une affaire de « bétail s'alignant devant l'abattoir ».

L'imam poussait Bashir à suivre une formation dans un camp d'entraînement pour rejoindre ensuite le combat de ses frères musulmans en Afghanistan ou en Irak. Mais il était hostile à ce projet. Pourquoi ? Lui-même n'en était pas certain, jusqu'à ce que, pendant une de leurs conversations, l'Anglais lui mette une idée en tête. S'il avait eu l'âge de Bashir, avait dit l'homme d'un ton méditatif, il aurait aimé prendre les armes contre l'Occident. Mais pas en Afghanistan ou en Irak, avait-il ajouté. Pourquoi chercher une mort anonyme dans un pays étranger alors qu'on pouvait mener la bataille plus efficacement dans sa propre patrie ? Combattre les forces occidentales ici était un piège à cons. Les armées des États-Unis et du Royaume-Uni perdaient quelques soldats ? Et alors ? Ils avaient réussi à fixer la guerre sur un territoire éloigné que peu de leurs citoyens connaissaient. Ce que redoutaient vraiment ces puissances était que la guerre arrive sur leur propre territoire.

L'Anglais avait distillé ces informations en une série de remarques égrenées çà et là, mais elles cristallisaient les réflexions de Bashir – et sa propre réticence à s'engager aux côtés des recrues d'Al-Qaida. Pourquoi ne pas suivre cet entraînement, puis transporter le combat à la maison ?

Mais à quoi arriverait-il seul ? Il l'avait fait remarquer à l'Anglais, assez sèchement, lors de leur rencontre suivante. Et ce fut à cet instant que leur marché fatidique avait été conclu. Car l'Anglais avait proposé de l'aider.

Bashir avait accueilli l'offre avec méfiance. L'Anglais cherchait sans doute à l'attirer dans un piège, pour l'arrêter et l'emprisonner ensuite. Il l'avait peut-être laissé paraître, car l'homme lui avait fait une confession. L'Anglais comprenait les soupçons de Bashir, et celui-ci avait raison de se montrer prudent, car l'import-export ne constituait pas ses seules activités professionnelles. Oui, il avait des liens avec les services secrets – mieux valait ne pas être trop précis. Mais ses projets personnels coïncidaient avec le désir de Bashir de frapper l'Occident.

Sachant cela, comment Bashir pouvait-il lui faire confiance ? Eh bien, pourquoi pas ? Si l'Anglais avait voulu le piéger, l'aurait-il vraiment encouragé à frapper seul ? Ne l'aurait-il pas plutôt poussé à rejoindre une cellule déjà existante afin que les autorités puissent surveiller et prévenir les activités d'un cercle plus large ?

Le reste était... l'histoire de la préparation, songeait Bashir, au volant de la fourgonnette. Il avait rencontré Rashid et Khaled à la mosquée de Wolverhampton. Tous deux souhaitaient s'engager dans le jihad et ne demandaient qu'à être guidés. Ils étaient jeunes et tombèrent rapidement sous son emprise. Ces caractéristiques avaient convaincu l'Anglais d'accepter leur enrôlement, sans compter, avait-il expliqué à Bashir, leur virginité en termes de sécurité.

Cela avait peut-être été une erreur, car Rashid s'était révélé enclin à la nervosité et aux décisions peu judicieuses, mais au moins il était possible de l'isoler – même si ses relations hollandaises avaient été une source d'inquiétude plus que le signe d'expérience qu'elles présentaient au départ. Cela dit, Rashid n'aurait pas grand-chose à faire, aujourd'hui – juste un coup de fil. Donc il devrait être possible de garantir qu'il garderait son calme.

Il était 11 h 30.

À la différence de Bashir, Tom n'avait pas besoin d'un véhicule dans Oxford et laissa sa voiture de location, avec son sac de voyage dans le coffre, dans un *Park and Ride*[1] du nord de la ville. La première étape était sur le point de s'achever.

Il prit la navette comme n'importe quel quidam allant faire ses courses un jour de semaine et descendit en face de la Radcliffe Infirmary, autrefois hôpital de la ville. La journée était magnifique, le soleil brillait de tous ses rayons, mais la brise apportait maintenant une température agréable. En se dirigeant vers le centre-ville, il avisa les bus de touristes garés sur St Giles. Étaient-ils aussi nombreux lorsqu'il était étudiant ? Probablement, mais il ne les avait sans doute pas remarqués à l'époque.

Autrement, tout semblait étonnamment intact. Cela dit, pourquoi y aurait-il du changement ? Il n'interviendrait que sur une pression extérieure, puisque ceux qui avaient assez de pouvoir pour initier la transformation refusaient de le faire. Pourquoi cela ? Parce qu'ils étaient déjà tous du même côté. Oxford, Cambridge, le Foreign Office et les services secrets, le cœur noir de l'Establishment qui avait détruit son père. Il les avait infiltrés avec l'intention de leur nuire à son tour. Enfin, il allait pouvoir commencer. Toute cette arrogance aurait bientôt disparu.

Il tourna dans Broad Street et entra à la librairie Blackwell. Dans le café du premier étage, il commanda un double expresso et choisit un siège près de la fenêtre. Aux premières loges ! Il contempla le Sheldonian, avec son flanc

---

1. Système combinant un parking à la périphérie d'une agglomération et un réseau de transport en commun.

incurvé et sa pierre jaunissante couronnée par la pimpante peinture blanche de la coupole de bois.

Il n'y avait aucune voiture garée dans le milieu de Broad Street, qui avait été interdit à la circulation. Il s'interrogea sur ces dispositions, mais son trouble ne dura pas. C'était logique, les véhicules risqueraient de gâcher la beauté de la procession quand elle longerait le trottoir depuis le Turl.

Tout en feuilletant un exemplaire du *Guardian*, il jetait de temps à autre un coup d'œil dans la rue. Des étudiants et parfois un *don* descendaient les marches de Clarendon Building en face ; derrière, il voyait des nouveaux qui sortaient de la Bodleian, portant sacoche, sac à dos, et les bras remplis de livres. Dans la rue, un bus avait été autorisé à s'arrêter temporairement devant le musée de l'Histoire de la Science, et son étage supérieur découvert se garnissait peu à peu de touristes équipés d'appareils photo. Au coin du Turl, un policier en uniforme donnait des indications à une jeune Orientale. L'homme semblait parfaitement serein. Bien, se dit Tom.

Il était exactement midi. Il termina son café, se leva et gagna lentement le fond de l'étage, où il se promena dans la section Littérature, puis redescendit. Se serait-il attardé deux minutes de plus près de la fenêtre qu'il aurait vu le policier rejoint par quatre collègues – deux d'entre eux portaient des gilets pare-balles et des carabines Heckler & Koch.

Au rez-de-chaussée, il resta à distance de l'accueil, tenu par deux employés, et traîna au rayon des livres pour enfants à l'arrière de la boutique, où une mère essayait d'acheter un exemplaire du *Magicien d'Oz* tout en gardant l'œil sur son bambin vagabond.

Il consulta sa montre et, cinq minutes exactement après midi, il gagna le coin discret où se trouvait l'unique ascenseur du magasin. Il appuya sur le bouton et attendit avec patience ; il s'était accordé une marge de soixante secondes supplémentaires en cas de problème. Si le besoin s'en faisait sentir, il pouvait encore sortir.

La porte de l'ascenseur s'ouvrit lentement, une femme en émergea, s'appuyant sur une canne. Il lui adressa un sourire aimable, puis entra dans la cabine et sélectionna rapidement le dernier étage avant que quiconque ne le rejoigne. Pendant la montée, il composa un numéro programmé sur son portable ; le signal était puissant. Au troisième étage, il pressa le bouton qui maintenait les portes fermées. Pas question d'être interrompu. Puis il parla :

– Écoutez attentivement. Je ne répéterai pas ce message…

Il était temps d'y aller. Bashir fit démarrer la camionnette, rejoignit Walton Street et passa devant la façade imposante de l'Oxford University Press. Au feu, il prit à gauche et avança avec prudence sur deux cents mètres, puis mit son clignotant et s'arrêta sur une double ligne jaune en face de l'Ashmolean Museum. Rashid se prépara à descendre.

– Il y a un contractuel de l'autre côté de la rue, mentit Bashir pour éviter de prolonger les adieux.

Il se pencha devant Khaled qui se trouvait au milieu, et tendit la main. Rashid la secoua avec nervosité.

– Qu'Allah soit avec toi, dit-il d'une voix hésitante.

Il serra aussi la main à Khaled, à qui il adressa la même bénédiction.

D'un air grave, Bashir répéta gravement ses instructions pour la dernière fois.

– Prends ton temps pour arriver là-bas. Quoi que tu fasses, ne te précipite pas ou tu attireras l'attention. J'attendrai ton appel – ça devrait être dans vingt minutes. Mais n'oublie pas, n'appelle que lorsque tu verras apparaître la procession. Qu'Allah soit avec toi, entonna-t-il.

Il regarda Rashid d'un air solennel et lui fit signe de descendre de la fourgonnette.

Il n'y avait pas de temps à perdre. Bashir tourna à gauche dans la large rue St Giles, remarquant le policier posté à l'autre bout. Il avança à petite vitesse en direction de North Oxford, puis fit demi-tour et repartit vers le centre. À environ sept cents mètres au nord du Sheldonian, il s'arrêta dans une paisible rue transversale près du mur de brique rouge de Keble College, un triomphe gothique d'ambition victorienne. Puis il gara le véhicule. Khaled et lui attendirent en silence l'appel de Rashid.

Est-ce que je suis nerveux ? se demanda Bashir. Pas vraiment. L'Anglais l'avait prévenu que cela pourrait être le cas, et lui avait même proposé des comprimés pour lui faciliter les choses – ce qu'il avait refusé. Et, en fait, maintenant que le moment approchait enfin, une onde de calme l'envahissait lentement.

Il se tourna et tendit la main vers l'arrière avec précaution, jusqu'à trouver la longueur de corde. Il la tira doucement, amenant l'extrémité libre sur le siège avant, et la posa près du levier de vitesse, du côté de Khaled. La corde était presque tendue ; dans dix minutes, une brève secousse de Khaled, une demi-seconde de délai, et tous les deux rencontreraient leur avenir.

56

Liz scrutait les images de Broad Street qui défilaient sur les écrans. Elle remarqua à peine Dave qui posa un gobelet de café au lait devant elle. Remarquant sa concentration, il lâcha une plaisanterie :

– Six sucres, c'est bien ça ?

Elle lui adressa un sourire fugace avant de reprendre sa surveillance. Le Chancellor, maintenant intronisé, avait quitté le Sheldonian quelques minutes plus tôt et s'était rendu à Lincoln College par la cour de la Bodleian, sous l'œil vigilant d'un tireur d'élite posté sur le toit de la bibliothèque et de plusieurs policiers en civil, au niveau du sol.

Soudain une jeune constable fit irruption dans la pièce, le rouge aux joues. En découvrant le petit groupe rassemblé devant les moniteurs, elle s'arrêta net, soudain intimidée par leurs regards curieux.

– Sir, nous venons de recevoir un appel d'avertissement, dit-elle, semblant s'adresser en même temps à Matheson et au directeur de la police. Il dit qu'un incident majeur est sur le point de se produire dans Broad Street.

– Quels sont les termes exacts ? demanda Wetherby.

– Je vais vous le faire entendre.

La jeune femme se plaça devant une console installée au fond de la salle et appuya sur un interrupteur. Après quelques sifflements et craquements, la conversation enregistrée emplit la pièce.

– Ici, la Special Branch, fit une voix de femme.

– Écoutez attentivement, annonça une voix masculine en anglais, je ne répéterai pas ce message. Dans quinze minutes, une bombe explosera au milieu de la procession sur Broad Street. Cherchez un jeune homme pakistanais. Il faut agir vite.

La communication fut interrompue.

Liz et Wetherby échangèrent un regard plein de tension. Ferris intervint :

– Ce n'est pas un canular, n'est-ce pas ?

– Non. C'est sérieux. Nous avons reconnu sa voix.

– Pourquoi Tom a-t-il appelé ? demanda Dave, médusé.

– Et les autres terroristes ? demanda Liz à Wetherby d'un air inquiet.

Wetherby secouait la tête. Il semblait perplexe.

– Si Tom sait ce qu'il fait, c'est loin d'être mon cas.

La radio du constable Winston avait grésillé à peine quelques minutes auparavant, délivrant un message urgent, et il s'était positionné devant les doubles portes de la cour de Trinity College, aidant à rediriger le flot des piétons. Leur nombre habituel, déjà important, était renforcé aujourd'hui par les curieux qu'attirait l'apparat de la procession d'Encaenia. Ils étaient lents à se disperser malgré les efforts des policiers qui les pressaient de se diriger vers le Sheldonian. Une équipe de la station de télé locale ITN se montrait particulièrement butée ; la relative platitude d'une énième Encaenia était éclipsée par un « incident » et ils étaient déterminés à rester sur place pour le filmer.

Pour l'instant, le constable se retrouvait au milieu de touristes japonais, qui portaient peu d'attention à ses ordres, trop occupés à se prendre mutuellement en photo devant Trinity. Ils voulaient aussi que le constable Winston figure également sur les photos, ce qui lui compliquait d'autant plus la tâche. Il faisait de son mieux pour rediriger une jeune fille en particulier, qui ne comprenait pas un mot d'anglais mais le tirait par le coude avec insistance depuis qu'elle l'avait approché.

Il se dissimulait derrière un petit groupe d'adolescents italiens qui ignoraient également l'ordre de dégager la rue. Et le petit jeune homme aurait pu passer inaperçu si sa tenue n'avait pas autant tranché avec celles des étudiants ; il portait une vraie chemise au lieu d'un tee-shirt, et tenait à la main - quelque peu maladroitement - un téléphone portable. Et, aux yeux du constable Winston, cette impression de singularité s'accentua, lorsque le suspect se détacha du groupe et recula vers les portes de Trinity College, à moins de cinq mètres de là en regardant en direction du Turl. Il attend quelque chose, se dit Winston, fixant avec attention le jeune homme qui tripotait son téléphone.

Le constable Winston savait se déplacer rapidement quand c'était nécessaire. L'appareil avait à peine touché l'oreille du petit bonhomme que la grande main de Winston se referma sur la sienne.

– Veuillez m'excuser, monsieur. Puis-je jeter un coup d'œil à votre téléphone, je vous prie ?

Le jeune Indo-Pakistanais leva les yeux vers lui, il semblait absolument pétrifié.

– Bien sûr, dit-il avec nervosité, et il abandonna le téléphone avec un faible sourire.

Puis il fit brusquement volte-face et détala dans Broad Street en direction du centre commercial de la ville.

Le téléphone serré dans son poing, le constable Winston s'élança derrière lui en hurlant :

– Arrêtez-le !

Rashid filait vers le coin du cimetière de Magdalen Street. Il fut soudain projeté contre le mur d'enceinte de Balliol, puis cloué contre la pierre par la poigne ferme d'un policier. On l'a eu ! se dit Winston. Son soulagement tourna à l'aigre lorsqu'il vit que l'auteur de l'arrestation était le constable Jacobs, le jeune prétentieux.

57

Qu'est-ce qu'il fabriquait ? Pourquoi Rashid n'avait-il pas appelé ? Bashir désobéit aux ordres de l'Anglais et composa le numéro du portable de Rashid, mais l'autre appareil était éteint. Bon sang ! Il consulta sa montre – la procession allait atteindre Broad Street d'un instant à l'autre. Qu'avait dit l'Anglais ? « S'il y a le moindre raté dans les communications, allez-y. Peu importe ce qui arrive, vous ne devez pas être en retard. En retard, signifie *trop* tard. »

Il attendrait encore trente secondes, décida-t-il en consultant sa montre digitale. Khaled s'agita brusquement, montrant quelque chose à travers le pare-brise. En regardant vers le bout de la rue, où les pelouses de University Parks formaient un luxuriant arrière-plan, Bashir les vit.

L'un en tenue, deux en civil, ils remontaient la rue en zigzag, examinant chaque voiture garée, avant de passer à la suivante d'un pas vif. Ils progressaient dans leur direction.

Appelle, s'il te plaît, appelle, s'exclama Bashir, presque comme une prière. Il vit un des civils montrer le bout de la rue où ils se trouvaient, puis Bashir comprit que le doigt tendu les désignait. Le policier en tenue leva la tête et se lança dans un sprint, retenant son casque d'une main, pendant qu'il parlait dans une radio tenue de l'autre. Les deux hommes en civil étaient sur ses talons, et les trois couraient à toute vitesse au milieu de la rue.

Il ne pouvait attendre plus longtemps. Il mit le contact et la camionnette démarra dans un hoquet. Le moteur s'emballa, Bashir partit sèchement, avec l'intention d'accélérer vers Parks Road, où il prendrait les sept cents mètres de rue qui les conduiraient vers leur cible. En voyant le véhicule bouger, l'homme en tenue dévia sur le trottoir. Un des policiers en civil sortit une arme de son manteau et s'accroupit derrière une voiture garée.

Puis Bashir vit un gros fourgon – du genre qu'on utilisait pour transporter les policiers aux matches de football – s'arrêter directement au bout de la rue latérale, bloquant sa sortie. Il freina brusquement, juste à temps pour donner un coup de volant et filer par une petite route qui contournait Keble College par l'arrière. Il longea les aménagements modernes derrière le collège, puis négocia le tournant de quatre-vingt-dix degrés à gauche avec un petit crissement de pneus. Mais il jura à haute voix en voyant un autre fourgon de police bloquer aussi ce côté de la rue. Il n'y avait qu'une seule chose à faire : Bashir écrasa l'accélérateur et fonça vers le véhicule puis, au dernier moment, tourna abruptement le volant vers la droite. Son pneu avant heurta le coin du trottoir et la camionnette bondit, manquant de peu une jeune fille qui passait par là. Elle hurla, le bruit vibra dans l'air comme une sirène et mourut lentement au moment où les pneus atterrirent avec un choc sourd sur Parks Road.

Bashir reprit le contrôle du volant et descendit la rue bordée d'arbres, accélérant vers la procession d'Encaenia. *Ils ont dû atteindre Broad Street,* songea-t-il. *Je ne dois pas être en retard, je ne dois pas être en retard.* Il n'y avait pas de circulation, mais il se força à ralentir jusqu'à ce que le compteur descende à cent kilomètres heure. Il fallait qu'il puisse prendre le virage. Il effleura les freins une fois, une seconde. Voilà, il était prêt. Du coin de l'œil, il vit Khaled empoigner étroitement le bout de la corde.

Le feu vira à l'orange, mais il l'ignora, priant pour que personne ne déboule de Broad Street. Au lieu de cela, un étudiant à bicyclette émergea de Holywell Street, sur sa gauche. Comme dans un film, un policier surgi de nulle part se jeta sur le cycliste et le projeta à terre avec son vélo.

Bashir n'eut pas le temps d'enregistrer toute la scène, il était déjà au carrefour et vira sèchement à droite. Il racla au passage la bordure du trottoir extérieur, juste devant les marches basses de Clarendon Building, et lutta pour diriger le véhicule vers la procession qui devait se trouver droit devant lui. Il lui suffirait ensuite de suivre le trottoir et Khaled tirerait sur la corde. L'explosion tuerait tout le monde dans un rayon de cent mètres. C'est ce qu'avait dit l'Anglais. Cent mètres à la ronde.

Mais Broad Street était absolument vide. Personne sur les trottoirs, personne dans la rue. Pas de procession, ni de piétons, pas même un étudiant à bicyclette. C'était comme une ville fantôme.

Bashir commença à paniquer en sentant un choc sourd contre le pneu avant gauche. Qu'avait-il heurté ? Puis, presque au même moment, un autre pneu explosa. Il perdit le contrôle du véhicule.

La fourgonnette pencha lourdement vers la gauche, puis un long dérapage en courbe la projeta vers le mur d'enceinte du Sheldonian. Bashir comprit en un éclair que Khaled n'aurait pas besoin de tirer la corde. L'impact suffirait à déclencher les détonateurs.

58

Lorsqu'elle vit le premier pneu éclater sous la balle du tireur d'élite, Liz s'accroupit avec Charles Wetherby derrière une des voitures de police. Elle se boucha les oreilles des deux mains et attendit la déflagration. Instinctivement, Wetherby passa un bras protecteur autour d'elle.

On entendit le grincement discordant du métal s'écrasant contre un obstacle inamovible, suivi d'un choc sourd, moitié son, moitié vibration.

Puis le silence. Liz commença à lever la tête, mais Wetherby l'en empêcha.

– Attendez. Au cas où.

Mais il n'y eut pas d'explosion. La pression du bras de Wetherby s'allégea et Liz regarda avec précaution par-dessus l'avant de la voiture.

La fourgonnette avait heurté le mur de soutènement, avait été projetée en l'air et s'était arrêtée contre les grandes grilles, capot pointé vers le ciel, ses roues avant tournant dans le vide.

Matheson quitta son abri et se mit à lancer des ordres. Un camion de pompiers de Debenhams arriva derrière eux. Il contourna les bornes de Broad Street, cahota lourdement sur le trottoir et se faufila lentement le long des vitrines par le passage étroit, puis accéléra vers la camionnette, toutes sirènes hurlantes.

À son arrivée, des policiers armés quittèrent les recoins et les porches où ils s'étaient réfugiés et convergèrent vers le véhicule accidenté. Un officier en civil de la Special Branch l'atteignit le premier et tenta d'ouvrir la portière du chauffeur. Il ne manquait pas de courage, songeait Liz. Le carburant du réservoir menaçait toujours d'exploser.

À son tour, elle s'éloigna de son refuge et se dirigea avec précaution vers la fourgonnette, accompagnée de Wetherby. Dave Armstrong les rejoignit, hors d'haleine, ébahi.

– C'est quoi cette histoire ?

Ni l'un ni l'autre ne répondit. Ils descendirent la rue en regardant les pompiers projeter de grands jets de mousse sur la camionnette.

– Je ne comprends pas pourquoi Tom a passé cet appel.

– Il ne nous a pas parlé de la fourgonnette, fit remarquer Dave d'une voix sèche.

Wetherby haussa les épaules.

– Il pensait peut-être que ce n'était pas nécessaire.

Liz le regarda, perplexe. Mais Matheson les intercepta :

– Il y a deux types à l'intérieur. Morts tous les deux.

– Tués dans l'accident ? demanda Wetherby.

Matheson hocha la tête.

– Ils avaient une bombe à base de fertilisant à l'arrière, mais elle ne s'est pas déclenchée. Il est trop tôt pour en être certain, mais on dirait que les détonateurs n'ont pas marché.

– Je me demande s'ils étaient censés fonctionner, dit pensivement Wetherby.

Liz l'observa, sans parvenir à déchiffrer son expression.

– D'après vous, ils savaient que l'explosion allait faire long feu ? demanda-t-elle.

– Eux non, mais Tom oui, sans doute. Liz, vous-même

avez dit que vous ne compreniez pas pourquoi il voulait tuer tant de gens innocents. Il voulait que la camionnette arrive jusqu'ici, mais il savait qu'elle n'allait pas sauter.

– Je ne comprends toujours pas son objectif.

Wetherby haussa les épaules.

– J'imagine qu'il cherchait à démontrer que ça aurait pu arriver. Pour révéler notre dangereuse incompétence.

Il montra la rue, où Liz aperçut une équipe de télévision avançant dans leur direction.

– C'est peut-être une chaîne locale, mais vous pouvez être sûre que leurs images font faire les infos nationales, ce soir. Aucun d'entre nous n'aura très bonne mine après ce genre de publicité.

– C'était donc ça qu'il visait. Détruire la réputation du Service ?

– Quelque chose dans le genre.

– Un moment !

Dave intervint avec un geste d'impatience vers la camionnette accidentée.

– Il se fichait que ces deux mecs y passent, non ?

– Évidemment, répondit Wetherby, qui eut un rire sans joie. Je ne cherche pas à défendre Tom. Je dis simplement que son objectif avait plus de subtilité que nous ne lui avions accordée. Et Dieu merci !

Dans Broad Street, les policiers se regroupaient pendant que les pompiers continuaient à recouvrir l'épave de mousse.

– Pensez au nombre de gens qui auraient pu mourir. Si Tom n'avait pas téléphoné, cet endroit aurait été bondé…

Ils se tenaient au milieu de la rue, non loin du véhicule. Liz aussi regardait autour d'elle, encore surprise qu'il n'y ait pas eu d'explosion, ni d'autres victimes que le chauffeur et son passager. Puis elle remarqua que les deux bustes qui ornaient la grille de part et d'autre de la fourgonnette avaient disparu de leur piédestal : les têtes des

« Empereurs romains » s'étaient fracassées sur le sol. C'était irréel.

Wetherby désigna quelques fragments jonchant la rue.

– J'ai l'étrange impression que ce ne sont pas les seules têtes qui vont tomber.

59

Le policier éloignait tout le monde des fenêtres, mais Tom savait que c'était inutile. On les conduisit vers le vaste sous-sol de la librairie, où ils durent patienter près d'une demi-heure. Il gardait un œil attentif sur sa montre, et, au bout de huit minutes, il sourit involontairement lorsque le compte à rebours se termina. Trois ans, il l'avait planifié pendant trois ans – et maintenant le moment était enfin venu.

Il jubilait. Il savait que, plus haut, dans la rue, la police tournait en rond, plongée dans la confusion après la découverte de la camionnette accidentée contenant une bombe au fertilisant qui avait fait long feu : les détonateurs qu'il avait remis à Bashir étaient inutilisables, ils n'auraient pas allumé une cigarette et encore moins déclenché une explosion.

Au moment où la nouvelle de ce quasi-désastre se répandrait comme un feu de brousse, la réaction locale serait d'abord le soulagement, mais Tom était certain qu'Oxford ne reverrait plus jamais une procession d'Encaenia. Mais ailleurs, à Thames House, ce serait bien différent. À son avis, les occupants de Thames House se paieraient une attaque cardiaque collective.

Car ils n'auraient aucune idée de l'endroit où il se trouvait, et aucune piste pour les y mener. Ils passeraient leur temps à redouter qu'il frappe encore – et ils auraient raison de s'inquiéter. Oxford n'était que le début. Rien ne l'empêchait de garder une tête d'avance sur ses anciens collègues pendant encore bien longtemps. Il consulta sa montre. D'ici trois heures, il serait dans sa chambre d'hôtel de la banlieue de Bristol. Et dans un peu moins de vingt-quatre heures, son avion se préparerait à atterrir à JFK.

Dans l'immédiat, il avait largement donné au MI5 de quoi s'occuper. L'embarras causé par cette occasion manquée de justesse céderait rapidement la place à des autopsies angoissées, des enquêtes internes, une tempête médiatique, des questions à Thames House, au jeu de l'esquive des responsabilités, aux dégâts incontestables infligés à la réputation des services secrets. « Pourquoi n'avaient-ils pas réussi à arrêter les terroristes ? » « Et si les détonateurs avaient fonctionné ? »

Et tout cela avant même qu'ils commencent à affronter le fait d'avoir eu une taupe chez eux pendant presque quinze ans. Une taupe qu'ils n'avaient pas pu capturer.

Pour l'instant, un policier leur permettait enfin de sortir et tous se regroupèrent en haut de l'escalier qui conduisait directement dans Broad Street. Par mesure de sécurité, Tom s'attarda un peu et bien lui en prit. Posté sur la dernière marche, à quelques mètres de la sortie, il examina la rue et découvrit la silhouette familière de Liz Carlyle au milieu de la chaussée, en pleine conversation avec Charles Wetherby.

D'abord, il n'en crut pas ses yeux. Qu'est-ce qui les avait conduits ici ? Comment avaient-ils découvert sa cible ? C'était absurde ; pas avec toutes les précautions qu'il avait prises !

Auraient-ils retourné un des kamikazes ? Impossible. Seul Bashir connaissait la cible exacte – Khaled était content de ne rien savoir et Rashid était trop faible pour que ni lui ni Bashir ne lui accordent assez de confiance pour la lui révéler. Ce dernier n'aurait jamais trahi une cause pour laquelle il était si impatient de donner sa vie. Et si n'importe lequel d'entre eux parlait maintenant – ils devaient avoir été pris quelques minutes plus tôt –, ils ne savaient rien qui puisse permettre à la police ou aux anciens collègues de Tom de le retrouver.

Alors, qui avait pu le trahir ? O'Phelan avait-il parlé avant qu'il lui rende visite à Belfast ? Cela semblait inconcevable – dans ce cas, pourquoi le professeur aurait-il pris la peine de le prévenir que Liz était passée le voir pour lui poser des questions indiscrètes ?

Il ne semblait y avoir aucune solution évidente permettant d'expliquer pourquoi ça avait mal tourné, mais il n'avait pas le temps d'y réfléchir. Il se retourna, s'éloigna de la porte, et repartit vers l'intérieur du bâtiment. Une des employées de la librairie lui toucha le bras – elle les avait guidés vers le haut de l'escalier comme un border colley – et il lui adressa le sourire charmeur qu'il avait appris à utiliser comme une arme.

– J'ai oublié quelque chose, s'excusa-t-il.

Elle lui rendit son sourire et le laissa passer. Patience, se dit-il. Pas de panique. Mais tu dois filer d'ici rapidement. Après tout, ce n'était que la première étape. Pas question de se laisser arrêter maintenant.

60

Le sniper de la coupole du Sheldonian était toujours en position. En se retournant, Liz remarqua un autre tireur d'élite, carabine en main, sur le toit du magasin de musique de Blackwell au coin de la rue.

Quelque chose dans cette scène la dérangeait. Elle se tourna vers Charles et une pensée surgit soudain, sortie de nulle part.

– Je crois que Tom est ici. Il aura voulu voir ça.

– Vous croyez ?

Wetherby accusa le choc, mais douta d'abord. Puis il y réfléchit :

– Vous avez peut-être raison. Pour ce qu'il en sait, nous sommes encore à Londres à nous demander où diable il a bien pu passer.

Matheson les rejoignit.

– Nous avons encore une trentaine de personnes chez Blackwell, dans la salle Norrington. Nous les avions fait descendre pour assurer leur sécurité. Je m'apprête à les laisser partir, à moins que vous n'ayez une objection.

– Pas de problème, répondit Wetherby.

Matheson se dirigeait déjà vers la librairie, lorsque Liz le rappela :

– Veuillez m'excuser, mais pourrions-nous juste contrôler les gens à leur sortie ?

Il la regarda d'un air surpris, puis se tourna vers Wetherby, qui confirma d'un signe de tête et ajouta :

– Si vous les faites passer par la même porte, nous pourrions jeter un coup d'œil en vitesse.

Ils se rendirent tous vers la sortie côté Trinity College, où l'escalier raide relié à la caverneuse salle Norrington débouchait au fond d'une petite salle du rez-de-chaussée. Matheson et un grand policier se postèrent avec eux à l'extérieur, pendant que les clients émergeaient – la plupart impassibles, quelques-uns irrités.

Ils ne reconnurent personne.

– Il faut que je m'informe de ce qu'ils ont fait du suspect qu'ils ont arrêté, déclara Wetherby, et il tourna les talons en lançant à Dave et à Liz :

– Jetez un dernier coup d'œil à l'intérieur, par précaution.

Liz s'adressa à Matheson.

– Pourriez-vous laisser quelqu'un devant ?

Il accéda à regret à sa demande, manifestement convaincu qu'il y avait de meilleures façons d'utiliser ses hommes.

Dave secouait la tête, il fit un geste vers la silhouette de Wetherby, puis désigna Liz.

– Je sais que les grands esprits se rencontrent. Mais si Tom était dans le coin, il doit avoir filé depuis longtemps. Et s'il se trouvait dans la librairie, il lui suffisait de passer par la porte de derrière.

– Non !

La voix, teintée d'un accent du Nord, appartenait à un homme trapu, vêtu d'une veste à carreaux.

– Je travaille chez Blackwell. Quand la police a demandé à tout le monde de descendre au sous-sol, j'ai verrouillé l'entrée de service à l'arrière. C'était plutôt pour empêcher quelqu'un d'entrer. Mais ça a dû marcher aussi dans l'autre sens.

– Allons jeter un coup d'œil, dit Liz. On n'a rien à perdre.

Dave haussa les épaules et ils entrèrent dans le magasin par l'entrée principale. Ils s'arrêtèrent un instant au rez-de-chaussée, examinant les tables chargées des dernières nouveautés. Dave manquait d'enthousiasme.

– C'est beaucoup plus grand que ça n'en a l'air vu de l'extérieur.

– Séparons-nous. Tu commences en bas. Je vais au dernier étage et je redescends. Nous pouvons nous rencontrer au milieu.

– D'accord. Fais attention, ajouta-t-il. Mais Liz était déjà dans l'escalier.

Le premier étage affichait un calme inquiétant. Le café était vide et, sur les tables, des tasses encore remplies et des pâtisseries entamées indiquaient le départ précipité des clients. Elle inspecta du regard l'autre partie de l'étage, où les rayons de livres étaient également désertés. L'effet était légèrement sinistre – l'impression de se retrouver dans un musée après la fermeture. Des bruits étouffés arrivaient de la rue, à peine audibles, mais à l'intérieur régnait un lourd silence, troublé seulement par le bruit de ses pas qui résonnaient sur les marches de bois.

Elle passa au deuxième étage et continua son ascension, décidant de vérifier les niveaux inférieurs en redescendant. Au dernier étage, elle découvrit une porte battante sur sa gauche et une pancarte indiquant les toilettes. Elle s'en approcha avec précaution, puis poussa la porte des femmes. Les deux cabines, ouvertes, étaient vides. Il n'y avait personne dans la salle.

Après une brève hésitation, elle passa chez les hommes. L'unique cabine était vide, mais une fenêtre percée au niveau du sol était ouverte. Elle se pencha pour regarder. La vaste cour de Trinity College s'étendait un peu plus loin. Passant la tête par l'ouverture, elle aperçut tout en bas une cour intérieure, plus petite. De la fenêtre aux pavés, un saut direct d'une quinzaine de mètres. Tom n'y aurait pas survécu.

En regagnant le couloir principal, elle perçut un bruit – un glissement prolongé, comme si l'on traînait quelque chose. Cela venait d'en bas ? Elle s'immobilisa et prêta l'oreille, mais n'entendit rien d'autre.

Sur ses gardes, Liz passa le coin et pénétra dans une longue pièce claire remplie d'ouvrages d'occasion. Il y régnait un faible arôme de cuir et de poussière. Au fond de la pièce, sur une porte, l'inscription « Réservé au personnel ». Liz s'apprêtait à aller la vérifier lorsqu'elle remarqua une fenêtre dans un coin. Grande ouverte.

Elle changea de direction et regarda à l'extérieur. Juste en contrebas, elle découvrit le toit bas d'une annexe moderne du collège, contiguë à la librairie.

Pas de problème pour sortir par là, se dit Liz. Puis elle le vit.

Plaqué contre les tuiles en pente, il se cramponnait au cadre de bois d'une lucarne donnant sur le toit.

C'était Tom.

Il essayait de déverrouiller le vasistas. Liz comprit que, s'il y parvenait, il lui suffirait de se glisser à l'intérieur du bâtiment pour disparaître. Bien sûr, les hommes de Matheson le trouveraient peut-être, mais elle n'aurait pas parié là-dessus. Il devait y avoir un dédale recelant des centaines de cachettes, à côté.

Elle avait son portable dans son sac – elle pourrait appeler et s'assurer que l'endroit serait cerné par la police. Mais, le temps qu'elle contacte quelqu'un – et qui, d'ailleurs ? Dave était en bas, Charles à St Aldates s'occupant du terroriste survivant, – Tom aurait tout le loisir de s'échapper.

Elle se pencha par la fenêtre.

– Tom !

Sa voix résonna, éveillant un écho dans la petite cour.

Il ne s'arrêta qu'un bref instant. Il ne regarda pas en arrière, mais décida d'abandonner la lucarne et de continuer sa progression.

Il se dirigeait vers la ligne des bâtiments anciens. Là, il pourrait se déplacer plus vite le long des toits à pignons qui s'étendaient des jardins à l'arrière du collège. Puis il serait hors de portée.

– Tom, c'est inutile ! Vous feriez mieux de revenir. Ils vous attendent en bas.

Cette fois, il ne réagit pas et se hissa sur la corniche d'un toit. Accroupi là-haut, on aurait dit un gamin, un étudiant qui faisait le mur après la fermeture des portes pour la nuit. Lentement, il se retourna et chercha des yeux la fenêtre où se tenait Liz.

Son regard fixe n'avait rien d'enjoué. Il était d'une dureté d'acier et son visage reflétait sa détermination.

– Tom ! répéta Liz, plus bas cette fois, essayant de contrôler le volume de sa voix.

Mais avant qu'elle ait pu ajouter quoi que ce soit, il secoua la tête avec emphase. Puis il pivota lestement et disparut de l'autre côté.

Frappée de stupeur, Liz attendit quelques secondes qu'il réapparaisse. Puis elle comprit qu'il ne reviendrait pas et réagit immédiatement, se ruant vers l'escalier. À mi-chemin, elle se heurta à Dave qui montait. Elle l'attrapa par le bras et lui fit faire demi-tour.

– Vite, il est sur le toit d'à côté. Allez !

Ils sortirent de la librairie en courant, cillant sous le soleil éclatant. Matheson était encore sur Broad Street, il discutait avec deux hommes en tenue près d'une ambulance.

– Il est à côté ! lui hurla Dave au passage, pendant que Liz et lui galopaient vers l'entrée de Trinity College.

La petite porte de la loge était ouverte. Le concierge sortit et essaya de les arrêter.

– Police ! hurla Dave. Écartez-vous !

Liz contourna l'homme, baissa la tête pour passer sous les branches d'un énorme cèdre et déboucha dans la cour. La pelouse et les allées étaient vides. Si le collège avait été évacué en même temps que le reste de la rue, cela faciliterait la tâche de Tom, songeait-elle tout en fouillant des yeux la ligne des pignons.

– Je prends l'autre bout ! lança Dave.

Liz continua vers la petite cour sous la fenêtre de Blackwell. En passant sous la voûte, elle ralentit et tordit le cou, scrutant le toit où elle avait vu Tom pour la dernière fois. La lucarne semblait intacte – il n'était pas revenu de ce côté.

Elle sursauta en entendant un bruit de pas dans son dos.

– Tout va bien, dit une voix.

En se retournant, elle découvrit Matheson accompagné d'un jeune policier.

– Mes hommes fouillent le collège, dit-il.

– Il en faudrait aussi là-haut.

Liz s'apprêtait à montrer le toit, mais s'interrompit et tendit l'oreille.

– Qu'est-ce que c'est que ce bruit ?

– Quel bruit ?

Puis ça recommença. Le son venait de l'autre côté d'une voûte latérale qui conduisait vers les confins du collège. La longue plainte, une lamentation presque animale qui faisait peine à entendre, exprimait la détresse.

Liz se précipita sous le passage et se retrouva dans une longue galerie extérieure, bordée sur trois côtés par les bâtiments de Trinity College. À l'autre bout, elle distinguait les buissons fleuris d'un grand jardin. Mais il n'y avait personne. Alors qu'avait-elle entendu ?

Un mouvement sur sa gauche – la fille semblait à peine sortie de l'adolescence. Debout au pied d'un escalier, elle pleurait sans retenue. Derrière elle, presque dans le coin, un homme gisait sur le sol, à plat dos, inerte.

Liz rejoignit la fille à grands pas.

– Tout va bien.

Matheson passa près d'elle et s'agenouilla près du corps.

La fille cessa de pleurer, son jeune visage déformé par la frayeur. Un cri retentit à l'autre bout de la galerie. Liz leva la tête. Dave arrivait vers eux en courant.

Il vit d'abord la fille, puis le corps dans le coin.

– Que s'est-il passé ?

Matheson tenait le poignet de l'homme au sol, cherchant son pouls. Il se leva, regarda et secoua la tête.

– Il a dû tomber, dit Liz d'une voix calme en levant les yeux vers le haut du toit.

– À moins qu'il n'ait sauté, dit Dave.

Ravalant ses sanglots, la fille se fit entendre pour la première fois.

– Non, dit-elle en s'essuyant les yeux. Il n'a pas sauté.

– Vous l'avez vu ? demanda Liz.

La fille acquiesça.

– Je m'étais endormie et, en me réveillant, je me suis rendu compte que j'étais en retard pour mes travaux dirigés. Quand je suis sortie, j'ai vu… cet homme qui marchait sur le toit. J'ai trouvé ça bizarre, parce qu'il avait l'air trop vieux pour être là-haut…

Elle laissa échapper un rire nerveux. Liz lui passa un bras autour des épaules – la dernière chose dont ils avaient besoin maintenant était une crise d'hystérie. La fille reprit :

– Puis d'un seul coup, il a eu l'air de déraper et il a commencé à glisser le long du toit. Il a essayé de se raccrocher aux tuiles, mais il n'y arrivait pas. Il a continué à glisser jusqu'à… ce qu'il tombe.

Elle se remit à pleurer. Liz regarda la silhouette étendue sur le sol. Elle laissa la jeune fille, rejoignit Matheson et observa le corps. Au premier regard, elle avait su qu'il s'agissait de Tom.

Par bien des côtés, il avait la même allure que d'habitude, élégant et séduisant dans son costume bleu, comme si d'un moment à l'autre, il allait se lever d'un bond et redevenir lui-même. Mais qui était-il ? songea Liz avec amertume. L'homme qu'elle pensait avoir commencé à connaître ? Le bel homme, grand et buriné, plein d'assurance mais d'agréable compagnie, à la voix douce mais cultivé, charmeur – du moins quand il le voulait.

Ou l'être différent, secret, qu'elle n'avait jamais connu ? Un homme possédé par des démons internes qu'elle n'avait jamais imaginés, même de loin.

Tentée de verser des larmes de tristesse autant que de colère, Liz ferma les yeux et se ressaisit. Elle pivota sèchement sur les talons et revint vers la jeune fille éplorée. Elle pourrait la réconforter. Mais pour Tom, elle ne pouvait plus rien.

61

En comparaison du trajet du matin, le retour vers Londres parut durer une éternité. Au moment où ils quittaient Oxford, un banc de nuages bas arriva du sud à toute vitesse et masqua le soleil. Le ciel embrumé tourna au gris. La pluie commença, d'abord en brèves averses rageuses, puis sous la forme d'une bruine régulière et monotone. La circulation de la M40 se coagula bientôt en une file ininterrompue de camions au pas et de voitures roulant avec prudence.

Assommés par ce qui s'était passé, ne sachant pas vraiment s'il fallait se réjouir d'avoir évité une atrocité ou déplorer d'avoir quasiment permis qu'elle se produise, Liz et Charles commencèrent par échanger peu de paroles. Puis, comme d'un commun accord, ils se lancèrent d'une manière presque compulsive dans une conversation à bâtons rompus. N'importe quoi, sauf les événements de la journée. Vacances préférées, restaurants préférés, sites préférés, ils évoquèrent même le *Da Vinci Code* qu'aucun d'eux n'avait lu. Conversation personnelle, mais pas intime : la femme de Wetherby ne fut pas mentionnée et Liz ne dit pas qui l'accompagnait pendant tous ces charmants séjours. Cette réaction était une défense presque hystérique pour combattre la sensation d'irréalité qu'ils éprouvaient devant les événements dont ils venaient d'être témoins. Ils se protégeaient des questions et du bilan des responsabilités qui viendraient tôt ou tard.

Cependant, la stratégie de l'évitement ne pouvait se prolonger entre ces deux réalistes. Ils descendaient dans la large cuvette de High Wycombe, lorsque Wetherby soupira et coupa court à son récit de vacances si réussies passées à naviguer autour des Needles.

– Comment saviez-vous que Tom serait là-bas ?

– Je ne peux pas dire que je le savais, répondit Liz. C'était juste une intuition.

Wetherby émit un petit grognement.

– Je dois dire que vos intuitions sont meilleures que la plupart des analyses rationnelles que je reçois.

C'était un compliment, mais Liz avait l'impression que la chance avait joué un aussi grand rôle que sa prescience. Et si Tom n'avait pas glissé ? Elle savait qu'il se serait échappé.

Wetherby sembla lire dans ses pensées.

– Où pensez-vous que Tom allait partir ?

Tout en réfléchissant, Liz regardait un parcours de golf creusé au flanc d'une colline. Il avait sans doute décidé de quitter le pays et de disparaître à l'étranger. Mais où ? Ce n'était pas comme s'il avait une cause ou un endroit à rallier. Il ne passerait pas inaperçu plus de quarante-huit heures en Irlande du Nord, et les gens de l'IRA refuseraient de le voir traîner trop près de leurs nouvelles incarnations de pacifistes.

– Tom s'exprime couramment en arabe, dit-elle enfin. On peut imaginer qu'il aurait essayé de se fixer dans un pays du Moyen-Orient et de se fabriquer une autre carrière sous une nouvelle identité.

– Dans ce cas, il courrait le risque d'être repéré. Au Moyen-Orient, le milieu des Occidentaux est assez restreint.

– Il serait peut-être allé à New York. Vous savez, sur les traces de son père. Je pense qu'il avait d'autres projets.

– Du même genre ?

– Aucune idée. Mais, à mon avis, il aurait cherché à se venger d'autres institutions. Le journal qui avait viré son père. Le MI6 sans doute. Ensuite, un nouveau petit coup pour nous.

– Il aurait été obligé de bouger sans arrêt, sous n'importe quelle identité.

– C'est vrai. Mais ça lui aurait peut-être convenu.

Ils approchaient de la jonction avec la M25 et les panneaux signalaient la direction de Heathrow, ce qui, d'une certaine façon, rendait encore plus appropriée cette conversation sur les projets de Tom.

– Mais pourquoi n'est-il pas parti tout de suite ? En fait, s'il était resté tranquille, qu'est-ce qui aurait pu lui arriver ? Ou plus précisément, aurions-nous été capables de le coincer ? La mort de O'Phelan n'était pas résolue – pas de témoins ni d'empreintes, aucune trace du passage de Tom à Belfast. La même chose avec Marzipan. L'analyse médico-légale n'avait produit aucune preuve susceptible de confondre le tueur.

Wetherby eut un sourire mélancolique.

– Je suis votre raisonnement, mais je crois que vous ratez l'essentiel. Tom a fui parce qu'il voulait que nous sachions.

– Mais pourquoi ? Je ne vois pas la différence.

– Pour lui, ça faisait toute la différence. Il cherchait à nous humilier, nous soumettre à son contrôle. Il voulait nous réduire à l'impuissance, à l'insignifiance. Au désespoir.

– Nous faire vivre la même chose que son père, murmura Liz.

– Sans doute. Mais, à mon avis, ses motivations n'étaient pas politiques. Si c'était le cas, les détonateurs auraient fonctionné.

– Et il n'aurait pas passé ce coup de fil.

Wetherby secoua la tête, entre incrédulité et consternation.

– Exactement. Son but n'était pas de tuer des dizaines de gens. Il cherchait simplement à nous faire savoir qu'il aurait pu le faire. Et il aurait voulu nous le démontrer encore et encore. Chaque fois, il n'aurait supprimé qu'une ou deux personnes qui se seraient mises sur son chemin. Comme Marzipan. L'ironie est qu'il aurait probablement fini par en assassiner autant qu'aujourd'hui avec une bombe.

– Alors, il était fou, tout simplement ? demanda Liz.

– Nous ne saurons jamais. Ce dont nous sommes certains, c'est qu'il n'était pas celui que nous pensions.

62

La réunion se terminait, mais le long et sinistre processus venait seulement de commencer.

Une partie de la couverture médiatique de l'attentat avorté avait donné dans le sensationnel. À DIX SECONDES DE LA MORT, titra le *Daily Mail*, dont la une partagée en deux montrait d'un côté la camionnette renversée et de l'autre le nouveau Chancellor dans sa tenue académique, l'air choqué. ÇA A FOIRÉ ! proclama le *Sun* qui avait réussi à obtenir une photo de Rashid Khan, la tête dissimulée par une serviette, pendant qu'on le conduisait du commissariat de St Aldates à un fourgon cellulaire. L'*Express* s'était procuré un cliché de la procession du Chancellor, avec appariteurs, service d'ordre, sortie de vêpres et tout, qui datait sans doute des années précédentes. L'image montrait la file de dignitaires sur Broad Street qu'ils n'avaient jamais atteinte avec, à sa tête, l'ancien Chancellor et non son récent successeur. La presse sérieuse avait fait preuve de plus de circonspection. Le ton du compte rendu du *Times* – ATTENTAT DÉJOUÉ À OXFORD – se retrouva chez ses confrères qui soulignèrent que le complot avait été contrecarré plutôt que le fait qu'il avait failli réussir. Le *Guardian* traita l'événement de la même manière en y ajoutant l'article d'un architecte sur les dégâts subis par les grilles historiques de Broad.

Bien sûr, ils mentionnèrent sans distinction la mort des occupants de la fourgonnette, ainsi que celle d'un officier des services de sécurité – cependant, les lecteurs avides d'en apprendre plus sur cet accident mortel resteraient sur leur faim. Peu de temps après les événements, une communication de la Défense avait atterri sur le bureau de chaque rédacteur en chef du Royaume-Uni. Ainsi, la mort de Tom fut invariablement décrite comme un « tragique accident », sans plus de détails.

Néanmoins, quelle que soit la manière dont on les décrivait, les faits demeuraient indéniables : deux terroristes avaient été à un cheveu de faire exploser un symbole d'une des plus vieilles institutions britanniques, en même temps qu'une foule de personnalités. Si quelques journaux avaient porté au crédit des services de sécurité le fait d'avoir déjoué l'attentat, d'autres les avaient directement critiqués pour l'avoir laissé arriver si près de la concrétisation. Mais aucun ne suggéra qu'ils l'avaient tous échappé belle.

Par bonheur pour Liz et ses collègues, l'attention excitée des médias ne dura guère – l'affaire fut remplacée par une attaque particulièrement horrible à Bagdad et une nouvelle prise de bec entre le Premier ministre et le chancelier de l'Échiquier. La Conspiration d'Oxford (comme on commençait déjà à surnommer l'affaire) passa dans les pages intérieures au bout de deux jours et fut mentionnée dans quelques éditos et, même si la débâcle serait longtemps évoquée comme un exemple des formidables menaces qui pesaient sur le pays, sa valeur médiatique baissait chaque jour.

Il n'en allait pas de même au MI5 et au MI6. L'impact de la Conspiration d'Oxford était rien moins que temporaire. L'analyse des tenants et des aboutissants de l'affaire ne faisait que commencer. Cette réunion n'était que la première d'une longue série. Déjà les diverses sections s'employaient à évaluer les dégâts dans leurs propres services, et échangeraient régulièrement leurs résultats

Les assistants rassemblaient leurs documents et commençaient à quitter la pièce, Dave Armstrong chercha le regard de Liz.

– Tu as le temps de prendre un café ?

– Peut-être plus tard.

Quelque chose la poussait à s'attarder.

La salle se vida et elle se retrouva seule avec Wetherby, qui, même selon ses propres critères de réserve, semblait fatigué et morose. Il lui adressa un sourire navré.

– Il m'est déjà arrivé de présider des réunions plus agréables.

– Au moins, chacun sait ce qu'il a à faire.

– Oui. Il nous faut absolument débrouiller toute cette histoire. Tout vérifier. Remonter jusqu'au recrutement de Tom.

Wetherby leva la main comme pour englober les informations qu'ils venaient de passer en revue.

– Nous devons comprendre pourquoi nous n'avons pas repéré que quelque chose n'allait pas chez lui. Pourquoi n'avons-nous rien remarqué ? Il y aura une enquête, précisa-t-il d'un air résigné.

– Je doute qu'elle soit publique, même si la pression est forte. Mais en interne, ça va être un gros truc. Le ministre de l'Intérieur parle de la faire conduire par un juge. En fait, il a même eu le culot de dire : « *Quis custodiet ipsos custodes ?* » On aurait pu penser qu'il sortirait quelque chose de plus original.

Wetherby secoua la tête, encore incrédule. Liz avait oublié le peu de latin qu'elle avait appris à l'école, mais connaissait bien cette phrase : « Qui surveillera les gardiens ? » Mais Wetherby n'avait pas terminé :

– Je dois dire que la DG a été parfaite pendant la réunion.

– Et du côté du Six ? Comment réagit Geoffrey Fane ?

– Nous avons discuté. Il a exprimé toute l'indignation appropriée devant la trahison de Tom. Bien sûr, il y a eu une allusion à notre légèreté pour avoir détaché un traître au MI6. Mais d'un autre côté, si Tom a pris contact avec son terroriste au Pakistan, il était sous leur contrôle à l'époque. J'ai donc laissé entendre qu'ils devraient peut-être jeter un coup d'œil à leur supervision.

Liz hocha la tête, elle se souvenait de l'incrédulité initiale de Fane lorsqu'elle avait désigné Tom comme la taupe.

— Peggy va rentrer directement à Vauxhall Cross ? voulut-elle savoir.

— Pas tout de suite. J'ai demandé à Fane de nous la laisser pour donner un coup de main avec l'évaluation des dégâts.

— En fait, je voulais justement vous parler d'elle. Elle a laissé entendre qu'elle aimerait bien rester ici. On dirait qu'elle apprécie le MI5.

Wetherby haussa les sourcils.

— Voilà qui va me faciliter les choses avec Fane.

Il s'interrompit un instant et consulta sa montre d'un air inquiet, puis se détendit. Il avait le temps de discuter et Liz sentait qu'il en avait envie.

— À peu près au milieu de la réunion, j'ai commencé à éprouver une drôle de sensation. Comme si quelque chose manquait. Vous savez, comme quand on a laissé sa montre ou son portefeuille à la maison. On ne sait pas ce qu'on a perdu, mais on est certain que quelque chose manque.

Wetherby regarda Liz d'un air vague, puis son expression se durcit.

— Et puis, je me suis rendu compte que ce n'était pas quelque chose qui manquait, mais quelqu'un.

— Tom.

— Exactement.

Il la fixait maintenant avec intensité.

C'était vrai. Quelques minutes avant, il y avait autour de la table Michael Binding, le visage sévère, avec deux de ses hommes de l'A2 ; Patrick Dobson, empourpré et mal à l'aise ; Reggie Purvis et son second de l'A4 ; Judith Spratt, qui avait encore mauvaise mine, mais était au moins présente ; Liz, Dave, Charles… tous les participants habituels. Sauf un.

Wetherby rompit le silence.

– Il n'était pas entré depuis longtemps, mais il donnait l'impression d'être un des nôtres.

– C'est pour cela qu'il a été si difficile à attraper. Il s'intégrait parfaitement.

– Ça faisait partie de son plan.

Wetherby cala le menton dans le creux de sa main, l'air triste et pensif.

– Malgré tout, une partie de moi continue à penser qu'il était sincère par moments. Il faisait du bon boulot ; j'avais l'impression qu'il l'appréciait vraiment. Mais en fait, il travaillait à autre chose. Évidemment, il n'a jamais été avec nous. Pourtant, il me semble que cette haine était dirigée contre le Service, pas contre ses officiers. D'une certaine manière, j'ai du mal à le prendre pour moi. Et vous ?

Liz songea au week-end où Tom était « passé la voir » chez sa mère. Elle n'avait pas parlé à Wetherby des avances de Tom, mais avaient-elles vraiment existé ? Aurait-elle imaginé des arrière-pensées derrière cette invitation ? Après tout, il ne s'agissait que d'un souper. Son jugement aurait-il été gauchi par quelque vanité personnelle dont elle ignorait l'existence ? Puis elle se souvint de la note d'hôtel, des mensonges de Tom sur ses prétendus amis et leur ferme. Non, ce n'était pas le fruit de son imagination. Il avait réellement essayé de l'utiliser pour ses propres raisons tordues.

– Non, Charles. Je le prends pour moi. Il n'a jamais été loyal, ni envers le Service, ni envers aucun d'entre nous. Nous n'étions que des instruments affectés à un usage précis. Il n'était fidèle qu'à sa propre mission tordue destinée à détruire tout ce pour quoi nous travaillons. Il était du mauvais côté de la cruauté des miroirs.

Wetherby lui adressa un sourire spontané.

– Vous avez cent fois raison. C'est absurde de vouloir faire la distinction entre le Service et ses officiers. Que disait E. M. Forster déjà ? « Si je dois choisir entre trahir mon pays et trahir mon ami, j'espère que j'aurai le courage de trahir mon pays. » J'ai toujours eu la conviction que notre devoir était justement l'inverse.

– Moi aussi, dit simplement Liz.

Ils partagèrent un instant le silence, puis Wetherby reprit la parole d'une voix tranquille :

– Comment va votre mère ?

C'est un type bien, songea Liz. Après avoir frôlé un désastre pareil, sa carrière est en jeu – inutile de se leurrer –, et il arrive à penser à ma mère.

– Je crois que ça va, dit-elle avec gratitude. Apparemment, l'opération s'est bien déroulée.

– Bien, commenta-t-il, encourageant.

– Oui, ils pensent avoir tout enlevé.

Inexplicablement, elle songea à Tom et aux dégâts qu'il avait provoqués, et ajouta avec prudence :

– Du moins, c'est ce qu'il semble, parce qu'on ne peut jamais être sûr.

Composition réalisée par Facompo
Impression réalisée sur CAMERON
par BRODARD ET TAUPIN
La Flèche
en août 2007

Imprimé en France
Dépôt légal : 90975-09/07
N° d'édition : 01
N° d'impression : 42972